METROPOLIS

PHILIP KERR

METROPOLIS

UNE AVENTURE DE BERNIE GUNTHER

roman

TRADUIT DE L'ANGLAIS
PAR JEAN ESCH

ÉDITIONS DU SEUIL
57, rue Gaston-Tessier, Paris XIXe

Titre original : *Metropolis*
Éditeur original : Quercus, an Hachette UK company

ISBN : 978-2-02-143967-0

www.seuil.com

PROLOGUE

Comme toute personne ayant lu la Bible, je connaissais Babylone, cette ville synonyme d'iniquité et symbole de toutes les abominations terrestres, quelles qu'elles puissent être. Et comme toute personne ayant vécu à Berlin à l'époque de la République de Weimar, je savais également que l'on comparait souvent ces deux villes. À l'église luthérienne Saint-Nicolas où j'allais avec mes parents quand j'étais enfant, notre pasteur rougeaud et braillard, le Dr Rotpfad, semblait si familier de Babylone et de sa topographie que j'étais convaincu qu'il y avait vécu. Cela éveilla ma curiosité et m'incita à consulter la *Brockhaus Enzyklöpadie* qui occupait toute une étagère de la bibliothèque familiale. Hélas ! cet ouvrage n'était pas très instructif sur le thème des abominations. Et si en effet l'on trouvait à Berlin un grand nombre de putains et de femmes aux mœurs légères, de même qu'une abondance de péchés, je n'étais pas certain que ce fût pire qu'à Londres, New York ou Shanghai.

D'après Bernhard Weiss, cette comparaison était, et avait toujours été, une ineptie ; cela revenait à comparer des pommes et des oranges. Il ne croyait pas au mal et faisait remarquer qu'il n'existait aucune loi, nulle part, qui l'interdisait, pas même en Angleterre où on édictait des lois contre presque tout. En mai 1928, la célèbre porte d'Ishtar, située à l'entrée nord de Babylone, n'ayant pas encore été reconstruite au musée de Pergame, la réputation de la capitale prussienne, considérée comme la ville la plus dépravée au monde, n'était pas encore soulignée en rouge par les gardiens de la morale ; autrement dit, il restait de la place pour le doute. Et je parlais en connaissance de cause car, en 1928, le vice et ses infinies variantes dépendaient de mon service au sein du *Polizeipräsidium*, le quartier général de la police sur Alexanderplatz. Sur un plan criminalistique (un mot nouveau pour nous autres policiers, grâce à Weiss), je maîtrisais le sujet presque autant que Gilles de Rais. Mais en vérité, avec tous les morts de la Grande Guerre et la grippe qui, survenue juste après, tel un fléau de l'Ancien Testament, avait fait des millions de victimes supplémentaires, à quoi bon se soucier de ce que les gens se mettaient dans le nez ou de ce qu'ils faisaient quand ils se déshabillaient dans l'obscurité de leur chambre Biedermeier. Et pas seulement dans leur chambre. Certains soirs d'été, le Tiergarten ressemblait à un haras, tant il y avait de putains qui copulaient dans l'herbe avec leurs clients. Il ne fallait pas s'étonner, supposais-je, qu'après une guerre où tant d'Allemands avaient été obligés de tuer pour leur pays, ils préfèrent maintenant s'envoyer en l'air.

Compte tenu de tout ce qui s'était passé avant, et de tout ce qui avait suivi, il n'était pas facile de parler avec précision ou équité de Berlin. À bien des égards, cette ville n'avait jamais été très agréable, et il lui était arrivé d'être absurde et laide. Trop froide en hiver, trop chaude en été, trop sale, trop enfumée, trop bruyante et, bien sûr, affligée d'une population trop nombreuse, à l'image de Babel, l'autre nom de Babylone. Tous les bâtiments publics avaient été construits à la gloire d'un empire germanique qui n'existait presque plus et, comme les pires taudis de la ville, ils donnaient à quiconque tombait dessus un sentiment d'inhumanité et d'insignifiance. Mais personne ne s'est jamais soucié des habitants de Berlin (certainement pas ses dirigeants, en tout cas) car eux non plus n'étaient pas très agréables, ni très sympathiques, ni bien élevés ; au contraire, ils étaient souvent stupides, lourds, ennuyeux, d'une implacable vulgarité, et toujours cruels et brutaux. Les crimes violents étaient fréquents, commis en général par des hommes qui étranglaient leur femme en rentrant de la taverne, l'esprit à ce point embrumé par la bière et le schnaps qu'ils ne savaient même pas ce qu'ils faisaient. Mais parfois, c'était bien pire : on tombait sur un Fritz Haarmann ou un Karl Denke, un de ces Allemands bizarres et impies qui semblaient tuer pour le plaisir. D'ailleurs, cela n'étonnait plus personne dans l'Allemagne de Weimar où l'indifférence vis-à-vis de la mort violente et de la souffrance humaine était peut-être un autre héritage, inévitable, de la Grande Guerre. Nos deux millions de morts équivalaient au nombre total de Britanniques et de Français tués. Il y avait en Flandre des champs qui renfermaient une telle quantité d'ossements de nos jeunes soldats qu'ils étaient plus allemands qu'Unter den Linden. Aujourd'hui encore, dix ans après la fin de la guerre, les rues étaient pleines d'individus estropiés, dont beaucoup portaient toujours leur uniforme, qui faisaient la manche devant les gares et les banques. Bien souvent, les espaces publics ressemblaient à un tableau de Brueghel.

Et pourtant, malgré tout cela, Berlin était également une ville merveilleuse et stimulante. En dépit des nombreuses raisons susmentionnées qui la rendaient détestable, c'était un immense miroir éclatant tendu au monde et par conséquent un formidable reflet de l'existence dans toute sa fascinante splendeur pour quiconque s'intéressait à la vie sur Terre. Je n'aurais pas voulu vivre ailleurs qu'à Berlin, même contre de l'argent sonnant et trébuchant, surtout maintenant que l'Allemagne avait surmonté le plus dur. Après la Grande Guerre, la grippe et l'inflation, la situation s'améliorait. Lentement. Elle restait difficile pour un tas de gens, surtout dans les quartiers est de la ville. Mais comment imaginer que Berlin puisse subir le même sort que Babylone qui, d'après la *Brockhaus Enzyklopädie*, fut détruite par les Chaldéens, ses murs, ses temples et ses palais rasés, et les gravats jetés à la mer ? Jamais nous ne connaîtrions un sort semblable. Quoi qu'il arrive maintenant, nous étions sans doute à l'abri d'une destruction de nature biblique. Personne n'avait intérêt – ni les Français, ni les Britanniques et encore moins les Russes – à ce que Berlin et par extension l'Allemagne dans son ensemble deviennent l'objet d'une vengeance apocalyptique divine.

PREMIÈRE PARTIE

Les femmes

« Partout le mystère du cadavre. »

Max Beckmann,
Autoportrait avec des mots[1].

1. Max Beckmann, Barbara Copeland Buenger, *Self-Portrait in Words. Collected Writings and Statements (1903-1950)*, University of Chicago Press, 1999.

Cinq jours après les élections fédérales régionales, Bernhard Weiss, chef de la police criminelle de Berlin, me convoqua dans son bureau situé au sixième étage de l'Alex. Enveloppé dans la fumée d'un de ses chers cigares Black Wisdom, et assis à la table de conférence à côté d'Ernst Gennat, un de ses meilleurs inspecteurs, il m'invita à m'asseoir. Weiss était un Berlinois de quarante-huit ans, petit, mince, élégant, qui portait des lunettes rondes et une moustache impeccable. Il était par ailleurs avocat et juif, raison pour laquelle il n'était pas en odeur de sainteté parmi un grand nombre de nos collègues, et il avait dû surmonter une pléthore de préjugés pour arriver à ce poste. En temps de paix, les juifs n'avaient pas le droit d'être officiers dans l'armée prussienne, mais lorsque la guerre avait éclaté, Weiss s'était engagé dans l'armée royale de Bavière, où il avait vite obtenu le grade de capitaine et la croix de fer. Après la guerre, à la demande du ministère de l'Intérieur, il avait réorganisé la police berlinoise, devenue une des plus modernes d'Europe. Malgré cela, il faut bien l'avouer, il ne faisait pas un policier très crédible. Chaque fois que je le voyais, je pensais à Toulouse-Lautrec.

Un dossier était ouvert devant lui et, d'après ce que j'en apercevais, il me concernait.

« Vous avez fait du très bon travail aux Mœurs, dit-il de sa voix aux accents snobs, presque histrioniques. Hélas ! je crains que vous ne livriez un combat perdu d'avance face à la prostitution dans cette ville. Toutes ces veuves de guerre et ces réfugiées russes gagnent leur vie comme elles peuvent. Je ne cesse d'expliquer à nos dirigeants que si nous défendions l'égalité de salaires entre hommes et femmes nous pourrions résoudre le problème de la prostitution à Berlin du jour au lendemain.

« Mais je ne vous ai pas fait venir pour ça. Je suppose que vous êtes déjà au courant : Heinrich Lindner a quitté la police pour devenir contrôleur aérien à Tempelhof, ce qui libère une place dans le fourgon.

– Oui, monsieur.

– Savez-vous pourquoi il est parti ? »

Oui, je le savais, mais je n'avais pas envie de le dire, alors je me surpris à faire une grimace.

« Vous pouvez parler franchement. Je ne serai pas vexé.

– On raconte qu'il n'aimait pas recevoir ses ordres d'un juif, monsieur.

– Exact, Gunther. Il n'aimait pas recevoir d'ordres d'un juif. »

Weiss tira sur son cigare.

« Et vous ? Ça vous pose un problème d'obéir à un juif ?

– Non, monsieur.

– Ou d'obéir à quiconque, d'ailleurs ?

– Non, monsieur. Je n'ai aucun problème avec l'autorité.

– Vous m'en voyez ravi. Car nous envisageons de vous offrir un siège permanent dans le fourgon. Celui de Lindner.

– Moi, monsieur ?

– Vous semblez surpris.

– À l'Alex, tout le monde pense que cette place va revenir à l'inspecteur Reichenbach.

– Seulement si vous la refusez. Et même dans ce cas, j'ai des réserves au sujet de cet homme. Bien entendu, les gens affirmeront que je n'ose pas offrir ce poste à un autre juif. Mais il ne s'agit pas du tout de ça. Selon nous, vous possédez les qualités d'un bon inspecteur, Gunther. Vous êtes scrupuleux et vous savez la boucler quand ça s'impose : un atout chez un inspecteur de police. Très appréciable. Kurt Reichenbach est un bon inspecteur lui aussi, mais il a tendance à se servir un peu trop facilement de ses poings. Lorsqu'il portait encore l'uniforme, certains de ses collègues le surnommaient Siegfried. Allusion au fait qu'il aimait bien manier l'épée. C'est-à-dire frapper quelques-uns de nos clients avec le manche ou le plat de la lame. Un officier de police est libre de faire ce qu'il veut au nom de la légitime défense, mais je n'accepte pas qu'il fende des crânes pour le plaisir. Quelle que soit la personne à qui appartient ce crâne.

– L'absence d'épée ne l'a pas dissuadé, ajouta Gennat. Plus récemment, il aurait tabassé, dit-on, un type des SA qu'il avait arrêté à Lichtenrade. Un nazi qui avait poignardé un communiste. Personne n'a rien pu prouver. Il est très apprécié à l'Alex, même par certains antisémites, semble-t-il. Mais il est trop impulsif.

– Exactement, reprit Weiss. Je ne dis pas que c'est un mauvais policier. Je dis juste que nous vous préférons à lui. » Il regarda la première page de mon dossier. « Je vois que vous avez passé l'*Abitur*[1]. Mais vous n'êtes pas allé à l'université.

– J'ai fait la guerre. Comme engagé volontaire.

– Oui, évidemment. Eh bien, voulez-vous ce poste ? Si oui, il est à vous.

1. Examen qui correspond à notre baccalauréat. *(Toutes les notes sont du traducteur.)*

– Oui, monsieur. Avec plaisir.

– Vous avez été détaché auprès de la commission criminelle. J'en conclus que vous avez déjà enquêté sur un meurtre. L'année dernière. À Schöneberg, c'est ça ? Comme vous le savez, j'aime que tous mes inspecteurs aient eu l'occasion de se former en enquêtant sur un homicide en compagnie d'un grand professionnel comme Gennat ici présent.

– Aussi, je me demande pourquoi vous me jugez digne de ce poste, dis-je. Cette affaire dont vous parlez, l'affaire Frieda Ahrendt, n'a pas été résolue.

– La plupart des affaires demeurent en suspens quelque temps, dit Gennat. Et puis, il n'y a pas que les affaires qui piétinent, les inspecteurs aussi. Surtout dans cette ville. Ne l'oubliez jamais. C'est le métier qui veut ça. Rien de tel qu'un point de vue différent pour résoudre une vieille affaire. D'ailleurs, j'ai sous le coude quelques dossiers auxquels vous pourriez jeter un coup d'œil si vous avez un peu de temps libre. C'est en résolvant de vieilles affaires qu'un inspecteur bâtit sa réputation.

– Frieda Ahrendt, dit Weiss. Rappelez-moi cette histoire.

– Un chien a découvert des morceaux de corps humain enveloppés dans du papier d'emballage et enterrés dans le Grünewald, expliquai-je. C'est Hans Schnieckert et les gars de la Division J qui ont identifié la victime. Grâce au fait que le meurtrier avait eu la gentillesse de nous laisser ses mains. Les empreintes digitales ont révélé que cette fille était fichée pour de petits larcins. Vous pourriez penser que cela nous a ouvert un tas de portes. Eh bien, non. Nous n'avons rien trouvé. Pas de famille, pas de travail ni même une adresse. Par ailleurs, les journaux ayant eu la mauvaise idée d'offrir une forte récompense en échange d'informations, nous avons perdu notre temps à interroger des gens plus intéressés par les mille reichsmarks que par le désir d'aider la police. Quatre femmes au moins nous ont déclaré que le coupable était leur mari. L'une d'elles a même précisé qu'il avait l'intention, au départ, de cuisiner les morceaux de corps. D'où ce surnom inventé par les journaux : le Boucher du Grünewald.

– C'est une manière de se débarrasser de son mari, commenta Gennat. Le faire accuser de meurtre. Ça coûte moins cher qu'un divorce. »

Après Bernhard Weiss, Ernst Gennat était le plus ancien inspecteur de l'Alex : c'était également le plus corpulent. Ce qui lui avait valu d'être surnommé Gros Bouddha. Avec lui dans le fourgon, il fallait se serrer. Un fourgon conçu par Weiss lui-même. Équipé d'une radio, d'un petit bureau pliable et d'une machine à écrire, d'une trousse de secours, de matériel photographique. Bref, presque tout ce qu'il fallait pour enquêter sur un homicide, à l'exception d'une bible et d'une boule de cristal. Gennat possédait par ailleurs un esprit caustique à la berlinoise, conséquence, disait-il, de son enfance passée dans les logements du personnel à la prison de Plötzensee, dont son père était le directeur adjoint. On racontait même que, les jours d'exécution, Gennat prenait son petit déjeuner avec le bourreau. Dès mon arrivée à l'Alex, j'avais décidé de me renseigner sur cet homme et d'en faire mon modèle.

Le téléphone sonna. Weiss décrocha.

Gennat me demanda :

« Vous appartenez au SPD, n'est-ce pas, Gunther ?

– Exact.

– On ne veut pas de politique à bord du fourgon. Les communistes, les nazis, j'ai déjà tout ce qu'il me faut à la maison. Et vous êtes célibataire, je crois ? »

Je hochai la tête.

« Tant mieux. Ce métier, ça vous détruit un mariage. En me voyant, vous pourriez penser, à juste titre, que j'ai beaucoup de succès auprès des femmes. Jusqu'à ce que survienne une affaire qui me retient ici, à l'Alex, jour et nuit. Si je dois me marier un de ces quatre, il faudra que je me trouve une charmante femme flic. Où vivez-vous ?

– Je loue une chambre dans une pension de famille à Nollendorfplatz.

– Ce poste est synonyme d'augmentation, de promotion et peut-être d'un meilleur logement. Dans cet ordre. Vous serez à l'essai pendant un mois ou deux. Il y a le téléphone dans cette pension où vous habitez ?

– Oui.

– Vous consommez de la drogue ?

– Non.

– Vous avez déjà essayé ?

– Un peu de cocaïne, juste une fois. Pour savoir pourquoi on en fait tout un plat. C'est pas mon truc. Et puis, je n'aurais pas les moyens.

– Il n'y a rien de mal à ça, me semble-t-il, dit Gennat. Après cette guerre, le pays a encore besoin de soulager sa douleur.

– Beaucoup de gens ne consomment pas de la cocaïne pour soulager leur douleur, dis-je. Et parfois, ils se retrouvent plongés dans une crise d'un autre genre.

– Certaines personnes pensent que la police berlinoise est en crise elle aussi, dit Gennat. Comme toute la ville, d'ailleurs. Qu'en pensez-vous, mon garçon ?

– Plus la ville est grande, plus il y a de risques qu'une crise éclate. Je pense que nous serons toujours confrontés à une crise d'un genre ou d'un autre. Autant s'y habituer. C'est avant tout l'indécision qui provoque des crises. Les gouvernements qui ne peuvent pas agir. Privé de véritable majorité, celui-ci ne sera pas différent des autres, je le crains. Dans l'immédiat, notre plus gros souci semble être la démocratie elle-même. À quoi sert-elle si elle ne peut pas nous offrir un gouvernement viable ? C'est le paradoxe de notre époque, et, parfois, j'ai peur que l'on ne s'en lasse avant qu'elle n'ait pu résoudre ses problèmes. »

Il acquiesça, comme s'il partageait mon point de vue, avant d'aborder un autre sujet.

« Certains politiciens critiquent notre taux d'affaires résolues. Qu'avez-vous à leur répondre, mon garçon ?

– Ils devraient venir voir certains de nos clients. Ils auraient peut-être raison de se plaindre si les morts étaient plus bavards.

– Notre travail, c'est de les écouter malgré tout. »

Gennat agita son énorme carcasse dans son fauteuil, puis se leva. J'avais l'impression de regarder un dirigeable décoller. Le plancher grinça lorsqu'il se décala vers la fenêtre en pignon.

« Si on tend l'oreille, on les entend murmurer, reprit-il. Comme ces victimes de Winnetou. À mon avis, elles nous parlent, mais on ne sait pas dans quelle langue. » Il désigna la métropole à travers la vitre. « Mais quelqu'un le sait. Quelqu'un dans cette ville, qui sort à cet instant de chez Hermann Tietz[1] peut-être. Ou Winnetou lui-même. »

Weiss ayant raccroché, Gennat retourna s'asseoir à la grande table, où il alluma lui aussi son cigare à l'odeur âcre. Un banc de nuages flottait à présent dans le bureau, me rappelant le gaz qui dérivait au-dessus d'un *no man's land*.

J'étais trop nerveux pour allumer une cigarette. Et trop respectueux de mes aînés, qui continuaient à provoquer mon

1. Nom d'un grand magasin.

admiration. Je n'arrivais pas à croire qu'ils aient choisi de m'accueillir dans leur équipe.

« C'était le ViPoPra », annonça Weiss.

Le ViPoPra était le directeur de la police de Berlin, Karl Zörgiebel.

« Il semblerait que l'usine d'ampoules Wolfmium de Stralau vienne de sauter. Les premiers rapports font état de nombreuses victimes. Une trentaine, peut-être. Il nous tient informés.

« Par ailleurs, je me permets de vous rappeler que nous étions convenus de ne plus utiliser le nom de Winnetou pour parler de notre meurtrier scalpeur. C'est un manque de respect vis-à-vis de ces pauvres filles. Tenons-nous-en au nom qui figure dans le dossier. Entendu, Ernst ? Station Porte de Silésie. Pour des raisons de sécurité.

– Désolé, monsieur. Cela ne se reproduira pas.

– Soyez le bienvenu à la commission criminelle, Gunther. Votre vie vient de changer de manière définitive. Vous ne verrez plus jamais les gens de la même façon. Désormais, dès que vous vous retrouverez à côté d'un homme à un arrêt de bus ou dans un train, vous le jaugerez comme un meurtrier potentiel. Et vous aurez raison. Les statistiques prouvent qu'à Berlin la plupart des crimes sont commis par des citoyens ordinaires, respectueux des lois. Autrement dit, des gens comme vous et moi. N'est-ce pas, Ernst ?

– En effet, monsieur. J'ai rarement rencontré un meurtrier qui avait la tête de l'emploi.

– Vous verrez des choses aussi affreuses que celles que vous avez vues dans les tranchées, ajouta Weiss. À cette différence près que certaines victimes seront des femmes et des enfants. C'est pourquoi nous devons nous blinder. Et vous découvrirez que nous avons tendance à faire des plaisanteries qui ne feraient pas rire la plupart des gens.

– Bien, messieurs.

– Que savez-vous sur ces meurtres de la station Porte de Silésie, Gunther ?

– Trois prostituées assassinées en autant de semaines. Toujours la nuit. La première à proximité de la station Porte de Silésie. Toutes les trois ont été frappées à la tête avec un marteau à panne ronde, puis scalpées à l'aide d'un couteau très bien aiguisé. À la manière de Winnetou l'Apache dans les célèbres romans de Karl May. Que vous avez lus, j'en suis sûr.

– Montrez-moi un Allemand qui ne les a pas lus et je vous montrerai un homme qui ne sait pas lire.

– Ça vous a plu ?

– Oh, ça remonte à loin… Mais oui.

– Tant mieux. Je ne pourrais pas sympathiser avec quelqu'un qui n'aime pas les westerns de Karl May. Que savez-vous d'autre ? Au sujet des meurtres s'entend.

– Pas grand-chose, avouai-je. Il est probable que le meurtrier ne connaissait pas ses victimes. Ce qui le rend plus difficile à arrêter. Peut-être obéit-il à une impulsion.

– Oui, oui, dit Weiss, comme s'il avait déjà entendu ça mille fois.

– Ces meurtres semblent avoir une influence sur le nombre de filles dans les rues, ajoutai-je. Il y a moins de prostituées qu'avant. Celles que j'ai interrogées m'ont dit avoir peur.

– Autre chose ?

– Eh bien… »

Weiss me jeta un regard interrogateur.

« Crachez le morceau. J'exige de tous mes inspecteurs qu'ils parlent franchement.

– Les prostituées ont trouvé un autre nom pour désigner ces femmes qui ont été scalpées. Après le meurtre de la dernière, j'ai entendu qu'elles l'appelaient "la Reine Pixavon"... En référence au shampoing, monsieur.

– Oui, je connais le shampoing Pixavon. "Le shampoing des bonnes épouses et des bonnes mères", comme dit la publicité. Bel exemple d'humour populaire. Autre chose ?

– Non, pas vraiment. Uniquement ce qui est écrit dans les journaux. Ma logeuse, Frau Weitendorf, suit cette affaire de près. Comme on pouvait s'y attendre, compte tenu de son aspect macabre. Elle a une passion pour les meurtriers. Et nous sommes tous obligés de l'écouter chaque matin au petit déjeuner. Ce n'est pas très appétissant, mais que voulez-vous ?

– Et que dit-elle au juste ? Ça m'intéresse. »

Je me représentai Frau Weitendorf en train de débiter son habituel flot de paroles, remplie d'une indignation presque vertueuse, sans se soucier, semblait-il, de capter l'attention de ses pensionnaires. Obèse, affublée d'un dentier mal ajusté, toujours accompagnée de deux bulldogs, elle faisait partie de ces femmes qui aiment parler, avec ou sans auditoire. Les peignoirs matelassés qu'elle portait au petit déjeuner lui donnaient l'apparence d'un empereur chinois. Effet accentué par son double menton.

Nous étions quatre pensionnaires : un Anglais nommé Robert Rankin, qui prétendait être écrivain ; un juif bavarois répondant au nom de Fischer et qui se disait représentant de commerce, mais qui était sans doute une sorte d'escroc ; et une jeune femme prénommée Rosa Braun, qui jouait du saxophone dans un grand orchestre, mais qui était certainement une prostituée. Avec Frau Weitendorf, nous formions un improbable quintette, peut-être un parfait échantillon représentatif du Berlin d'aujourd'hui.

« Concernant Frau Weitendorf, dis-je en réponse à la question de Weiss, elle déclarerait probablement que pour ces filles, mourir de cette manière fait partie des risques du métier. Quand on y réfléchit, dirait-elle, elles l'ont bien cherché, non ? Déjà que la vie ne vaut pas grand-chose, à quoi bon la risquer inutilement ? Ça n'a pas toujours été comme ça. Autrefois, avant la guerre, Berlin était une ville respectable. La vie humaine a cessé d'avoir de la valeur après 1914. C'était déjà terrible, mais à cause de l'inflation de 1923, notre monnaie ne vaut plus rien elle non plus. Quand vous avez tout perdu, la vie a moins d'importance. De plus, tout le monde voit bien que cette ville est devenue trop grande. Quatre millions d'habitants s'entassent les uns sur les autres. Ce n'est pas naturel. Certains vivent comme des bêtes. Surtout à l'est d'Alexanderplatz. Alors, comment peut-on s'étonner qu'ils se comportent comme des bêtes ? Il n'y a plus aucune morale. Avec tous ces Polonais, ces juifs et ces Russes qui vivent là depuis la révolution bolchevique, est-ce vraiment surprenant que ces jeunes femmes se fassent tuer ? Écoutez bien ce que je vous dis : on va découvrir que c'est l'un d'eux qui a tué ces jeunes femmes. Un juif. Ou un Russe. Ou un Russe juif. Si vous voulez mon avis, le tsar et les bolcheviques, ils ont pas chassé ces gens-là de Russie sans raison. Mais la vraie raison pour laquelle ces filles ont été tuées, c'est que les hommes qui ont survécu aux tranchées, ils sont revenus avec le goût de tuer les gens. À l'image des vampires qui ont besoin de sang, ces hommes ont besoin de tuer, n'importe qui. Montrez-moi un seul homme qui était dans les tranchées et qui vous dira qu'il n'a pas eu envie de tuer quelqu'un depuis son retour, et je vous montrerai un menteur. C'est comme cette musique que les nègres jouent dans les night-clubs. Ça leur échauffe le sang, si vous voulez mon avis.

– Une femme détestable, commenta Weiss. Je m'étonne que vous preniez votre petit déjeuner avec elle.

– C'est inclus dans le prix de la chambre, monsieur.

– Je vois. Dites-moi maintenant ce que cette affreuse bonne femme pense du meurtrier qui scalpe ces prostituées. Pourquoi fait-il ça ?

– Parce qu'il hait les femmes. Pour elle, les femmes ont poignardé les hommes dans le dos pendant la guerre en leur volant leurs boulots. Quand les hommes sont rentrés au pays, ils n'ont trouvé que des boulots payés des clopinettes, ou même pas de boulot du tout puisque les femmes continuaient à travailler. C'est pour ça qu'il les tue et qu'il les scalpe. Par pure haine.

– Et vous, Gunther, qu'en pensez-vous ?

– Je pense que j'aimerais en savoir plus avant d'émettre des hypothèses, monsieur.

– Allez, prêtez-vous au jeu. Je peux vous dire une chose : aucun scalp n'a été retrouvé. Nous devons donc en conclure qu'il les garde. Apparemment, il n'a pas de couleur de cheveux préférée. Et nous pourrions facilement en déduire qu'il tue afin de récolter ces scalps. Ce qui amène la question suivante : Pourquoi ? Qu'est-ce que ça lui apporte ? Pourquoi un homme scalpe-t-il une prostituée ?

– On a peut-être affaire à un pervers sexuel qui rêve d'être une femme, suggérai-je. Il y a beaucoup de travestis à Berlin. Il veut peut-être se fabriquer une perruque avec ces cheveux. » Je secouai la tête. « Je sais, c'est ridicule.

– Pas plus que Fritz Haarmann qui faisait cuire les organes de ses victimes pour les manger, dit Gennat. Ou Erich Kreuzberg qui se masturbait sur les tombes des femmes qu'il avait assassinées. C'est comme ça qu'on l'a arrêté, d'ailleurs.

– Non, en effet. Présenté de cette façon.

– Nous avons nos propres théories concernant ces scalps, dit Weiss. Du moins, le Dr Hirschfeld a des théories. C'est lui qui nous conseille dans cette affaire. Toutefois j'aimerais entendre vos suggestions. Même si elles vous paraissent abracadabrantes.

– On en revient à la thèse de la misogynie, monsieur. Ou du simple sadisme. Un désir de dégrader et d'humilier, en plus de la volonté de détruire. À Berlin, il est facile d'humilier une personne assassinée. J'ai toujours été scandalisé que l'on autorise le public à venir voir les corps à la morgue. Pour quiconque souhaite avilir ses victimes, rien de plus simple. Il est temps de mettre fin à cette pratique.

– Je suis d'accord, approuva Weiss. Et je l'ai dit plusieurs fois au ministre de l'Intérieur. Mais juste au moment où des mesures semblent sur le point d'être prises, on se retrouve avec un nouveau ministre.

– De qui s'agit-il cette fois ? demanda Gennat.

– Albert Grzesinski. Notre ancien chef de la police.

– C'est un pas dans la bonne direction.

– Carl Severing était un homme bien, dit Weiss, mais il ne savait plus où donner de la tête. Ne serait-ce qu'à cause de ces salopards de l'armée qui s'entraînent en secret en vue de la prochaine guerre. Mais ne nous emballons pas avec Grzesinski. Étant donné qu'il est juif lui aussi, on peut penser que sa nomination ne va pas déclencher l'enthousiasme général. Grzesinski est le nom de son beau-père. En réalité, il se nomme Lehmann.

– Comment se fait-il que je l'ignorais ? s'étonne Gennat.

– Je ne sais pas, Ernst. D'autant qu'on m'a dit que vous étiez inspecteur. Bref, je serais surpris que Grzesinski reste longtemps en place. En outre, ses ennemis disposent d'un secret qu'ils ne tarderont pas à exploiter. Il ne vit pas avec son épouse, mais avec sa maîtresse. Une actrice américaine. Vous haussez les épaules, Bernie, mais seule la population berlinoise a le droit d'être immorale. Nos représentants élus ne peuvent pas nous représenter réellement. De fait, on leur interdit d'avoir des vices. Surtout quand ils sont juifs. Regardez-moi : je suis quasiment un saint. Ces cigares sont mon seul péché.

– Si vous le dites, monsieur. »

Weiss sourit.

« Vous avez raison, Bernie. Ne croyez jamais personne sur parole. Sauf s'il a déjà été reconnu coupable. » Il rédigea un mot sur une feuille qu'il appuya contre son buvard. « Remettez ça à la caisse. Ils vous donneront un nouveau livret de solde et un nouvel insigne.

– Je commence quand, monsieur ? »

Weiss tira sur la chaîne de sa montre de gousset jusqu'à ce qu'un chasseur en or repose au creux de sa paume.

« Vous avez déjà commencé. D'après votre dossier, vous avez bientôt quelques jours de congé, c'est exact ?

– Oui, monsieur. À partir de mardi prochain.

– Eh bien, en attendant, vous êtes de garde ce week-end. Prenez votre après-midi pour vous familiariser avec le dossier de la station Porte de Silésie. Ça devrait vous aider à rester éveillé. Car si quelqu'un est assassiné à Berlin entre maintenant et mardi, vous serez le premier sur les lieux. Alors, espérons pour vous que le week-end sera calme. »

J'encaissai un chèque à la Darmstädter und Nationalbank pour passer le cap du week-end et je marchai jusqu'à la gigantesque statue d'Hercule. Musclé et grincheux, il tenait sur son épaule droite un gourdin éloquent et, sa nudité exceptée, il me faisait fortement penser à un policier en patrouille qui venait de restaurer l'ordre dans une taverne des quartiers est. Quoi qu'en dise Bernhard Weiss, un costaud ne pouvait pas se contenter d'un insigne et d'une parole forte pour faire fermer un bar à minuit. Quand des Allemands avaient picolé toute la journée et la moitié de la nuit, vous aviez besoin d'un ami persuasif pour taper un grand coup sur le comptoir et obtenir leur attention.

Même si, en l'occurrence, les enfants penchés par-dessus le rebord de la fontaine ne prêtaient guère attention à Hercule ; ils s'intéressaient davantage aux pièces de monnaie jetées dans l'eau, essayant de calculer l'énorme fortune accumulée là depuis des années. Je pressai le pas en direction d'une haute maison située au coin de Maassenstrasse, ornée de rinceaux qui lui donnaient l'air d'un gâteau de mariage à cinq étages et d'une façade surchargée de balcons qui évoquait Frau Weitendorf elle-même.

Je louais deux pièces au quatrième : une chambre exiguë et un bureau doté d'un poêle en céramique qui ressemblait à une cathédrale couleur pistache, et d'un lavabo à plateau de marbre qui me donnait l'impression d'être un prêtre chaque fois que je me plantais devant pour me raser et me laver. Il y avait également une petite table et une chaise, un fauteuil en cuir, carré, qui grinçait et pétait plus qu'un capitaine de la Baltique. Tout dans ces deux pièces était vieux, solide et sans doute indestructible : ceux qui avaient fabriqué ces meubles voulaient qu'ils durent aussi longtemps que notre empire, quelle que soit sa longévité. Ce que je préférais, c'était un mezzotinte représentant Georg Wilhelm Friedrich Hegel. Hegel avait des cheveux fins, des hamacs sous les yeux et semblait avoir des gaz. J'aimais ce tableau car chaque fois que j'avais la gueule de bois, je le regardais et me réjouissais en songeant que même si je me sentais mal, ce n'était rien comparé à ce qu'avait dû endurer Hegel, obligé de poser pendant des heures pour celui qu'on appelait en riant l'artiste. Frau Weitendorf m'avait expliqué qu'elle était apparentée à Hegel du côté de sa mère, et c'était peut-être vrai, mais elle avait tenu à préciser que Hegel était un célèbre compositeur, et j'en avais déduit qu'elle parlait de Georg Friedrich Händel, ce qui rendait son histoire un peu moins crédible. Afin de rentabiliser au maximum ses revenus locatifs, elle dormait dans le couloir du dernier étage, derrière un paravent, sur un canapé-lit malodorant qu'elle partageait avec ses deux bulldogs français. Le pragmatisme et le besoin d'argent l'emportaient sur le standing. Elle avait beau être maîtresse chez elle, jamais elle ne considérait aucun de ses locataires comme un esclave soumis à sa volonté, ce qui était très hégélien, je suppose.

Les autres pensionnaires demeuraient chacun dans leur coin, sauf aux heures des repas. C'est ainsi que je fis la connaissance de Robert Rankin, l'Anglais cadavérique et beau qui logeait juste en dessous de moi. Comme moi, il avait combattu sur le front ouest, mais dans les Royal Welch Fusiliers, et après plusieurs conversations nous découvrîmes que nous avions été face à face, de chaque côté d'un *no man's land*, lors de la bataille de Loos en 1915. Il parlait un allemand presque parfait, sans doute parce que son véritable nom était von Ranke. (Il avait dû en changer durant la guerre pour d'évidentes raisons.) Il avait écrit un roman inspiré de son expérience, intitulé *Remballe tes problèmes*. Hélas ! l'ouvrage n'avait pas bien marché en Angleterre et il espérait le vendre à un éditeur allemand dès qu'il l'aurait traduit. À l'instar de la plupart des anciens combattants, comme moi-même, les cicatrices de Rankin étaient pour l'essentiel invisibles : un éclat d'obus reçu dans la Somme lui avait endommagé les poumons et, chose beaucoup plus rare, il avait été électrocuté par un téléphone de campagne foudroyé, appareil dont il avait depuis la phobie. Frau Weitendorf l'aimait bien car il avait d'excellentes manières et la payait pour qu'elle fasse le ménage dans sa chambre.

Ce qui ne l'empêchait pas de l'appeler « l'espion » quand il n'était pas là. Frau Weitendorf était une nazie, convaincue qu'il ne fallait faire confiance à aucun étranger.

J'entrai dans la pension avec ma mallette remplie de dossiers de la police et je montai sans bruit jusqu'à mon logement, en espérant ne croiser personne. J'entendais Frau Weitendorf parler à Rosa dans la cuisine. Ces derniers temps, Rosa jouait du saxophone dans l'orchestre de la Haller Revue de Friedrichstrasse, le plus chic de tous les clubs de striptease de Berlin. Il y avait même un casino, des salons VIP et un très bon restaurant. Néanmoins, les raisons de détester cet endroit étaient nombreuses – à commencer par la quantité de personnes qui s'y entassaient, des étrangers pour la plupart – et après ma dernière visite, je m'étais juré que, mon portefeuille et moi, on n'y remettrait plus jamais les pieds. J'étais certain qu'après avoir joué du saxophone, Rosa n'était pas opposée à l'idée de gagner un peu d'argent à côté. Une ou deux fois, en rentrant tard de l'Alex, je l'avais surprise en train de monter en douce avec un client. Ça ne me regardait pas, et jamais il ne me serait venu à l'idée de la dénoncer au « Golem », ainsi que tous les locataires surnommaient Frau Weitendorf, en raison de sa volumineuse perruque jaune et raide qui évoquait une grosse miche de pain et ressemblait très exactement à celle du monstre dans le film d'horreur du même nom.

En réalité, j'avais un faible pour Rosa et j'estimais ne pas avoir le droit de la juger parce qu'elle essayait d'améliorer ses fins de mois. Je pouvais me tromper, mais en tendant l'oreille un jour dans l'escalier, j'avais cru deviner que Frau Weitendorf essayait de convaincre Rosa de sortir avec un de ses amis du Theater am Nollendorfplatz où, comme elle ne manquait jamais une occasion de le rappeler, elle avait été actrice autrefois. Ce qui voulait dire que le Golem jouait sans doute les mères maquerelles à l'occasion.

La vérité, c'était que, après l'inflation de 1923, presque tout le monde, y compris un grand nombre de policiers, avait besoin de petits boulots au noir pour joindre les deux bouts, et ma logeuse ne faisait pas exception à la règle. La plupart des gens gagnaient tout juste assez pour survivre, sans pouvoir espérer mettre de l'argent de côté. Je connaissais un tas de flics qui vendaient de la drogue – la cocaïne n'était pas illégale, en fait –, de l'alcool de contrebande, des saucisses faites maison, des devises étrangères, des livres rares, des cartes postales cochonnes ou des montres volées sur les cadavres de personnes assassinées ou de poivrots qu'ils trouvaient dans les rues. Moi-même, pendant quelque temps, j'avais complété mes revenus en vendant des infos à Rudolf Olden, un ami du *Berliner Tageblatt*. Olden était avocat et journaliste, mais, surtout, c'était un progressiste qui croyait à la liberté d'expression. J'avais arrêté le jour où Ernst Gennat nous avait surpris en train de bavarder dans un bar car il risquait d'établir un rapprochement. Bien que je n'aie jamais livré d'informations sensibles, plutôt des petits tuyaux sur des nazis et des communistes du Département 1A, la police politique, censée réunir uniquement des officiers sans affiliation politique. Par exemple, j'avais fourni à Olden des notes que j'avais prises lors d'un discours que le commissaire Arthur Nebe en personne avait prononcé dans un meeting de l'Association des officiers de la police prussienne, le Schrader-Verband. Et si Olden n'avait pas donné le nom de Nebe, tout le monde à l'Alex savait qui on citait dans le journal.

> Un commissaire de la police politique berlinoise, censément indépendante, a prononcé un discours hier soir dans le

cadre d'une réunion privée du Schrader-Verband à l'Hôtel Eden, dont la teneur était la suivante : « Nous ne vivons plus dans une nation saine. Nous avons cessé de nous battre pour atteindre un but plus élevé. Nous semblons heureux de nous vautrer dans la fange et de sombrer vers de nouvelles profondeurs. Sincèrement, cette République me fait penser à l'Amérique du Sud, ou à l'Afrique, mais pas à un pays situé au cœur de l'Europe. Et Berlin me fait presque honte d'être allemand. Difficile de croire qu'il y a quatorze ans seulement nous incarnions une force morale, nous étions une des nations les plus puissantes au monde. Les gens nous craignaient ; aujourd'hui, ils nous méprisent et nous ridiculisent. Les étrangers affluent avec leurs dollars et leurs livres sterling pour profiter non seulement de notre reichsmark affaibli, mais aussi de nos femmes et de nos lois laxistes en matière de sexe. Berlin, en particulier, est devenue la nouvelle Sodome et Gomorrhe. Tous les Allemands respectables devraient partager mon sentiment, et pourtant, ce gouvernement de juifs et de défenseurs du bolchevisme se contente de rester assis sur ses fesses cousues d'or et d'abreuver le peuple de mensonges pour lui faire croire que tout est merveilleux. Ces gens sont exécrables. Réellement. Ils mentent en permanence. Mais Dieu merci, il y a un homme qui promet de dire la vérité et de nettoyer cette ville, de chasser la crasse des rues de Berlin, cette pourriture que vous voyez tous les soirs : les vendeurs de drogue, les prostituées, les proxénètes, les travestis, les homosexuels, les juifs et les communistes. Cet homme, c'est Adolf Hitler. Une maladie frappe cette ville, et seul un homme fort comme Hitler, avec son parti nazi, possède le remède. Je ne suis pas un nazi, personnellement, juste un nationaliste conservateur qui voit ce qui arrive à son pays, qui voit la sinistre main des communistes derrière l'érosion de nos valeurs. Ils veulent miner le cœur moral de notre société dans l'espoir de provoquer une autre révolution, comme celle qui a détruit la Russie. Ils sont derrière tout ça. Vous savez que j'ai raison. Tous les policiers de cette ville savent que j'ai raison. Tous les policiers de Berlin savent que le gouvernement actuel n'a pas l'intention de faire quoi que ce soit. Si je me trompais, je pourrais peut-être citer quelques verdicts judiciaires susceptibles de vous laisser croire que la loi est respectée à Berlin. Hélas ! je ne le peux pas car notre système judiciaire est envahi par les juifs. Je vous pose la question : la peine de mort peut-elle avoir un effet dissuasif, alors que seulement un cinquième de toutes les condamnations est appliqué ? Écoutez-moi bien, messieurs. Une tempête se prépare. Un véritable ouragan. Qui va balayer tous ces dégénérés. Oui, vous avez bien entendu : des dégénérés. Je ne vois pas d'autre mot lorsque l'on peut avorter à sa guise, lorsque des femmes enceintes vendent leurs rejetons, lorsque de jeunes garçons se livrent à des actes innommables avec des hommes dans des ruelles. L'autre jour, je suis allé à la morgue, et j'ai vu un artiste dessiner le cadavre d'une femme qui avait été assassinée par son mari. Oui, voilà ce qui passe pour être de l'art aujourd'hui. Si vous voulez mon avis, ce meurtrier que la presse a surnommé Winnetou n'est qu'un simple citoyen qui ne supporte plus de voir toute cette prostitution détruire sa ville. Il est grand temps que la police admette que ces crimes sont peut-être la conséquence inévitable de l'inaction d'un gouvernement mollasson qui menace la structure même de la société allemande. »

Gennat avait sans doute deviné que c'était moi qui avais dénoncé Arthur Nebe au *Tageblatt*, et, bien qu'il n'ait rien dit à l'époque, il m'avait par la suite rappelé que les policiers du Département 1A n'étaient pas les seuls à devoir laisser leurs opinions politiques à la maison. Les inspecteurs du Präsidium aussi. Surtout ceux qui détestaient Arthur

Nebe autant que lui et moi. On attendait davantage de personnes comme nous, avait ajouté Gennat. Il y avait déjà suffisamment de dissensions au sein de la police, inutile d'en rajouter. Je songeais qu'il avait raison, et après cet épisode, j'avais cessé de renseigner Olden.

Seul dans mon deux pièces, je roulai puis j'allumai une cigarette, dont j'humectai le bout avec un peu de rhum. Et j'ouvris la fenêtre pour évacuer la fumée. Sur ce, je vidai ma mallette et m'installai pour lire les dossiers de l'affaire station Porte de Silésie. Une lecture désagréable, même pour moi. Surtout les clichés en noir et blanc pris par Hans Gross, le photographe de l'Alex.

Il y avait dans son travail, réalisé sur les scènes de crime, quelque chose de profondément dérangeant. On dit que chaque photo raconte une histoire. Dans ce cas, Hans Gross était le Shéhérazade de la criminalistique moderne. Et pas uniquement parce qu'il utilisait un gros appareil Folmer & Schwing Banquet monté sur une plateforme roulante et une version mobile des lampes à arc au carbone installées sur l'aéroport de Tempelhof, qui occupaient au moins la moitié du fourgon. Plus important que le matériel, me semblait-il, Hans avait une perception des scènes de crime que l'on pourrait qualifier de cinématographique. Fritz Lang lui-même n'aurait pas trouvé de meilleurs cadrages, et, parfois, les clichés de Gross étaient d'une telle netteté que la pauvre victime donnait l'impression de faire semblant d'être morte. Surtout, ce qui faisait la force de ces photos, ce n'étaient pas seulement le cadrage et la netteté, mais tous les détails environnants qui les rendaient si vivantes. Souvent, les inspecteurs voyaient sur les photos de Gross des détails qui leur avaient échappé sur place. Voilà pourquoi ils l'avaient surnommé Cecil B. DeMorgue.

La photo qui figurait dans le premier dossier, celle de Mathilde Luz, découverte assassinée sur Andreasplatz, était si nette que l'on distinguait chaque trait du graffiti – Front rouge – sur le mur de brique délabré au pied duquel reposait le corps. Une paire de lunettes à l'épaisse monture était posée à droite de la tête, comme si la victime les avait ôtées juste une seconde. On distinguait même la marque – Hellstern – à l'intérieur d'une de ses chaussures, tombée au moment de l'agression. N'eût été la disparition d'une partie du cuir chevelu, on aurait pu croire que Mathilde Luz s'était allongée pour faire une sieste.

Je lus les notes et les différentes déclarations et j'essayai d'imaginer la conversation que j'aurais eue avec elle si elle avait pu me raconter ce qui s'était passé. C'était une nouvelle technique que Weiss nous incitait à tester, après avoir lu un article d'un criminaliste nommé Robert Heindl. « Laissez la victime vous parler, disait Heindl. Essayez d'imaginer ce qu'elle pourrait vous dire si vous aviez l'occasion de passer un peu de temps avec elle. »

Ce que je fis.

Mathilde Luz était une jolie fille et elle portait encore les vêtements dans lesquels on l'avait assassinée : le chapeau, le manteau et la robe, le tout acheté chez C&A, mais pas moins seyant pour autant. Certaines filles parviennent à avoir l'air chic dans des tenues bon marché, et Mathilde Luz en faisait partie. Le rapport de police indiquait qu'elle se parfumait à l'eau de Cologne *4711*, si généreusement qu'elle cherchait sans doute plus à dissimuler qu'à séduire. Toujours d'après le rapport, elle était brune, elle avait de grands yeux marron et son rouge à lèvres était assorti à son vernis à ongles. Son visage fardé était d'une blancheur cadavérique. Mais peut-être n'était-ce pas dû à la poudre.

« J'ai fabriqué des manchons à incandescence dans une usine pendant deux ans, l'entendais-je expliquer. J'aimais bien ça. J'avais de bonnes amies là-bas. Ce n'était pas très bien payé, mais avec le salaire de mon mari Franz – il fabrique des compteurs à gaz à l'usine Julius Pintsch –, on avait de quoi s'offrir un toit. Même si ce n'était pas le grand luxe, il faut bien l'avouer. On habitait dans Koppenstrasse, un appartement d'une pièce. Si on peut appeler ça ainsi. Un taudis, plutôt. C'est un quartier pauvre, comme vous le savez sans doute. En 1915, deux émeutes du beurre ont éclaté. Vous imaginez Berlin sans beurre ? Impossible. Je m'en souviens très bien. Je devais avoir dans les quatorze ans à l'époque.

– Ce qui signifie que vous en aviez vingt-sept au moment de votre mort regrettable.

– Exact. Bref, notre propriétaire, Lansky, était juif comme nous, mais il n'était pas du genre à faire passer sa communauté avant les affaires. Si on n'avait pas payé notre loyer à temps, les huissiers nous auraient expulsés séance tenante. Il nous répétait sans cesse qu'on pouvait s'estimer vernis d'avoir ce logement, dans lequel il n'aurait jamais voulu habiter. Je sais qu'il vit dans un bel appartement près de Tauentzienstrasse. Un véritable *gonif*[1]. Bref, j'ai perdu mon emploi juste après Noël, l'année dernière. J'en ai cherché un autre, évidemment, mais, à Berlin, toutes les femmes cherchent du travail. Je savais que je ne trouverais rien. Si je n'avais pas été renvoyée, jamais il ne me serait venu à l'idée de faire le trottoir. Seulement il fallait bien payer le loyer. C'est

1. « Escroc » en yiddish.

Franz qui a eu cette idée, et j'ai accepté, car c'était mieux que de prendre une raclée.

– Ces chaussures que vous portiez, des Hellstern, ça coûte cher.

– Une fille doit savoir se mettre en valeur.

– D'où viennent-elles ?

– Une amie les a volées chez Wertheim.

– Et les lunettes ?

– Certains hommes aiment le style secrétaire. Surtout dans ce quartier, au nord de la station Porte de Silésie. Ils ont l'impression que vous êtes leur voisine, ça les rassure.

– C'est à un jet de pierre de l'usine Julius Pintsch, non ?

– Oui. Des fois, mon cher mari passait me voir quand il travaillait de nuit, et il empochait ce que j'avais gagné, pour pouvoir se payer une bière ou deux. Franz était très attentionné de ce côté-là. Il disait qu'il veillait sur moi, comme un vrai souteneur. Mais je savais bien que non.

« Évidemment que c'était dangereux. Ça aussi, je le savais. On le savait toutes. Personne n'a oublié Carl Grossmann. Il a tué Dieu sait combien de femmes dans ce même quartier de Berlin. Quand était-ce ?

– Entre 1919 et 1921.

– On raconte qu'il mangeait ses victimes.

– Non, ça c'était Haarmann. Grossmann, lui, se contentait de les découper en morceaux. Dans son appartement de Lange Strasse généralement. Mais vous avez raison. Ce n'est pas très loin de l'endroit où vous avez été tuée.

– Des salopards, tous autant qu'ils sont. Si vous voulez mon avis, tous les hommes sont des salopards.

– Vous avez sûrement raison.

– Vous aussi, certainement. Les flics ne valent pas mieux que les autres. Ils sont pires même. Vous touchez des pots-de-vin ou vous fourguez de la blanche, en affirmant que vous faites respecter la loi. Mais parfois, vous êtes pires que tout. Comment s'appelait cette ordure de l'Alex qui tuait des femmes, il y a quelques années de ça ? Celui qu'ils ont acquitté en lui donnant une tape sur les doigts ?

– Bruno Gerth.

– Vous le connaissiez ?

– Oui. Mais je ne dirais pas qu'ils l'ont acquitté.

– Ah bon ? Il a toujours la tête sur les épaules, que je sache ?

– En effet, mais il est interné dans un asile d'aliénés. Et il y a de fortes chances qu'il y finisse sa vie. De fait, je suis allé lui rendre visite il y a environ deux mois.

– J'imagine que ça devait être très agréable pour vous deux. On raconte qu'il a berné le juge. En se faisant passer pour fou. Il savait comment manipuler la justice et le tribunal est tombé dans le panneau.

– Oui, c'est possible. Je ne sais pas. Je n'ai pas assisté au procès. Mais revenons-en à ce qui vous est arrivé, Mathilde. Parlez-moi du soir où vous avez été assassinée. Et sachez que je regrette ce qui s'est passé.

– J'ai commencé la soirée au Hackebär. Comme souvent. Beaucoup de *chontes** comme moi s'enfilent un ou deux verres de courage avant de partir à la chasse au client.

– On a également retrouvé des traces de cocaïne dans votre organisme.

– Oui. Et alors ? Ça donne un peu de ressort à votre démarche. Et ça vous aide quand vous tombez sur un client potentiel. Ça vous aide même à y prendre du plaisir. Pendant qu'ils vous baisent. Et puis, ça ne coûte pas très cher, et c'est facile de s'en procurer. Généralement, le vendeur de saucisses devant la station Porte de Silésie a ce qu'il faut.

* Ou *shontes* : pute

– On l'a interrogé. Il a nié.

– Vous avez choisi le mauvais moment. Quand il n'avait que de l'herbe.

– Et ensuite, que s'est-il passé ?

– Avec d'autres filles, je suis allée au Rose-Theater et peut-être au Zur Möwe.

– Le dancing ? Sur Frankfurter ?

– Tout juste. C'est un peu démodé, mais il y a souvent un tas de types intéressés. Surtout des types comme Franz, il faut bien l'avouer. Quelqu'un m'a vue repartir avec un homme, mais je ne peux rien vous dire sur lui, pour des raisons évidentes. Tout était déjà un peu confus. Quelque part sur Andreasplatz, il y a une fontaine avec une statue d'un type qui tient un marteau.

– Un témoin affirme avoir vu un homme se laver les mains dans cette fontaine dix ou quinze minutes après le moment où vous avez été assassinée, pense-t-on.

– Logique. En tout cas, je crois que c'est ça qui m'a tuée. Un marteau dans ce genre-là. J'ai senti un grand coup derrière la tête.

– Vous avez raison, Mathilde. Votre meurtrier vous a brisé la nuque d'un coup.

– Ensuite... plus rien. Le trou noir. À vous de continuer, inspecteur.

– Il vous a scalpée.

– Quel dommage. J'ai toujours eu de beaux cheveux. Demandez à Franz. Il me les brossait quand il était d'humeur tendre. Après une nuit passée sur le dos, ça me relaxait. J'avais l'impression que quelqu'un prenait soin de moi comme si j'étais une vraie personne, pas seulement un morceau de chair.

– Oui, il nous l'a dit. Et mes supérieurs ont trouvé ça bizarre. Rares sont les hommes qui brossent les cheveux de leur épouse de cette façon. Alors, peut-être qu'il s'intéressait de manière anormale aux cheveux des femmes.

– Il n'y a rien d'anormal là-dedans. Il voyait que j'étais fatiguée et il voulait faire quelque chose pour moi. Un geste gentil. Pour m'aider à me détendre.

– Parlons un peu de Franz. On l'a interrogé plusieurs fois. Notamment parce que vous auriez eu plusieurs disputes violentes.

– On vivait dans Koppenstrasse, je vous le rappelle. Ça ne ressemble pas vraiment à une suite à l'hôtel Adlon. Dans ce genre de taudis, tout le monde se dispute. Montrez-moi un couple qui habite là et qui ne se dispute pas violemment.

– Il a été condamné à diverses reprises pour agression. Et il possède un grand nombre de couteaux. Des couteaux suffisamment aiguisés pour scalper quelqu'un.

– Il fait beaucoup de travaux de menuiserie. Il fabrique des jouets qu'il vend sur les marchés de Noël. Pour mettre un peu de beurre dans les épinards. Il se débrouille bien. Mais le soir où j'ai été assassinée, il avait un alibi. Il travaillait de nuit chez Julius Pintsch.

– Mon métier consiste à démonter les alibis. Il était suffisamment près pour quitter l'usine en douce pendant dix minutes. Le temps de vous assassiner et de reprendre son poste.

– Il aurait tué la poule aux œufs d'or ? Je n'y crois pas. J'étais une bonne pute, inspecteur. Franz était peut-être un salopard, mais il n'était pas totalement idiot. Et puis, plusieurs de ses collègues, ainsi que le contremaître, ont déclaré qu'il ne s'était pas absenté un seul instant.

– La police a retrouvé plusieurs romans de Karl May dans votre appartement. Parmi lesquels *Winnetou*. D'ailleurs, c'est ce qui a incité la presse à donner ce surnom à votre meurtrier. »

Pour une raison qui m'échappait, je ne pouvais me résoudre à utiliser l'expression « Tueur de la station Porte de Silésie ». Je savais qu'il en allait de même pour Gennat, et tant que Weiss ne rôdait pas dans les parages, il l'appelait Winnetou, comme tout le monde.

« Personnellement, je ne suis pas une grande lectrice. Mais à en croire Franz, la moitié des Allemands ont lu ces foutus bouquins.

– Oui, probablement.

– Écoutez-moi. Franz a un tas de défauts, mais quelque part à l'intérieur de son torse puissant, il y a un cœur qui battait pour moi. Voilà pourquoi on restait ensemble. On se disputait, en effet, la plupart du temps parce qu'il avait pris une cuite. Vous en connaissez beaucoup des types qui ne picolent pas le samedi soir et qui ensuite ne tabassent pas leur femme, sans raison ? Non, évidemment, vous ne pouvez pas comprendre, dans une jolie pièce comme celle-ci. Avec un tapis sur le sol. Des rideaux aux fenêtres. Une ou deux fois, j'ai frappé Franz avec un pied de chaise quand il avait dépassé les bornes. Un jour, j'ai même cru que je l'avais tué. Mais il a une tête dure comme du bois et il a repris connaissance au bout d'une heure, en s'excusant de s'être énervé. En fait, je suis certaine qu'il ne se souvenait même pas de m'avoir frappée. On s'est rabibochés agréablement cette fois-là.

– C'est romantique.

– Oui. Et alors ? C'est de l'amour à la mode berlinoise. Je vais vous dire une bonne chose, monsieur l'inspecteur. C'est seulement quand un homme est allongé à vos pieds, inconscient, et que vous pouvez lui fracasser le crâne avec un pied de chaise si vous le voulez, que vous savez vraiment si vous l'aimez ou pas.

– Je vous le répète : je regrette ce qui vous est arrivé. Et je ferai tout mon possible pour arrêter le coupable. Vous avez ma parole.

– C'est très gentil à vous, Herr Gunther. Mais sincèrement, ça ne changera rien pour moi.

– Pouvez-vous m'apprendre autre chose ?

– Non.

– D'après le rapport d'autopsie, vous étiez enceinte. Le saviez-vous ?

– Non. Je... On avait toujours voulu avoir un enfant. Même si on n'avait pas les moyens. »

Elle sécha une larme, resta muette un moment, puis se tut pour toujours.

Habituellement, je n'étais pas de retour à l'heure du dîner, mais on était vendredi et, ayant sauté le déjeuner, je me réjouissais doublement d'être là, car c'était le soir où Frau Weitendorf se rendait au théâtre et laissait du hachis de mouton qu'il suffisait de faire réchauffer. Il y en avait toujours assez pour dix personnes, et étant donné que j'avais un faible pour ce plat depuis l'école, c'est avec plaisir que je me joignis aux autres pensionnaires. Rosa servit le hachis et des pommes de terre à l'eau, pendant que Fischer, le représentant de commerce bavarois, coupait le pain noir et que Rankin versait du café malté dans de grandes tasses. J'avais dressé la table en utilisant le service en porcelaine de second choix. Tous s'étonnaient de ma présence, bien entendu, mais ils n'osèrent pas m'interroger directement ; et de toute façon, je ne leur aurais pas confié que j'avais été promu à la criminelle. Quand j'étais chez moi, je n'avais aucune envie de parler de crimes. De fait, la conversation tourna essentiellement autour de l'explosion survenue à l'usine Wolfmium, et des victimes. Fischer nous avoua que c'était une des raisons pour lesquelles il irait le lendemain manifester dans les rues de Berlin avec les communistes. Ce qu'il n'aurait jamais osé dire en présence de Frau Weitendorf. Car s'il y avait un sujet qui provoquait en elle une colère incontrôlable, c'était le bolchevisme. Cet anticommunisme viscéral n'était pas seulement la conséquence de son appartenance au parti nazi, mais aussi celle des impacts de balles laissés dans la façade de la maison par la milice spartakiste lors de la révolution bolchevique de 1919, Frau Weitendorf voyant en chacune de ces balles un affront personnel.

« Où a lieu la manifestation ? demandai-je.

– Nous partons de Charlottenburg.

– Je ne pensais pas qu'il y avait beaucoup de communistes par là.

– Et nous défilerons vers l'est dans Bismarckstrasse.

– J'ignorais que vous étiez communiste, Herr Fischer, dit Rosa.

– Je ne le suis pas. Mais j'estime que je dois faire quelque chose après ce terrible drame survenu à l'usine Wolfmium. Disons que je veux afficher ma solidarité avec les ouvriers. Par ailleurs, je ne suis pas étonné qu'une telle chose se produise. Dans ce pays, les patrons se contrefichent de leurs employés et de leurs conditions de travail. Quand je voyage pour rendre visite à des clients, je vois des choses invraisemblables. Des usines souterraines illégales, des ateliers clandestins, des endroits que vous ne pourriez même pas imaginer dans une ville comme Berlin.

– À la bonne heure, Herr Fischer, dit Rankin. Je partage votre avis concernant les conditions de travail. Ici, comme en Angleterre, elles sont épouvantables. Mais vous n'êtes pas en train de dire que cette explosion est due à la négligence du patron de l'usine, si ? Car rien ne le prouve. C'est un accident. Je suppose que certains matériaux utilisés dans une fabrique d'ampoules électriques sont fondamentalement dangereux.

– Je suis prêt à parier avec vous, insista Fischer. Quelqu'un est responsable. Quelqu'un qui a ignoré les règles de sécurité afin de réaliser de plus gros profits. »

Rankin alluma une cigarette avec un élégant briquet en or, contempla un instant la flamme comme si elle pouvait le renseigner sur la cause de l'explosion, et me demanda :

« Qu'en pensez-vous, Herr Gunther ? La police enquête-t-elle sur cet accident ?

– Pas mon service, dis-je. C'est la brigade des sapeurs-pompiers qui se charge de ce genre d'enquêtes. »

Je souris et piochai dans le porte-cigarettes de Rankin. En me penchant vers la flamme du briquet, je perçus une forte odeur d'alcool. J'aspirai une longue bouffée et fis rouler la cigarette entre mes doigts, l'air songeur.

« Mais je peux vous dire une chose : rien de tel qu'une clope pour provoquer un incendie. C'est certainement ce qui s'est passé. Un mégot mal éteint. En ce sens, nous sommes tous des pyromanes en puissance. »

Fischer me jeta un regard méprisant.

« La police berlinoise... Elle fait partie du même complot. De nos jours, le seul crime, c'est de se faire prendre. »

Rankin sourit poliment. Il avait beau être un peu éméché, cela ne l'empêcha pas de changer de sujet à ma place, par courtoisie.

« J'ai lu dans le journal, dit-il, sans s'adresser à quiconque en particulier, que Benito Mussolini avait mis fin aux droits des femmes en Italie le jour même où mon pays leur accordait le droit de vote dès vingt et un ans, au lieu de trente. Pour une fois, je suis presque fier d'être anglais. »

Le dîner s'acheva par un échange de banalités, ce qui me convenait parfaitement. Une fois la table débarrassée, je remontai dans ma chambre et m'apprêtais à consulter le dossier du deuxième meurtre de Winnetou lorsque j'entendis le téléphone sonner en bas. Une minute ou deux plus tard, Rosa vint frapper à ma porte. Elle avait revêtu le queue-de-pie obligatoire pour jouer dans l'orchestre de la Haller Revue. Cela lui donnait un petit côté sexy. En tant qu'inspecteur affecté aux Mœurs, j'avais l'habitude de voir des travestis – notamment à l'Eldorado, situé dans Lutherstrasse, une source d'informations inépuisable sur les milieux interlopes de Berlin –, mais je ne faisais pas partie de ces hommes qui se sentent à l'aise en compagnie d'une femme habillée en homme. Alors qu'il y avait encore tant de femmes qui s'habillaient en femme.

« C'était le Präsidium d'Alexanderplatz au téléphone, dit-elle. Un certain Hans Gross vous fait savoir qu'il passera vous chercher devant la porte dans une demi-heure. »

Je la remerciai, jetai un coup d'œil à ma montre et savourai les effluves de son parfum Coty dans mon petit deux pièces. Cela me changeait agréablement du rhum, des cigarettes, du savon Lux, de la crème Nivea, des frites et de l'huile capillaire bon marché, sans parler des vieux bouquins et du linge sale.

« Vous croyez que vous allez finir tard ? demanda-t-elle.

– Je ne le saurai que lorsqu'on viendra me chercher. Mais oui, certainement. C'est le métier qui veut ça, hélas ! »

Tout en prononçant ces paroles, je songeais qu'il était encore un peu tôt pour un meurtre. Les Berlinois se détendaient d'abord avec quelques verres et quelques chansons avant de tabasser quelqu'un à mort. Récemment encore, en pénétrant dans le hall d'accueil de l'Alex, j'avais vu un prisonnier chanter à tue-tête. Il était ivre, évidemment. Et il venait de réduire en bouillie sa grande sœur à coups de club de golf.

« Elle ne reviendra plus ! Elle ne reviendra plus ! » beuglait-il.

Ce qui, malheureusement, était la vérité.

Il était fort probable qu'on se rende sur les lieux d'un simple accident, ce que certains policiers en uniforme appelaient un « Max Mustermann » : un corps découvert par un citoyen, dans des conditions qui soulevaient l'hypothèse d'un acte criminel.

« Et si vous passiez au club ensuite ? proposa Rosa. J'y serai encore après minuit. Hella Kürty est à l'affiche. »

Je la regardai d'un air ahuri.

« Une chanteuse. Elle jouait dans ce film, *Qui jette la première pierre*.

– Je ne l'ai pas vu.

– Je peux vous laisser un ticket à l'entrée si vous voulez.

– Je ne vous promets rien. Mais d'accord. Si je peux. Merci.

– J'imagine que ce n'est pas trop votre genre, dit-elle avec une pointe de tristesse. Le spectacle est sans intérêt et prétentieux. Mais de nos jours, qu'est-ce qui ne l'est pas ? Si vous voulez mon avis, l'inflation n'a pas seulement détruit notre monnaie. Tout le reste aussi. Le sexe, l'alcool, la drogue, la vie nocturne, l'art, etc. Surtout à Berlin. L'inflation, ce n'était que le début. Cette ville est devenue un grand magasin de la débauche. Parfois quand je marche dans le Kurfürstendamm et que je vois tous ces garçons maquillés comme des putains, et leur comportement scandaleux, j'ai peur pour l'avenir. Sincèrement.

– Que voulez-vous dire ?

– Cette fausse liberté sexuelle, cet érotisme, ça me fait penser aux derniers jours de la Rome antique. Et je me dis que les Allemands ordinaires aimeraient que tout cela s'arrête pour pouvoir retrouver une vie paisible, ordonnée.

– Vous avez sans doute raison. Mais moi, ce qui m'inquiète, c'est ce qu'on aura à la place. Quelque chose de pire, si ça se trouve. Et on regrettera peut-être cette époque. Mieux vaut un mal qu'on connaît. »

Après le départ de Rosa, je m'aperçus, trop tard, qu'elle paraissait souffrir de la solitude et que j'aurais dû lui parler davantage, lui faire comprendre que je l'aimais bien, mais à cet instant précis j'avais autre chose en tête. Ernst Gennat aurait probablement dit qu'une fille vivante – même habillée en homme – est toujours plus intéressante qu'une fille morte, surtout une fille aussi jolie que Rosa, mais j'avais à cœur de prouver que Bernhard Weiss ne s'était pas trompé à mon sujet, que je n'étais pas un flic berlinois cynique comme tant d'autres, que j'avais foi en mon travail et que je méritais la place de Lindner. Je m'assis dans le fauteuil et j'allumai une autre cigarette roulée, humectée au rhum. J'avais juste le temps de consulter le dossier du deuxième meurtre de Winnetou avant l'arrivée du fourgon.

Le corps mutilé de Helen Strauch avait été découvert dans le vieux cimetière de l'église Saint-Jacob, au sud de Hermannplatz, à Neukölln. Les plans larges du cimetière montraient une chapelle assez jolie qui ressemblait à un temple grec miniature, une colonnade dorique, des tilleuls et des châtaigniers, et une forme indistincte au pied de la statue de Jacob, comme prosternée. Des gros plans de la tête et du corps montraient Helen Strauch allongée à plat ventre sur le dallage noirci, sur lequel, précédemment, des enfants avaient tracé une marelle à la craie. D'après le légiste de la police, la mort avait été plus ou moins instantanée. La victime avait reçu un coup mortel à la nuque – l'endroit le plus vulnérable du corps humain –, qui avait provoqué un hématome de la taille et de la couleur d'un chou rouge. Comme dans le cas de Mathilde Luz, rien n'indiquait que le meurtrier avait eu des rapports sexuels avec la victime. Un billet de dix reichsmarks était encore glissé sous sa jarretière. La mort était survenue peu après minuit, le 20 mai.

Helen habitait dans Hermannstrasse, qui longeait le périmètre est du cimetière. D'après le rapport de police, on apercevait le lieu du crime de la fenêtre de sa chambre. Du moins, si les carreaux étaient propres. J'avais patrouillé dans ce secteur, connu sous le nom de Bullenviertel, lorsque je portais l'uniforme. C'était le genre d'endroit où un flic apprenait vite son métier : un décor gris et désolé, où les gens se tuaient au travail pour une misère, où l'air empestait le malt torréfié, où les enfants couraient pieds nus dans les rues à toute heure du jour et de la nuit, où une cave sur deux était un bar qui vendait de l'alcool bon marché souvent fabriqué clandestinement et où l'Armée du Salut était installée presque à demeure. Très souvent, j'avais dû chasser des prostituées qui se servaient de la colonnade du cimetière pour satisfaire leurs clients. Aujourd'hui, bien à l'abri dans mon deux pièces de Nollendorfplatz, portant une chemise propre et une cravate, je me sentais déjà loin de ces bas quartiers.

Avant de se prostituer, Helen Strauch avait travaillé à la brasserie Bergschloss, située non loin de l'endroit où on l'avait retrouvée assassinée. Quand elle avait été licenciée l'été d'avant, elle n'avait, semblait-il, eu d'autre choix que de tapiner. C'était devenu un classique à Berlin. Le jour de sa mort, elle avait passé la soirée à boire des cocktails à l'absinthe au bar de la brasserie dans Hasenheide, avant d'arpenter les rues. Personne ne se souvenait de l'avoir vue avec un client. Seule une fille se rappelait avoir aperçu Helen discuter avec quelqu'un à l'intérieur d'une voiture, un pied posé sur le marchepied, mais elle n'avait pas fait attention au modèle du véhicule, et encore moins à la plaque d'immatriculation. Elle n'était même pas capable de dire s'il s'agissait d'un homme ou d'une femme. En face de la brasserie, il y avait un hôpital, où Helen s'était rendue la veille. Pour y subir un test de grossesse, qui s'était révélé négatif.

Le corps avait été découvert par Walther Wenders, un conducteur de voiture à cheval employé par la brasserie Babel de Kreuzberg. Dans cette partie de Berlin, la bière n'était pas juste une boisson, c'était un mode de vie. Wenders habitait dans Berlinerstrasse, et pour se rendre à pied à son travail il passait devant le petit cimetière, où il s'était arrêté ce soir-là pour se soulager. C'est alors que son regard avait été attiré par la forme sur le sol. Tout d'abord, il avait cru qu'il s'agissait d'un vieux manteau abandonné par quelqu'un. Un bon manteau apparemment, dont sa femme aurait eu l'usage. Mais en découvrant le sang sur le dallage, il avait compris ce qu'il avait devant les yeux. À l'évidence, on ne pouvait plus rien faire pour cette pauvre fille ; malgré cela, il s'était précipité à l'hôpital tout proche pour donner l'alerte. L'inspecteur chargé de l'enquête était Kurt Reichenbach. En examinant soigneusement les lieux à quatre pattes, il avait découvert un bouton de manchette en or gravé du symbole des francs-maçons : l'équerre et le compas. Cela était apparu un moment comme un indice important, d'autant que la tête de la pauvre Helen reposait sur le chiffre 9 tracé à la craie : un chiffre qui possédait une signification particulière dans la franc-maçonnerie. À en croire Reichenbach.

Née en Thuringe en 1904, Helen Strauch avait passé presque toute sa vie à Neukölln. Sa mère avait abandonné son mari, bûcheron et alcoolique, pour venir vivre à Berlin, où elle était devenue couturière dans une fabrique de vêtements avant de se noyer dans le Landwehrkanal à trente-cinq ans ; Helen n'en avait alors que quinze. La raison : une arthrose précoce l'empêchait de gagner sa vie. Plus tard, Helen avait entretenu une relation intermittente avec un certain Paul Nowak, employé à la compagnie du gaz de Fichtestrasse et qui occupait une chambre dans Friedelstrasse. Mais Paul Nowak se prostituait aussi à mi-temps et possédait une flopée d'alibis pour le soir du meurtre, ayant passé la soirée dans plusieurs bars homo de Bülowstrasse – le Hollandais au numéro 69, le Continental au numéro 2, le Nationalhoff au numéro 37, le Casino Bülow au numéro 41 et le Hohenzollern au numéro 101 – avant de ramener un monsieur chez lui, dans Friedelstrasse. Tous les barmen se souvenaient d'avoir vu Paul ce soir-là, et même son client, un homme d'affaires hollandais nommé Rudi Klaver, lui-même franc-maçon, lui avait fourni un alibi, ce qui montrait bien que les homosexuels ne se cachaient pas à Berlin. « Berlin est synonyme de garçons » était une idée largement répandue dans la République de Weimar. De fait, depuis que Frédéric le Grand avait banni les femmes de sa garde prétorienne dans les années 1750, obligeant ses soldats à rechercher la compagnie d'autres garçons pour assouvir leurs désirs sexuels, Berlin était associée à l'homosexualité militaire et aux plaisirs uranistes. Le paragraphe 175 du Code fédéral de procédure pénale interdisait encore les activités homosexuelles, mais il y avait tellement de prostitués à Berlin – à l'Alex, on évaluait leur nombre à au moins vingt-cinq mille – que cette loi était quasiment inapplicable.

Nowak était fiché pour vol de voiture, et la photo de son casier montrait un jeune gars costaud et barbu qui ne ressemblait pas à l'idée qu'on se faisait d'un prostitué. Il chassait le sanglier dans le Grünewald le week-end et n'hésitait pas à dépecer lui-même la bête. Pour ce faire, il possédait des couteaux bien aiguisés. Mais la plupart des Berlinois aussi. Moi-même, j'avais toujours un canif dans la poche de ma veste, fabriqué par Henckels. Aussi tranchant qu'un rasoir, avec lequel on aurait pu scalper une boule de billard. Nowak, cependant, n'était pas un homme violent. En vérité, s'il y avait un partenaire violent dans le couple, c'était plutôt Helen. Prostituée dominatrice, elle se faisait payer pour frapper ses clients. De temps à autre, d'après des amis, elle donnait des coups de baguette à Nowak, qui subissait ces sévices sans protester. Gennat aurait volontiers fait porter le chapeau à Nowak, notamment à cause des couteaux, mais avec tous ces alibis dans la poche arrière du short en cuir du gamin – Nowak n'avait que dix-huit ans –, impossible de le faire inculper. En outre, la nuit où Mathilde Luz avait été assassinée, Nowak était dans une cellule du poste de police de Bismarckstrasse, accusé d'avoir détroussé un client avec lequel il avait eu des rapports sexuels (allégation retirée par la suite).

Pendant ce temps, Reichenbach avait suivi la piste de la franc-maçonnerie jusqu'à l'industriel de Rosenthaler Strasse, mais après l'interrogatoire des maîtres des trois grandes loges de Berlin la piste avait tourné court. Non sans que le parti nazi ait décrété dans les pages de *Der Angriff* que le lien avec les francs-maçons sautait aux yeux, ce qui confirmait ce qu'ils avaient toujours affirmé, à savoir que la franc-maçonnerie était une secte insidieuse qui menaçait de saper les fondements de l'Allemagne et devrait être interdite. Comme il était de notoriété publique que l'Alex employait des francs-maçons, le parti nazi trouvait là une raison supplémentaire de critiquer la police berlinoise.

Nous étions une cible facile, évidemment. Notamment parce que Berlin n'avait plus grand-chose à voir avec le reste du pays. La capitale ressemblait de plus en plus à un gros navire qui avait rompu ses amarres et dérivait toujours plus au loin des côtes allemandes. Il semblait peu probable qu'elle retrouve un jour un mode de vie plus conservateur, quand bien même ses habitants l'auraient souhaité. Car il n'y a pas que les êtres humains qui s'affranchissent de leurs parents et de leurs origines ; les métropoles aussi. J'avais lu que de nombreux Franzis détestaient Paris pour la même raison : les Parisiens leur donnaient l'impression d'être des parents pauvres. Il en allait peut-être d'ailleurs ainsi dans toutes les grandes villes. Si ça se trouve, les Mexicains détestaient les habitants de Mexico, comme les Berlinois étaient méprisés par les Munichois. Et *vice versa*, bien entendu. Personnellement, je n'avais jamais beaucoup aimé les Bavarois.

L'affaire Helen Strauch était le récit macabre de la vie brutale, sordide et déprimante qui régnait dans la métropole. C'était comme soulever une pierre humide dans une forêt très sombre pour regarder ce qui grouillait dessous. Et après avoir fini de lire ce dossier, j'éprouvai le besoin de me laver les mains et le visage. Mais ma soirée ne faisait que commencer et un tas d'autres choses désagréables allaient sournoisement m'assaillir.

Je devinai qu'on était arrivés à destination lorsque, à l'approche du pont de la Fischerstrasse, à l'extrémité de Friedrichsgracht, je reconnus le policier en uniforme assis sur une bitte d'amarrage. Il s'appelait Miczek et c'était un bon flic, sur lequel on pouvait compter. L'éclat de ses bottes aurait suffi à vous en convaincre : Miczek était un flic respectueux du règlement, aussi résistant que les coques en fer de ses chaussures. Apercevant le fourgon, il se leva, boutonna le col de sa tunique, remit sur sa tête son casque en cuir qui ressemblait à un seau d'incendie, balança sa cigarette dans l'eau noire derrière lui et s'approcha en nous saluant avec deux doigts. C'était le fourgon qui inspirait le respect, pas moi, même si j'étais désormais responsable des enquêtes criminelles.

« Où est notre Max Mustermann ? » demanda Hans Gross en abandonnant l'énorme volant du fourgon. Je lui emboîtai le pas, avec les deux policiers en uniforme qui l'accompagnaient depuis l'Alex. Notre sténographe, Frau Künstler, resta derrière sa machine à écrire ; elle n'avait aucune envie de voir un cadavre, et je ne pouvais pas lui en vouloir. Surtout un cadavre qui avait séjourné dans la rivière. Les volutes de fumée de cigarette qui s'élevaient devant son visage à lunettes avaient sans doute pour but de lui éviter de voir ou de sentir quoi que ce fût de déplaisant.

« Il est toujours dans l'eau, expliqua Miczek. On l'a repêché, mais on n'a pas voulu le sortir pour pas risquer d'effacer des indices. »

On trouvait fréquemment des corps qui flottaient dans la Spree, et, tout aussi fréquemment, on ne parvenait pas à les identifier. Lorsqu'on hissait un cadavre sur un quai, un portefeuille pouvait facilement glisser d'une poche et couler au fond de l'eau. Dès lors, il devenait très difficile de mettre un nom sur un visage, surtout si les poissons s'étaient servis avant.

« Bon travail », commenta Gross.

Miczek montra les trois bateliers qui jouaient au skat sur une bourriche à poissons renversée. Tous les trois portaient des bonnets, fumaient la pipe et arboraient une barbe suffisamment épaisse pour rembourrer un petit canapé.

« Vous venez voir notre pêche ? » lança l'un d'eux et, tendant la main derrière lui, il tira sur une ligne qui ramena vers la surface huileuse la partie supérieure du corps d'un homme.

Pendant ce temps, Hans Gross avait déjà déplié son Voigtländer portable pour prendre des photos.

« Qui a découvert le corps ? demandai-je.

– Moi, répondit le type qui tenait la ligne. Je l'ai repéré juste après le déjeuner. »

Une demi-heure plus tard, on l'allongeait sur le quai, et une petite foule de curieux commençait à se rassembler. L'homme semblait ne pas être resté dans l'eau trop longtemps. La cinquantaine, il avait une petite moustache qui ressemblait à une tache noire sur sa lèvre supérieure. Il portait un costume croisé à fines rayures et des chaussures indiquant qu'il ne s'agissait pas d'un batelier. Une croix de fer ornait son revers. Et de sa poitrine dépassait, enfoncé jusqu'à la garde, le couteau qui l'avait tué.

« Quelqu'un le reconnaît ? » demandai-je.

Personne ne dit rien. Je touchai le manche du couteau : il était planté si solidement dans la poitrine que la lame avait certainement atteint la colonne vertébrale. Soudain, la mâchoire inférieure du cadavre s'affaissa lentement et, devant nos regards horrifiés, une petite écrevisse sortit de sa bouche, presque nonchalamment. Luttant contre mon dégoût, je fouillai ses poches, vides à l'exception d'une boule de bois, plus petite qu'une balle de tennis. Je l'examinai avec perplexité, pensant être en présence d'un authentique mystère, du genre de ceux qui sont censés fasciner les inspecteurs dignes de ce nom, lorsque j'entendis une voix s'élever dans mon dos et compris que cette boule de bois avait provoqué une réaction dans la foule des curieux.

« Je crois bien que c'est Bruno Kleiber », déclara une femme.

Elle portait un sarrau en coton et une vieille casquette de soldat, et tenait un balai à la main. Ses jambes couvertes de varices donnaient l'impression que de minuscules créatures marines s'étaient insinuées sous sa peau. Et à en juger par l'inclinaison de sa tête, elle souffrait d'une déformation de la colonne vertébrale. Elle s'exprimait avec un accent berlinois aussi épais que ses avant-bras.

« Laissez-la passer », dis-je à l'agent chargé de contenir les curieux.

La femme s'avança.

« Qui êtes-vous ? »

Elle arracha sa casquette, dévoilant une ancienne cicatrice, sans doute une blessure par balle, qui séparait son crâne en deux comme une raie en relief. Parfaite illustration de l'expression « l'avoir échappé belle ».

« Dora Hauptmann, monsieur. C'est moi qui balaie les quais. Pour la société du canal de Cölln. Partout sur cette île, monsieur, au sud de Schlossplatz.

– Et vous croyez reconnaître cet homme ?

– J'étais pas trop sûre, jusqu'à ce que je voie cette boule dans sa poche. Maintenant, je suis sûre. Avec cette boule et la croix de fer, on peut pas se tromper. Il s'appelle Bruno Kleiber, et cette boule de bois, c'était son gagne-pain depuis dix ans. »

Elle sortit un mouchoir avec lequel elle tapota le coin de ses yeux chassieux et tendit le doigt en direction de Friedrichsgracht.

« Si vous voulez, je peux vous montrer où il travaillait.

– Volontiers. Merci. »

On suivit le quai.

« Le bonneteau, hein ? dis-je. C'était ça la combine de Kleiber ?

– Non. La boule est trop grosse. Il tenait une roulette clandestine sous le pont Gertrauden. Chaque matin, à neuf heures trente pétantes, il dépliait sa table et il faisait rouler sa boule. C'est l'heure à laquelle tous ceux qui travaillent au marché au poisson de Cölln ont fini leur journée. Ils vont boire quelques bières ou bien ils se paient une putain qui n'est pas gênée par l'odeur de poisson. Et des fois, ils s'arrêtent devant la loterie de Kleiber pour parier. Le petit Monte-Carlo, ils appellent ça. C'est interdit, évidemment, mais ça fait de mal à personne, et surtout, c'est pas truqué. Kleiber était pas un escroc, tout le monde le savait. La croix de fer qu'il portait à son revers était censée garantir son intégrité, et c'était le cas. Il gagnait juste assez d'argent pour que ça en vaille la peine, mais pas au point que les gens du coin lui en veuillent. Quand il perdait, il payait rubis sur l'ongle. C'est comme ça qu'il a pu continuer si longtemps.

– Pourtant, quelqu'un lui en voulait, soulignai-je alors qu'on continuait à marcher.

– J'ai du mal à y croire. C'était un type bien, Kleiber. Jamais à court de plaisanteries. Ni d'une petite pièce pour un gamin morveux. Si vous voulez mon avis, quelqu'un a voulu lui faucher sa caisse. L'argent liquide qu'il gardait dans sa poche arrière pour payer les gagnants.

– Vous le connaissiez bien, on dirait.

– Assez pour regretter sa disparition. Tous les jours il me refilait un peu d'argent pour balayer les mégots que les parieurs laissaient sous sa table. Il était maniaque à ce niveau-là. Comme si son emplacement, c'était bien le casino de Monte-Carlo.

– Et aujourd'hui ?

– J'étais en retard. Je marchais vers le pont quand je vous ai vus le sortir de l'eau.

– Ça ne me regarde pas, mais… cette cicatrice sur le crâne… Elle vient d'où ? »

Elle y porta machinalement la main.

« Ça ? J'ai eu de la chance. J'étais infirmière sur le front de l'Est, en 1916, avec une association de femmes catholiques. J'ai reçu un éclat d'obus russe. Celui-là même qui a tué ma sœur, infirmière elle aussi. J'ai eu de la chance une fois, alors peut-être que ça se reproduira.

– Pardonnez ma curiosité. C'est juste qu'on ne voit pas souvent d'anciennes combattantes dans les rues.

– Parce que la plupart de celles qui ont été blessées sont mortes. Les femmes étaient moins importantes que les hommes. »

Sous le pont Gertrauden, on découvrit, attaché par une chaîne à un anneau d'amarrage, ce qui ressemblait à un double panneau de bois du genre de ceux que portent les hommes sandwichs. Il était peint en vert, mesurait un peu plus d'un mètre et pesait lourd. Je sortis mon couteau, introduisis la pointe de la lame dans le cadenas. Une minute plus tard, on dépliait une table à tréteaux de presque deux mètres cinquante de long. Le dessus était divisé en carrés contenant des chiffres et des combinaisons de chiffres. Au milieu était encastré un plat creux percé de dix trous rudimentaires, numérotés de zéro à neuf. Le principe apparaissait clairement. Le croupier faisait tourner la boule de bois à l'intérieur, attendait qu'elle tombe dans un des trous et faisait le compte des perdants et des gagnants.

« Kleiber calculait à toute vitesse et il ne se trompait jamais. Son cerveau, c'était une règle à calcul.

– À votre avis, quelle somme d'argent il transportait sur lui ?

– Une centaine de marks, je dirais. Suffisamment, en tout cas, pour donner à certains l'envie de détrousser ce pauvre gars.

– Vous pensez à quelqu'un en particulier ?

– Pas dans le quartier. Les gens de Cölln sont durs, mais honnêtes. Dans l'ensemble. Sûrement un salopard venu d'ailleurs. Je vais vous dire un truc : tout ce pays est devenu complètement fou. Avant, y avait un asile de fous près d'ici, mais ils l'ont fermé. Pourtant, j'ai l'impression qu'on en a besoin plus que jamais.

– Vous avez bien raison. Avec tout cet argent qu'il gardait sur lui, on aurait pu penser qu'il avait un garde du corps.

– Il en avait un. Un ancien boxeur. Costume en velours côtelé. Casquette assortie. Un grand type avec une oreille qui ressemblait à un rein humain. C'était quoi son nom, déjà ?... Kube ? Kolbe ?

– Je me demande s'il a vu quelque chose. » Je sortis une cigarette roulée d'une boîte en fer-blanc et l'allumai. « Et s'il n'a rien vu, pourquoi. Où habitait Kleiber ?

– Aucune idée. Mais tous les jours, avec une régularité d'horloge, après avoir rangé son matériel, il allait au Nussbaum Inn dans Fischerstrasse pour déjeuner. Ils sauront peut-être où il habitait. J'en suis sûre, même. »

On regagna l'endroit où Kleiber avait été repêché et je fis signe à Miczek d'approcher. Je voulais qu'il m'entende dicter à Frau Künstler à travers la vitre arrière du fourgon. Elle se mit à taper, sans lever les yeux de sa Torpedo noire brillante, assortie à son vernis à ongles. Pour la première fois, je m'aperçus que notre sténographe était beaucoup plus jeune que je ne l'avais cru. Plus jeune et plus anticonformiste peut-être. Elle portait, posé sur l'arrière du crâne, un petit béret noir, tandis que l'épaule de sa robe, noire elle aussi, s'ornait d'une broche représentant une sauterelle… noire. Avec son visage blanc et ses yeux noir charbon, elle ressemblait à Theda Bara. Pendant ce temps, Hans Gross prenait des photos, avec son Folmer & Schwing à présent, dans la lumière des lampes à arc. C'est alors que je reçus par radio un appel de l'Alex. C'était Gennat. Je lui rapportai ce que j'avais appris, et, une fois la communication terminée, je demandai à Miczek et à un autre agent en uniforme de m'accompagner au Nussbaum Inn.

« Vous connaissez cet établissement ? demandai-je à Miczek.

– Sur l'île, tout le monde connaît le Nussbaum. Le plus ancien bar de Berlin. C'est à cinq minutes d'ici à pied. Mais ils aiment pas beaucoup les flics. Surtout les jours de paie.

– Tant mieux. Ça me va très bien.

– Peut-être qu'on devrait appeler des renforts.

– Ça ne sera pas nécessaire. »

Quand on arriva sur place, j'ordonnai aux deux policiers d'attendre devant et derrière le Nussbaum pendant que j'entrais pour poser quelques questions.

« Vous êtes sûr, inspecteur ? Y a des durs à cuire là-dedans. Certainement ivres pour la plupart.

– Si quelqu'un sort en courant, vous l'arrêtez. Pour que je voie sa tête. On ne sait jamais. Mon hypothèse, c'est que le meurtrier de Kleiber a attendu qu'il ait fini de déjeuner et il l'a suivi dehors. Alors, peut-être qu'il est toujours dans les parages.

– Très bien, inspecteur. Je comprends votre raisonnement. Mais soyez prudent. Inutile de vous faire assassiner aujourd'hui. »

Le Nussbaum se trouvait au 21, Fischerstrasse depuis 1505 ou 1705, en fonction de qui vous racontait l'histoire. C'était l'image parfaite d'un vieux bar berlinois tel que le concevaient les touristes américains, avec son grand toit en bâtière percé de lucarnes, un peu bancal, et le genre de fenêtres qui vous donnaient l'impression d'être dans un conte de fées ; il ne manquait que la sorcière au long nez. Il y avait sur le devant un jardin en piteux état consistant en un unique tilleul entouré d'une clôture de piquets verts à côté de laquelle s'alignaient des enfants en haillons attendant sans doute que leurs parents aient fini de boire leur paie. De l'extérieur on percevait l'odeur de bière et on entendait les rires gras des hommes et des femmes qui avaient déjà trop bu. En franchissant la porte d'entrée, j'essayai de repousser ma nervosité au fond de ma poche la plus profonde.

Je pris un verre sur le comptoir et le tapotai avec un couteau.

« Votre attention, je vous prie. »

Le vacarme retomba peu à peu.

« Je suis inspecteur de police... »

Quelques huées et des sifflets fusèrent. Les Berlinois avaient le sens de l'accueil.

« J'enquête sur le meurtre d'un homme qui venait ici chaque jour. Il s'appelait Bruno Kleiber et il tenait une roulette clandestine sous le pont Gertrauden. Un individu l'a agressé cet après-midi pour le voler. Il l'a poignardé à mort et l'a jeté dans la Spree. J'aimerais parler à quelqu'un qui l'a vu aujourd'hui et qui pourrait m'aider à comprendre ce qui lui est arrivé.

– C'était un juif ! lança un type. Alors, qui ça intéresse ? Peut-être qu'on lui a fait ce qu'il faisait aux autres.

– Ouais, c'était un voleur, ajouta un autre client.

– Non, je ne crois pas, dis-je. D'après ce que je sais, il était réglo.

– Il est venu ici aujourd'hui, dit l'homme qui se trouvait le plus près de moi. Comme tous les jours. Il a mangé, il a bu une bière et il est reparti.

– Quelle heure était-il ?

– Il est arrivé vers midi et il est reparti vers deux heures. Ça a dû se passer ensuite.

– Vous l'avez vu parler à quelqu'un ?

– Il restait dans son coin, répondit un autre homme. Il embêtait personne. »

Le patron sortit de derrière son comptoir en tenant une petite matraque.

« Il est mort, vous dites ? C'est triste. Bruno Kleiber était un bon client et un type bien. Si un salopard ose dire le contraire, je lui règle son compte. Pigé ? »

Le silence se fit.

« Si l'un de vous se souvient de quelque chose, il peut me téléphoner à l'Alex, en toute confiance. Je m'appelle Gunther. Bernhard Gunther. »

Ce n'était pas ma prestation la plus subtile, mais ce n'était pas le but recherché. Je voulais jouer le chien qui aboie, en espérant attirer quelques moutons dans mon enclos.

L'un d'eux m'attendait dehors, devant le bar. Miczek et son collègue avaient arrêté l'homme qui était désormais mon suspect numéro un. Je le reconnus immédiatement grâce à la description que m'en avait faite Dora Hauptmann. Les deux policiers avaient sorti leurs matraques et semblaient prêts à donner une bonne leçon à cet individu récalcitrant, si impressionnant fût-il.

« Il a décampé dès que vous avez débité votre baratin, dit Miczek. Comme s'il refusait d'aider la police de Berlin.

– C'est vous, Kube ? demandai-je.

– Non.

– Kolbe, alors ? »

Le colosse haussa les épaules.

« C'est à quel sujet ? »

Il empestait la bière et son équilibre chancelant indiquait qu'il avait bu tout l'après-midi.

« Il paraît que vous étiez payé pour protéger Kleiber.

– Qui vous a raconté ça ?

– Peu importe. Répondez.

– Vous vous gourez de bonhomme, monsieur le flic. Je jouais à la roulette du juif comme un tas de gens par ici, mais j'ai jamais été son chien de garde.

– Vous avez quelque chose contre les juifs ?

– Comme tout le monde, non ?

– Je n'ai pas eu cette impression à l'intérieur. Et puis, qui serait assez idiot pour avouer qu'il n'aime pas les juifs, alors que l'un d'eux a été retrouvé mort sur un quai, à cinq minutes d'ici ?

– J'aime pas les juifs. Et alors ?

– Ça vous donne un mobile pour tuer Kleiber, je dirais. Plus les cent marks qu'il gardait dans sa poche arrière. Ce qui est une raison suffisante pour vous fouiller.

– Essayez pour voir.

– Fouillez-le. »

Kolbe leva son poing énorme, mais ça n'alla pas plus loin car Miczek abattit sa matraque sur l'arrière de son crâne. Pas trop fort, juste assez pour qu'il s'écroule sur les pavés, sonné durant quelques minutes et incapable de résister tandis qu'on fouillait ses poches. La première chose que l'on trouva, ce fut une chevalière en or frappée d'une étoile de David.

« Voilà un bijou étonnant pour un homme qui n'aime pas les juifs », dis-je.

Miczek tenait dans sa paume un portefeuille en cuir de bonne qualité, ouvert, et n'importe qui pouvait voir qu'il n'appartenait pas à Kolbe. Car il contenait une photo de Kleiber et son épouse le jour de leur mariage. Ainsi que deux billets de cent marks. On trouva même dans la poche de Kolbe le fourreau en cuir qui avait contenu l'arme du crime. C'était sans doute l'affaire de meurtre la plus facile que j'aie eu à résoudre, mais je n'allais pas tarder à découvrir que tous les meurtriers de Berlin n'étaient pas aussi abrutis que Herbert Kolbe.

On retourna à l'Alex afin de mettre Kolbe derrière les barreaux. La porte principale était si lourde qu'il fallait la pousser à deux mains. Gross transportait son matériel photographique et les deux agents en uniforme immobilisaient les bras musclés du colosse. La porte se referma derrière nous en produisant un énorme son creux qui évoquait un tir de mortier le jour du Jugement dernier. Étant donné l'agitation qui régnait dans le hall, on aurait pu se croire sur la ligne de front en temps de guerre : les braillements des ivrognes qu'on emmenait en cellule pour la nuit, le cliquetis des machines à écrire, la sonnerie des téléphones, les éclats de voix des flics, les pleurs des femmes, les aboiements des chiens policiers et, en permanence, le claquement de la porte qui se refermait lourdement sur cet enfer métropolitain qu'était le Präsidium de la police berlinoise. Après avoir confié notre prisonnier aux gars en vert, je m'offris une courte pause café-cigarette à la cantine, avant de monter dans les bureaux rédiger mon rapport. Mais, dans l'escalier, voilà que je croisai Kurt Reichenbach. Un silence gêné s'installa entre nous, puis Reichenbach me salua poliment en levant son chapeau.

« Je viens d'apprendre que vous aviez décroché la place vacante dans le fourgon, dit-il sur un ton affable. Félicitations, mon cher. C'est une occasion en or. Grandement méritée.

– Merci. C'est très aimable à vous, Kurt.

– De rien. On dit que vous irez loin, Gunther. Vous serez nommé commissaire en moins de deux. En ce qui me concerne, j'ai une trop grande gueule. C'est sans doute une bonne chose que je n'aie pas été choisi. À dire vrai, deux juifs dans une voiture, c'est un juif de trop. Vous, en revanche, vous savez quand il faut la boucler. C'est le secret de l'avancement entre ces murs. Savoir se taire. Et ne pas faire de politique. Et puis, il y a déjà trop de foutus avocats dans la police. Vous êtes exactement le genre de sang neuf dont elle a besoin. »

Reichenbach était un petit homme barbu au sourire facile. Il portait un fin manteau de cuir noir presque en toute saison et tenait une canne à la main. Comme il n'avait aucune difficulté à marcher, j'en déduisais, à juste titre, qu'elle lui servait de matraque.

Il était bien habillé pour un inspecteur de police. Une plume était plantée dans le ruban de son chapeau melon gris et le nœud de sa cravate en laine verte s'ornait d'une belle épingle en or. Même vide, son fume-cigare en ambre quittait rarement sa bouche, mais ce jour-là il fumait un La Aurora dominicain à l'odeur délicieuse. J'étais sûr de la marque car, alors même que nous bavardions, il en glissa un généreusement dans ma poche de poitrine.

« Un petit cadeau pour fêter votre promotion et vous prouver que je ne vous en tiens pas rigueur. Je me les fais expédier d'une boutique d'Amsterdam.

– Merci, Kurt. Ça doit coûter cher.

– Bien sûr. Mais à quoi bon fumer de mauvais cigares ? »

J'étais quasiment certain qu'il s'agissait d'une allusion à Bernhard Weiss ; cependant, comme il n'insista pas, je fis comme si de rien n'était.

« Ma femme, qui est infirmière, n'aime pas que l'on fume. Seulement que serait la Kripo sans le tabac ? Voilà ce que je dis. Le métier d'inspecteur est suffisamment difficile, pourquoi le compliquer en se privant d'une substance qui stimule la matière grise ? » Il se tapota le crâne en souriant. « Si je prends le temps d'y réfléchir un jour, sans doute que j'arrêterai. Mais d'ici là, je continue. Malgré ma femme. »

Je fis aller et venir le cigare sous mon nez en savourant ses arômes avec reconnaissance, et en me demandant comment Reichenbach pouvait s'offrir tous ces produits de luxe. J'avais vu son manteau de cuir dans la vitrine de Peek & Cloppenburg : il coûtait plus de mille reichsmarks. J'avais entendu dire qu'il gérait en douce une petite entreprise de prêts usuraires, mais là encore, ce n'était peut-être que pur antisémitisme. En tout cas, il ne m'avait jamais proposé de prêt. Il n'en demeurait pas moins qu'un inspecteur de police berlinois n'était pas particulièrement bien payé.

« Au fait, Gunther, vous pourriez sans doute me rendre un service, si vous êtes d'accord.

– Bien sûr. Si je peux.

– J'ai une amie réalisatrice. Elle se nomme Thea von Harbou. Elle est aussi scénariste et elle a épousé Fritz Lang, le réalisateur. » Il marqua une pause. « Vous avez entendu parler de Fritz Lang, j'imagine ?

– Oui, j'ai entendu parler de Fritz Lang.

– Thea écrit ses scénarios. Pour un nouveau film, elle effectue des recherches sur un maniaque sexuel meurtrier, et elle aimerait beaucoup interroger quelqu'un qui appartient à la célèbre commission criminelle de Berlin.

– Je viens juste de commencer. Et je ne vois pas ce que je pourrais lui apprendre de plus que vous. Ce n'est pas comme si vous n'aviez jamais travaillé pour la Commission.

– Certes, mais je n'en suis pas un membre permanent. Et je n'enquête pas actuellement sur une affaire de meurtre. Distinction importante. À ses yeux, du moins. En outre, son objectif, c'est de rencontrer le Gros Bouddha en personne, et pour dire la vérité, il y a une certaine animosité entre Gennat et moi, désormais tout le monde le sait. Si je lui avais parlé de Thea von Harbou, il aurait certainement refusé de la recevoir. Il pense que je suis une crapule. Et il a peut-être raison. J'essaie d'accomplir mon devoir au mieux, mais parfois, je peux me montrer trop zélé, notamment avec les nazis. Bref, je ne suis pas en position d'aider Thea, et j'espérais que vous pourriez intervenir en sa faveur. Ce qui compte pour elle, c'est de rencontrer un membre permanent de la célèbre commission criminelle de Berlin. Pour pouvoir l'annoncer à son mari, je suppose. Un homme très exigeant, paraît-il.

– Très bien, je la recevrai. Si Gennat donne son accord.

– Je n'en doute pas. Si vous le lui demandez. Gennat adore le cinéma. Presque autant que les femmes séduisantes. Et maintenant que vous êtes son chouchou, il ne peut rien vous refuser. Surtout si ce que j'ai entendu dire est vrai : vous avez déjà une première arrestation à votre actif.

– Exact. Mais il n'y a pas de quoi fanfaronner. On a attrapé le coupable la main dans le sac, ou presque.

– Je suis sûr que vous êtes trop modeste. Ce qui est fort louable. Weiss aime que ses inspecteurs fassent preuve d'un peu de modestie. Il ne supporte pas que quiconque fasse de l'ombre à sa chère police. S'il tolère la célébrité du Gros Bouddha, c'est parce que Ernst Gennat se contrefiche de sa réputation. Il suffit de voir sa façon de s'habiller.

Il ne représente une menace pour personne. Ses costumes semblent avoir été taillés avec un couteau à fromage.

– Dans l'ensemble, la modestie me sied. Je ne suis pas très doué pour mener les gens à la baguette.

– Quoi qu'il en soit, félicitations. Un coup de filet, même tout cuit, peut toujours vous échapper, Gunther. N'oubliez jamais ça. Et surtout, ne négligez pas la paperasse. Weiss est avant tout un avocat et un avocat adore lire des rapports.

– Je m'apprêtais justement à finir le mien.

– Bravo. Tenez, voici la carte de visite de Thea… » Il la renifla avant de me la tendre. « Hmmm. Elle est parfumée. Appelez-la vous-même. C'est une femme très séduisante. Sans doute un peu trop âgée pour vous. Mais intéressante malgré tout.

– Vous l'avez donc rencontrée ?

– Oh, oui.

– Ici ?

– Non. Même si elle adorerait pouvoir visiter les locaux de la Commission. À l'époque, je n'ai pas osé la faire venir ici, de peur que cela ne compromette mes chances de décocher le poste de Lindner. À la place, je l'ai emmenée au musée de la Police, puis à l'institut de sexologie Hirschfied à In den Zelten, afin de donner un peu de piquant à mes anecdotes, je suppose. L'institut renferme essentiellement des photographies de pervers et des godemichés japonais. Mais Thea a semblé très intéressée. Surtout par les godemichés. Au minimum, vous aurez sans doute droit à un bon dîner en sa compagnie. Elle m'a emmené au Horcher. »

J'empochai la carte de visite.

« J'ai dit que je le ferais, et je le ferai, dis-je. Personne ne refuse une invitation à dîner.

– Bien, bien. » Reichenbach porta la main à son chapeau et descendit quelques marches en agitant sa canne et en tirant sur son cigare pour le ressusciter. « Personnellement, je ne comprends pas. Réaliser un film sur un homme qui tue des prostituées à Berlin ? Qui ça peut bien intéresser ? » Il rit. « Personne entre ces murs, en tout cas. Autant tourner un film à l'intérieur du Reichstag. Parfois, je me dis que j'aurais dû être producteur de films, plutôt que flic. Je connais le public. Je sais ce qui fait peur aux gens. Et ce n'est certainement pas un type qui étrangle quelques poules. La plupart des Allemands estiment que ces filles l'ont bien cherché. »

J'avais envie de contredire Reichenbach, de lui crier dans cet escalier vertigineux que moi, ça m'intéressait. À vrai dire, ça m'intéressait même beaucoup, et pas uniquement parce que j'étais rattaché à la criminelle désormais. Je pensais à Rosa Braun, je me demandais ce que je ressentirais si elle refaisait surface dans la Spree la nuque brisée. Nul ne mérite de mourir de cette façon, quelle que soit sa manière de vivre. Mais je ne m'intéressais pas seulement à Rosa. Quand je travaillais aux Mœurs, j'avais rencontré beaucoup de tapineuses et bon nombre d'entre elles m'avaient semblé être des filles bien, honnêtes. J'en connaissais même deux ou trois qui avaient obtenu leur *Abitur*. Et aucune ne méritait le mépris exprimé par Reichenbach. Pour de nombreuses jeunes femmes, la vie à Berlin était une pente glissante. Et c'était toute la ville qui se trouvait déshonorée quand on découvrait dans une ruelle une fille à la nuque brisée et au crâne scalpé. Mais à quoi bon exprimer mon désaccord à Reichenbach, alors qu'il avait presque atteint la sortie ? En outre, il valait sans doute mieux que je la boucle pour le moment, sur un tas de sujets. Il restait mon supérieur, après tout. Et puis, il n'avait pas foncièrement tort : la plupart des flics de l'Alex se moquaient pas mal du sort de quelques prostituées.

De même, il m'avait donné un précieux conseil, si évident fût-il : Weiss n'aimait pas voir les noms des inspecteurs de la Kripo dans les journaux, et il tenait à ce que tout figure noir sur blanc. Des rapports irréprochables étaient la meilleure garantie de l'intégrité de notre travail d'enquêteurs : c'étaient ses paroles, pas les miennes. Et on ne pouvait pas le lui reprocher. Très souvent, il attaquait les nazis en diffamation, et il ne se présentait jamais au tribunal sans ses rapports de police méticuleux. Raison pour laquelle il gagnait évidemment à chaque fois. Il les avait attaqués au moins à dix reprises, victorieusement, et ils le haïssaient. Il refusait toute protection policière, cependant, arguant du fait que cela lui vaudrait de nouvelles critiques des mêmes nazis. Toutefois, il portait une arme. Depuis l'assassinat de son ami le journaliste socialiste Kurt Eisner, en 1919, tous les juifs exerçant une activité publique étaient armés. En 1928, un pistolet était la meilleure assurance-vie que vous pouviez contracter. Voilà sans doute pourquoi j'en avais deux.

Weiss et Gennat vinrent me trouver à mon bureau, alors que je m'installais tout juste pour taper mon rapport. Les fenêtres qui donnaient sur Dircksenstrasse offraient une vue d'ensemble de la gare et de toute la moitié ouest de la ville. Berlin paraissait plus grande de nuit ; plus calme aussi, et même plus indifférente que dans la journée, semblable au cauchemar de quelqu'un d'autre. Contempler tous ces néons, c'était comme lever les yeux vers l'univers en se demandant d'où venait ce sentiment d'insignifiance. Pourtant, ce n'était pas très mystérieux : il y avait la lumière, l'obscurité, un peu de vie entre les deux, et chacun faisait ce qu'il pouvait.

« Ah, le voici ! s'exclama Gennat. Le Philo Vance de Berlin. »

J'avais mal aux pieds, mais je me levai malgré tout. Weiss et Gennat avaient enfilé leurs manteaux et semblaient sur le point de rentrer chez eux. Il faut dire qu'il était presque vingt-trois heures. Ils formaient un drôle de duo, à la Laurel et Hardy : Weiss, petit et méticuleux ; Gennat, imposant et avachi. Weiss était plus intelligent, mais Gennat était plus drôle. Il jeta un coup d'œil au rapport glissé dans le chariot de ma machine à écrire et frotta bruyamment ses bajoues avec sa paume : on aurait dit quelqu'un qui déblayait un passage avec un balai-brosse. Le Gros Bouddha avait bien besoin de se raser.

« Laissez tomber ça pour l'instant, dit-il. Vous ferez votre rapport plus tard. »

Tant mieux. Mentalement, je me voyais déjà débarquer à la Hallller-Revue et j'imaginais ce qu'on pouvait éprouver en déshabillant une femme habillée en homme. La journée avait été longue.

« Joli travail, Gunther. »

Je leur répétai ce que j'avais dit à Reichenbach : on avait pris le meurtrier la main dans le sac, ou presque.

« Il buvait le butin de son crime à l'endroit même où il avait rencontré sa victime. » J'émis un ricanement. « Il était censé lui servir de garde du corps. Mais il avait des dettes. Cet abruti avait encore sur lui la chevalière en or et le portefeuille de l'homme qu'il venait de tuer.

– C'est ça le problème avec les gardes du corps, dit Weiss. J'ai vu ça cent fois. Ils finissent toujours par mépriser la personne qu'ils sont censés protéger. Logique. À force de veiller sur quelqu'un, vous connaissez ses marottes et ses faiblesses. Et en définitive, cette personne confie sa vie à un type armé qui crève d'envie de lui faire la peau.

– Une chance que la plupart de nos clients soient idiots, ajouta Gennat. S'ils avaient tous leur *Abitur*, je ne suis pas certain qu'on en attraperait la moitié.

– Un meurtrier, c'est un meurtrier, dit Weiss en essuyant ses lunettes. Quelle que soit la manière dont on l'arrête. Car c'est ça qui compte, pas le mystère, pas l'enquête, ni la confrontation intellectuelle entre vous et le meurtrier. L'arrestation. Tout le reste, c'est du baratin. N'oubliez jamais ça, Gunther. »

Gennat avait entrepris de nous servir à chacun un verre de schnaps, provenant de la demi-bouteille qu'il gardait dans sa poche. Il leva le sien et attendit que Weiss et moi en fassions autant. Entre ses gros doigts roses, le verre ressemblait à un dé à coudre en cristal.

« Que fête-t-on ? demandai-je, en pensant qu'on buvait peut-être à mon coup de chance.

– On ne fête rien, mon gars, répondit Gennat. Un autre cadavre nous attend.

– Maintenant ?

– Oui, maintenant. Ce soir. À cet instant même. Et d'après ce qu'on sait, on a besoin de se donner du courage.

– Une autre fille a été scalpée », précisa Weiss, et à mon grand étonnement, il vida son verre d'un trait.

Je bus mon schnaps, récupérai mon manteau et mon chapeau, et les suivis hors du bureau.

À l'intérieur du fourgon garé devant l'entrée principale du Präsidium, Weiss me demanda si j'avais lu les dossiers de l'affaire de la station Porte de Silésie.

« Pas tous, monsieur. J'ai lu ceux de Mathilde Luz et de Helen Strauch. Je m'apprêtais à attaquer le troisième quand on a reçu l'appel concernant le noyé de la Spree.

– Eva ? On attend Hans, c'est ça ? demanda Gennat en se tournant vers Frau Künstler, qui allumait une cigarette.

– Il a dit qu'il arrivait. Le temps d'aller chercher des plaques pour son appareil.

– Je suis sûr que la morte nous attendra, dit Weiss. Comme toujours. C'est moi qui suis pressé de rentrer chez moi, pas elle. La pauvre.

– Oui, monsieur.

– Ernst, racontez à Gunther ce qui s'est passé. Ça ne vous dérange pas d'entendre ça, Eva ?

– Non, monsieur. C'est moi qui tape les rapports, n'est-ce pas ? Vous croyez que je cesse d'y penser ensuite ? Parfois, j'ai l'impression qu'il y a plus de morts dans cette ville que sur un champ de bataille. J'essaye d'oublier, mais ça ne dure pas longtemps. Pour oublier vraiment, il faut avoir une occupation extérieure, et ce n'est pas mon cas, étant donné que je passe mon temps à bord de ce foutu fourgon.

– Désolé. Pardonnez-moi de vous obliger à travailler si tard une fois de plus, dit Weiss.

– Ce n'est pas grave. Une chance pour vous que j'aie besoin de cet argent. Et puis, j'ai perdu le sommeil depuis que je travaille avec vous.

– Ça ne m'étonne pas, dit Gennat.

– Oh, rien à voir avec les meurtres et les descriptions détaillées. Ça, j'arrive à m'y habituer. Plus ou moins. C'est à cause du type qui habite au rez-de-chaussée de mon immeuble. Il est chanteur dans un groupe vocal, les Comedian Harmonists. Et quand il est ivre, c'est-à-dire à toute heure du jour ou de la nuit, il chante.

– J'ai entendu parler de ce groupe, dit Gennat. Ils sont célèbres.

– Plus pour longtemps, répondit Eva Künstler. Un soir, vous allez recevoir un appel pour vous rendre à Potsdamer

Chaussee, et vous découvririez un chanteur égorgé, et moi debout à côté, un rasoir à la main.

– On n'a encore jamais eu de meurtre dans ce coin-là, commenta Gennat. Ça nous changera. Et je ferai en sorte d'oublier cette conversation. Je ne peux pas dire mieux.

– Ernst se souvient de tous les détails de tous les meurtres sur lesquels il a enquêté, dit Weiss. Pas vrai, Ernst ?

– Je ne sais pas. Peut-être. Si vous le dites.

– C'est une des raisons qui en font un si bon inspecteur. Le Gros Bouddha n'oublie jamais. Pour l'instant, faites un topo à Bernie sur la fille numéro trois. Fritz Pabst.

– Fritz ? Elle portait un prénom masculin ?

– Croyez-moi, ça ne s'arrête pas là.

– Fritz Pabst, *alias* Louise Pabst, était un travesti prostitué, expliqua Gennat. Très convaincant. C'est-à-dire que même en plein jour, on avait du mal à s'apercevoir que c'était un homme. Les photos de Fritz déguisé en Louise sont une leçon d'humilité pour quiconque croit être un homme d'expérience. Jusqu'à ses sous-vêtements Goschenhofer.

– J'aimerais avoir les moyens de m'offrir les mêmes, murmura Frau Künstler.

– Pabst tenait un album photo et projetait de devenir chanteur au Pan Lounge. La journée, il travaillait au grand magasin Wertheim, au rayon mercerie, et la nuit, il fréquentait le Pan et l'Eldorado, pas très loin de l'endroit où il a été agressé et laissé pour mort. Oui, je dis bien laissé pour mort. Car la fille numéro trois a survécu.

« Pabst affirme qu'il n'a racolé personne et que son agresseur a jailli d'une entrée d'immeuble. Comme dans les cas précédents, un coup de marteau lui a brisé la nuque. Nous pensons que c'est à ce moment-là que le meurtrier a tenté de le scalper. Il s'est retrouvé avec la perruque de

Pabst dans la main et il a détalé. La victime ayant survécu, elle a pu nous fournir un indice, que nous avons réussi à cacher à la presse jusqu'à présent. Il n'a aucun souvenir de son agresseur, sauf que quelques secondes auparavant il a entendu quelqu'un siffloter une mélodie que nous avons réussi à identifier comme provenant de *L'Apprenti sorcier*, une œuvre d'un compositeur français : Paul Dukas. Je n'étais pas trop sûr du nom, mais Pabst m'a fredonné l'air et je l'ai fredonné à un musicien de la Philharmonie de Bernburger Strasse, qui l'a reconnu. L'unique témoin, la femme qui a découvert Pabst, ne se souvient pas d'avoir entendu siffler ; en revanche, elle a vu un homme se laver les mains dans un abreuvoir non loin du corps inconscient de la victime. Un homme qui portait un feutre à large bord, couvrant de longs cheveux blonds, d'un seul côté, dans le style bohème. Comme un acteur, a-t-elle dit. Pabst est soigné à l'hôpital ; pour l'instant, il n'a aucun autre souvenir. Entre nous, ça m'étonnerait que quelque chose lui revienne. On n'est même pas sûrs qu'il pourra remarcher un jour, le pauvre gars. Pas avec des talons hauts en tout cas. »

Hans Gross ouvrit la portière arrière du fourgon et déposa à bord une caisse de plaques photographiques, ses appareils et ses lampes à arc, avant de s'installer à côté de Frau Künstler. Il lui pinça le genou et lui vola une bouffée de sa cigarette. Sans qu'aucun de ces deux gestes déclenche de protestations, à mon grand étonnement.

« Désolé de vous avoir fait attendre. Monsieur, je vais avoir besoin de matériel de chez Anschütz. Nous sommes un peu à court.

– Enquêter sur des homicides coûte cher, répondit Weiss. Surtout à Berlin. Je vais arranger ça, Hans. Laissez-moi faire. »

Le chauffeur, un policier en uniforme, fit démarrer le puissant moteur et le fourgon s'ébranla, suivi par une voiture de patrouille.

« Où va-t-on ? interrogea Gross.

– Wormser Strasse, dit Weiss.

– C'est beaucoup plus à l'ouest que les victimes précédentes.

– Puis-je continuer ? demanda Gennat.

– Nous sommes tout ouïe, dit Weiss.

– Sur le coup, je ne comprenais pas pourquoi le meurtrier avait éprouvé le besoin de se laver les mains dans cet abreuvoir s'il n'avait pas scalpé sa victime. Il n'y avait pas beaucoup de sang. Mais en examinant les lieux de jour, j'ai découvert des panneaux "Peinture fraîche" sur la façade du Bureau des brevets dans Alte Jakobstrasse, et je me suis dit que le meurtrier ne cherchait peut-être pas à faire disparaître du sang, mais de la peinture verte. On a alors démonté les portes pour les examiner et on a retrouvé une empreinte de main partielle, qui pourrait appartenir, ou non, au meurtrier. Hélas ! elle ne correspond à aucune des personnes fichées et pour le moment, on a fait chou blanc.

– Bravo pour votre raisonnement, dit Weiss. Je n'y aurais pas pensé. Ah, Gunther, ce Gros Bouddha est digne de son célèbre homonyme. Non seulement il est pleinement auto-éveillé, mais il possède une connaissance approfondie de nombreux mondes. Apprenez grâce à lui les neuf vertus du métier d'inspecteur. Apprenez-les et faites-les vôtres.

– Fritz Pabst n'avait pas de petit ami, poursuivit Gennat, indifférent à ces compliments. Ni de petite amie. Ni rien entre les deux, si vous voyez ce que je veux dire. On ne peut donc pas faire porter le chapeau à un pauvre amoureux jaloux. En revanche… et c'est très intéressant, on a découvert par terre, à côté de la perruque de Pabst, un billet de banque anglais. Comme s'il était tombé de la poche du meurtrier.

– Un billet de combien ? demandai-je.

– L'équivalent d'une vingtaine de reichsmarks.

– Soit deux fois le prix moyen d'une passe, dis-je. Le meurtrier l'a peut-être proposé à Pabst, ou à Louise. À la place d'un billet allemand. Mais ça ne change rien.

– Pourquoi donc ? s'étonna Gennat.

– Si cet homme avait décidé d'assassiner Pabst, quelle importance que ce soient des reichsmarks ou des livres sterling ? Ou même un faux billet ? Le temps que Pabst l'examine dans la lumière, c'était sans doute trop tard.

– Donc, vous pensez que Pabst aurait menti en affirmant qu'il n'avait racolé personne ?

– Pas nécessairement. Quand vous avez reçu un coup de marteau sur la tête, vous n'avez plus les idées très claires. Je me mets à sa place. Quoi qu'il en soit, le meurtrier pourrait être un Anglais… Ou quelqu'un qui veut se faire passer pour un Anglais. » Je haussai les épaules. « Ou alors, ce billet a été perdu par une personne qui n'a rien à voir avec cette affaire.

– On a relevé des traces de peinture verte sur le billet, précisa Weiss. La même que celle utilisée sur la façade du Bureau des brevets. Par ailleurs, on a contacté la Banque d'Angleterre pour en savoir plus sur ce billet, mais tout ce qu'ils ont pu nous apprendre, c'est qu'il faisait partie d'un lot envoyé dans une banque du pays de Galles. Ce qui ne nous avance guère.

– Pas forcément, dis-je. Peut-être qu'un grand nombre d'Allemands dormiront mieux la nuit s'il s'avère que le meurtrier est britannique.

– Pourquoi dites-vous ça ? demanda Weiss.

– Je crains que, en tant que peuple, nous ne soyons devenus cruels depuis la guerre. La vérité, c'est que nous avons encore du mal à tirer un trait sur ce qui s'est passé. Sur notre histoire immédiate.

– À vous entendre, l'histoire serait une chose qui peut prendre fin. Or, la leçon de l'histoire, j'en ai bien peur, c'est qu'elle n'est jamais vraiment terminée. Pas aujourd'hui et certainement pas demain.

– Sans doute, mais on ne peut nier que les gens ont soif de sang et de souffrance humaine. À l'image des Romains de l'Antiquité. Et je pense que tout Allemand fier de son pays préférerait que Winnetou vienne d'un autre pays.

– Très juste, reconnut Gennat.

– Notre homme est peut-être un touriste sexuel, suggérai-je. Berlin regorge d'Anglais et d'Américains qui profitent du taux de change favorable dans nos night-clubs et avec nos femmes. Ils nous ont baisés à Versailles, et maintenant ils nous baisent ici, chez nous.

– Vous commencez à parler comme un nazi, dit Weiss.

– Je ne porte jamais de brun. C'est une couleur qui ne me sied pas au teint.

– Ce ne sont pas les Anglais et les Américains qui nous ont baisés à Versailles, rectifia Weiss. Ni même les Français. C'est le haut commandement allemand. Ce sont eux qui nous ont vendu ce baratin du couteau dans le dos. Ne serait-ce que pour se dédouaner.

– En effet, monsieur.

– J'aimerais vous présenter le Dr Hirschfeld un de ces jours, Gunther. Il est convaincu que le meurtrier n'est pas un homme qui hait les femmes, mais un homme qui aime tellement les femmes qu'il veut en devenir une.

– Curieuse façon d'exprimer cet amour, soulignai-je. Il me semble que si quelqu'un veut réellement devenir une femme, il lui suffit d'imiter Fritz Pabst. Il s'achète une jolie robe et une belle perruque, il se fait appeler Louise et il se rend à l'Eldorado. Il y a plein d'hommes là-bas qui aimeraient être des femmes. Sans parler de quelques femmes qui aimeraient être des hommes.

– Ce n'est pas la même chose que de devenir réellement une femme, dit Weiss. D'après Hirschfeld.

– Exact. Et je saurai m'en souvenir la prochaine fois que je discuterai avec une fille bizarre. Les vraies femmes naissent femmes. Même les laides. Tout le reste, ça consiste à cacher les bijoux de famille et à planquer les décorations au fond de l'étagère. Mais qui sait ? Peut-être qu'il est assez idiot pour se couper les parties intimes. Et quand on l'arrêtera, on s'apercevra qu'il manque quelque chose.

– Personne n'est idiot à ce point, dit Gennat. C'est un coup à se vider de son sang.

– Vous disiez que la plupart de nos clients étaient idiots.

– La plupart, oui. Mais ce que vous décrivez là, c'est de la démence.

– Personne n'est fou à ce point, intervint Hans Gross. Même à Berlin.

– Ce type n'est peut-être pas loin de la limite, dis-je. Et s'il s'émascule en espérant devenir une femme, ça nous évitera de lui couper la tête. »

Weiss s'esclaffa.

« J'ai l'impression que ce verre de schnaps a eu un drôle d'effet sur notre ami Gunther. C'est la première fois que je l'entends parler autant. Et il ne dit pas que des bêtises. »

J'abaissai la vitre et aspirai une grande bouffée de l'air humide de la nuit. Ce n'était pas le schnaps qui me faisait tourner la tête, c'était la fumée de tabac. Je m'apercevais que si je voulais devenir un inspecteur de la criminelle digne de ce nom, j'allais devoir passer à la vitesse supérieure en matière de tabagie. À côté des passagers du fourgon, j'étais un petit joueur. Et je comprenais maintenant pourquoi Ernst Gennat et Hans Gross avaient des voix comme des râpes à sabots. Celle de Frau Künstler ressemblait plus à du café noir, comme son vernis à ongles.

« Désolé, monsieur.

– Non, non. J'aime que mes inspecteurs s'expriment. Si surprenant que cela puisse paraître, j'ai besoin de nourrir ma réflexion, même avec des aliments étranges et exotiques. Dans ce fourgon, vous êtes libre de dire tout ce que voulez. Tant que cela ne choque pas Frau Künstler.

– Ne vous en faites pas pour moi, dit-elle en ôtant la housse de sa Torpedo. Je viens de Wedding et je sais me défendre.

– Mais si vous parlez, reprit Weiss, faites en sorte que ce soit distrayant. Nous détestons les raseurs. Et laissez tomber le "monsieur" quand on est dans le fourgon. J'aime maintenir une ambiance décontractée. »

La vitre du fourgon était toujours baissée car je me sentais un peu nauséeux. La pluie et l'air frais sur mon visage me faisaient du bien. À proximité d'Alexanderplatz, nous nous arrêtâmes à un feu rouge dans Friedrichstrasse, juste devant le cabaret James Klein, au numéro 104. Soit juste à côté de la Haller Revue. Les deux établissements, brillamment éclairés, semblaient pleins de vie, et de gens. Des gens débordants d'argent, ivres ou drogués. Je doutais fort qu'ils pensent à l'explosion de l'usine Wolfmium et aux ouvriers tués, dont le nombre s'élevait désormais à cinquante. On entendait les hurlements de rire au milieu de la cacophonie des musiques de jazz qui s'échappaient des deux clubs, ce qui ajoutait à l'atmosphère de dépravation. Un SA en chemise brune, posté entre les deux entrées, faisait la quête, comme si les clients pouvaient oublier que les nazis voulaient fermer tous les cabarets de Berlin. Le portier du James Klein, un Russe très grand, muni d'un parapluie aussi large que le dôme du Reichstag, s'approcha du fourgon avec un sourire mielleux qui dévoilait ses dents écartées. Il se pencha vers ma vitre baissée.

« Messieurs, dit-il. Entrez donc, je vous en prie. Je vous promets que vous ne serez pas déçus. Nous avons des danseuses totalement nues. Soixante-quinze modèles nus – plus que dans n'importe quel autre club de Berlin – dont l'audace vous laissera sans voix. Le cabaret James Klein est fier de vous offrir une soirée complètement dépourvue de morale, en vingt-quatre tableaux d'un érotisme saisissant.

– Juste une soirée ? murmura Weiss. Ou toute une décennie ? »

C'est à ce moment-là que Sasha me reconnut. Nous étions de vieilles connaissances. Il m'avait servi d'indic à plusieurs reprises quand j'étais aux Mœurs.

« Oh, pardon, Herr Gunther, dit-il. Je ne savais pas que c'était vous. Vous travaillez pour les pompes funèbres maintenant ? » Il faisait allusion au fourgon et à ses occupants, et il faut bien reconnaître que nous ressemblions à un groupe de croque-morts. « Vous voulez des entrées gratuites ? Ce soir, le conférencier est Paul Morgan. Il connaît les meilleures blagues cochonnes de Berlin. »

Je l'écoutais d'une oreille seulement. Les yeux fixés sur l'entrée de la Haller Revue, juste à côté, j'essayai de déceler le son du saxophone de Rosa Braun. De toute évidence, je ne pourrais pas aller la voir ce soir. Si Weiss et Gennat n'avaient pas été là, j'aurais peut-être foncé au guichet pour les informer que je ne pouvais pas profiter de son invitation et qu'elle ne devait pas m'attendre. Mais le feu passa au vert et nous repartîmes à la recherche de notre cadavre : un équipage de vampires indifférents aux êtres vivants et aux tableaux érotiques, saisissants ou pas. Plus personne ne parlait. La perspective imminente d'assister à une mort violente a pour effet de tuer la conversation.

Le fourgon ralentit sur Wittenbergplatz et tourna vers le sud dans Wormser Strasse, jusqu'à une vaste cour entourée de bureaux et d'appartements bien entretenus. Guidés par un policier en uniforme, nous y pénétrâmes et suivîmes le faisceau d'une lampe électrique jusqu'à un coin reculé. En haut d'un escalier raide menant à un sous-sol, nous trouvâmes l'inspecteur chef du Präsidium de Sophie-Charlotte-Platz. Johann Körner de son vrai nom, il devenait Erich Ludendorff quand il mettait un peu moins de cire sur le blaireau mort qu'il appelait une moustache. Un authentique flic prussien à l'ancienne, avec un *Pickelhaube*[1] dans le cul. Tout cela pour dire qu'il détestait les flics avocats aux méthodes modernes comme Bernhard Weiss, presque autant qu'il détestait les juifs intelligents comme Bernhard Weiss. Ils avaient déjà croisé le fer, mais rien dans la décontraction affichée par Weiss ne permettait de le deviner.

« Ravi de vous voir, commissaire Körner. Je crois savoir que vous avez hérité d'une fille assassinée et scalpée.

– Oui, c'est encore l'œuvre de Winnetou. Pour moi, ça ne fait aucun doute, monsieur. Un coup de marteau derrière la tête et scalpée. Elle est couchée au pied des marches. Je dirais qu'elle est morte depuis ce matin, à l'aube.

– C'est votre enquête, bien évidemment, jusqu'à ce que vous en décidiez différemment. Mais comme vous le savez nous enquêtons déjà sur deux ou trois cas similaires, ce qui nous permet d'avoir une certaine connaissance du mode

1. Casque à pointe.

opératoire du meurtrier. Par conséquent, nous pouvons nous contenter d'un rôle de conseillers, ou bien nous pouvons travailler main dans la main, ou bien nous pouvons reprendre l'enquête. Comme vous préférez. C'est à vous de décider. »

Körner consulta sa montre, l'air de penser qu'il devrait être au lit à cette heure, caressa sa moustache et se dressa sur la pointe des pieds.

« Je propose que mes hommes et moi on vous fasse un topo, et qu'ensuite on vous confie les rênes. Qu'en dites-vous, monsieur ? Je suis sûr que vous et les vôtres en savez plus sur ce genre de choses que je n'en saurai jamais. »

Je ne savais pas trop si le « et les vôtres » faisait référence aux personnes présentes à bord du fourgon ou à quelque chose de plus insidieux, mais si Weiss se sentit insulté il ne le montra pas. Comme toujours, c'était un parangon de retenue et de courtoisie professionnelle. On aurait pu croire qu'il s'adressait à un juge dans un tribunal, et non pas à un *Piefke*[1] antisémite comme Johann Körner.

« C'est très généreux de votre part, Johann. Merci. Eh bien, dites-nous maintenant tout ce que vous pensez savoir.

– Eva Angerstein, vingt-sept ans. Prostituée de fin de mois. Travaillait comme sténographe chez Siemens-Halske à Siemenstadt. Et habitait dans une chambre tout au bout du Ku'damm, dans Heilbronner Strasse, au numéro 24. On a retrouvé sa tenue de bureau dans un grand sac en tissu, dont on suppose qu'il lui appartient. »

Comme le nom l'indiquait, une prostituée de fin de mois était une fille qui tapinait uniquement quand l'argent venait à manquer, avant la paie. Une pratique assez répandue à Berlin, une ville où il y avait toujours des dépenses inattendues.

1. « Boche ».

« Le gardien de l'immeuble l'a découverte en descendant à la cave pour examiner la chaudière. Un type désagréable nommé Pietsch. Il m'a expliqué que des filles venaient souvent ici avec des clients qu'elles avaient racolés sur Wittenbergplatz. Contre le mur, au pied des marches, c'est un endroit qui en vaut bien un autre pour tirer un coup vite fait. On suppose qu'ils sont descendus ensemble, le type a flanqué un coup de marteau sur le crâne de cette pauvre fille et il l'a scalpée.

– Il y a des témoins ?

– Aucun.

– Vous avez interrogé d'autres filles qui tapinent sur Wittenbergplatz ?

– Non. On a trouvé dans son sac à main un reçu du Kakadu, un club dans Joachimstaler Strasse. Daté d'hier soir. Et on pense que c'est là qu'elle a peut-être rencontré son meurtrier. On n'a pas encore eu le temps d'y aller. »

Un des hommes de Körner vint lui remettre un sac à main, qu'il remit à Weiss, qui le remit à Gennat, qui s'essuya les mains avant de me le remettre. Je l'ouvris et braquai ma lampe électrique à l'intérieur. Je notai qu'il provenait de chez Hulbe, une boutique du Ku'damm qui vendait des articles de cuir de qualité. Je m'apprêtais à en examiner le contenu lorsque je remarquai qu'il était couvert de poussière de charbon. Et vide, à l'exception des papiers d'identité de la victime.

« Le sac en tissu qui renfermait ses vêtements, on l'a trouvé dans l'escalier, à côté du corps. Le sac à main était dans le bac à charbon, au rez-de-chaussée. Un de mes hommes est tombé dessus presque par hasard, il y a peu.

– Je me demande ce qu'il faisait là, dis-je. Une idée ?

– Il était ouvert. Comme si quelqu'un avait fouillé dedans avant de s'en débarrasser.

– À part les papiers de la fille, il est vide, dis-je. Pas de porte-monnaie, pas de portefeuille… Rien.

– Ça ne correspond pas au comportement normal de notre homme, commenta Weiss. Les victimes précédentes avaient toutes de l'argent sur elles.

– Il n'y a rien de "normal" chez ce salopard.

– Oui, vous avez raison. Je voulais dire qu'habituellement il ne vole pas ses victimes. »

Je devinais que Weiss pensait la même chose que moi : un des hommes de Körner avait volé l'argent que contenait le sac d'Eva Angerstein et l'avait partagé avec son supérieur. Une pratique assez répandue au sein de la police berlinoise. Toutefois, aucun de nous deux ne fit de réflexion.

« Comment savoir ce qui se passe dans le cerveau d'un détraqué comme Winnetou ? dit Körner. D'après mon expérience, les individus de ce genre pratiquent toutes les formes de criminalité. Le vol, les incendies volontaires, le viol… Vous avez le choix. Si vous me disiez qu'il s'apprêtait à commettre un acte de trahison, je ne serais pas surpris. Les meurtriers n'hésitent pas à violer la loi. À mon humble avis.

– Le sac vient de chez Hulbe, dis-je en m'adressant à Weiss. Une boutique de luxe. On n'imagine pas qu'une fille qui a les moyens de s'offrir un tel sac puisse s'envoyer en l'air avec un client dans la cour d'un immeuble. Elle aurait fait ça dans une chambre. Un endroit où elle pouvait se laver ensuite. »

Tout en parlant, je continuais à inspecter le sac.

« À vous entendre, cette fille n'était pas juste une vulgaire putain, dit Körner. C'est un simple sac. Je ne vois pas ce que vous pouvez en conclure. Peut-être que son client était pressé. Ce n'était pas un amateur de lingerie fine. Il voulait seulement se taper une chatte vite fait bien fait

– Je pense que vous avez raison, Johann, dit Weiss.

– Voilà qui est intéressant, dis-je. Ce sac contient une poche secrète. La fermeture Éclair est dessous, au lieu d'être en haut, et cachée derrière un pli dans le cuir. Une personne pressée peut facilement passer à côté. Et il y a quelque chose à l'intérieur. »

Ma main ressortit du sac en tenant deux bagues en or et un billet neuf de dix marks.

« Faites-moi voir ça », dit Körner, agacé.

Je lui tendis les bagues, mais pas le billet.

« Je pense qu'il vaut mieux éviter de toucher Herr Thaer, dis-je. Celui-ci semble tout neuf, comme s'il avait été imprimé hier. On a peut-être une chance de le suivre à la trace.

– Joli travail, Gunther. »

Les coupures de dix reichsmarks étaient vertes et portaient l'effigie d'un agronome nommé Albrecht Thaer, dont le seul titre de gloire était de figurer sur ce billet. Je n'avais jamais entendu parler de lui. Les héros de la République de Weimar manquaient souvent d'éclat, ce qui était peut-être la marque d'une authentique démocratie. Sous le règne du Kaiser, la monnaie allemande avait un côté plus patriotique et stimulant.

Je glissai le billet dans un sac en papier et allai le déposer dans le fourgon, avant de revenir vers le haut de l'escalier. Pendant que Weiss discutait avec Körner, je descendis les marches pour rejoindre Ernst Gennat qui faisait bénéficier la victime de ses nombreuses années d'expérience à la criminelle. Le faisceau de sa lampe balayait le sol autour du corps tel le nez d'un fourmilier. Eva Angerstein avait la tête couverte de sang, comme si elle s'était fracassé le crâne en tombant dans l'escalier. Elle portait des vêtements de qualité et ses bas étaient en soie. Son chapeau cloche, qui avait roulé sur le côté, venait de chez Manheimer, dans

Oberwallstrasse. On aurait dit un casque en acier qui n'avait pas rempli son office.

« Le corps est déjà raide, commenta Gennat. Je dirais qu'elle est morte depuis vingt-deux ou vingt-trois heures. J'imagine la scène : elle descend devant lui, il la frappe avec son marteau, un grand coup qui lui brise la nuque, et avant même qu'elle atteigne le sol, il sort son couteau pour la scalper, comme on dépiaute un animal. Dans l'ensemble, ça n'a pas duré plus d'une minute.

– C'est rapide.

– Parce qu'il n'y prend aucun plaisir. C'est évident. Il n'y a nulle trace de frénésie. Parfois, quand un meurtrier trouve le courage de tuer, ça ouvre les vannes et il ne peut plus s'arrêter de frapper. Là, il n'a même pas soulevé la jupe de cette pauvre fille et, autant que je puisse en juger, elle ne porte aucune marque sur le corps. Ce n'est pas un crime sexuel, Gunther. Le but n'est même pas de tuer. Il veut juste un trophée. Les cheveux, en l'occurrence. »

Après une pause, Gennat demanda :

« Vous avez trouvé quelque chose dans son sac à main, hein ? »

Je lui parlai du billet de banque.

« Dix reichsmarks, c'est ce qu'il lui a donné pour qu'elle l'accompagne quelque part. Jusqu'ici. De quoi la rassurer si elle était méfiante. Et largement assez pour une fellation.

– C'est ce que je me suis dit. Mais peut-être qu'il s'est ensuite inquiété à cause de ce billet, et il est revenu pour le reprendre. Voilà pourquoi il a retourné son sac à main. » Je baissai la voix. « Et moi qui croyais que c'était un des hommes de Körner qui avait fait ça.

– Ça ne veut pas dire qu'ils n'ont pas piqué deux ou trois trucs dans le sac. La police de Sophie-Charlotte-Platz a la réputation de pratiquer le prélèvement à la source, si vous voyez ce que je veux dire. Vous remarquerez qu'ils ont pris soin de lui laisser ses papiers d'identité, pour s'éviter de courir à droite et à gauche afin de mettre un nom sur son visage. Vous tenez peut-être une théorie, Gunther. À propos du billet de banque. Essayez d'en apporter la preuve. Regardez si quelque chose d'autre n'est pas tombé du sac : un bâton de rouge à lèvres, un poudrier, un trousseau de clés. Ensuite, vous irez au Kakadu, voir si quelqu'un se souvient d'elle. Et n'oubliez pas d'interroger les autres filles sur Wittenbergplatz. Elles ont peut-être vu la victime avec quelqu'un. Un homme avec le mot meurtrier écrit à la craie dans le dos.

– Très bien, monsieur. »

Je remontai l'escalier en braquant ma lampe devant moi. Un petit objet blanc me renvoya la lumière. Je me penchai pour l'identifier. C'était un fume-cigare en ivoire.

« Je doute fort qu'il soit tombé de son sac à main, n'est-ce pas ? »

Gennat se pencha à son tour pour récupérer le fume-cigare avec l'extrémité de son Pelikan. Et laissa échapper un juron.

« Vous savez ce que ça signifie, hein ? dit-il.

– Que le meurtrier fume des cigares.

– Cela signifie que nous avons découvert un indice important sur trois des scènes de crime. Un bouton de manchette. Un billet de banque anglais. Et maintenant, ça.

– Vous pensez que le meurtrier s'amuse avec nous ?

– Je commence à le croire, en effet. Dieu seul sait combien de temps Reichenbach a perdu à cause de cette hypothèse selon laquelle le meurtrier pourrait être un franc-maçon.

– Néanmoins, tous ces indices sont peut-être authentiques. Notre homme peut très bien fumer le cigare, porter des boutons de manchette de franc-maçon et avoir des devises étrangères dans ses poches.

– Oui, bien sûr. Si ça vous fait plaisir de croire qu'une petite souris déposera une jolie pièce sous votre oreiller en échange de votre dent… Moi, je pense plutôt que Winnetou nous prend pour des imbéciles. D'après mon expérience, les indices sont comme le vin : ils ont besoin d'un peu de temps pour s'affirmer. Il n'y a que dans les histoires que les indices ressemblent à des indices. Je sens qu'il y a anguille sous roche car mes narines sont plus sensibles à cette odeur que les vôtres. La question est : Pourquoi ? Pourquoi nous faire marcher de cette façon ? Tout cela me semble extrêmement prémédité.

– Il veut nous faire perdre notre temps. Il revient sur ses pas comme un renard pour nous envoyer sur une fausse piste.

– Oui, on dirait bien. Selon moi, ce billet de banque est le seul indice véritable. Allez, remontons. »

Je fis le tour de la cour avec ma lampe, les yeux rivés au sol tel un héron. De temps à autre, je les relevais vers les fenêtres environnantes, dont certaines étaient occupées par des curieux. Rien de tel qu'un meurtre pour faire sortir les Berlinois de leurs tanières. Certains me criaient quelque chose, mais je ne comprenais pas ce qu'ils disaient ; et de toute façon, je n'aurais pas répondu.

Près de l'escalier poussait un arbre solitaire qui avait connu des jours meilleurs. À la base du tronc, il y avait un trou. J'y plongeai le bras jusqu'au coude et trouvai aussitôt un portefeuille en cuir assorti au sac Hulbe de la victime. Il n'y avait pas d'argent à l'intérieur, mais un ticket de bus et une photo d'Eva Angerstein. Elle se tenait devant la célèbre horloge de Potsdamer Platz. Derrière, on apercevait le tout aussi célèbre Haus Vaterland de Köthener Strasse. Exactement le genre d'endroit où une prostituée occasionnelle comme Eva aurait pu exercer son activité. Elle portait un petit chapeau cloche bleu marine et une robe ample, de la même couleur, qu'elle relevait d'une main, juste assez pour dévoiler une jarretière rouge. Une pose provocatrice, pour rire. Je découvrais son visage pour la première fois. Elle était jolie. Bouche en cœur, cheveux bruns et beau sourire. Elle a été la fille de quelqu'un, songeai-je. La sœur de quelqu'un peut-être. Avant d'être la victime de quelqu'un.

Je plongeai de nouveau le bras à l'intérieur du tronc et en ressortis un tube de rouge à lèvres. Je le déposai dans un sac en papier et glissai la photo dans ma poche. Je regagnai le fourgon et j'annonçai à Bernhard Weiss où j'allais. Si je n'étais pas de retour avant leur départ, on se verrait demain matin. Sur ce, je pris la direction du Kakadu, situé à cinq minutes à pied, en espérant que quelqu'un, là-bas, se souviendrait d'Eva.

Espoir déçu.

Sur chaque table, un cacatoès enfermé dans une cage vitrée était censé réclamer l'addition quand vous tapotiez le verre avec un couteau, et j'aurais sans doute mieux fait d'interroger les oiseaux pour obtenir des informations. Ils auraient été plus utiles. Mais en ressortant, j'eus plus de chance avec la fille du vestiaire, à qui je demandai si elle reconnaissait celle de la photo. Oui, elle la reconnaissait, et elle me parla même d'une autre jeune femme avec qui Eva avait passé une partie de la soirée, la veille. Elle s'appelait Daisy, c'était une Américaine, et la fille du vestiaire pensait que je la trouverais certainement dans le coin salon, dont j'avais oublié l'existence.

Le salon était plein de recoins douillets, de petites cheminées et de canapés sur lesquels des couples apprenaient à mieux se connaître, très intimement pour certains. Heureusement pour moi, Daisy n'en faisait pas partie. Il était facile de la reconnaître au milieu des autres femmes du Kakadu : les Américaines semblent toujours mieux habillées que les Allemandes. Assise seule, elle buvait du champagne, et en m'apercevant du coin de l'œil, elle regarda sa montre d'un air agacé, tandis que j'approchais de sa table. Elle était jolie, menue, avec une petite poitrine. Âgée d'une vingtaine d'années, elle semblait très sûre d'elle, comme ces filles qui ont beaucoup d'argent. Hypothèse confirmée par sa montre en jade et en diamants. Et j'aurais parié qu'elle se fichait pas mal de l'heure qu'il était.

« Daisy ?

– J'attends quelqu'un. Et il va arriver d'une seconde à l'autre, alors, Fritz, ne prenez pas la peine de vous asseoir.

– Oh, ça n'est pas gênant. Pour moi, en tout cas. Et je ne m'appelle pas Fritz. » Je m'assis et lui montrai mon nouvel insigne tout neuf. « Mon nom, c'est police. Et ça pourrait être synonyme d'ennuis pour vous. Ou pas. Voilà ce qu'on doit découvrir.

– Que voulez-vous ?

– Des renseignements. Tout d'abord, comment vous appelez-vous ?

– Torrens. Daisy Torrens. C'est à quel sujet ?

– Vous semblez nerveuse, Daisy.

– Je vous le répète, j'attends quelqu'un.

– Dans ce cas, je vais faire vite. » Je sortis de ma poche la photo d'Eva. « Vous avez déjà vu cette fille ?

– Non. »

Daisy aurait pu tout aussi bien regarder un ticket de tram, vu l'intérêt qu'elle manifestait.

« Vous devriez regarder encore. Car j'ai un témoin qui vous a vues bavarder toutes les deux hier soir. Et une Américaine qui tente d'induire en erreur un policier allemand, ça la ficherait mal. Si je suis obligé de vous arrêter pour dissimulation de preuves, cela pourrait nuire aux relations internationales.

– Bon, d'accord. Je lui ai parlé. Et après ?

– De quoi avez-vous discuté ?

– Sincèrement, je ne m'en souviens pas. On a juste bavardé quelques minutes. De tout et de rien. Une discussion entre filles. Les hommes. Ce cabaret. Les cacatoès qui chient sur les tables...

– On peut poursuivre à Alexanderplatz, si vous préférez. Mais je ne peux pas vous promettre que personne ne chiera sur la table là-bas aussi, hélas !

– Quel est le problème ? Je parle à toutes sortes de gens ici. Comme tout le monde. Ce n'est pas interdit par la loi, que je sache.

– Le problème, c'est qu'Eva Angerstein a été assassinée en sortant d'ici hier soir. Et ça, c'est interdit par la loi. Et d'après ce que je sais, vous êtes la dernière personne à l'avoir vue vivante.

– Oh. C'est affreux. Je suis désolée. » Elle ne semblait pas l'être le moins du monde. Songeuse, elle mordilla sa lèvre boudeuse et me regarda droit dans les yeux. « Si je vous dis ce que je sais, et ce n'est pas grand-chose, est-ce que vous me ficherez la paix ? Mon ami ne sera pas content s'il me voit parler avec la police.

– Entendu. Mais je veux voir votre pièce d'identité. Pour être sûr de savoir à qui j'ai affaire. »

Elle prit son sac sur la banquette et me tendit sa carte d'identité. Son adresse était facile à mémoriser : Vila G, rue 6, numéro 9 dans le quartier chic d'Eichkamp. Où on avait les moyens de s'offrir des montres en jade et en diamants. Je lui rendis sa carte.

« Je vous écoute.

– Eva m'achetait de la cocaïne. Il y a un dealer sur Wittenbergplatz. Devant la station de métro. Il vend des saucisses en plus de la drogue. Mais dès qu'il me voit arriver, il double ses prix. Comme je suis américaine, il pense que j'ai les moyens. Et puis, je n'aime pas beaucoup l'odeur des saucisses. D'ailleurs, c'est une des raisons pour lesquelles je viens ici : leur restaurant végétarien. Le meilleur de Berlin.

– Vous êtes censée avoir une ordonnance pour acheter de la cocaïne. Et uniquement en pharmacie.

– Oui, je sais, mais la nuit, comment vous faites ?

– Eva vous servait donc d'intermédiaire. Vous l'aviez déjà fait ?

– Oui, bien sûr. Plein de fois. On s'est connues ici. Toutefois, je ne dirais pas qu'on était amies. Je lui donnais dix pour cent pour sa peine. Elle faisait la même chose pour un tas de gens. Ici, ils n'aiment pas qu'on vende de la drogue. Bref, Eva était digne de confiance. Jusqu'à hier soir. Je lui avais donné cinquante marks pour m'acheter de la coke et elle n'est pas revenue. » Daisy jeta un nouveau coup d'œil à sa montre. Elle en valait la peine. « Maintenant, je comprends pourquoi.

– Vous saviez qu'Eva se prostituait ?

– Elle ne me l'a jamais dit, mais j'avais cru le deviner. C'est le cas de beaucoup de filles ici.

– Mais pas vous.

– Non. » Son ton se raidit ; elle leva le menton comme si elle voulait m'envoyer me faire foutre, et sans doute l'aurait-elle fait si je n'avais pas été flic. « Je suis actrice. Et maintenant, si ça ne vous ennuie pas, j'aimerais que vous me fichiez la paix.

– Une dernière question et je m'en vais. Avez-vous vu Eva discuter avec des hommes hier soir ?

– Sincèrement ? Non. L'éclairage est plutôt tamisé ici, comme vous avez pu le remarquer. Et je ne portais pas mes lunettes. Alors, même si je l'avais vue discuter avec quelqu'un, je ne pourrais pas le reconnaître.

– Vous êtes myope ? Je peux voir vos lunettes ?

– Si vous voulez. » Elle prit dans son sac un étui à lunettes qu'elle me tendit. J'examinai la paire qu'il contenait. « Satisfait ? »

Je lui rendis ses lunettes.

« Merci. »

Je me levai et m'éloignai sans rien ajouter, mais, avant de quitter le petit salon, je m'arrêtai derrière un pilier dans l'espoir d'entrevoir cet « ami » qu'elle attendait. Daisy ne pouvait pas me voir, j'en étais certain : elle ne portait pas ses lunettes. En revanche, j'eus la chance d'apercevoir celui qu'elle attendait, et qu'elle embrassa affectueusement. Vêtu d'un smoking, il était probablement deux fois plus âgé, et certainement deux fois plus grand. Brun, enveloppé, des sourcils broussailleux, un nez aussi gros qu'un klaxon de voiture. Bref, la parfaite incarnation du juif tel que se le représentaient les Allemands antisémites. Mais surtout, je l'avais reconnu et j'avais soudain l'impression d'être monté à bord des montagnes russes du Luna Park. Ancien chef de la police de Berlin, Albert Grzesinski était désormais le ministre de l'Intérieur du gouvernement de Weimar.

Quand j'atteignis Wittenbergplatz, j'étais épuisé. Mes pieds me faisaient souffrir plus que jamais et mon cerveau était comme un demi-citron dans le poing d'un barman. Il y a dans tous ces néons qui illuminent la nuit quelque chose qui semble vous lessiver l'esprit. J'étais trop crevé pour rester poli et je regrettais déjà de ne pas avoir été un peu plus dur avec Daisy Torrens. Son indifférence en apprenant le meurtre d'Eva Angerstein m'avait choqué. En ce temps-là, il m'arrivait encore d'être choqué par certains comportements humains, même après deux années aux Mœurs.

Wittenbergplatz était réputé pour deux choses : le grand magasin Hermann Tietz, anciennement Jandorf & Co, où j'achetais la plupart de mes vêtements, et la gare Art nouveau. Avec sa façade néoclassique et son hall majestueux, elle ressemblait davantage à une église, mais c'était ça Berlin. Tout devait avoir l'air un peu mieux, plus joli, plus impressionnant que ça ne l'était en réalité. De même que le cinéma UFA de Nollendorfplatz ressemblait à l'antique temple de Dagon avant que Samson ne débarque pour en transformer l'architecture.

À l'intérieur de la gare se dressaient les habituelles fourches caudines de prostituées, sous lesquelles les hommes qui descendaient des trains étaient obligés de passer. Et en effet, il y avait bien un type qui se trimbalait avec un gril-loir à saucisses sur la poitrine, ainsi que deux clochards, d'anciens combattants blessés qui faisaient la manche. Une scène métropolitaine typique, jusqu'au bonhomme obèse, genre avocat, qui entrait dans la gare, regardait les putes et les mendiants, et laissait échapper un « Pfff ! » de mépris.

« Scandaleux », lâcha-t-il en s'adressant aux mendiants. Pour quelle raison les avait-il choisis pour cible, je l'ignorais. « Vous devriez avoir honte. Vous rabaissez l'uniforme. Et ces médailles. »

Réplique qui m'incita à déposer quelques pièces dans le képi des deux hommes. En voyant cela, le type obèse s'empressa d'aller prendre son train, qui le conduirait dans un endroit aussi respectable que ses opinions.

J'achetai un paquet de Salem Aleikum, puis je me présentai devant le vendeur de saucisses et réclamai un sachet de sel, ce qui, sans saucisses, ne pouvait signifier qu'une seule chose. Quand je fus certain que la marchandise était dans sa main, je lui montrai mon insigne. Vendre de la cocaïne sans ordonnance n'était pas un crime très grave, mais cela me donnait un motif pour l'embarquer malgré tout, et peut-être même pour lui retirer sa licence.

« Vous pouvez ranger votre sachet de sel, dis-je. Ça ne m'intéresse pas. En revanche, j'aimerais qu'on parle d'une de vos clientes régulières. Une prostituée occasionnelle nommée Eva Angerstein.

– Elles ont des noms ? Vous m'étonnez.

– Celle-ci a même une photo. »

Je la lui tendis. Il la prit entre ses doigts gras, sortit une paire de lunettes de sa poche de poitrine, examina la photo, mordit dans une saucisse que de toute évidence il ne vendrait pas ce soir, puis hocha la tête.

« Jolie fille.

– Pas seulement.

– Oui, je la connais, avoua-t-il. Elle vient s'approvisionner deux ou trois fois par semaine. C'est beaucoup trop pour son usage personnel. À mon avis, elle revend la marchandise dans un cabaret quelconque. J'en tiens compte quand je lui annonce le prix.

– Quand l'avez-vous vue pour la dernière fois ?

– Hier soir. À peu près à cette heure-ci. Pourquoi ? Qu'est-ce qu'elle a fait ?

– Elle a été assassinée.

– Dommage. Ça arrive de plus en plus souvent par ici. À tel point que certaines de ces filles ont peur de travailler. Si je vous disais qu'il y en a deux fois moins qu'avant.

Elles ont peur d'être scalpées par Winnetou. Et on peut les comprendre. Elle a été scalpée elle aussi ?

– Je ne peux pas vous le dire.

– Vous venez de le faire. Bref, elle m'a acheté du sel et après, elle est allée discuter avec ces filles là-bas. Enfin, je pense que c'étaient elles. Difficile de les différencier à cette distance. Et puis, y a ce type qu'est entré dans la gare et elle est partie avec lui.

– Vous pourriez le décrire ?

– Ces filles racolent plus de types que je ne vends de saucisses. C'est comme si vous me demandiez de décrire une francfort que je viens de vendre.

– Essayez.

– Bien habillé. Le style gentleman. Il portait son chapeau sur le côté. Dans le genre canaille. Il portait un grand imperméable. Mais je faisais pas vraiment attention. » Il haussa les épaules. « Voilà, c'est tout. Vous feriez mieux d'interroger les filles. Rien ne leur échappe. Elles vous jaugent en moins de dix secondes. Elles savent combien vous avez dans vos poches et si vous êtes d'humeur à batifoler. »

Il avait raison.

Je me dirigeai vers les filles, mais elles avaient eu le temps de m'observer pendant que je discutais avec le vendeur de saucisses et d'en conclure que j'étais de la police. Elles s'éparpillèrent aux quatre vents. Je retournai auprès de mon indic.

« Qu'est-ce que je vous disais ? s'esclaffa-t-il. Elles ont pigé que vous étiez flic quand vous m'avez tendu la photo. C'est déjà pas facile de gagner sa croûte, si en plus vous faites fuir le poisson… »

Je le saluai d'un hochement de tête et repartis d'un pas lourd. Mon lit m'appelait. Je mourais d'envie de m'y coucher. Seul.

« Juste une chose, me lança le marchand de saucisses. Je crois pas que c'est lui qui l'a tuée. Le type au chapeau.

– Qu'est-ce qui vous fait dire ça ?

– Il donnait pas l'impression qu'il allait tuer quelqu'un.

– C'est-à-dire ?

– Il sifflotait. Un type qui s'apprête à scalper une fille, il sifflote pas avant. Si ? Je pense pas. Quand on siffle, ça veut dire qu'on est détendu. On n'est pas sur le sentier de la guerre.

– Oui, sans doute. Est-ce que par hasard vous vous souvenez de ce qu'il sifflait ?

– Non. Désolé. J'ai pas l'oreille musicale. Prenez donc une saucisse. Cadeau de la maison. Je les vendrai pas ce soir et elles vont finir à la poubelle. »

De retour devant l'immeuble de Wormser Strasse, mangeant ma saucisse dans le noir, je me cognai les tibias contre une paire de béquilles en bois et un chariot de mendiant, le genre d'engin qu'utiliserait un cul-de-jatte ou un homme paralysé pour se déplacer, à la place d'un véritable fauteuil roulant. Cela me rappelait ces peintures médiévales allemandes représentant des mendiants coiffés de couronnes en carton et affublés de queues de renard dans le dos. Nous avons toujours eu un sens de l'humour cruel en Allemagne. Le chariot était rudimentaire, artisanal, mais beaucoup d'hommes n'avaient pas le choix. Les fauteuils roulants orthopédiques du genre de ceux que fabriquait l'Agence pour les personnes handicapées coûtaient cher et, juste après la guerre, les vols étaient nombreux. Voilà pourquoi je m'étonnai de voir un de ces « chariots pour estropiés », comme on les appelait, abandonné de cette façon. Où était l'homme qui l'utilisait ? Le fait que j'aie oublié ce chariot presque aussitôt après l'avoir vu en début de soirée en disait long sur ma propre attitude vis-à-vis des handicapés. Dix ans après l'armistice, il y avait encore tellement d'anciens combattants estropiés dans les rues de Berlin que plus personne – moi y compris – ne faisait attention à eux ; ils étaient comme des chiens ou des chats errants.

Je me précipitai dans la cour, en quête de nouvelles louanges motivées par mes découvertes récentes, quitte à prendre la grosse tête.

Le commissaire Körner était rentré chez lui, ne laissant qu'une poignée d'agents en uniforme de Sophie-Charlotte-Platz pour surveiller les lieux. Des gens étaient encore penchés à leurs fenêtres pour voir ce qui se passait. C'était ça ou écouter la radio, ou aller se coucher. Personnellement, je sais ce que j'aurais choisi. Mon lit ne m'aurait pas paru plus accueillant s'il avait abrité une bouteille de bon rhum et un pyjama propre. Hans Gross avait fini de prendre ses photos. Frau Künstler avait remis la housse sur sa machine à écrire et elle allumait une nouvelle cigarette. Weiss consultait sa montre de gousset. Sa voiture personnelle, conduite par un policier, était arrivée pour le ramener chez lui et il semblait sur le point de partir. Jusqu'à ce que je les prenne à part, Gennat et lui, pour les informer de ce que j'avais découvert à Wittenbergplatz et, plus intrigant, au Kakadu.

« Avant d'être assassinée, la victime a retrouvé une femme pour laquelle elle achetait parfois de la drogue, expliquai-je. Une Américaine nommée Daisy Torrens. »

Weiss fronça les sourcils.

« Ce nom me dit vaguement quelque chose. Pourquoi donc ?

– Peut-être parce qu'elle attendait l'arrivée d'un homme que vous connaissez, monsieur. Albert Grzesinski.

– Le nouveau ministre ? demanda Gennat.

– À moins qu'il n'ait un frère jumeau.

– Vous êtes sûr ? » demanda Weiss.

Il ne doutait pas de moi, plutôt de ses oreilles.

« Sûr et certain.

– Il s'affiche en public avec cette femme ?

– Sans aucune retenue.

– Bon sang.

– Qui est cette Daisy Torrens ? interrogea Gennat. Jamais entendu parler d'elle.

– Une actrice, répondit Weiss. Elle avait le premier rôle dans un film récent de l'UFA, *In der Heimat, da gibt's ein Wiedersehn.* Je croyais que vous vous intéressiez au cinéma.

– Un film épouvantable, dit Gennat.

– Je n'en doute pas. Bref, Grzesinski a une liaison avec Mlle Torrens, mais, jusqu'à tout récemment, il prenait soin de ne pas être vu avec elle en public. N'oublions pas qu'il est marié. Toutefois, ils partagent une maison à Eichkamp.

– Elle m'a donné l'adresse, dis-je.

– La presse ignore cette liaison pour l'instant, mais si les nazis venaient à découvrir son existence, ils n'auraient aucun mal à saboter sa carrière dans les pages de *Der Angriff.* Rien ne leur plaît autant qu'un juif qui se fait prendre la main dans la culotte d'une Américaine. Surtout si elle se drogue. » Weiss ôta son pince-nez, nettoya délicatement les verres, le fixa sur l'arête de son nez et me jeta un regard pénétrant. « Vous êtes sûr pour la drogue ?

– Elle me l'a dit elle-même.

– C'est quel genre de femme, diriez-vous ?

– Une garce pleine de fric. Glamour et sans cœur.

– Oui, c'est ce que j'ai entendu dire. »

Weiss fut pris d'une légère quinte de toux qu'il étouffa avec le dos de sa main.

« Si la chose s'ébruite, dit Gennat, le nouveau gouvernement ne tiendra pas longtemps. Et personne n'a envie d'avoir de nouvelles élections, à part ces foutus nazis. Au bout d'un moment, les gens finissent par se lasser d'un excès de démocratie.

– Voilà pourquoi on doit garder ça pour nous, dit Weiss.

– Je suis d'accord », dit Gennat.

J'approuvai d'un hochement de tête, comme si cela était important. L'idée que je puisse influer sur le sort du gouvernement me semblait absurde.

« J'irai trouver Grzesinski pour lui suggérer de se comporter un peu plus discrètement avec son amie américaine à partir de maintenant, ajouta Weiss. Dans son intérêt et celui du pays. Quoi qu'il en soit, la question n'est pas là. Vous avez obtenu un autre signalement du meurtrier, Gunther. Il correspond à celui fourni par la femme qui a découvert Fritz Pabst. Bon travail, mon garçon. Dès demain à la première heure, je veux que vous vous rendiez à la Reichsbank dans Jägerstrasse pour leur demander des renseignements sur ce billet que vous avez trouvé. S'ils vous font des difficultés, appelez-moi à mon domicile, je parlerai à Heinrich Köhler. Il me doit un service. »

Köhler n'était autre que le ministre des Finances.

« Mais dans l'immédiat, rentrez chez vous. Vous aussi, Ernst. On a fait tout ce qu'on pouvait ce soir, à part allumer un cierge à la mémoire de cette pauvre fille. » Quelqu'un à sa fenêtre siffla. Weiss leva la tête. « Si on reste là, ils vont nous réclamer quelques mesures de *Berliner Luft*. »

« D'après le numéro de série, le billet de banque retrouvé dans le portefeuille d'Eva Angerstein a été imprimé il y a une semaine seulement, dis-je. J'ai remonté sa trace jusqu'à une agence de la Commerzbank, à Moabit. Selon le directeur, il devait faire partie d'un lot de billets provenant de la Banque centrale, divisé ensuite et versé à une ou deux entreprises locales afin qu'elles puissent payer leurs ouvriers vendredi dernier. La plus grosse somme, de loin, a été remise à l'hôpital de la Charité, ce qui signifie que le meurtrier pourrait être un médecin. Ce qui concorderait avec sa passion pour les couteaux tranchants. Et l'art de s'en servir. Je pense qu'il faudrait aller voir le directeur de l'hôpital et faire en sorte que tout le personnel masculin soit interrogé par les policiers de l'Alex dès que possible. On possède le signalement de cet homme, peut-être même une empreinte de main, et on pourra vérifier leurs alibis. Ce billet de banque pourrait réduire le champ de l'enquête de manière significative. »

Après m'avoir écouté poliment, Weiss hocha la tête. Nous nous trouvions dans son bureau à l'Alex en ce lundi après-midi. Je sentais qu'il m'accordait une oreille distraite, ce qui n'avait rien de surprenant. Le week-end avait été difficile pour la police berlinoise dans son ensemble, et pour lui en particulier. Le large hématome sur son visage en témoignait. Au cours de la manifestation communiste, la police avait chargé les Rouges après que ceux-ci avaient percé leurs lignes, des coups de feu avaient éclaté et un travailleur avait été tué. Comme si ça ne suffisait pas, Weiss avait été agressé dans Frankfurter Allee par Otto Dillenburger alors qu'il assistait à un autre défilé communiste. Colonel ouvertement d'extrême droite, en charge des forces de police du secteur est, Dillenburger avait accusé précédemment Weiss de conspirer secrètement avec les communistes. Il était pour l'heure suspendu, dans l'attente du résultat de l'enquête du Präsidium. Mais il avait déjà fait appel par le biais de l'AOPP – l'Association des officiers de la police prussienne – et tout le monde s'attendait qu'il soit vite réintégré. L'AOPP était presque aussi à droite que Dillenburger lui-même.

Pas besoin d'être inspecteur pour comprendre pourquoi Weiss était soupçonné de sympathies communistes. En Allemagne, tous les pronazis étaient convaincus qu'un juif n'était qu'un communiste avec un grand nez et une montre en or. J'éprouvais une grande peine pour cet homme que, comme beaucoup, j'admirais. Toutefois, je me gardai d'évoquer l'incident avec Dillenburger car Weiss n'était pas du genre à s'appesantir sur ses malheurs ni à rechercher la compassion.

« D'après vous, Bernie, combien de personnes travaillent à l'hôpital de la Charité, approximativement ?

– Je ne sais pas… Un millier peut-être.

– Et combien d'agents travaillent ici, à l'Alex ?

– Moitié moins, je dirais. »

Weiss sourit.

« Exact. Je crains qu'il ne faille encore de nombreuses réformes pour en faire la force qu'elle pourrait être. Un grand nombre de policiers patientent en attendant leurs indemnités de licenciement, ou leur pension, pour monter une affaire. De vous à moi, j'ai entendu parler d'agents de patrouille qui quittent la police avec plusieurs milliers de marks en poche. »

J'émis un petit sifflement.

« Voilà pourquoi ils portent des pantalons d'équitation. Il faut de grandes poches pour accueillir tout cet argent qu'on leur propose.

– Ironique, n'est-ce pas ? dit Weiss. Je ne connais aucune organisation, dans toute l'Allemagne, qui, malgré son aversion pour le socialisme, le syndicalisme et les droits des travailleurs, possède des syndicats plus puissants que la police berlinoise. »

Il ralluma son cigare et leva les yeux vers le luminaire à gaz en cuivre, comme si on y voyait plus clair près du plafond.

« Bernie, ce que vous recommandez est certainement la meilleure chose à faire, et je ne doute pas qu'à l'avenir les enquêtes reposeront sur les recoupements entre les déclarations des différents témoins. Hélas ! je crains que votre proposition ne soit du domaine de l'impossible. Tout d'abord, nous manquons de temps, et même si nous l'avions, je ne suis pas sûr que je suivrais votre recommandation. Car, voyez-vous, il faut tenir compte de la politique. Oui, la politique, même si je déteste prononcer le mot entre ces murs. Laissez-moi vous expliquer. Je ne fais pas partie de ceux qui pensent que la société berlinoise se portera mieux s'il y a quelques filles en moins dans les rues, mais beaucoup de gens, parmi lesquels le commissaire Körner, par exemple, en sont convaincus. Et la vérité, c'est que si nous voulons arrêter ce psychopathe, nous avons besoin de l'aide immédiate de la commission criminelle et de quelques officiers de la Kripo qui partagent les mêmes idées, et non de l'ensemble des forces de police. Pour en revenir à l'hôpital de la Charité, n'hésitez pas à interroger le directeur ; il vous signalera peut-être quelques médecins qui présentent des troubles mentaux. Personnellement, j'en ai rencontré plusieurs. Mais si vous décidez de mener d'autres interrogatoires, ce sera en solo, je le crains. Désolé, Bernie. C'est comme ça et ça ne peut pas être autrement. Vous comprenez ?

– Je comprends.

– Autre chose ?

– Oui. Une femme aurait besoin d'un petit coup de main pour écrire un scénario à propos d'un inspecteur de police qui enquête sur une série de meurtres. Un travail de documentation, je suppose. Je voudrais vous demander la permission de la recevoir dans les bureaux de la Commission pendant un de mes jours de repos. Elle s'appelle Thea von Harbou.

– L'épouse de Fritz Lang, le réalisateur. Oui, j'ai entendu parler d'elle. Permission accordée. À une condition.

– Laquelle ?

– Thea von Harbou vient d'une famille de la petite noblesse bavaroise. On ne peut pas en dire autant de Fritz Lang. Un juif qui affirme être catholique, mais cela ne veut rien dire pour des gens tels que Hitler et son émule local, Josef Goebbels. À leurs yeux, un juif reste un juif. Alors, faites-la venir à l'Alex et apportez-lui toute l'aide que vous jugerez nécessaire, mais je vous en conjure, restez discret dans vos rapports avec elle et avec son mari, imaginez que vous vous appelez Albert Grzesinski et elle Daisy Torrens. »

C'était comme visiter le zoo de Berlin, sans être obligé d'acquitter un droit d'entrée. Voilà pourquoi il y avait davantage la queue, peut-être. Le centre d'exposition des morts du Hanno, appelé également « morgue de la police », portait bien son nom. C'était un spectacle populaire, le dernier d'Europe peut-être, où l'on pouvait voir les cadavres de ses compatriotes assassinés, dans toute leur dégradation anonyme, si épouvantable fût-elle. Les gens formaient une file d'attente de Hanoversche Strasse jusqu'à Oranienburger Tor pour voir « l'exposition ». Répartis dans des vitrines autour du hall central, les corps ressemblaient aux occupants du célèbre aquarium du zoo. Assurément, nombre d'entre eux paraissaient aussi léthargiques qu'une murène antique ou qu'un homard bleu hargneux. L'entrée était interdite aux enfants de moins de seize ans, mais cela ne les empêchait pas d'essayer de tromper la vigilance des gardiens, qui n'étaient pas employés par la police ni par l'hôpital de la Charité, situé en face, mais par l'hôpital vétérinaire municipal voisin. Moi-même, gamin, j'avais essayé de visiter l'exposition du Hanno, et, malheureusement pour moi, un jour j'avais réussi.

Bien évidemment, cette exposition reposait sur un principe scientifique sensé. Certains faisaient valoir que les informations concernant une personne décédée étaient souvent très difficiles à obtenir auprès d'une population extrêmement diverse (à l'exception de sa détestation commune des Prussiens et de la police berlinoise), et la présentation de ces cadavres, si elle pouvait être émoustillante, produisait parfois de précieux résultats. Je n'étais pas convaincu par cet argument. Il suffisait d'écouter ce qui se disait pour comprendre que les individus qui venaient là contempler les macchabées étaient les mêmes qui auraient acheté une saucisse avant d'aller voir un supplicié se faire briser les os sur la roue. Parfois, il n'y a rien de plus épouvantable que votre prochain, vivant ou mort.

Aucun des corps exposés dans le hall central ne m'était familier, mais je n'étais pas à la recherche d'un nom ou d'un indice, je voulais avoir la confirmation d'une chose qu'avait dite Arthur Nebe dans son discours devant l'Association des officiers de la police prussienne, à savoir que l'exposition du Hanno avait beaucoup de succès auprès des artistes berlinois. Je supposais, à tort, qu'ils suivaient en cela la tradition de Leonard de Vinci et, peut-être, de Goya en quête de modèles qui tenaient la pose sans bouger.

Mais ce mardi après-midi-là, je n'en vis qu'un seul au Hanno. Et m'étonnai de constater qu'il ne dessinait pas d'études anatomiques, mais uniquement des blessures – des gorges tranchées ou des torses éviscérés – et qu'il semblait s'intéresser uniquement aux femmes, nues de préférence. La quarantaine, trapu, brun, il était habillé, pour une raison obscure, en cow-boy. Une pipe à la bouche, il ne prêtait aucune attention aux personnes qui l'entouraient. Celles qui étaient vivantes, en tout cas. Plusieurs fois, je jetai un coup d'œil à ses esquisses par-dessus son épaule, avant de me présenter en sortant mon insigne de la Kripo. Je ne suis pas critique d'art, mais le terme que j'aurais utilisé pour qualifier son style est « dépravé ». Et sans doute que s'il avait été déguisé en Apache, je l'aurais arrêté.

« On peut se parler ?

– J'ai fait quelque chose de mal ? demanda-t-il, et je sus immédiatement que c'était un Berlinois. Je suis sûr qu'aucune loi n'interdit ce que je suis en train de faire. Je n'enfreins aucun règlement. J'ai posé la question aux responsables, ils m'ont répondu que j'avais le droit de dessiner ce que je voulais mais pas de prendre des photos. »

En dépit de son accoutrement excentrique – il portait même des éperons –, ce type était bel et bien un Berlinois. Clamer ses droits face à un officiel prussien était une réaction aussi typique que son accent.

« Dans ce cas, vous êtes mieux renseigné que moi, Herr…

– Grosz. George Ehrenfried Grosz.

– Non, vous n'avez rien à vous reprocher. Du moins, à ma connaissance. J'aimerais juste vous parler, si vous voulez bien.

– D'accord. Mais de quoi ?

– De ça, évidemment. De vos dessins. De votre sujet préféré. Le meurtre. Et plus particulièrement le meurtre de femmes. Il y a un bar près d'ici, dans Luisenstrasse. Chez Lauer.

– Je connais.

– Permettez-moi de vous offrir un verre.

– C'est une démarche officielle ? Je devrais peut-être inviter mon avocat.

– Quel est le problème ? Vous n'aimez pas la police de notre belle capitale ? »

Il rit.

« À l'évidence, vous n'avez jamais entendu parler de moi, sergent Gunther. La loi et mon travail ne font pas bon ménage ces temps-ci. Et ce n'est pas la première fois. Actuellement, je suis poursuivi pour blasphème.

– Ce n'est pas mon domaine. Le seul tableau accroché sur mon mur est un mezzotinte représentant Hegel, et on pourrait penser qu'il a été réalisé par son pire ennemi. S'il avait la gorge tranchée et le cul à l'air, il n'aurait pas l'air plus grotesque.

– L'histoire nous enseigne que personne n'a jamais rien appris de Hegel. Et surtout pas en matière d'art, ni même d'histoire. Mais votre image me plaît. Je la réutiliserai. »

Au café Lauer, je commandai deux verres bien mousseux de Schultheiss-Patzenhofer, la meilleure bière de Berlin, et nous allâmes nous asseoir à une table tranquille. Même si George Grosz semblait se moquer de passer pour un fou. C'était peut-être une démarche artistique en soi, comme promener son homard familier dans les rues, au bout d'un ruban de soie bleue. Pendant que nous bavardions et sirotions nos bières, il me dessinait à l'encre, avec une rapidité et une dextérité surprenantes.

« Cette tenue à la Tom Mix, c'est pour quoi ?

– Vous m'avez fait venir ici pour parler de mes vêtements ou de mon art ?

– Les deux, sans doute.

– Vous savez, je pourrais être tenté de m'habiller en agent de police si je trouvais un uniforme.

– Les bottes ne vous plairaient pas. La casquette non plus. Ni la paie, d'ailleurs. En outre, c'est certainement considéré comme un crime dans cette ville de se déguiser en policier. Dans l'ensemble, les flics de Berlin manquent d'humour pour ce genre de choses. Et pour le reste aussi, à la réflexion.

– On pourrait croire le contraire, pourtant, quand on voit leurs bottes et leur couvre-chef en cuir. Toutefois, il y a une chose qu'on ne peut pas nier : la matraque frappe toujours du côté gauche. Jamais à droite. »

J'esquissai un sourire.

« Celle-là, on ne me l'avait jamais faite.

– Pensez à la manifestation de samedi, où un travailleur communiste a été tué.

– Vous êtes communiste ?

– Seriez-vous surpris de découvrir que je ne le suis pas ?

– Sincèrement, oui.

– J'ai rencontré Lénine une fois. C'est pour ça que je ne suis pas communiste. C'était un personnage insignifiant.

– Si je peux me permettre… Pourquoi un homme qui a rencontré Lénine s'habille-t-il en cow-boy ?

– Appelez ça de l'enthousiasme romantique. Je crois que j'ai toujours préféré l'Amérique à la Russie. Enfant, j'ai beaucoup lu James Fenimore Cooper et Karl May.

– Moi aussi.

– Le contraire m'aurait étonné.

– On dit que, outre sa fascination pour l'Ouest américain, Karl May avait une passion pour les pseudonymes.

– Exact.

– Eh bien, George Grosz est-il votre vrai nom ? »

Il plongea la main dans une poche de sa veste et en sortit sa carte d'identité, qu'il me tendit sans un mot. Je la levai dans la lumière pour l'examiner – ce n'était pas de la frime : il y avait beaucoup de faux en circulation –, et la lui rendis.

« Mais vous avez raison, dit-il. J'aime bien, moi aussi, utiliser des pseudonymes. Quand vous êtes un artiste, ce genre de subterfuge n'est pas seulement excusable. Il est nécessaire. De nos jours, si un individu devient artiste, c'est pour établir ses propres règles.

– Et moi qui croyais que c'était pour peindre et dessiner.

– Voilà pourquoi vous êtes devenu policier, j'imagine.

– Quel est votre roman de Karl May préféré ?

– J'hésite entre *La Trahison des Comanches* et *Winnetou l'homme de la Prairie*.

– Vous avez entendu parler, je suppose, de ce meurtrier que les journaux de Berlin ont surnommé Winnetou.

– Celui qui scalpe ses victimes ? Oui. Et je comprends maintenant pourquoi vous vous intéressez à moi, sergent. Vous pensez que, parce que je dessine parfois des femmes assassinées, je pourrais avoir tué quelqu'un dans la vraie vie. Comme Caravage. Ou Richard Dadd.

– J'avoue que cette idée m'a traversé l'esprit.

– Dites-moi… Avez-vous fait la guerre ?

– Quatre années de rigolade ici et là. Mais toujours dans la même infâme tranchée. Et vous ?

– Quatre ans ? Nom d'un chien. J'ai fait six mois et j'ai failli en mourir. Ils m'avaient chargé de former les jeunes recrues et de surveiller les prisonniers, étant donné que j'étais partiellement invalide.

– Ça ne se voit pas.

– Oui, je sais. J'ai honte de vous avouer qu'ils m'ont réformé deux fois. Une première fois à cause de la sinusite, et la seconde parce que j'avais fait une dépression. Ils étaient sur le point de m'exécuter comme déserteur quand la guerre s'est arrêtée. Mais ce que j'avais eu le temps de voir a influé sur mon travail. Définitivement, sans doute. Voilà pourquoi mes thèmes de prédilection sont le désespoir, les désillusions, la haine, la peur, la corruption, l'hypocrisie et la mort. Je dessine des ivrognes qui vomissent leurs tripes, des prostituées, des militaires avec du sang sur les mains, des femmes qui pissent dans votre bière, des suicidés, des hommes affreusement mutilés et des femmes assassinées par des hommes qui jouent au skat. Mais mon sujet principal, c'est la métropole de l'enfer. Berlin. Avec ses excès incontrôlables et sa décadence, cette ville semble incarner l'essence même de la véritable humanité.

– Je ne peux pas dire le contraire.

– Mais vous pensez que je devrais plutôt peindre de beaux paysages, des jolies filles souriantes et des chatons. Je n'en suis pas capable. Plus maintenant. Après les tranchées, il n'y a plus de beaux paysages, plus de jolies filles, et plus beaucoup de chatons non plus. Chaque fois que je vois un paysage, j'essaie de l'imaginer avec un énorme trou d'obus en plein milieu, une tranchée au premier plan et un squelette pendu aux barbelés. Chaque fois que je vois sourire une jolie fille, j'essaie de l'imaginer coupée en deux par une mitrailleuse Vickers. Et si je devais peindre un chaton, je représenterais sans doute deux hommes sans nez en train de le déchiqueter au-dessus d'une table de salle à manger.

– Il existe un marché pour ce genre de choses ?

– Je ne fais pas ça pour l'argent. Si on peint de cette manière, c'est qu'on n'a pas le choix. Car je ne suis pas le seul, figurez-vous. Max Beckmann, Otto Dix… Oh, vous devriez voir ce que peint Dix si vous pensez que j'ai un problème. Certaines de ses œuvres sont beaucoup plus viscérales que tout ce que je pourrais peindre. Mais pour votre gouverne, je ne pense pas que l'un ou l'autre soit un meurtrier. J'en suis même sûr. »

L'espace d'un instant, je me réjouis d'être un simple policier idiot, car c'était ce qu'il pensait de toute évidence. Néanmoins, j'étais bien décidé à lui prouver qu'il avait tort. Uniquement parce que je le pouvais. Mais j'avais certainement tort, là aussi, et très vite j'eus l'impression de nager contre la machine à vagues de la piscine de Wellenbad.

« Franchement, je me contrefous de ce que vous dessinez ou peignez, Herr Grosz. Ça ne regarde que vous. On est à Berlin, pas à Moscou. Ici, les gens sont encore libres de faire plus ou moins ce qu'ils veulent. Moi aussi, parfois, je me dis qu'après la guerre plus rien ne peut être comme avant. Mais la grosse différence entre nous, me semble-t-il, c'est que je n'ai pas renoncé à la beauté. Ni à l'optimisme. Ni à l'espoir. Ni à un peu d'ordre et de justice. Ni à un peu de morale. Ni à la Sainte Allemagne, à défaut d'une meilleure expression. »

Grosz rit, mais ses dents serrèrent le tuyau de sa pipe. Je continuai à nager à contre-courant.

« Curieusement, je continue à voir aussi ce qu'il y a de meilleur chez les femmes. Mon épouse, par exemple. Jusqu'à ce qu'elle meure, je pensais que c'était la personne la plus formidable que j'aie rencontrée. Je n'ai pas changé d'avis. Ce qui fait de moi un incorrigible romantique. Ou en tout cas un incorrigible quelque chose. »

Grosz me gratifia d'un petit sourire, tandis que la plume de son Pelikan courait sur la feuille. Par moments, ses yeux pétillants d'intelligence se levaient vers moi, pour me jauger, m'évaluer. Personne n'avait jamais réalisé mon portrait, et j'avais l'étrange impression d'être mis à nu, jusqu'à mon essence même, comme un de ces cadavres exposés dans les vitrines du Hanno.

« Quand un homme parle d'une femme formidable, dit-il, cela signifie généralement qu'elle lui plaît parce qu'elle fait de gros efforts pour ressembler à un homme. Avez-vous regardé les femmes de Berlin récemment ? Bon sang, la plupart ressemblent à des hommes. Et je me contrefiche de ce qu'il y a de meilleur chez les femmes.

– En tout cas, vous avez répondu à une question. Je sais maintenant pourquoi vous aimez tant dessiner des femmes mortes. C'est parce que vous n'aimez pas franchement les femmes. En revanche, j'aime bien le portrait que vous avez fait de moi. Beaucoup même. Accepteriez-vous de me le donner ? »

Grosz arracha la feuille de son carnet d'esquisses, ajouta la date, sa signature, le lieu et la fit glisser sur la table, comme si c'était l'addition.

« Il est à vous. Mon cadeau à la police berlinoise.

– Je le mettrai au mur. À côté de Hegel. » J'examinai mon portrait en hochant la tête. « Mais vous m'avez représenté trop jeune. Trop souriant. On dirait un lycéen qui vient de décrocher son *Abitur*.

– C'est ainsi que je vous vois, sergent. Jeune et naïf. Et c'est certainement ainsi que vous vous voyez. Ce qui m'étonne, compte tenu de tout ce que vous avez dû voir durant ces quatre années passées au front.

– Venant de vous, je prends cela comme un grand compliment. J'ai l'impression d'être comme cet homosexuel anglais dont seul le portrait vieillit et qui perd son âme.

– Vous parlez de Dorian Gray, je suppose.

– Oui, voilà. Sauf que moi, j'ai encore mon âme. Dans quelques années, je regarderai ce portrait et je me dirai que j'ai eu de la chance. J'ai traversé les pires épreuves en conservant mon âme intacte. Ce n'est pas rien. »

Le lendemain, un mercredi, étant de repos, j'avais décidé de marcher jusqu'au magasin Tietz afin d'acheter des fournitures pour mon nouveau bureau à l'Alex, une manière de fêter ma promotion : un plan de la ville que je fixerais au mur, un cendrier digne de ce nom, un briquet de table, un sous-main, une bonne bouteille de Korn et quelques verres que je rangerais dans un tiroir, au cas où je recevrais de la visite. Et j'envisageais de passer une matinée tranquille à lire des dossiers de police. Mais au cours du petit déjeuner – café, tilsit et petits pains frais provenant de la boulangerie juive de Schwerinstrasse –, j'appris que Frau Weitendorf, dont les cheveux de Golem étaient encore plus raides que d'habitude, avait d'autres projets pour occuper la première partie au moins de ma matinée. Après avoir coincé une cigarette dans son visage adipeux et rougeaud et gratté une allumette sur les fesses du petit singe en étain (ce qui la faisait souvent sourire, mais pas aujourd'hui), elle aborda la question de manière alambiquée :

« Je suppose que vous n'avez pas vu Herr Rankin, dit-elle en baissant le volume de la radio Firma Telefunken posée sur le buffet à côté d'un vase contenant des fleurs jaunes et sous la reproduction d'une marine signée Achenbach.

– Non, pas aujourd'hui.

– Quand l'avez-vous vu pour la dernière fois, Herr Gunther ?

– Je ne sais pas. Vendredi soir, peut-être ? Quand nous étions tous réunis dans la salle à manger pour déguster votre délicieux hachis.

– Oui, c'est la dernière fois où toutes les personnes présentes l'ont vu », confirma-t-elle sur un ton inquiétant.

Je regardai les deux autres pensionnaires descendus pour le petit déjeuner.

« C'est vrai ? »

Rosa acquiesça et quitta la table.

Herr Fischer hocha la tête lui aussi, mais se sentit obligé d'ajouter une pincée d'informations, sans grand intérêt.

« Oui, c'était bien vendredi soir. Je m'en souviens parce que le lendemain, j'ai défilé avec les communistes dans Bismarckstrasse, et vos collègues ont ouvert le feu pour repousser notre fanfare et permettre aux voitures de passer au carrefour de Krumme Strasse. Une réaction injustifiée. Mais typique de ce qu'on peut attendre de la part de la police de Berlin. »

Je haussai les épaules.

« La circulation est plus importante que Marx et Engels.

– Je parlais de l'usage des armes à feu.

– Oh. Nous nous égarons, il me semble. Nous parlions de Herr Rankin, pas des problèmes de maintien de l'ordre.

– Il a disparu, déclara Frau Weitendorf. J'en suis sûre.

– Vous croyez vraiment ? Peut-être s'est-il seulement absenté quelques jours. Je commence à regretter de ne pas en avoir fait autant.

– Sa valise est toujours là.

– Vous êtes entrée dans sa chambre ?

– Il me paie pour faire le ménage. Et changer ses draps toutes les semaines. Quand j'y suis entrée hier, j'ai bien vu qu'il était parti depuis plusieurs jours. Plusieurs bouteilles vides traînaient par terre et il y avait des gouttes de sang dans son plat à barbe.

– Vous en êtes certaine ?

– Allez voir par vous-même. »

Nous montâmes tous les trois et notre logeuse ouvrit la porte à l'aide d'un trousseau de clés maintenues par un ruban de soie rose. Elle me précéda à l'intérieur.

« Inutile que tout le monde entre, dis-je en m'adressant à Fischer. Qu'importe ce qui a pu se passer, je pense que nous devons respecter l'intimité de Rankin. »

En disant cela, je balayais du regard les dessins accrochés au mur : des femmes nues prenaient des poses provocantes qui ne laissaient guère de place à l'imagination.

« Ah, c'est bien une réaction de flic, dit Fischer. Toujours à donner des ordres aux gens. Comme les nazis que ses copains et lui servent avec un bel enthousiasme. Nous vivons tous sous ce toit, Herr Gunther. Et Robert Rankin est un ami. Un très bon ami. Et il m'a déjà invité dans sa chambre. J'estime avoir le droit de savoir s'il lui est arrivé quelque chose. »

Je commençais à en avoir assez des piques permanentes de Fischer et de ses accusations de servilité envers les nazis parce que j'étais flic.

« Vous n'avez aucun droit, répondis-je en le repoussant dans le couloir

– Je suis un citoyen. Vous devez me traiter poliment. Faute de quoi, je me verrai obligé de le signaler à vos supérieurs.

– Faites donc. En attendant, sachez que vous avez abusé de ma patience, Herr Fischer. Tenez-le-vous pour dit. »

Je lui claquai la porte au nez et me retrouvai seul avec Frau Weitendorf, dont le sourire indiquait qu'elle avait apprécié ma façon de parler à Herr Fischer.

« Saleté de gauchiste, marmonna-t-elle.

– Dans l'ensemble, je n'ai rien contre les communistes, dis-je. Mais je vais faire une exception dans le cas de ce type. »

La chambre de Rankin ressemblait beaucoup à la mienne, en plus grand, avec le même genre de meubles, mais il y avait plus de dessins aux murs et une grosse machine à écrire Royal trônait sur le bureau. Le plat à barbe était constellé de taches de sang sur les bords, en effet, et rempli d'eau rosée. Au milieu des morceaux de disques brisés étaient éparpillées plusieurs bouteilles vides qui avaient contenu du bon scotch ; le cendrier disposé à côté de la machine à écrire débordait de mégots de cigarettes anglaises, et une belle valise en cuir attendait toujours sur le dessus de l'armoire. Dix exemplaires au moins de son livre *Remballe tes problèmes* s'alignaient sur les étagères, comme s'il avait essayé d'augmenter les ventes en l'achetant lui-même. J'entrai dans la chambre et inspectai l'étroit lit à une place. L'oreiller sentait fortement le parfum Coty, ce qui suggérait que Rosa Braun connaissait bien mieux Robert Rankin que je ne l'avais supposé.

Je ramassai un des disques. Un enregistrement de Bessie Smith.

« Qu'est-ce qui pousse quelqu'un à casser ses disques comme ça ? C'est pas normal, commenta Frau Weitendorf.

– Sauf si vous n'aimez pas Bessie Smith. Personnellement, je ne l'aime pas plus que ça.

– Je ne crains pas de vous le dire, Herr Gunther : j'ai peur qu'il ne soit arrivé quelque chose à Herr Rankin. »

Elle écrasa sa cigarette dans le cendrier et croisa les bras sous son opulente poitrine.

« Je ne suis pas sûr de partager votre avis. Pour le moment. Pas d'après ce que j'ai pu voir. Herr Rankin boit beaucoup. Plus que de raison, sans doute. Il a brisé quelques disques, d'accord. Les gens font ce genre de choses quand ils sont ivres. Et il s'est coupé en se rasant. Ne serait l'absence de pierre d'alun sur la tablette, je ne verrais aucune raison de m'inquiéter. »

Et l'odeur du parfum Coty sur l'oreiller, aurais-je pu ajouter.

Je m'assis au bureau. De part et d'autre de la Royal, il y avait un agenda et une pile de feuilles dactylographiées : sans doute des pages de son livre qu'il traduisait en allemand. Je songeai qu'elles pourraient peut-être me fournir un indice concernant ce qui s'était passé.

« Si vous me laissiez seul quelques instants ? Le temps de fouiller dans ses tiroirs. Pour voir ce que je peux trouver.

– Je ne sais pas si je dois. Il vaudrait mieux que je reste ici pour surveiller. Par égard pour Herr Rankin.

– En effet. De nos jours, on ne peut plus faire confiance à personne. Et surtout pas à la police.

– Oh, je ne voulais pas laisser entendre que vous alliez voler quelque chose, Herr Gunther.

– Parce que vous ne connaissez pas autant de flics que moi. » Je songeais au commissaire Körner et à ses hommes qui n'avaient pas hésité à se servir dans le sac d'Eva Angerstein. « Asseyez-vous, dans ce cas. Et fumez une cigarette en attendant. »

Je sortis mon paquet de Salem Aleikum, en allumai deux et ouvris le tiroir du haut. Le petit Browning .25 attira immédiatement mon regard. Je humai le canon. Le pistolet avait été récemment nettoyé. Tout le reste paraissait anodin, y compris les cartes postales cochonnes représentant des garçons du Cosy Corner, un bar homo situé non loin d'ici. Ces cartes et les dessins sur le mur m'incitaient à me demander si ce n'était pas Rankin lui-même qui avait laissé l'odeur de parfum Coty sur l'oreiller. Évidemment, je prenais mes désirs pour des réalités, je n'étais pas dupe. Tout d'abord, je ne voyais aucun flacon nulle part, et puis, tous les homosexuels ne détestaient pas les femmes. En outre, Rankin était un très bel homme, et il avait un peu d'argent, ce qui le rendait quasiment irrésistible aux yeux de toutes les habitantes de Berlin, Rosa y compris. J'avais bien vu la façon dont elle le regardait, et dont lui la regardait ; et étant donné qu'il avait un penchant évident pour les garçons et elle l'habitude de s'habiller en homme, ils partageaient de nombreux points communs.

En consultant l'agenda je n'appris pas grand-chose, si ce n'est qu'il déjeunait souvent au bar à huîtres Höhn, et fréquentait régulièrement l'opéra : une occupation douteuse.

« D'après son agenda, il doit se rendre à l'Opéra comique vendredi soir, dis-je. Donc, s'il est mort, il a encore le temps de se faire rembourser.

– Ne plaisantez pas avec ça, Herr Gunther.

– Oui, vous avez sans doute raison. »

Je pris la pile de feuilles dactylographiées et commençai à lire. Je dois avouer que je ne m'attendais pas à ça.

> En avril, je rejoignis le 1er bataillon de Royal Welch Fusiliers dans la Somme. Nous étions cantonnés à Morlancourt, un très joli village, et nos tranchées – anciennement françaises et donc infestées de rats plus que la normale – étaient situées à Fricourt, tout près des Allemands, qui se faisaient un plaisir de nous balancer toutes sortes de bombes et de grenades d'un genre nouveau. La plus terrible de ces armes expérimentales était celle que nous avions surnommée l'évier : un baril de dix litres bourré d'explosifs, de débris de métal et de tous les trucs fragiles qu'ils pouvaient trouver en guise de projectiles. Un jour, nous

découvrîmes un évier resté intact et, à côté des boulons et des écrous habituels, un squelette de poulet. Si ça peut sembler risible, ça ne l'était pas. Les fragments d'os étaient aussi dangereux que les vis ou les éléments de fusils rouillés, peut-être même plus. J'ai vu un homme touché à la tête par un morceau de la mâchoire de son supérieur après qu'un tir de mortier était tombé sur la tranchée : il a mis plusieurs jours à mourir de ses blessures.

Quelques semaines plus tard, je fus affecté au 2e bataillon, où le médecin estima que j'étais inapte à servir dans les tranchées. Une surprise pour moi, étant donné que, à l'exception d'une toux qui se révéla être une bronchite, je ne me sentais pas trop mal. Alors, je retournai à Frise pour prendre le commandement de la compagnie de quartier général. Je croyais que ce serait plus tranquille que sur le front, mais, presque immédiatement, il se produisit une chose qui me fit regretter les tranchées, les rats et les Allemands. Je fus obligé de rejoindre l'hôpital de campagne le plus proche, à cheval, à cause d'une infection au pied qui faillit me coûter tous mes orteils. J'eus de la chance, cependant, car dans de nombreux cas, le seul traitement était le débridement, et parfois l'amputation. Dès que je fus guéri, je reçus ordre de commander un peloton d'exécution, après le passage en cour martiale d'un caporal gallois accusé de lâcheté.

Je connaissais déjà son cas, comme presque tous les soldats de Royal Welsh. Avant de se débarrasser de son fusil en présence de l'ennemi, le caporal s'était aventuré près des positions allemandes afin de récupérer son sergent blessé, que tout le monde avait cru mort, mais qui avait repris connaissance et appelait à l'aide. En plein jour, le caporal escalada la tranchée et, armé d'un unique foulard blanc qu'il agitait au-dessus de sa tête en signe de trêve, il parcourut lentement le *no man's land*, jusqu'à l'endroit où gisait son sergent blessé. Tout d'abord, les Allemands tirèrent autour de lui, dans le sol, pour l'arrêter, mais il ne se laissa pas décourager et peu à peu, les tirs cessèrent car les soldats étaient impressionnés par son immense courage. Ayant atteint le sergent, le caporal pansa ses plaies, lui fit boire une gorgée de rhum et le hissa sur son dos pour le ramener jusqu'à sa tranchée. Tous les témoins déclarèrent qu'ils n'avaient jamais vu un acte aussi courageux. C'était un miracle qu'il n'ait pas été tué. Les Allemands eux-mêmes l'applaudirent. Le caporal aurait pu recevoir une médaille, si un officier avait été présent pour assister à son exploit.

Et sans doute que tout se serait bien passé si le sergent avait survécu. Hélas ! le lendemain il succomba à ses blessures. Un membre du commandement fut assez stupide pour en informer le caporal, quelques minutes seulement avant que les Allemands ne lancent une offensive. C'est alors que survint l'incident avec le fusil. Au lieu de défendre la tranchée, le caporal, dégoûté, jeta son arme et regagna à pied le quartier général, où il fut arrêté.

Avec l'aide d'un meilleur avocat, il aurait peut-être pu sauver sa peau. En effet, le règlement militaire stipulait qu'un soldat condamné à mort pouvait voir sa peine commuée si son comportement sur le champ de bataille avait été exemplaire. Or, selon tous les principes, l'acte héroïque du caporal, la veille, aurait dû suffire amplement à lui sauver la vie. Mais quand on lui demanda pour quelle raison il avait jeté son arme, il répondit qu'il avait craint de s'en servir pour tuer l'imbécile de lieutenant qui dirigeait la compagnie ou n'importe quel haut gradé qui aurait croisé son chemin. Ce qui ne risquait pas d'arriver, précisa-t-il, étant donné que les membres de l'état-major étaient encore plus lâches que lui. Les menaces à l'encontre d'un officier aggravèrent l'accusation de lâcheté. Le caporal fut donc jugé coupable et condamné à être fusillé le lendemain par un peloton d'exécution composé de soldats de sa propre compagnie, tirés à la courte paille.

Évidemment, j'aurais pu refuser d'exécuter cet ordre, mais cela m'aurait valu d'être à mon tour jugé en cour martiale. En outre, quelqu'un d'autre aurait commandé le peloton d'exécution à ma place, avec le même résultat inévitable.

Encore boitillant, je parvins à rendre visite au caporal la veille de son exécution. Je lui laissai une petite bouteille de rhum et un paquet de cigarettes. Malgré cela, je suppose qu'il ne dormit pas plus que moi cette nuit-là.

Le lendemain matin, à l'aube, nous conduisîmes le caporal au cimetière attenant à l'église, où avaient lieu les exécutions, et là, en présence du gouverneur militaire français, nous l'attachâmes à un petit obélisque érigé en l'honneur des victimes de la guerre franco-allemande de 1870. Comble de l'ironie. C'était une belle matinée comme j'en avais rarement vu dans ce pays crépusculaire, et le cimetière envahi d'œnothères me rappelait un matin idéal de mai à Oxford. Je proposai de lui bander les yeux, mais il refusa fermement et regarda avec courage ses camarades, allant jusqu'à hocher la tête comme pour leur donner la force d'exécuter cet ordre. Ses dernières paroles furent le cri de ralliement de son bataillon : « Tenez bon, les Welsh ! » Jamais je n'avais vu un homme aussi courageux, et là encore, je trouvai cela ironique étant donné qu'on allait l'exécuter pour lâcheté. Mais les gars manquèrent la cible en carton épinglée sur son cœur, et c'est à moi qu'il incomba, en tant que commandant du peloton, d'achever ce pauvre gars.

Les Français appellent ça le coup de grâce, mais il n'y a aucune grâce dans ce geste. Le plus terrible, c'est que les yeux bleus du caporal restèrent ouverts durant cet ultime supplice. Un supplice pour lui, évidemment, mais aussi pour moi. Il me regarda pendant que je sortais mon Webley de son étui, et je jure que je le vis sourire. Pire encore, il me demanda dans un murmure des nouvelles de mon pied. Jusqu'à la fin de mes jours je garderai l'image de son expression, et aujourd'hui encore, dix ans plus tard, je me souviens de ces événements comme si c'était hier. Combien de fois je me suis réveillé d'un cauchemar dans lequel j'étais de retour à Frise, mon Webley à la main. Et ce cauchemar suffisait à me plonger dans une sévère dépression pendant plusieurs jours. Très souvent, j'ai regretté de ne pas avoir reçu cette balle dans la tête à la place de ce pauvre caporal.

Alors même que j'écris ces lignes, je revois son crâne exploser comme un ballon de football qui éclate. Je n'emploie pas cette image au hasard. Ce caporal avait joué au football dans l'équipe de Wrexham United avant la guerre et l'avait aidée à remporter trois fois la Welsh Cup. Depuis ce jour, la vue et l'odeur des œnothères suffisent à m'anéantir.

Rankin s'était arrêté de taper à cet endroit, au beau milieu d'un chapitre si on se référait à la version originale. Si j'avais parlé anglais, j'avoue que j'aurais sans doute lu la suite. Je reposai les feuilles, tirai sur ma Salem et réfléchis un instant. C'était une sensation étrange de lire le récit d'un homme qui, autrefois, avait été mon ennemi, bien qu'à moitié allemand, mais surtout, cela me faisait prendre conscience que nous avions plus de points communs que de différences. Nous étions des frères d'armes, en quelque sorte. Et je m'aperçus que, à l'instar de Frau Weitendorf, je commençais à me faire du souci pour Rankin.

« Alors ? Qu'est-ce que vous en pensez ? »

J'avais presque oublié que je n'étais pas seul dans la chambre de l'Anglais.

« Ces fleurs jaunes sur le buffet dans la salle à manger. Comment elles s'appellent ?

– Des œnothères. Je les ai cueillies dans le parc Heinrich von Kleist. Il y en a des milliers en cette saison. Elles sont belles, n'est-ce pas ? Mais pourquoi cette question ?

– Quand les avez-vous mises là ?

– Samedi après-midi. C'est important ?

– À l'avenir, il serait préférable de choisir d'autres fleurs, je pense. Il semblerait qu'elles réveillent d'horribles souvenirs dans l'esprit de notre Anglais. Et des envies de suicide, peut-être.

– Comment est-ce possible ?

– Je l'ignore. Mais cela correspond à mes propres expériences. Le plus petit détail peut déclencher toutes sortes d'images désagréables, liées à la guerre. » J'écrasai ma cigarette. « Je vais me renseigner à l'Alex et charger quelqu'un de contacter les hôpitaux. Par acquit de conscience. »

J'aurais pu évoquer également le centre d'exposition du Hanno, mais j'en revenais et j'étais quasiment certain de ne pas avoir vu de cadavre qui ressemblait à Robert Rankin.

L'Alex me téléphona pour me demander d'interrompre mes congés et de revenir dès le lendemain, ce qui me laissait juste assez de temps pour dîner avec Thea von Harbou. Elle suggéra que l'on se retrouve à l'hôtel Adlon.

Thea était une grande femme d'une quarantaine d'années, plus séduisante que belle, bien en chair. En la regardant, on avait du mal à imaginer qu'elle avait écrit le scénario d'un film sur les robots dans un avenir industrialisé. Je l'aurais prise plus volontiers pour une chanteuse d'opéra car elle ne manquait pas de coffre. Elle portait un tailleur en tweed léger, une chemise d'homme et une cravate, des bas blancs et des boucles d'oreilles en argent. Ses cheveux blonds et courts avaient une raie sur le côté, sa bouche était peut-être un peu trop grande et son nez un peu trop long, mais elle était aussi élégante qu'un rasoir Occam, et tout aussi tranchante. Elle était arrivée armée de coûteuses fournitures de bureau de chez Liebmann et d'une variété d'accessoires qui suggéraient qu'elle s'était rendue en Inde : un porte-cigarettes en or émaillé qui ressemblait au tapis préféré d'un Grand Moghol, un ensemble de bracelets en argent et ivoire, ainsi qu'une pochette verte brodée d'un dieu hindou, qui contenait un face-à-main et plusieurs gros billets de banque. Tant mieux : le restaurant de l'hôtel Adlon était le plus cher de Berlin. Je le savais car j'avais vu sur le menu les demandes de rançon qu'avec humour ils appelaient les prix, et parce que Fritz Thyssen était assis à la table voisine. Naturellement, Thea von Harbou était amie avec lui. D'ailleurs, je supposais qu'elle connaissait toutes les personnes qui valaient la peine d'être connues, et Thyssen valait beaucoup plus que ça. Il portait un superbe costume croisé gris à côté duquel le mien ressemblait à la peau d'un rhinocéros mort.

« Quand êtes-vous devenu policier ?

– Juste après la guerre.

– Et il vous a fallu tout ce temps pour entrer à la commission criminelle ?

– Je n'étais pas pressé. Et vous ? Comment en êtes-vous venue à faire du cinéma ?

– Réponse classique : un homme. Deux, pour être honnête. Mon mari. Et celui d'avant. Je crois que j'ai toujours voulu être auteur, plus qu'épouse. Et à vrai dire, ça n'a pas changé. »

Elle avait le genre de voix qui vous lèche l'oreille lentement, de fond en comble, comme si elle contenait le plus délicieux des miels : grave, sexy et pleine d'assurance, avec un soupçon de chuchotement sur les bords, comme la dentelle d'un oreiller. Sa voix me plaisait, et elle aussi. Comment ne pas aimer une femme qui vous invite à dîner au Adlon.

« Qu'en pense votre mari ? Le second, s'entend.

– Nous avons un arrangement. Il fréquente d'autres femmes – beaucoup de femmes, essentiellement des actrices –, et j'essaie de me montrer compréhensive. Il aime aller dans un club, Le Paradis et l'Enfer, dans Kurfürstendamm. D'ailleurs, il y est certainement à cet instant même, avec une petite *minette*[1].

– Désolé.

– Il n'y a pas de quoi. À bien des égards, Fritz est un homme très égoïste et narcissique. Mais il possède un immense talent. Et je l'admire énormément. Alors, dans l'ensemble, nous formons une bonne équipe.

– Je sais. J'ai vu votre dernier film. *Metropolis*.

– Qu'en avez-vous pensé ?

– J'ai trouvé que ça faisait réfléchir. J'ai particulièrement aimé le moment où les travailleurs se révoltent contre leurs maîtres. Je m'étonne simplement qu'ils ne l'aient pas fait avant. Voilà ce que je pense.

– Dans ce cas, nous pensons la même chose.

– C'est surprenant, vu les gens que vous fréquentez. »

En disant cela, je jetai un regard en direction de la table voisine.

« Thyssen ? Il n'est pas si mauvais. Il investit beaucoup d'argent dans nos films. Même ceux qui font un four. Et ça me suffit.

– Et *Metropolis* ? Il a bien marché ?

1. En français dans le texte.

– L'accueil a été mitigé. Même de la part de mon cher mari. Quand il entend des critiques sur *Metropolis*, il me tient pour responsable. Mais quand il entend des louanges, il s'en attribue tout le mérite. C'est ça, les réalisateurs. Il n'y a pas que les caméras qui ont besoin d'un trépied, leur ego aussi. Les auteurs appartiennent à une espèce inférieure. Inférieure et moins chère. Surtout quand ce sont des femmes. Quoi qu'il en soit, on en a fini avec les films sur l'avenir. Plus personne en Allemagne ne s'intéresse à l'avenir. Pour le moment du moins. Si les gens s'en souciaient, ils cesseraient de voter pour les communistes et les nazis. Et on aurait un gouvernement digne de ce nom, capable d'agir. Alors, dans l'immédiat, nous nous concentrons sur un sujet très différent, plus populaire. À savoir les meurtriers de masse comme Fritz Haarmann, et cet autre type qui assassine et scalpe les prostituées de Berlin : Winnetou. Fritz est fasciné par les crimes sexuels. Ceux-là en particulier. On pourrait même dire qu'il est obsédé.

– Pourquoi donc, à votre avis ?

– Je me pose parfois la question.

– Et vous connaissez la réponse ?

– C'est peut-être parce que les victimes sont des prostituées. Fritz a toujours été attiré par le *demi-monde*[1] de Berlin. Ou bien c'est à cause de cette histoire de scalps. Oui, certainement. C'est tellement extrême. Si Fritz n'était pas cinéaste, et s'il ne s'intéressait pas à toutes sortes de phénomènes extrêmes, je m'inquiéterais pour lui.

– Je pense qu'il n'est pas le seul, Thea. Cette obsession pour les crimes sexuels est partagée par de nombreux artistes berlinois. »

1. En français dans le texte.

Je lui parlai de ma rencontre avec George Grosz et de ce qu'il m'avait dit à propos d'Otto Dix et de Max Beckmann.

« Ça ne m'étonne pas. Fritz affirme que Berlin est devenue la capitale du crime sexuel dans le monde occidental. Il a peut-être raison, je ne sais pas. En tout cas, on peut le penser en lisant le journal. C'est pourquoi nous avons décidé de réaliser un film, ici même, à Berlin, sur un tueur sexuel comme Winnetou. Et un inspecteur qui ressemble à Ernst Gennat.

– Il sera ravi.

– Quel genre d'homme est-il ?

– Gennat ? Bouddha avec un gros cigare et une voix d'ours noir enroué. C'est le meilleur inspecteur de Berlin, et d'Allemagne sans doute, mais ne le lui dites pas, surtout. Obèse, d'apparence un peu clownesque, ronchon et souvent sous-estimé.

– Marié ?

– Non.

– Une petite amie ?

– Il faudrait lui apprendre comment fonctionne ce genre de rapports de nos jours. Et je pense qu'il n'en a ni le temps ni l'envie. »

Elle hocha la tête et but une gorgée de l'excellent vin de Moselle qu'elle avait commandé pour accompagner le dîner. Et sourit. Elle avait un sourire éclatant, chaleureux, adressé, je m'en aperçus trop tard, à l'homme assis derrière moi.

« C'est aussi ce que m'a dit Kurt Reichenbach.

– Je ne pense pas pouvoir vous en apprendre plus que lui.

– Peut-être pas. Mais d'après Fritz, nos investisseurs tiennent beaucoup à ce qu'on utilise une source qui travaille pour la commission criminelle. C'est le genre de détail qui impressionne ces gens-là. Et Fritz pense que si vous me servez de conseiller, cela les persuadera que notre film est aussi réaliste que possible. Et que vous pourrez nous aider à expliquer pourquoi le meurtrier agit ainsi. De quelle manière il parvient à échapper à la police, pendant un temps du moins. Et, finalement, comment il se fait prendre.

– À vous entendre, c'est écrit d'avance.

– Ce n'est pas le cas ?

– Loin de là. Vous seriez surprise par le nombre de meurtriers qui ne sont pas inquiétés. S'il était facile d'arrêter tous les meurtriers, je ferais la circulation sur Potsdamer Platz. Ou bien je chercherais les chiens et les chats perdus.

– Voilà une pensée réconfortante.

– On passe beaucoup de temps à se tourner les pouces et à se regarder le nombril dans le métier d'inspecteur, Thea. Et il faut une bonne dose de chance également. Sans oublier l'incompétence et la stupidité. »

J'aurais pu ajouter la malhonnêteté, si je n'avais pas le sentiment que Thea et Fritz Lang voulaient faire d'un inspecteur le héros de leur film.

« Seriez-vous étonnée d'apprendre que la plupart des inspecteurs comptent sur des criminels professionnels pour les aider à résoudre des affaires ? Des criminels qui, pour une raison ou pour une autre, deviennent des indicateurs. La vérité, c'est que la plupart des flics seraient perdus sans eux. Même nous, à la commission criminelle, on est souvent obligés de faire appel aux voyous de Berlin pour piger ce qui se passe. Parfois, le meilleur inspecteur, c'est celui qui a le meilleur indic, tout simplement. Ou celui qui sait mieux que les autres presser un citron, si vous voyez ce que je veux dire. Vous voulez savoir pourquoi la plupart des meurtriers passent entre les mailles du filet ?

– Je vous écoute.

– Parce qu'ils sont comme vous et moi. Enfin, comme moi surtout. Rares sont les femmes qui tuent des prostituées, même à Berlin. Vous voulez du réalisme ? Choisissez un meurtrier sympathique. Prenez le type d'à côté. Voilà mon conseil. Le genre chemise propre et nœud papillon, gentil avec les enfants et les animaux. Un type respectable qui prend un bain régulièrement et ne ferait pas de mal à une mouche. Du moins, c'est ce que diront tous ses voisins quand on l'arrêtera. Pas de vilaine cicatrice, pas de bosse dans le dos, pas de regard inquiétant, pas d'ongles longs, pas de rictus sinistre. Oubliez Conrad Veidt ou Max Schreck. Choisissez un personnage insignifiant. Un homme ordinaire. Qui n'a pas une tête de méchant. Quelqu'un dont la vie n'a plus de sens. Ça manquera peut-être d'effet dramatique, mais ce sera réaliste. »

Thea demeura silencieuse un instant. Puis :

« Parlez-moi de Winnetou.

– Je vous dirai ce que j'ai le droit de vous dire. Une autre fois, je vous inviterai dans les locaux de la Commission, et je vous présenterai peut-être Gennat en personne, je vous montrerai le fourgon, mais pas demain, je dois aller travailler.

– Ça vous ennuie si je prends des notes ? En sachant que ma secrétaire les tapera à la machine et que Fritz les lira.

– Allez-y. »

Thea alluma une cigarette, ouvrit avec impatience son grand cahier sur la table, et entreprit de noter tout ce qui sortait de ma bouche comme si je lui dictais les Saintes Écritures. C'est sans doute pourquoi je conclus en précisant que de nombreuses personnes à l'Alex – c'est-à-dire de nombreux hommes – n'attachaient pas d'importance aux meurtres de Winnetou.

« Ce que je veux dire par là, Thea, c'est que les décès de prostituées sont monnaie courante dans cette ville. Et si je suis bien décidé à arrêter ce salopard, tout comme Weiss et Gennat, beaucoup de nos collègues à l'Alex s'en contrefichent. Et pas seulement à l'Alex. Dans tout Berlin il y a des gens qui estiment que la plupart de ces filles l'ont bien cherché. Qui pensent que Winnetou accomplit l'œuvre du Seigneur en nettoyant les écuries d'Augias. Les mêmes sans doute qui pensent que l'Allemagne a besoin d'un homme fort pour les sortir de leur situation actuelle. Un homme comme Hitler. Ou bien l'armée. Hindenburg. Ou encore le Joueur de flûte de Hamelin.

– Êtes-vous en train de dire que je ne devrais pas écrire ce film ?

– Non, absolument pas. Je dis juste : pourquoi prendre le risque de choisir un meurtrier qui s'attaque à des personnes que certains considèrent comme un fléau ? Pourquoi ne pas choisir un autre type de meurtrier ? Un autre type de victimes ? Pour provoquer le maximum de compassion. Des victimes que nul ne peut dénigrer.

– Précisément ?

– Je ne sais pas. Je suis flic, pas écrivain. Mais si vous choisissiez un meurtrier qui s'en prend aux enfants, personne n'irait affirmer qu'ils l'ont bien cherché, qu'ils ont eu ce qu'ils méritaient. Tout le monde aime les enfants. Même Gennat.

– Un tueur d'enfants. » Thea ouvrit de grands yeux. « Ça, c'est original. Peut-être un peu trop. Les gens pourront-ils supporter ce genre de film ?

– Ça dépend de vous. »

Je pris mon verre et me renversai contre le dossier de ma chaise. Je regardai Thyssen introduire une cigarette dans un fume-cigarette en or. Je me demandai de façon triviale combien il pesait financièrement, et quel genre de maison l'attendait. Sans doute pensait-il la même chose en me regardant.

« Si je vous dis ça, c'est pour une autre raison. Si vous choisissez un tueur d'enfants, votre personnage sera forcément très différent de Winnetou. Cela permettra peut-être de mettre une certaine distance entre Bernhard Weiss et votre mari.

– En quoi est-ce important ? Ils sont juifs l'un et l'autre.

– Parce qu'ils sont juifs l'un et l'autre. Les nazis adorent voir des complots là où il n'y en a pas. Alors, évitons de leur fournir des munitions. C'est Weiss qui raisonne, je le précise. Pas moi. Je ne suis qu'un simple inspecteur. »

Elle me ramena à Nollendorfplatz dans sa voiture. En entrant dans la pension, je découvris que Rankin avait réapparu, sain et sauf. Il s'était offert une beuverie avec de vieux copains, des compatriotes, et avait logé dans la maison qu'ils louaient à Schmargendorf.

« Je suis désolé, je ne pensais pas que quelqu'un s'inquiéterait pour moi, dit-il.

– Ce n'est rien, répondis-je. La prochaine fois, on saura que tout va bien. N'est-ce pas, Frau Weitendorf ?

– Vous avez agi en égoïste, Herr Rankin, dit-elle. Fräulein Braun et moi, on a cru qu'il vous était arrivé malheur. Tous ces disques brisés sur le sol de votre chambre. Et les bouteilles de whisky vides. Que voulez-vous qu'on imagine ? Herr Gunther lui-même se faisait du souci pour vous.

– C'est vrai, je bois trop parfois. Et dans ces moments-là, j'ai des goûts très tranchés en matière musicale. Je n'aurais jamais dû acheter ces disques. Disons que c'était une expérience esthétique ratée. La vérité, c'est que je préfère Wagner et Schubert.

– Ce n'est pas une excuse, insista Frau Weitendorf, avant de partir en se dandinant, furieuse.

– Je crois qu'elle aurait préféré que vous soyez mort, dis-je.

– Oui, vous avez raison. Mais ça lui passera. Comme toujours. Je lui donnerai un peu d'argent en plus pour le ménage et tout ira bien. » Rankin m'adressa un sourire penaud. « Les femmes, hein ? On ne peut pas vivre avec, on ne peut pas vivre sans. »

Je repensai à cette agréable soirée en compagnie de Thea von Harbou, en songeant que son mari partageait peut-être le point de vue de Rankin. Ma propre opinion vis-à-vis des femmes n'avait rien d'ambigu : j'aimais mieux vivre avec ma femme que vivre sans elle. À vrai dire, cette absence devenait parfois insupportable. Si les femmes servaient à une seule chose, c'était à cela : elles atténuaient la douleur d'être un homme pour l'éternité.

DEUXIÈME PARTIE

Déclin

« Loin sous la surface de la terre se trouve la cité des travailleurs. »

Metropolis, réalisé par Fritz Lang,
scénario de Thea von Harbou.

L'été berlinois arriva enfin pour de bon, et la ville, resplendissante de lumière, se débarrassa de son loden gras. Au Tiergarten, des amoureux s'asseyaient sur des bancs, non loin d'Apollon qui observait sa lyre sans cordes et se demandait, impuissant, quel air il pourrait leur jouer. Le dimanche, des milliers de travailleurs prenaient le train de banlieue pour se rendre sur les plages de sable blanc du Wannsee. Un jour, je les imitai, mais on ne voyait pas la plage à cause du monde, et il était presque impossible de déterminer où s'arrêtait le sable et où commençait le lac. Les gens trempaient leurs pieds sales dans l'eau peu profonde avant de regagner leurs taudis gris, le visage rougi par le soleil, leur bedaine transpirante remplie de choucroute et de bière. Des bateaux à vapeur descendaient bruyamment la Spree jusqu'à Grünau et Heidesse, et la statue juchée au sommet de la colonne de la Victoire flamboyait sous le soleil tel un ange de feu venant annoncer une nouvelle Apocalypse.

À l'Alex, nous faisions mine de rendre hommage à l'été en convoquant les peintres et les plâtriers, en lavant au jet les cellules du sous-sol et en laissant les fenêtres du dernier étage entrouvertes toute la journée afin que l'air chasse un peu l'obscurité et les odeurs de tabac froid et de transpiration. Mais ça ne durait jamais très longtemps. Une cage reste une cage, même si vous ouvrez grand la porte, et elle conserve la puanteur des bêtes qu'elle a maintenues enfermées : les meurtriers, les voleurs, les violeurs, les homosexuels, les prostituées, les drogués, les alcooliques, les maris violents et les gangsters. Mais surtout les flics. Personne ne sent plus mauvais que nous.

Les nuits d'été torrides, une atmosphère particulière se dégage d'un poste de police important. On pourrait penser que le crime se débarrasse de ses chaussures trop serrées pour partir en vacances comme toute la population de Berlin, mais ce serait une erreur. Ce n'est jamais le froid qui fait ressortir ce qu'il y a de pire dans l'être humain, c'est la chaleur. Si on peut qualifier d'êtres humains ces individus détraqués et cupides qui suintent tout en bas de cette strate qu'on appelle par habitude la société berlinoise. Parfois, j'avais la conviction que George Grosz avait raison, et moi tort ; qu'il se contentait de reproduire ce qui existait : les banquiers obèses et indifférents, les anciens combattants estropiés, les mendiants mutilés et les prostituées mortes. Nous étions réellement ainsi : laids et obscènes, hypocrites et insensibles.

Mais dans ce métier, il arrivait toujours quelque chose de nouveau pour vous surprendre. Pour vous prendre au dépourvu, comme un type de meurtre que vous n'imaginiez pas voir dans votre carrière car, naïvement, vous pensiez avoir tout vu. C'est ce qui se produisit au cours de ce long et chaud été de 1928.

L'intérêt suscité par Winnetou dans l'opinion publique était à son apogée, mais ce jour-là tout changea brutalement et, en l'espace d'une nuit ou presque, un tueur d'un tout autre genre le remplaça dans l'imagination fébrile de la métropole. Alors que la Kripo enquêtait sur le meurtre d'Eva Angerstein, subitement, ce fut comme si Winnetou et ses autres malheureuses victimes n'avaient jamais existé. Pendant quelque temps, j'essayai de poursuivre l'enquête en douce, mais sans succès. Les ordres venaient de tout en haut.

Bernhard Weiss fut convoqué au ministère de la Justice dans la Wilhelmstrasse, où on lui fit comprendre, de manière on ne peut plus claire, que la commission criminelle devait mettre de côté l'affaire Winnetou pour consacrer toute son énergie à la capture de celui que la presse avait surnommé « Dr Gnadenschuss », le nom sous lequel il se présentait dans la lettre envoyée à tous les journaux de la ville. Lettre dans laquelle il s'accusait de meurtres récents, tout en se moquant de la police berlinoise, et plus particulièrement de la commission criminelle. L'entrevue réunissant le ministre de la Justice, Herman Schmidt, le ministre de l'Intérieur, Albert Grzesinski, et le ViPoPra, Karl Zörgiebel, Weiss n'eut d'autre choix que de se mordre la langue et d'obéir aux ordres. À croire que quelqu'un avait surpris ma conversation avec Thea von Harbou lors de notre dîner. Ce qu'il ressortait de cet entretien de la Wilhelmstrasse, c'était que tout le monde, ou presque, au sein du gouvernement se fichait pas mal du sort de quelques prostituées alors que sévissait un meurtrier jugé beaucoup plus nocif au niveau politique. Nos dirigeants estimaient que les agissements du Dr Gnadenschuss faisaient honte à la République et que son arrestation était désormais une priorité absolue. Parallèlement, le colonel Magnus Heimannsberg, qui avait assisté lui aussi à cette réunion, chargea ses agents en uniforme de la Schupo de conseiller aux prostituées de Berlin de ne pas traîner dans les rues, sinon à leurs risques et périls.

De fait, Magnus Heimannsberg connaissait beaucoup mieux les risques que les prostituées, de sexe féminin du moins. D'après Gennat, il vivait avec un beau major de la police nommé Walther Encke, dans un appartement d'Apostel-Paulus-Strasse, dans le quartier de Schöneberg. Ce qui expliquait certainement pourquoi il ne faisait pas partie des grands réformateurs de la police. Néanmoins, il était très apprécié des policiers lambda car il avait commencé sa carrière en bas de l'échelle, et il était totalement apolitique, ce qui voulait dire que c'était un ardent républicain, comme moi. Ni communiste ni nazi, il ne s'intéressait qu'au bien-être des hommes qu'il commandait et il supportait avec plaisir un grand nombre d'imbéciles, ce à quoi n'aurait jamais consenti Weiss. Entre ces deux hauts gradés ce n'était pas le grand amour, mais ils s'accordaient sur la nécessité d'éviter un nouveau scandale national et de venger l'affront fait à la police berlinoise en arrêtant ce Dr Gnadenschuss le plus vite possible.

Ce que les Français appellent le coup de grâce, nous autres Allemands l'appelons *Gnadenschuss :* une unique balle dans la tête pour mettre fin aux souffrances d'un homme blessé. Mais en 1928, dans les rues de Berlin, les hommes à qui était accordée cette clémence douteuse en plein jour avaient été grièvement blessés plus de dix ans auparavant. En effet, toutes les victimes étaient d'anciens combattants estropiés, des moitiés d'homme qui se déplaçaient dans des chariots et mendiaient devant les stations de métro. Ces victimes ne pouvaient pas s'enfuir. Les trois premières avaient été tuées d'une balle de calibre 25 tirée à bout portant dans la tête. Le bruit de la détonation avait été masqué par le vacarme du métro aérien qui passait au-dessus. Dans deux des cas, plusieurs heures s'étaient écoulées avant que quelqu'un ne remarque que ces hommes étaient morts.

Nous nous réunîmes dans le bureau de Gennat afin d'analyser ces trois meurtres : Weiss, Heller, Gennat, Otto Trettin et moi, sans oublier Frau Künstler qui tapait la transcription de tout ce que nous disions. Trettin revenait d'un long séjour dans un sanatorium. Nous étions donc au complet.

« Bernie, résumez pour Otto tout ce que nous savons, me demanda Weiss. Il lira les dossiers plus tard.

– La première victime se nomme Werner Schlichter, commençai-je. Trente-six ans, pas de famille connue. Sergent dans le 108e d'infanterie. A reçu une balle dans la colonne vertébrale en 1916 lors de la bataille de la Somme et s'est retrouvé paralysé en dessous du bassin. Né à Berlin, il travaillait au jardin botanique de Dahlem avant la guerre. Il était hébergé par l'Armée du Salut dans Müllerstrasse. Son corps a été découvert près de la gare de Wedding, au sud de Nettelbeckplatz, le 6 juin. Il a été tué en plein jour d'une balle de calibre 25 tirée dans la tête à bout portant. La douille n'a pas été retrouvée à proximité, ce qui signifie que le meurtrier se sentait suffisamment en confiance pour la ramasser et l'emporter. C'est un instituteur du Lessing-Gymnasium, Herr Kesten, qui a découvert le corps. Ancien combattant lui-même, il avait bavardé plusieurs fois avec Schlichter, en déposant quelques pièces dans sa casquette. Schlichter portait toujours sur sa tunique de l'armée la croix d'honneur et l'insigne des blessés, en noir. Il avait quelques marks dans ses poches. D'après le commandant du refuge de l'Armée du Salut où il logeait, un certain Harfensteller, ancien combattant également, Schlichter était un homme réservé, il ne lui connaissait ni ami ni ennemi. Avant de mendier dans les rues, il avait travaillé à la Oskar-Helene-Heim, ici à Berlin, mais, apparemment, il n'appréciait pas le régime et il est parti.

– Personne n'a rien vu ? interrogea Trettin.

– Rien », dis-je et je lui tendis la photo prise par Hans Gross.

En la voyant, on comprenait pourquoi personne n'avait remarqué le meurtre avant plusieurs heures. Assis dans son chariot, Schlichter donnait l'impression de dormir et le point d'entrée de la balle ressemblait à un simple petit furoncle sur son front.

« Qu'est-ce qui ne lui plaisait pas à la Oskar-Helene-Heim ? demanda Trettin.

– J'y reviendrai. »

Otto Trettin était un bon inspecteur, mais, comme Kurt Reichenbach, il se montrait parfois un peu brutal. Un jour, il avait expédié à l'hôpital deux voyous appartenant à un réseau criminel baptisé Sang Apache qui l'avaient agressé, et l'un des deux y avait laissé un œil. Il ne fallait pas l'embêter. En outre, il s'était fait taper sur les doigts par Weiss pour avoir trafiqué des notes de frais. On racontait qu'il travaillait, en collaboration avec un autre inspecteur, sur un ouvrage consacré aux célèbres affaires criminelles de Berlin. Une affaire lucrative, peut-être. Nous cherchions tous à gagner un peu d'argent à côté, évidemment. Bernhard Weiss lui-même avait publié récemment un livre intitulé *Police et politique*. Un peu ennuyeux, il n'avait pas connu un grand succès, et, selon la rumeur, quelques flics berlinois n'avaient pas apprécié ce qu'il écrivait sur eux. Toujours d'après la rumeur, Gennat préparait un livre lui aussi. Parfois, j'avais l'impression d'être le seul inspecteur de la Commission qui n'envisageait pas une carrière parallèle d'écrivain.

« Trente-six heures plus tard, repris-je, on a découvert la deuxième victime : Oskar Heyde, quarante ans. Sous le pont du métro aérien, à la station Friedrichstrasse. Deux balles dans la tête, à bout portant là encore. Homme d'affaires en Silésie, il avait rejoint la 50e division de réserve en tant que lieutenant d'infanterie et il avait été grièvement blessé en septembre 1917 lors de la troisième bataille d'Ypres. Une mine britannique lui a coûté ses deux jambes et l'œil gauche. Il a été décoré de la croix de fer. Après la guerre, il est parti vivre avec son frère Gustave à Potsdam, mais celui-ci a été rattrapé par l'inflation et s'est suicidé. Heyde a alors trouvé refuge à la Oskar-Helene-Heim, mais lui non plus n'a pas aimé le régime et très vite il est reparti. Depuis, il vivait dans la rue. Là non plus, personne n'a remarqué qu'il était mort avant plusieurs heures.

– C'est quoi le problème avec la Oskar-Helene-Heim ? » demanda Trettin.

Je me tournai vers Weiss.

« Vous voulez répondre à cette question, patron ? »

Weiss ôta son pince-nez, ralluma son cigare et se renversa dans son fauteuil.

« Gunther et moi avons visité avant-hier ce foyer, situé à Berlin-Zehlendorf, raconta-t-il. Une visite très instructive. Et absolument déprimante. À vrai dire, je n'avais rien vu d'aussi déprimant depuis longtemps. Selon moi, ceux qui gèrent cet établissement incarnent tout ce qui ne va pas dans l'Allemagne moderne. Le foyer est sous le contrôle de deux médecins, Konrad Biesalski et Hans Wurtz, qui ont des idées bien arrêtées, pour ne pas dire rigides, sur la réhabilitation et l'intégration sociale. Ils estiment que le labeur est l'unique remède efficace contre les maladies dont souffre une personne blessée, et qu'un individu paresseux, vivant aux crochets de la société, possède une “âme infirme", facteur d'une anomalie constitutionnelle qui fait de lui un dégénéré. Sincèrement, ils n'ont aucun respect de la dignité humaine, pas même celle d'une moitié d'homme, avec une moitié de visage, comme certains que nous avons vus là-bas.

« Je ne doute pas que ces médecins soient animés de bonnes intentions, mais il me semble que tous les hommes grièvement blessés ne sont pas capables de travailler. Si vous vous soumettez à leur régime et devenez un handicapé curable, moralement sain, alors vous acceptez d'être recyclé pour devenir un membre utile de la société, du moins une société telle qu'ils la conçoivent. Dans le cas contraire, vous vous retrouvez pour eux dans la catégorie des invalides incurables, faibles d'esprit et moralement malsains. Et surtout, vous ne pouvez prétendre à aucune compensation financière pour les dommages subis durant la guerre.

– Bon sang, murmura Trettin.

– En vérité, ce sont deux eugénistes, et la conclusion logique de leurs théories n'est autre que l'euthanasie. Selon eux, tout homme qui ne travaille pas est non seulement un fardeau pour la société, mais également un psychopathe antipatriotique qui ne mérite pas de vivre. Un névrosé de guerre qui doit être exterminé. » Weiss remit son pince-nez. « Bernie, parlez-lui de la troisième victime, je vous prie.

– Bien, patron. Werner Jugo, quarante-deux ans, habitait avec sa femme dans un logement au sous-sol de Meyerheimstrasse. Avant la guerre, il était chauffeur de bus pour la Compagnie des transports berlinois. Il a rejoint la 27e division d'artillerie en 1914. En 1918, il a été touché par un tir de mortier pendant la bataille d'Amiens.

– Le jour le plus noir de l'armée allemande, murmura Weiss, citant Ludendorff.

– Il a perdu un bras et ses deux jambes. Après la guerre, il a passé plusieurs années à l'hôpital de Spandau. Puis il a fait un an de prison au pénitencier Fühlsbuttel de Hambourg après avoir agressé une prostituée.

– Les risques du métier, commenta Trettin. Pour les agresseurs, je veux dire.

– On ignore pourquoi il s'en est pris à elle. Ensuite, il a passé un an au sanatorium Saint-Joseph. »

Là, je m'interrompis, conscient soudain que Trettin revenait tout juste du même établissement. Saint-Joseph était un monastère situé à Weissensee, près du lac, qui accueillait les Berlinois accros à la cocaïne.

« Continuez », dit-il. Son visage était un rictus aux lèvres épaisses, au nez cassé et aux grands yeux noirs et froids ; une sorte de totem souffrant d'hémorroïdes. « Ça ne me gêne pas d'en parler. J'avais pris de mauvaises habitudes. Vous savez ce que c'est, avec les journées qu'on se tape dans ce métier. Parfois, j'avais besoin d'un petit coup de fouet. Mais tout ça, c'est du passé. Grâce à vous, patron.

– On se réjouit de vous voir d'attaque, Otto, dit Weiss. C'est le plus important. Surtout en ce moment. »

Gennat émit un grognement et se leva pour régler la pendule fixée au mur de son bureau, comme il le faisait plusieurs fois par jour. C'était une vieille pendule de chemin de fer, plus décorative qu'utile. Chaque fois que je la regardais, elle avançait ou retardait, et tout le monde soupçonnait Gennat de le faire exprès car cela lui donnait un prétexte pour mettre fin à un entretien, et le fait est qu'il n'aimait pas beaucoup Otto Trettin. Il se méfiait de tous ceux qui étaient ou avaient été accros aux drogues. Pendant qu'il réglait et remontait sa pendule, je poursuivis mon exposé.

« C'était peut-être un mendiant, mais Werner Jugo était fortement suspecté d'être un dealer de coke. On en a trouvé plusieurs grammes sur lui. Sa femme, Magda, est dame pipi dans les toilettes de l'Excelsior, et il se peut qu'elle vende de la drogue elle aussi. Mais compte tenu des deux affaires précédentes, nous pensons que ce meurtre n'est pas lié aux stupéfiants. Comme les deux autres victimes, Jugo a été tué d'une balle dans le front, tirée à bout portant. Son corps a été découvert sous la station de métro de Schönhauser Allee, assis dans son chariot d'estropié. Vingt-quatre heures seulement après la victime numéro deux. Là encore, personne n'a rien vu ni rien entendu, à cause du bruit du métro qui a couvert le coup de feu.

« Le lendemain du meurtre de Jugo, quatre quotidiens de Berlin – le *Morgenpost*, le *Vossische Zeitung*, le *Lokalanzeiger* et le *Tageblatt* – ont reçu la même lettre dactylographiée prétendument rédigée par le meurtrier. La lettre adressée au *Morgenpost* était accompagnée d'une casquette de l'armée qui portait le nom d'Oskar Heyde. Et son matricule. Qui nous a été confirmé depuis par les autorités militaires.

– Ce qui semble authentifier la lettre du même coup, ajouta Weiss. Un petit détail : Gottfried Hanke, l'expert en graphologie et en machines à écrire de la Kripo, pense que les lettres ont été tapées sur une Orga Privat Bingwerke. De plus, il affirme que cette machine possède un défaut d'alignement horizontal : la lettre G est légèrement décalée vers la droite. J'ai demandé à Hanke de se renseigner auprès de toutes les sociétés de fournitures de bureau de Berlin pour savoir si elles avaient enregistré les noms des personnes à qui elles avaient vendu ce modèle de machine. L'enveloppe a été oblitérée à Friedrichshain, mais je doute que ce détail ait de l'importance. J'habite à Friedrichshain. Bref, lisez-nous la lettre, Bernie. »

> « Cher rédacteur en chef, je suis le meurtrier des trois anciens combattants invalides. Mais vous pouvez m'appeler Dr Gnadenschuss. Pour vous prouver que j'ai bien tué ces hommes : j'ai utilisé un pistolet de calibre 25 et je leur ai tiré en pleine tête à bout portant, de si près que j'ai brûlé la peau. Je n'ai laissé aucune douille près des corps. J'ai tué le premier homme d'une balle, le deuxième de deux balles et le troisième de trois balles. Mais pour le prochain, je ne tirerai qu'une seule fois, et je lui prendrai une de ses médailles, s'il en a. J'ai déjà emporté un souvenir – un calot de l'armée –, que j'ai joint à mon courrier adressé au *Morgenpost*. Désolé, messieurs, vous n'avez pas l'exclusivité. L'homme s'appelait Heyde. La raison pour laquelle j'ai tué ces trois hommes devrait être évidente dans l'esprit de quiconque se dit patriote. Ces anciens combattants étaient déjà morts, je me suis contenté de mettre fin à leurs souffrances. En outre, leur existence ne faisait pas seulement honte à l'uniforme, elle rappelait à chacun l'humiliation de la défaite allemande. Vous avez entendu parler de la théorie du couteau dans le dos ; eh bien, ces hommes représentaient un coup de couteau en plein visage. Pour celles et ceux qui les voient ramper sur les trottoirs tels des rats ou de la vermine, ils sont une insulte à l'œil humain et à l'idée même de décence civique. Bref, j'ai simplement fait ce qui doit être fait pour que l'Allemagne commence à se reconstruire et tire un trait sur le passé. Car une nouvelle Allemagne ne pourra pas émerger des cendres tant que les vestiges estropiés, dépenaillés et dégénérés de son passé ignominieux continueront à hanter nos rues comme autant de spectres. Ils sont un fardeau pour l'État. Un avenir où l'armée allemande

assumera la place qui lui revient au sein de la destinée de la nation ne pourra voir le jour tant que ces taches obscènes n'auront pas été effacées du paysage national. Nous savons tous que je ne fais que formuler une évidence. De plus, nul n'ignore qu'un grand nombre de ces prétendus anciens combattants estropiés sont en réalité de faux mendiants. De mes propres yeux, j'en ai vu un se lever de son chariot et s'éloigner en marchant comme s'il s'appelait Lazare.

Inutile de me remercier, gardez vos applaudissements. En tout cas, vous voilà prévenus. Je tuerai plus d'anciens combattants infirmes que les flics ne pourront en compter. Attendez-vous à voir le sang couler de nouveau dans les rues de Berlin, avant longtemps. Et la police ne pourra rien faire. Ses représentants, et plus particulièrement la célèbre commission criminelle de Berlin, savent qu'ils n'ont aucune chance de m'empêcher d'accomplir mes exécutions aléatoires. Car c'est une bande d'idiots incompétents : ont-ils réussi à arrêter Winnetou ? Non, évidemment. Le vrai métier de détective s'est perdu dans cette ville. La plupart des agents de la Kripo ne pourraient même pas attraper un rhume. Je vous conseille de publier cette lettre, si vous savez où est votre intérêt. *Heil Hitler.* Bien à vous, Dr Gnadenschuss. »

« Des commentaires, messieurs ? demanda Weiss.

– J'ai une remarque à faire, dit Gennat. Elle est liée à cette forme d'antisémitisme très particulier qu'exprime la lettre.

– Il n'y a rien d'antisémite dans cette lettre, rétorqua Weiss.

– D'où sa particularité, justement. C'est sans doute la première fois que quelqu'un critique la Kripo et la commission criminelle sans mentionner que ce département est dirigé par un juif. Vous, en l'occurrence. Surtout que cette lettre se conclut par "*Heil Hitler*".

– Exact, reconnut Weiss. Je n'y avais pas pensé.

– Pour tout le reste, il s'exprime comme un nazi, ajouta Gennat.

– Ou quelqu'un qui veut se présenter comme un nazi, dis-je. Mais je suis d'accord avec Ernst. On peut s'étonner qu'un nazi laisse passer une si bonne occasion de vous calomnier, monsieur. Habituellement, ils sont moins étourdis.

– Surtout ce salopard de Goebbels, renchérit Trettin. Eh, ce serait formidable si ces hommes avaient été réellement tués par un nazi, non ? Hitler adore se présenter comme l'ami des anciens combattants. Il serait sacrément embarrassé par cette histoire. »

Weiss ne dit rien, mais je devinai qu'il partageait ce raisonnement.

« Vous savez quoi, patron ? poursuivit Trettin. En écoutant la lecture de cette lettre, je repensais à ce que vous avez dit à propos de ces deux médecins du centre Oskar-Helene. Vous les avez qualifiés d'eugénistes. Et pas seulement. Ils sont partisans d'exterminer tous les individus qui ne sont pas utiles à la société.

– Hélas ! dit Weiss, ces théories pseudo-scientifiques sont largement répandues de nos jours. Surtout en Allemagne. Et défendues par certaines personnes hautement respectables. Jusqu'à sa mort, il y a quelques années, Karl Binding était un des plus fervents partisans de l'"euthanasie" comme il disait. Et le psychiatre Alfred Hoche prônait l'élimination des handicapés et des malades mentaux.

– En tout cas, reprit Trettin, il serait peut-être bon de vérifier si les docteurs Biesalski et Wurtz ne sont pas impliqués, d'une manière ou d'une autre, dans ces meurtres. »

Weiss fronça les sourcils.

« Cela me semble hautement improbable. Je n'aime pas ces hommes. Pas du tout même. Mais je refuse de croire qu'un médecin allemand, quel qu'il soit, puisse coller le canon d'une arme sur la tête d'un homme et presser la détente au nom d'une prétendue hygiène raciale, ou charger quelqu'un d'autre de le faire. La situation morale de l'Allemagne est grave, certes, mais pas à ce point. Quoi qu'il en soit, libre à vous de suivre cette piste, Otto, si elle vous paraît intéressante. D'autant que nous ne croulons pas sous les hypothèses. Mais soyez discret. Je ne voudrais pas qu'ils aillent se plaindre au ministre. »

Gennat regagna la table de réunion et noua ses mains roses sur son ventre, tel un enfant de chœur débonnaire. Sans s'asseoir cependant. Il avait apparemment quelque chose à ajouter, et il s'adressa à nous en prenant des airs de P-DG furieux qui tance son conseil d'administration.

« Si vous voulez mon avis, ce sont des gamins qui se cachent derrière ces meurtres. » Son teint semblait un peu plus rouge que d'habitude, ses yeux un peu plus exorbités, et sa voix aurait pu émousser la lame d'un sabre. « Parfaitement. Je parle de notre charmante et patriotique jeunesse allemande, qui ne sait rien et souhaite en savoir encore moins. Une bande de petits salopards paresseux. La plupart considèrent les flics comme des personnages de comédie. » Il leva vers le plafond un regard chargé de fausse innocence et tenta de parler à la manière d'un adolescent. « "Moi, monsieur l'agent ? Franchement, je sais pas de quoi vous parlez. Non, monsieur, je me souviens pas où j'étais la nuit dernière. Et je suis incapable de faire ce que vous suggérez. En fait, je reviens de l'église, où je suis allé prier pour ma grand-mère." Ils me font vomir. »

Voyant le sourire sur le visage de Weiss, Gennat pointa son porte-cigare sur le patron.

« Et pourquoi pas ? reprit-il. Vous savez de quoi je parle. Une bande de jeunes qui cherchent à se distraire. Et qu'y a-t-il de plus distrayant que le meurtre gratuit, surtout quand il s'agit de tuer une poignée de vieux bonshommes qui ne servent plus à rien ? C'est juste du darwinisme, d'après certains avocats que j'ai interrogés.

– Vous poussez le bouchon un peu loin, Ernst, dit Weiss. Les jeunes ne sont pas aussi redoutables que ça, si ?

– Non. Ils sont pires. Si vous ne me croyez pas, allez faire un tour au tribunal pour mineurs. La moitié d'entre eux n'ont pas d'âme. Dès lors, pourquoi serions-nous surpris ? La plupart ont grandi sans aucune forme de discipline car leurs pères ont été tués dans les tranchées.

– Vous pensez sérieusement que cette lettre a été écrite par un jeune ?

– Et pourquoi pas, patron ? »

D'un geste magnanime, Weiss encouragea Gennat à poursuivre.

« Ils savent écrire. Ils sont allés à l'école. Certains de ces jeunes fumiers sont beaucoup plus malins que vous le croyez, chef. Prenez Paul Krantz, par exemple. Vous vous souvenez de lui ? Il était inscrit dans une bonne école, il aurait pu obtenir son *Abitur* s'il n'avait pas eu ce petit problème de procès pour meurtre. »

Paul Krantz était un adolescent qui avait récemment comparu devant un tribunal berlinois, accusé d'avoir assassiné deux de ses amies, des jeunes filles de la classe moyenne, gentilles et bien élevées, ainsi qu'un garçon, considéré comme un rival amoureux. Ces meurtres avaient fait l'objet d'une intense fascination de la part de la presse.

« Paul Krantz a été acquitté, protesta Weiss.

– C'est encore pire. Tout le monde à Berlin sait qu'il est coupable. Trois meurtres et il s'en tire avec une tape sur les doigts : trois semaines derrière les barreaux pour détention illégale d'un pistolet de calibre 25. Voilà ce que j'appelle être malin. Vous pensez que j'exagère ? Eh bien, pas moi. Je me souviens que le juge, au procès, a parlé de "penchants dangereux" présents dans la jeunesse allemande. Sincèrement, beaucoup de ces jeunes sont des communistes ou des nazis, sans même le savoir. Ce Dr Gnadenschuss est peut-être l'un de ces *Piefke* adolescents que les nazis s'efforcent de recruter car la plupart ne possèdent même pas une conscience atrophiée. Le nazi idéal.

« Au passage, vous remarquerez que j'ai parlé d'un pistolet calibre 25 qui était en possession de Paul Krantz. C'est parce qu'ils sont monnaie courante dans ces gangs de jeunes. Fini les couteaux et les matraques, un grand nombre de ces sauvages sont armés de pistolets automatiques. C'est un marqueur social. Comme une boucle d'oreille, une belle paire de chaussures en cuir ou un vieux smoking. Ce sont des êtres sans foi ni loi qui n'obéissent qu'à leur bon plaisir.

– Que suggérez-vous, alors ? » demanda Weiss en tripotant les manchettes immaculées de sa chemise.

Incarnation même de la patience, à l'exact opposé de son fougueux adjoint.

« Demandons à la Schupo d'organiser une rafle, un matin de bonne heure, pour les interroger. On verra bien ce qui tombe de leurs poches de lederhosen. Au pire, le ministre aura l'impression qu'on agit. Et qui sait ? On aura peut-être de la chance. Il serait temps. Si on découvre un gamin qui possède une machine à écrire dont le G est décalé, ce sera un jeu d'enfant de l'envoyer sur l'échafaud.

– Mais où sont-ils ? Ces gangs de jeunes ?

– Oh, ce n'est pas difficile de les trouver. Ils occupent des campements installés dans des parcs, des entrepôts abandonnés ou d'anciennes cabanes de plage à la périphérie de Berlin, à l'ouest principalement. Saviez-vous que certains de ces gangs choisissaient pour noms des titres de romans de Karl May ?

– Comment savez-vous tout cela, Ernst ?

– Parce qu'il y a dans une cellule de Charlottenburg un fugueur de quatorze ans qui a poignardé un autre adolescent de son gang au cours d'une bagarre au couteau. Un petit homo vicieux qui voulait jouer aux boy-scouts cul nu. Il se trouve que c'est le cousin de mon beau-frère. Ma sœur m'a téléphoné pour savoir si je pouvais l'aider, et je l'ai envoyée sur les roses. De l'aide, il en avait besoin l'an dernier, sous la forme d'une bonne raclée. Maintenant, il a besoin d'un bon avocat. Et puis, je suis un inspecteur, pas un foutu psychiatre.

– On avait remarqué, commenta Heller.

– Alors, qu'est-ce que vous en pensez, patron ? On les embarque pour les interroger ?

– Je n'aime pas les rafles, dit Weiss. Ça évoque les *Freikorps*. Mais si vous pensez que ça en vaut la peine, allons-y. J'en parlerai à Magnus Heimannsberg pour voir comment on peut s'arranger.

– Le plus tôt sera le mieux, dit Gennat. Avant une nouvelle lettre, ou à plus forte raison un nouveau meurtre.

– En effet, reconnut Weiss. D'autant que cette lettre braque le projecteur sur la Kripo. Il est donc plus difficile d'esquiver les critiques, qu'elles viennent des conservateurs ou des communistes. Peut-être que je vais être obligé d'écrire un article pour le *Tageblatt*, moi aussi. Le Dr Gnadenschuss n'est pas le seul à pouvoir imposer sa prose aux journaux. Je vais contacter Theo Wolff. »

Gennat semblait sur le point d'ajouter quelque chose, mais Weiss le fit taire d'un doigt dressé.

« Je sais, vous allez dire que je ne devrais pas choisir un journal dirigé par un juif, mais le *Berliner Tageblatt* tire à deux cent cinquante mille exemplaires. Et les autres quotidiens le citeront. Il est grand temps de convaincre nos concitoyens qu'ils doivent devenir les yeux et les oreilles de leur police. Peut-être même que nous pourrons les inciter à capturer le Dr Gnadenschuss à notre place.

– En fait, je voulais juste dire : je vous souhaite du courage.

– Vous pensez que ce n'est pas possible ? »

Gennat avait du mal à cacher son exaspération.

« Le rôle des journaux, c'est de provoquer l'hystérie collective. Ils se contrefichent qu'on arrête ce salopard ou pas. Ce qui les intéresse, c'est d'attiser la peur et de répandre la panique pour vendre plus d'exemplaires. En écrivant un article sur le Dr Gnadenschuss, vous montrerez au monde entier que l'on prend ce cinglé au sérieux.

– Quel mal à cela ? demanda Weiss.

– Autant annoncer à tous les détraqués de Berlin qu'on s'intéresse à eux. C'était avant votre entrée en fonction, chef, mais la dernière fois que les journaux ont publié la lettre d'un meurtrier, c'était à l'époque de l'affaire Ackermann en 1921. Il y a même eu une conférence de presse. Et juste après, on a vu débarquer au poste de police deux cents personnes qui prétendaient être le meurtrier. Et bien entendu, il a fallu vérifier. Sans oublier les trois plagiaires qui sont venus s'y ajouter. Selon moi, faire appel à l'opinion publique pour attraper un meurtrier peut représenter un obstacle plus qu'une avancée.

– J'entends ce que vous dites, Ernst. Mais on ne peut pas jouer sur les deux tableaux. L'apathie générale ou l'hystérie complète. On doit choisir le moindre mal. Et j'estime que nous devons agir, oui. L'honneur de la police exige, au minimum, que je réponde aux provocations de ce type. Par ailleurs, il faut mettre en garde les invalides de guerre et les inciter à ne pas sortir dans la rue s'ils le peuvent. Sans parler du fait que nous devons les mobiliser pour obtenir leur aide.

– Ce sont des mendiants, objecta Gennat. La plupart n'ont pas d'autre choix que de faire la manche dans la rue. De plus, ils n'ont pas les moyens d'acheter le journal.

– Quoi qu'il en soit, on aura besoin d'eux », déclara Weiss.

Autour de la table, dans le bureau de Gennat, nous avions l'impression d'assister au match Dempsey contre Firpo. Dans l'ensemble, il m'était plus facile d'être d'accord avec Gennat qu'avec Bernhard Weiss. Gennat était le vieux de la vieille qui connaissait toutes les ficelles du métier. Weiss savait capter l'attention, mais Gennat provoquait le respect. Je me serais bien gardé, toutefois, de faire le moindre commentaire. Ce n'était pas à moi de juger les arguments de mes supérieurs. Cependant, Weiss avait le mérite de tolérer, et même d'accepter, le point de vue divergent de son adjoint, comme Guillaume Ier avec Bismarck, peut-être, à cette différence près que Gennat ne menaçait pas de démissionner s'il n'obtenait pas satisfaction.

Mais en vérité, une bonne partie de mon esprit était toujours au centre Oskar-Helene de Zehlendorf. Certaines des choses que j'avais vues dans ce bâtiment à la façade couleur crème, en bordure du quartier arboré de Dahlem, m'avaient profondément déprimé et je m'étais demandé par quelle chance j'avais pu survivre à la guerre avec un visage, deux yeux et quatre membres. Presque dix ans s'étaient écoulés depuis l'armistice de 1918, pourtant ce qui s'était passé dans les tranchées demeurait bien présent dans ma tête, comme si c'était hier. D'où venaient-elles, cette soudaine réapparition de l'horreur, cette résurgence de l'angoisse et de la douleur que je croyais oubliées depuis longtemps ? J'aurais été incapable de l'expliquer, mais le spectacle de tous ces hommes grièvement estropiés avait fait ressurgir un flot de souvenirs si puissant que, depuis, j'avais du mal à trouver le sommeil. Désormais, dès que je me couchais, je me trouvais face au prologue d'un cauchemar imprimé de manière indélébile à l'intérieur de mes paupières : des images d'une intensité grotesque, de moi dans les tranchées, de ce désastre absolu recouvert de boue. Trois films muets, en particulier, revenaient sans cesse me hanter : la cervelle de mon meilleur ami dans mes cheveux, après qu'une balle perdue tirée par une mitrailleuse Lewis lui avait fait exploser le crâne ; un homme qui me crache son dernier souffle au visage, suivi de presque tout son sang et ses tripes ; un chirurgien de campagne qui ampute des membres blessés à l'aide d'une guillotine, pour ne pas perdre de temps avec une scie.

Et à cause de cela, depuis notre visite dans ce foyer, tel un névrosé secoué de tremblements qui tente de repousser la folie, je buvais plus que de raison et que d'habitude. Avec Rankin, avec Gennat, avec Trettin, mais surtout seul. Whisky, schnaps et rhum, je ne faisais pas la différence. Toujours au bord de l'ébriété, je suçais une grande quantité de pastilles de menthe Pez pour essayer de masquer l'odeur de l'alcool dans mon haleine, et je parlais peu, de peur de prononcer une parole malencontreuse qui me trahirait. Impossible toutefois de dissimuler ce genre de choses à un type comme Ernst Gennat, qui s'y connaissait lui aussi en matière d'alcoolisme. Après la réunion dans son bureau, il me prit à part.

« Dites-moi, Gunther. Avez-vous toujours bu autant ?

– Je ne bois pas beaucoup. Mais souvent. Et dernièrement, plus que je ne devrais sans doute.

– Pourquoi donc, à votre avis ? Déjà les répercussions du métier ? C'est le métier le plus passionnant au monde, mais la pression qu'il engendre peut briser un homme.

– Non, ce n'est pas mon métier. Du moins, pas directement. La vérité, c'est que je bois beaucoup plus depuis que j'ai visité ce satané foyer pour invalides à Zehlendorf. Cela a réveillé toutes sortes de sombres pensées, des souvenirs de la guerre que je croyais endormis à tout jamais. J'ai repensé à tous ceux qui ne sont pas revenus. Des camarades. Des amis. Des hommes auxquels j'étais attaché. Je revois encore leurs visages. Par centaines. Hier soir, en entendant une voiture pétarader dans la rue, j'ai failli me chier dessus. Vous allez rire, mais aujourd'hui, en passant devant un fossé au Tiergarten, j'ai eu envie de m'y cacher. Un fossé, c'est un endroit accueillant et sûr. Plonger dans un verre de schnaps, c'est juste un peu plus propre. »

Gennat hocha la tête et posa une main compatissante sur mon épaule. Elle pesait aussi lourd qu'un paquetage de soldat.

« Je me méfie d'un homme qui ne boit pas, dit-il. Cela signifie qu'il n'a pas confiance en lui, et je n'ai que faire d'un homme qui n'a pas confiance en lui. On ne peut pas compter dessus. Pas dans notre métier. Mais il y a boire et boire. Et le bon ami d'un policier peut devenir son pire ennemi. Vous le savez, évidemment, sinon vous n'essaieriez pas de masquer l'odeur avec ces pastilles de menthe que vous sucez du matin au soir, et surtout cette épouvantable eau de Cologne. Et parce que vous le savez, vous savez aussi qu'il serait préférable de reboucher la bouteille, mon garçon. Ressaisissez-vous. Le plus tôt sera le mieux. Vous devez apprendre à vivre avec ces démons des tranchées sans l'aide de la gnôle. Car le patron et moi, nous n'avons pas besoin d'un type qui sent le tapis de bar à onze heures du matin. »

Il s'avéra qu'il avait tort.

« Weiss a raison, me dit Trettin, en fin de journée, alors que nous étions tous les deux confortablement installés au Zum. Si on veut arrêter le Dr Gnadenschuss, on aura besoin de l'aide des vagabonds et des mendiants. L'un d'eux a forcément vu quelque chose, c'est logique. Mais j'ai peur que Gennat n'ait raison lui aussi, ces gens-là n'achètent pas le journal. D'ailleurs, beaucoup d'entre eux ne parlent même pas allemand. À mon avis, ça ne sert à rien de les interroger un par un. Ça prendra trop de temps. On ferait mieux d'aller à la source pour leur parler collectivement.

– La source ?

– Oui.

– C'est quoi, ce truc ?

– Vous verrez. » Il consulta sa montre. « On sera pile à l'heure, je pense. »

Nous vidâmes nos verres et Trettin nous conduisit à Weissensee. Il se gara dans Fröbelstrasse, près de l'usine à gaz. Une longue file d'indigents, certains pieds nus, attendait pour pénétrer dans le bâtiment d'en face, pendant que deux SA s'efforçaient de recruter de nouveaux membres pour le parti nazi.

« La Palme, dis-je. Évidemment. »

Avec ses cinq mille lits, Le Palmier était le plus ancien et le plus grand asile de nuit de Berlin. L'aide était réduite au strict minimum : hébergement dans un des dortoirs pendant cinq nuits d'affilée seulement, désinfection des vêtements, accès aux installations d'hygiène, une assiette de soupe et un morceau de pain le matin et le soir. Les Berlinois surnommaient parfois ce centre « L'Adlon du pauvre ». De fait, il était presque aussi inaccessible. Situé à plus de deux kilomètres au nord-est de l'Alex, il était suffisamment éloigné des gens respectables pour que personne ne se plaigne.

« Où qu'on aille désormais, fis-je remarquer, on dirait qu'un nazi nous a devancés.

– Au moins, une chemise brune est une chemise propre. Mais si ces salopards accèdent au pouvoir, ils arrêteront tous ces gens. Vous pouvez me croire. Aujourd'hui, ils recrutent des sans-abri, mais demain ils les enverront derrière les barreaux. Sous prétexte qu'ils troublent l'ordre public ou un truc dans le genre.

– Ils ne peuvent pas tous les arrêter. Et puis, ils seraient obligés de les héberger ailleurs.

– Vous croyez que ça les dissuadera ? Pas moi.

– Pauvres gars.

– Pourquoi ? Parce qu'ils vivent dans la rue ? La plupart ont choisi cette vie. Les autres sont cinglés, tout simplement.

– Je n'y crois pas.

– C'est la vérité.

– Otto, vous êtes un homme au cœur de pierre. »

Pourquoi cet asile s'appelait-il « Le Palmier » ? Trettin ne savait pas trop.

« Peut-être parce qu'il y en avait un dans le hall d'entrée autrefois, dit-il. En 1886, je veux dire. Quand Le Palmier a ouvert.

– Un palmier ? À Berlin ? Quelqu'un a voulu faire une plaisanterie. »

Trettin grimaça.

« Je suis d'accord, ça semble improbable. »

Il sortit de la poche de son gilet une petite boîte en fer-blanc qu'il me tendit.

« Qu'est-ce que c'est ?

– Du camphre mentholé. J'en ai toujours sur moi, au cas où je devrais assister à une autopsie. Mettez-en un peu sous vos narines. Ça vous aidera à supporter l'odeur en entrant. »

Nous descendîmes de voiture, nous frayâmes un chemin au milieu de la longue file de corps sales et entrâmes dans le bâtiment. Trettin avait vu juste au sujet de l'odeur. On se serait cru dans une tranchée en plein soleil. Des visages gris, édentés et tordus nous entouraient : c'était comme pénétrer à l'intérieur d'une gravure moisie représentant une scène sinistre de la vie métropolitaine.

Trettin me précéda jusqu'au guichet des admissions, montra son insigne au type posté à l'entrée et demanda à voir le directeur.

Cinq minutes plus tard, nous étions dans un vaste bureau qui donnait sur la cour du bâtiment principal. Sur un des murs étaient accrochés le portrait du responsable de l'urbanisme de Berlin, qui avait participé à la création du Palmier, et un autre de saint Benoît-Joseph Labre. Le directeur, le Dr Manfred Ostwald, était un homme corpulent aux cheveux blancs et aux yeux très noirs. Avec son col empesé et sa jaquette, il me faisait penser à un blaireau dans une illustration d'histoire pour enfants. Devant lui étaient disposés plusieurs exemplaires d'un magazine intitulé *Le Clochard*, publié, nous expliqua-t-il, par la Confrérie internationale des vagabonds. On aurait pu croire à une blague, mais ça n'en était pas une. Après avoir écouté notre requête, il nous invita à utiliser un système de sonorisation nouvellement mis en place, relié à des haut-parleurs installés dans les quarante dortoirs du Palmier.

« Si je peux me permettre un petit conseil, messieurs, écrivez d'abord ce que vous voulez dire. Ça vous évitera de vous répéter et de bégayer.

– Bonne idée, dit Trettin. C'est vous qui lirez, Gunther.

– Pourquoi ?

– Vous avez bu plus que moi.

– Quel rapport ?

– Vous êtes détendu. Moi, rien que de lire un article de journal à ma femme, ça me rend nerveux.

– J'ai vu votre femme, ça ne m'étonne pas. Elle ferait peur à une hyène diplômée en droit. »

Trettin ricana.

« C'est vrai. »

Après avoir lu plusieurs fois notre appel à témoins à voix basse, je recommençai, devant le micro cette fois, et pendant que nous attendions que quelqu'un se présente le Dr Ostwald nous servit d'office un verre de schnaps. C'était un peu cavalier, mais nous n'allions pas nous plaindre. Rien de tel qu'un petit remontant pour avoir l'impression qu'une enquête progresse. Un quart d'heure s'écoula, puis la secrétaire d'Ostwald frappa à la porte pour lui annoncer que quelqu'un souhaitait nous livrer des informations. Toutefois, quand elle indiqua le nom de cette personne, son patron sembla hésiter.

« Faites-le entrer, dit Trettin. On est là pour ça, non ? »

Une grimace s'ajouta à l'hésitation du Dr Ostwald.

« Attendez. Je connais cet individu depuis longtemps. Stefan Rühle est un de nos habitués. Toujours prêt à faire des histoires. Outre le fait qu'il va réclamer de l'argent, il a parfois des idées excentriques, pour ne pas dire complètement folles. Surtout, ne lui donnez pas d'argent, pas tout de suite du moins, car dix autres types dans son genre vont débarquer dans ce bureau. Bavardez avec lui pendant cinq minutes, et si vous êtes toujours sains d'esprit, vous m'annoncerez que j'avais tort. Sinon, je dirai que je vous avais prévenus.

– On peut bien lui accorder cinq minutes, dis-je. Les nazis, là dehors, lui ont sans doute accordé plus de temps que ça.

– Soit. Mais attention : ne gobez pas tout ce qu'il vous raconte. Si vous ne voulez pas ensuite subir un lavage d'estomac. » Le Dr Ostwald adressa un signe de la main à sa secrétaire. « Faites-le entrer, Hanna. »

Elle ressortit et revint presque aussitôt en essayant de ne pas respirer l'air brassé par l'homme qui la suivait : un type louche aux yeux exorbités, coiffé d'une casquette qui ressemblait à un bloc de mousse ayant poussé sur sa tête et portant une veste faite de graisse plus que de laine. En nous voyant, il eut un grand sourire et agita les bras dans tous les sens.

« Vous êtes de la police ?

– Exact.

– Dans ce cas, où ils sont vos insignes ? Je veux voir vos papiers avant de dire quoi que ce soit. Je suis pas idiot, je vous signale. »

Je lui montrai ma plaque en cuivre.

« Eh bien, Herr Rühle, vous avez des informations à nous donner ?

– Stefan. Personne m'appelle Herr Rühle. Depuis longtemps. Sauf quand j'ai des ennuis. Et là, je vais pas avoir d'ennuis, si ?

– Absolument pas, dis-je. Alors ? Savez-vous des choses sur cet homme qui tue des invalides de guerre ?

– Si je vous dis ce que je sais, qu'est-ce qui me prouve que vous allez pas me tuer ?

– Pourquoi est-ce qu'on vous tuerait ? demanda Trettin.

– Vous saurez pourquoi quand je vous aurai donné le renseignement que vous cherchez. Et puis, vous êtes de la police. Ça veut dire que vous avez le droit de tuer les gens comme moi. »

Trettin sourit, sans se départir de son calme.

« On promet de ne pas vous tuer, Stefan. Hein, Bernie ?

– Croix de bois, croix de fer.

– Ça ressemble à une promesse de flic. Autrement dit, ça vaut rien. Peut-être que si j'avais un petit coup à boire. Ça pourrait m'aider à croire que vous êtes sincères. »

Je regardai Ostwald, qui fit non de la tête.

« Si vous nous dites quelque chose d'intéressant, on vous emmènera boire une bière, promit Trettin. Autant de bières que vous voulez si vous nous donnez un nom.

– J'aime pas la bière. Je préfère le schnaps. Comme vous. Je le sens dans votre haleine.

– Entendu. On vous offrira un verre de schnaps. Que diriez-vous d'une cigarette en attendant ? »

Trettin ouvrit son étui et le tendit à Rühle, qui prit plusieurs cigarettes et les glissa dans sa poche pour plus tard.

« Merci. Bon, parlons affaires, comme vous dites. Le type qui tue ces anciens combattants, c'est un flic, comme vous. Je le sais parce que je l'ai vu tirer sur un homme. »

À mon tour de sourire patiemment.

« Pourquoi dites-vous ça ?

– Parce que c'est vrai. Je l'ai reconnu. C'est un policier qui a tué ces hommes. Je l'ai vu faire. Et si vous voulez mon avis, c'était un geste charitable.

– Il portait un uniforme ?

– Non.

– Alors, comment savez-vous que c'était un policier ?

– Parce que je le sais. D'accord ? Je l'avais déjà vu. Quelque part. Je me souviens pas où exactement. Mais je suis sûr que cette fois-là, il s'est présenté comme policier. Et c'est le même type qui a tué ces *schnorrer*[1]. »

Rühle parlait vite, d'un ton brusque, sans vous regarder, et j'en déduisis immédiatement qu'il était un peu dérangé. La plupart du temps, ses yeux restaient fixés sur le tapis comme s'il était fasciné par les motifs.

« Pourquoi un policier ferait-il une chose pareille ? demanda Trettin.

– Oh, c'est simple. Il pense certainement que ces hommes sont des vagabonds. Qu'ils font partie d'une épidémie infectieuse qui frappe cette ville. Parce qu'il les trouve indécents et méprisables. Voilà pourquoi. Parce que les mendiants imposent leur pauvreté aux gens, d'une manière répugnante, par égoïsme. Les gens auront l'impression que les choses s'améliorent en Allemagne le jour où quelqu'un mènera une action concrète pour se débarrasser des mendiants de toutes sortes. Voilà pourquoi. J'aurais pensé que c'était évident. Il fait ça pour des raisons d'hygiène urbaine. Et franchement, je suis d'accord avec lui. C'est une mesure de défense nécessaire face à un comportement antiéconomique.

– Ce que voulait dire mon collègue, dis-je, c'est qu'il ne croit pas qu'un policier soit capable de commettre de tels meurtres, de sang-froid.

– Ça ne m'étonne pas. Tout le monde pense que la police est un mal nécessaire. Mais ils sont le mal. Ils accomplissent… vous accomplissez l'œuvre du diable. Quand un policier tue quelqu'un qui a commis un crime,

1. Terme yiddish signifiant « mendiant » ou « parasite ».

c'est un meurtre de sang-froid car il accomplit son travail. Il est payé pour ça. Il n'y a pas d'émotion, pas de sentiments. Il accomplit ce travail car on a besoin que des hommes nuisibles exécutent un travail nuisible pour nous protéger d'autres hommes nuisibles. Du moins, c'est ce qu'il croit. En réalité, il obéit au diable. Et quand il rentre chez lui le soir, il arrive à dormir car il peut se dire qu'il a simplement obéi aux ordres du diable.

– Le diable », soupira Trettin.

Il secoua la tête. Manifestement, il avait renoncé à tout espoir de soutirer des informations utiles à Stefan Rühle.

« À quoi ressemblait ce policier ? demandai-je.

– À un démon, voilà à quoi il ressemblait. Je pourrais pas dire lequel. Mais il avait le visage couvert de poils. Des yeux rouges. Et il portait les plus beaux vêtements qui existent. Comme si l'argent ne comptait pas. Ses chaussures faisaient penser à de la neige. Et le sceptre qu'il tenait était le symbole de son pouvoir sur terre. Son sourire était aussi blanc que celui d'un loup. Je suis sûr qu'il m'aurait égorgé avec ses dents si j'étais resté pour discuter avec lui. Si vous m'envoyez un dessinateur, je me ferai un plaisir de l'aider à faire son portrait.

– Je pense que ça ne sera pas nécessaire », dis-je en regardant ma montre.

Il avait eu droit à ses cinq minutes. Et lorsque nous réussîmes à nous débarrasser de lui, le Dr Ostwald me jeta un regard pétillant.

« Je vous avais prévenus. »

La rafle et l'interrogatoire des jeunes voyous de Berlin eurent lieu comme prévu, sans rien nous apprendre d'intéressant. Infractions mineures et délinquance en tout genre. Ernst Gennat chassa sa déception d'un haussement d'épaules. Si l'opération n'avait rien donné, cela ne voulait pas dire qu'elle ne s'imposait pas, voilà comment il voyait les choses. Parallèlement, le *Berliner Tageblatt* publia l'article rédigé par Bernhard Weiss et, bien entendu, la police fut rapidement assaillie par des hommes – et même une lesbienne travestie – qui prétendaient être le Dr Gnadenschuss. Heureusement pour nous, pourrait-on dire, un quatrième invalide de guerre fut retrouvé mort peu de temps après, ce qui nous permit de tous les flanquer dehors, sous la menace de les coffrer pour entrave à l'exercice de la justice.

Âgé de trente-sept ans, Walther Frölich était né à Dresde et avait servi dans la 9e division de Landwehr de la 3e armée comme caporal. Il avait été décoré de la croix de fer de seconde classe. Une balle reçue dans la colonne vertébrale à Verdun en octobre 1918 l'avait laissé paralysé. On avait découvert son corps sous le pont Oberbaum, près de Schlesisches Tor, à un jet de pierre de l'usine Wolfmium dont les ruines noircies surplombaient toujours la Spree, telle une porte moderne de l'enfer. Il avait été tué d'une seule balle dans la tête.

Si Bernhard Weiss n'avait toujours pas compris que son article était une erreur, il ne tarda pas à s'en apercevoir.

Le cirque de l'Oncle Pelle, à Wedding, présentait un célèbre numéro de monstres de foire. Parmi lesquels figuraient des invalides de guerre, dont un homme sans bras et sans jambes, présenté sur les affiches comme « le Centipède humain ». Deux jours après la publication de l'article, Weiss reçut à l'Alex un coup de téléphone de cet homme, qui affirmait que Hank-la-Main-Sûre, le célèbre tireur d'élite du cirque, avait avoué être le Dr Gnadenschuss et menaçait maintenant d'abattre Weiss. Hank-la-Main-Sûre était un nazi notoire, il donnait parfois des leçons de tir à des membres des SA et était lié à une organisation d'extrême droite violemment antisémite impliquée dans plusieurs assassinats politiques, c'était donc une accusation convaincante. Nul ne savait comment le Centipède humain avait pu passer ce coup de fil, mais Weiss se sentit obligé d'aller vérifier par lui-même lorsque son informateur insista pour qu'ils se rencontrent. Le Centipède humain pouvant difficilement se déplacer, Weiss me chargea de le conduire au cirque.

Pour des raisons de sécurité, nous avions choisi la voiture personnelle du chef : une Audi Type K bleue, que l'on distinguait sans peine de la plupart des autres automobiles berlinoises car elle avait le volant à gauche. J'aimais la conduire, même si j'avais dû m'habituer à passer les vitesses avec la main droite. Cette voiture offrait une meilleure vision des véhicules qui arrivaient en face et semblait beaucoup plus sûre. Impression renforcée par la présence, à côté du siège du conducteur, d'un vide-poches contenant un Mauser C96 Broomhandle. Une bonne arme, mais si j'avais eu autant d'ennemis que Bernhard Weiss, j'aurais plutôt choisi un fusil à canon scié.

Quittant la cour de l'Alex au volant de l'Audi, je pris la direction de Wedding, vers le nord-ouest, et, très vite, je m'aperçus que le chef épiait chacun de mes mouvements. Ses yeux ne quittaient pas le levier de vitesse.

« Ce Centipède humain, il a un nom ? demandai-je, en massacrant une vitesse.

– Kurzidim. Albert Kurzidim. Il dit qu'il soupçonne Togotzes depuis le début, mais c'est mon article qui l'a convaincu de nous appeler. Hans Togotzes est le véritable nom de Hank-la-Main-Sûre.

– Je ne suis pas allé au cirque depuis que je suis gamin, confiai-je en loupant de nouveau une vitesse.

– Êtes-vous en état ? me demanda Weiss alors que nous roulions dans Oranienburger Strasse.

– En état de faire quoi, monsieur ?

– De conduire.

– Ma conduite ne vous convient pas, monsieur ?

– Je reformule ma question : Avez-vous bu aujourd'hui ?

– Non, pas depuis hier soir, mentis-je.

– Je vous crois, dit-il, sur un ton qui indiquait qu'il ne me croyait pas une seconde. Gennat pense que vous buvez trop depuis que nous avons visité ce satané centre pour handicapés. Et je voulais simplement vous dire que je vous comprends, Bernie. Mieux qu'Ernst, peut-être. J'en suis certain, même. Ernst n'a pas connu les combats durant la guerre. Contrairement à nous. J'étais responsable d'une compagnie médicale avant de devenir capitaine de cavalerie, et j'ai vu des choses que je ne veux plus jamais revoir. Je suis sûr que vous aussi. Et je n'hésite pas à vous avouer que j'ai bu quelques verres moi aussi depuis que nous sommes allés à Oskar-Helene. Il se peut que j'aie eu un petit problème avec l'alcool il y a quelques années. Il n'y a rien de honteux à cela, Bernie. Il existe même un nom pour désigner ça de nos jours : stress post-traumatique ou neurasthénie. Saviez-vous que quatre-vingt mille anciens combattants allemands sont encore soignés dans les hôpitaux pour ce problème ? Des hommes tout aussi grièvement atteints que ceux que nous avons croisés l'autre jour, mais mentalement. »

Apercevant le panneau qui indiquait le cirque de l'Oncle Pelle, je quittai la route principale pour prendre un étroit chemin de graviers entre deux petits cimetières, bordé de peupliers, derrière lesquels j'apercevais les rayures typiques d'un chapiteau.

« Alors, prenez un peu de repos si vous en avez besoin. Autant que nécessaire. Je préfère vous voir revenir à la Kripo en cours de sevrage que pas du tout. Ivre ou sobre, vous êtes un de mes meilleurs éléments.

– Merci, monsieur. Mais ça ira. »

C'était un piège, évidemment. J'avais peut-être pris un petit déjeuner liquide, mais je n'avais aucun problème de vue. Même à trente mètres, je voyais bien que le type qui venait d'émerger sur le côté du chemin, une main en l'air, tenait un fusil-mitrailleur Bergmann MP-18 dans l'autre. Le chargeur cylindrique de trente-deux balles situé à gauche du canon, semblable à un rétroviseur, était on ne peut plus caractéristique. Et mortel. Lorsque le type pointa son arme sur nous, je fis une embardée sur la droite, pilai net, obligeai Weiss à s'allonger sur le plancher de l'Audi et me saisis du Mauser.

« Ne bougez pas ! » m'écriai-je.

J'ouvris la portière du côté conducteur et sortis de la voiture en roulant sur moi-même, au moment où une rafale frappait la carrosserie, ce qui effraya les corbeaux, et moi plus encore. Pourtant, le type tirait au hasard ; la distance de trente mètres dépassant largement la portée du Bergmann. Une arme faite pour nettoyer une tranchée, de près.

Je contournai l'Audi par-derrière, bondis à l'intérieur du cimetière sur la gauche et me servis du mur comme d'un bouclier pour courir en direction du tireur. Tout en ôtant la sécurité du Mauser et en armant le chien. Une autre rafale de fusil-mitrailleur retentit, puis plus rien. Le tireur devait penser que j'avais pris la fuite et qu'il disposait de tout son temps pour éliminer le chef de la police. Je sentais sa cigarette, j'entendais ses pas sur le gravier, puis je perçus le bruit facilement reconnaissable d'un chargeur qu'on remplace. Je me trouvais maintenant dans le dos de notre agresseur et j'escaladai le mur dans l'autre sens. C'était un des avantages du rhum au petit déjeuner, et la raison pour laquelle ils nous en faisaient boire un petit verre dans les tranchées avant l'assaut.

Le type se tenait à une dizaine de mètres devant moi. Il actionnait la culasse de son arme pour faire feu de nouveau. Il était grand, il portait une casquette d'ouvrier, un pull sans manches et des bottes lacées jusqu'aux genoux. Sur son épaule pendait un petit paquetage contenant le chargeur vide et peut-être une autre arme. Je n'avais guère de temps, voire pas du tout, pour faire des sommations, d'autant que j'étais prêt à parier qu'un deuxième type se cachait dans les herbes hautes de l'autre cimetière. J'essayai quand même.

« Police ! Lâchez votre arme ! »

L'homme jeta sa cigarette et se retourna. Je vis alors qu'il avait au maximum vingt ans, un visage dur, vide, et des yeux d'un bleu éclatant dans lesquels brillait encore une lueur meurtrière. Aucun doute : il n'hésiterait pas à tirer s'il le pouvait. Il sourit. Car il savait que son arme était beaucoup plus puissante que la mienne. Le soleil chaud qui filtrait à travers le feuillage au-dessus de nos têtes tachetait le sol de reflets lumineux et me donnait l'impression irréelle d'être sur un lac. En cette belle journée d'été, dans ce décor d'une quiétude presque surnaturelle, l'un de nous deux allait mourir. Il ouvrit le feu avant même de braquer son MP-18, dans l'espoir que cela m'empêcherait de presser la détente du Mauser, mais bien sûr que non.

Je l'atteignis en pleine poitrine, il tomba à la renverse, en continuant à tirer pendant une seconde, avant de heurter le sol telle une étoile de mer. J'approchai de lui avec prudence, prêt à tirer de nouveau. Constatant qu'il était toujours en vie, j'éloignai le MP-18 de sa main avec mon pied et récupérai sur son pull un insigne du parti nazi. Les talons de ses grosses bottes à semelles cloutées raclèrent le sol comme s'il essayait de se lever, mais c'était peine perdue. Il se noyait dans son propre sang, et il n'y avait rien à faire. Dans dix ou quinze minutes, il serait mort. Le danger n'avait pas disparu pour autant. J'essayais de repérer un deuxième, voire un troisième tueur, comme dans toute embuscade digne de ce nom. N'ayant ni le temps ni l'envie de pratiquer une autre forme de miséricorde que celle du Dr Gnadenschuss, j'appuyai le canon du Mauser contre la tête du mourant, pressai la détente et regagnai la voiture en courant.

Bernhard Weiss était toujours allongé sur le plancher de l'Audi. Armé d'un Walther, il faillit me tirer dessus lorsque je sautai derrière le volant. Le moteur tournait encore. Sans aucune explication, j'enclenchai la marche arrière et fonçai à reculons sur le chemin de graviers avant que quelqu'un lance une grenade sur la voiture ou se mette à nous canarder. Tenant son chapeau sur sa tête, Weiss gardait les yeux fixés sur le corps de l'homme qui voulait l'assassiner.

« J'aime bien votre voiture, dis-je pour essayer de lui remonter le moral.

– Nom d'un chien, Bernie, on s'en fiche de ma voiture ! Il voulait me tuer.

– Il nous aurait tués tous les deux. Obligé. Pour ne pas laisser de témoin. On a eu de la chance.

– Je suppose qu'il n'y a aucun lien avec Hank-la-Main-Sûre ou le Centipède humain. Il n'y en a jamais eu. Tout ça était un coup monté. Un canular destiné à m'attirer dans un piège.

– Je dois avouer que j'avais des doutes. Quand une chose est trop belle pour être vraie, c'est en général qu'elle ne l'est pas.

– Bon sang, pourquoi n'ai-je rien vu ? Je fais un piètre inspecteur.

– Voilà ce qui arrive quand on publie des articles dans les journaux. Il y a toujours un lecteur qui n'est pas de votre avis. Et qui veut le montrer.

– Oui, c'est une façon de voir les choses.

– C'est plus efficace qu'une lettre à la rédaction. »

Arrivé à l'entrée du chemin, j'effectuai un demi-tour sur les graviers et repartis dans la direction opposée, loin du lieu de la fusillade. Weiss se retourna sur la banquette et tendit le doigt à travers la vitre arrière.

« Et lui ?

– Qui ?

– Le tueur, bien sûr. Il est peut-être toujours vivant. »

Je ne répondis pas.

« Il est toujours vivant ?

– J'espère que non.

– Comment ça ?

– Il est mort, chef. Je m'en suis assuré. Mais dans l'immédiat, on a un autre problème. Il avait peut-être des complices. Ces lâches sont coutumiers du fait. C'est comme ça qu'ils ont assassiné Ratheneau. Et Erzberger. Ils agissent à deux. Vous ne serez pas en sécurité tant qu'on ne sera pas rentrés à l'Alex. »

J'écrasai l'accélérateur en espérant que la vitesse ferait taire Weiss. En vain.

« On ne peut pas le laisser là-bas.

– Ah bon ? C'est pourtant ce qu'il aurait fait avec nous.

– Oui, mais nous ne sommes pas comme ça.

– Non ?

– Nous sommes la police. Ça veut dire que nous devrions nous arrêter pour téléphoner.

– Si vous voulez mon avis, ne parlez à personne de ce qui vient de se passer, sauf à votre garagiste. Vous avez choisi une voiture avec le volant à gauche pour votre sécurité ; maintenant vous devez m'écouter et faire ce que je vous dis, exactement pour la même raison.

– C'est impossible.

– Vraiment ?

– Je suis le chef de la Kripo, Bernie. Je suis également avocat. Et officier de justice. Je ne peux pas fuir une scène de crime, même si j'étais la personne visée. Ce n'est pas correct. Et c'est certainement illégal.

– Seuls vous et moi sommes au courant, chef. Et c'est très bien.

– Qu'est-ce que vous racontez, Bernie. Vous savez pertinemment qu'on ne peut pas faire ça.

– Vous voulez vous retrouver dans les journaux du soir ? Vous voulez vraiment que votre femme et votre fille sachent qu'on a essayé de vous tuer aujourd'hui ? C'est ce que vous voulez ? Car dès qu'on signalera ce qui s'est passé, c'est ce qui arrivera. Et vous ne sortirez plus jamais de chez vous sans que Lotte s'inquiète jusqu'au soir. »

Weiss demeura muet un instant.

« Vous avez raison sur ce point, concéda-t-il finalement. Depuis que j'ai été agressé par Otto Dillenburger, ma fille Hilda me supplie de démissionner de la police. Ma femme ne dit rien, mais je devine qu'elle partage cet avis.

– Autre chose : en laissant le corps sur place, pour que ses amis le trouvent, on envoie un message clair à ces salopards de nationalistes. Ils ne savent pas que c'est moi qui l'ai tué, et non pas vous. Alors, peut-être qu'à l'avenir ils y réfléchiront à deux fois avant d'essayer de vous liquider. Ils penseront peut-être que vous êtes plus coriace et impitoyable que vous ne semblez l'être. Et puis, vous ne savez pas comment les nazis vont exploiter cette affaire dans leurs journaux si vous racontez précisément ce qui s'est passé. Ils découvriront peut-être que ce pauvre garçon avait une mère et une sœur, qu'il chantait dans la chorale de l'église, qu'il était gentil avec les petits animaux et qu'il n'avait pas la moindre chance contre nous. Alors qu'il voulait juste vous faire peur. Peut-être qu'un type comme Goebbels le qualifiera de martyr et écrira un poème pour dire que c'était un gars formidable, et qu'un sale juif l'a abattu comme un chien.

– Rien ne permet de dire que c'était un nazi.

– Ah bon ? »

Je tendis à Weiss l'insigne que j'avais arraché sur le pull du mort.

« Et au cas où vous croiriez que je ne pense qu'à vous, chef, dites-vous bien que si vous ébruitez cette affaire, vous ne figurerez plus tout seul sur la liste des personnes à abattre. J'y serai aussi. Peut-être que vous avez l'habitude, étant donné que vous êtes juif et tout ça. Mais moi, j'ai déjà de quoi faire avec les serpents que l'alcool me fait voir dans mes bottes. Je n'ai aucune envie d'être obligé de regarder par-dessus mon épaule en permanence. »

Weiss demeura muet jusqu'à ce qu'on atteigne le havre de l'Alex. Je garai l'Audi dans la cour centrale, coupai le moteur et nous allumai à chacun une cigarette.

« Et si aucun de ces arguments ne suffit à vous convaincre, réfléchissez à une chose, chef, si vous voulez bien. Vous êtes un homme bien et je vous respecte autant que je vous admire, mais vous êtes un juif en Allemagne, et cela signifie, que vous le vouliez ou non, que vos semblables sont en guerre contre la patrie. C'est un fait depuis 1893, quand les antisémites ont remporté seize sièges au Reichstag, dont la Prusse. Au cas où vous l'auriez oublié, cette élection a légitimé socialement la haine des juifs. Cela vous déplaît peut-être, monsieur, mais souvenez-vous que lorsqu'on est en guerre, le plus important est de gagner à tout prix. Par tous les moyens. Et vous ne gagnerez pas en suivant les règles, monsieur. Vous gagnerez en étant plus impitoyable qu'eux, en agissant à la prussienne. En les tuant avant qu'ils ne vous tuent. »

Weiss tira sur sa cigarette et regarda l'extrémité rougeoyante d'un air songeur.

« Je ne dis pas cela de gaieté de cœur, mais vous avez sans doute raison.

– J'aimerais avoir tort. Donc, on ne dira rien à personne. Ni au ViPoPra ni à votre secrétaire, ni même à Ernst Gennat. Même si je pense qu'il partagerait mon avis.

– C'est probable. Sur cette question du moins. Il voudrait vous voir quitter la commission criminelle. Il estime que je devrais vous renvoyer aux Mœurs. Jusqu'à ce que vous arrêtiez de boire en tout cas. Il pense que vous êtes sur le point de craquer.

– Ce n'est pas une hypothèse inconcevable.

– Vous êtes sur le point de craquer ?

– On est à Berlin. Qui s'en apercevrait ? Mais rassurez-vous, chef, je ne craquerai pas. Je suis un dur à cuire : au moins dix minutes dans l'eau. Il se peut que j'aie bu un petit verre avec mon café ce matin, mais vous ne m'avez pas vu m'effondrer. Vous pourriez écrire toute l'œuvre de Goethe sur ma carapace, avec un stylo à plume, sans y faire un seul trou.

– Vous m'avez sauvé la vie, je ne l'oublierai pas. Sans vous, ma chère épouse serait veuve. *A sheynem dank*, Bernie Gunther. »

Je plongeai la main dans la poche de ma veste et en sortis une flasque remplie de bon rhum autrichien. Après avoir dévissé le bouchon, je bus une grande gorgée avec un mélange de nervosité et de bravade. Je me fichais de ce que Weiss pensait de moi maintenant. Je venais de lui sauver la peau, je pouvais risquer un peu la mienne.

« À votre épouse, alors, dis-je. Allez retrouver votre famille. C'est le plus important. Rentrer chez soi, c'est tout ce qui compte pour un flic dans cette ville. »

Je lui tendis la flasque et le regardai boire, tandis qu'il la tenait d'une main aussi tremblante que mon cœur tourmenté. Cela faisait bien longtemps que je n'avais pas tué quelqu'un. Et je m'interrogeais : aurais-je achevé le tueur si je n'avais pas bu quelques verres auparavant ? Quand on y réfléchissait, il n'en fallait pas plus, parfois, pour tuer quelqu'un.

Plus qu'un instinct de détective, ce qui me fit revenir sur le lieu où avait été assassinée Eva Angerstein, c'était ma consternation devant l'indifférence féroce des autorités vis-à-vis de sa mort et de la mort des autres filles. Sans oublier un désir pervers et frondeur de désobéir aux ordres du ministre, au nom de la véritable justice. Curieusement, la justice est une chose plus facile à définir après quelques verres. En outre, on ne pouvait pas dire que nous croulions sous les indices dans l'affaire du Dr Gnadenschuss. C'était ça le problème avec les meurtres aléatoires, la raison pour laquelle il était si difficile de les élucider : en l'absence de lien entre le meurtrier et sa victime, autant essayer d'accoupler un mastiff et un teckel.

Néanmoins, la mort d'Eva Angerstein ne laissait pas indifférent tout le monde. Telle est du moins la conclusion que je tirai en voyant le bouquet de fleurs – vingt-sept lis blancs – que quelqu'un avait déposé au pied de l'escalier où on avait retrouvé son corps. Une carte humide, posée sur les fleurs, portait un nom écrit à la main, indéchiffrable. Celui du fleuriste, en revanche, était bien lisible : Harry Lehmann, Friedrichstrasse. Vingt-sept fleurs provenant d'un endroit cher, situé à quatre ou cinq kilomètres de Wormser Strasse, cela signifiait que l'acheteur ou l'acheteuse avait été proche de la victime, et n'avait pas hésité à effectuer ce trajet pour se rendre sur le lieu d'un crime. Je m'interrogeai sur le nombre de fleurs, jusqu'à ce que je me souvienne qu'Eva Angerstein avait vingt-sept ans. Preuve supplémentaire que la personne ayant acheté ces lis était très proche de la victime. Nous avions essayé, en vain, d'identifier des parents. Ce qui ne m'avait pas surpris : la plupart des filles qui se livraient à la prostitution coupaient tous les ponts avec leur famille, pour des raisons évidentes. Impatient d'interroger celui ou celle qui avait acheté ces fleurs, je décidai de m'arrêter dans la boutique de Harry Lehmann sur le chemin de l'Alex. Vingt-sept lis blancs, c'était un bouquet dont on se souvenait.

En remontant l'escalier, je tombai sur un homme qui portait un costume bleu à fines rayures aux revers pointus comme des hallebardes, un chapeau melon et des gants en cuir. Il tenait une canne épaisse, ses cheveux blonds étaient un peu trop longs et les profondes rides de son front rouge semblaient avoir été creusées par un glacier. De toute évidence, il m'avait vu examiner les fleurs.

« Puis-je vous aider ? demanda-t-il.

– Non, à moins que ce ne soient vos fleurs. »

C'était un Berlinois d'une cinquantaine d'années, à l'accent aussi épais que la suie de Stettin.

« Qui pose la question ? »

Je lui montrai mon insigne. Il plissa les yeux.

« Vous ne sentez pas le flic.

– Je prends ça comme un compliment.

– Je veux dire par là que si j'approchais une allumette de votre bouche, je foutrais le feu à ce foutu quartier. La plupart des flics que je rencontre le matin sont encore en train de digérer leur café.

– Qui êtes-vous ? L'agent d'assurances du coin ? »

D'un mouvement de tête, il montra l'escalier derrière moi.

« Vous enquêtez sur la mort d'Eva ?

– Exact.

– Vous faites partie de la commission criminelle ? »

J'acquiesçai.

« Essayez un jour. On voit un tas de corps, plus ou moins abîmés. Et on aime bien boire pour oublier un peu toute cette merde. Ça nous aide à rester plus ou moins sains d'esprit, à défaut d'être sobres.

– J'imagine.

– J'espère que non. Dans votre intérêt, Herr…

– Angerstein.

– Le père d'Eva ? »

Il hocha la tête.

« Sergent Gunther. Bernhard Gunther. Toutes mes condoléances. »

Il hocha de nouveau la tête, mais il avait du mal à se contenir.

« Ils l'ont incinérée avant même que j'apprenne la nouvelle de sa mort.

– Nous avons fait tout notre possible pour localiser ses proches.

– Vous ne pouviez pas me trouver. J'étais absent. » Il promena autour de lui un regard mauvais, comme s'il hésitait entre frapper le mur ou me frapper moi. « D'après les habitants du quartier, ils n'ont pas vu beaucoup de flics par ici depuis la nuit où Eva a été tuée. Alors, qu'est-ce qui vous amène ? »

Sa voix évoquait plus un animal qu'un être humain ; crocs sortis, naseaux fumants.

« Je cherche quelque chose.

– On peut savoir quoi ?

– Je le saurai quand je le verrai. Quelque chose qui m'aura échappé la première fois. C'est le métier qui veut ça, Herr Angerstein. C'est comme jouer au Memory. Vous regardez tous les objets qui sont devant vous, et plus tard, parfois, vous repensez à un objet que vous aviez oublié.

– Eva n'était pas une putain, vous savez. Du moins, pas à temps plein. Elle avait un vrai travail. Je veux que vous le sachiez. » Il sortit son portefeuille et y piocha un billet de cinquante marks, qu'il glissa dans ma poche de poitrine, tel un mouchoir. « Trouvez son meurtrier. Lavez sa réputation. Et il y en aura d'autres comme ça. Beaucoup d'autres si vous me laissez m'occuper de lui. »

J'ôtai le billet froissé de ma poche et le lui rendis.

« C'est l'odeur du rhum que vous sentez dans mon haleine, Herr Angerstein, pas celle de la cupidité. Alors, je vous remercie, mais je ne peux pas accepter votre argent. J'aurais l'impression de vous devoir quelque chose. Et si je ne retrouve pas le meurtrier, vous pourriez regretter votre argent.

– C'est une possibilité ?

– C'est toujours une possibilité quand le meurtrier ne laisse pas son nom ni son adresse.

– Si vous arrêtez le salopard qui l'a tuée, je vous donnerai autre chose. Quelque chose de mieux peut-être.

– Je ne veux rien de vous.

– Détrompez-vous. Vous êtes flic, non ? Si vous arrêtez ce type et si vous rétablissez la réputation de ma fille, je vous donnerai le nom de celui qui a mis le feu à l'usine Wolfmium. Cinquante meurtres résolus d'un coup. Peut-être même plus car le bilan final n'est pas encore connu. Je vous donnerai son nom, son adresse, et même le mobile. » Il remit le billet de cinquante marks dans son portefeuille. « Réfléchissez. C'est le genre d'arrestation qui peut bâtir une carrière. À supposer que ce soit une chose qui vous intéresse. Votre haleine permet d'en douter.

– Qu'est-ce qui vous fait croire que c'est un meurtre ?

– Disons que j'évolue dans un cercle qui, de temps à autre, chevauche le vôtre. Ou peut-être devrais-je dire "un réseau". »

Ce terme faisait référence aux gangs de criminels professionnels, nombreux, qui sévissaient principalement dans le nord de Berlin, et qui tous avaient des noms, des codes de conduite stricts et parfois des tatouages distinctifs. Le crime organisé à l'allemande. Ils trempaient dans quasiment toutes les activités illégales. Ils étaient puissants, et leur pouvoir s'étendait jusqu'au Reichstag. Un jour, j'avais assisté à l'enterrement d'un chef de réseau, un gangster nommé Long Ludwig ; on aurait pu croire que le Kaiser lui-même venait de mourir.

« Lequel ?

– Je vous en ai déjà trop dit. Sachez seulement que si vous obtenez des résultats, je vous en dirai beaucoup plus, Gunther. Mettez la main sur ce salopard.

– C'est équitable.

– L'équité n'a rien à voir là-dedans. Si l'équité existait dans ce monde, ma petite fille serait toujours vivante. » Il alluma une cigarette et me gratifia d'un sourire carnassier. « Écoutez-moi, mon garçon. Ce pays et cette ville en particulier croulent sous la merde. Elle continue à s'entasser autour de nous. Communistes, nazis, junkers, prussiens, militaires, souteneurs, drogués, pervers. Croyez-moi, Gunther, un de ces jours, il ne restera plus un seul endroit propre, et nous pataugerons tous dans la merde. »

Sur ce, il s'en alla.

Je parcourais la cour de long en large quand un homme débarqua en poussant un orgue de Barbarie et se mit à jouer *Le Joyeux voyageur*, qui semblait aussi heureux que s'il se promenait dans les champs de Flandre. Malgré cela, plusieurs femmes sortirent de l'immeuble pour danser, comme si elles étaient dans une salle de bal. Une salle de bal de Berlin, s'entend. À cause de la pénurie d'hommes, les femmes qui avaient envie de danser devaient le faire entre elles. Je jetai un coup d'œil dans le bac à charbon et dans le tronc d'arbre creux où j'avais découvert le portefeuille d'Eva. Rien.

Des enfants jouaient avec un chariot de cul-de-jatte, sans doute celui que j'avais vu abandonné dans Wormser Strasse le soir où Eva Angerstein avait été assassinée. Sur le moment, il ne signifiait rien. Depuis les agissements du Dr Gnadenschuss, il prenait peut-être un sens nouveau. Pourquoi ce chariot avait-il été abandonné, d'abord ? Comment l'infirme à qui il appartenait pouvait-il se déplacer dans les rues de Berlin ? Cet objet n'était pas seulement un moyen de locomotion, c'était aussi un gagne-pain. Sa réapparition entraînait toutes sortes de questions.

Je m'approchai des enfants, leur montrai mon insigne et confisquai le chariot avant de les chasser. J'aurais pu le leur prendre plus gentiment, pour le prix de quelques glaces, mais je me sentais un peu à court. Refuser les cinquante marks d'Angerstein n'avait pas été un geste facile pour moi.

J'examinai le chariot. Il était ordinaire, en bois, doté d'un siège en cuir usé et de quatre roues provenant d'un vieux landau. Toutefois, peu à peu, je commençai à voir les choses sous un autre angle. Le fond, fait pour un cul-de-jatte, était en réalité une caisse d'une quarantaine de centimètres de profondeur, habilement conçue, afin que l'occupant puisse, en se tenant accroupi, donner l'impression qu'il avait été amputé des deux jambes. Je comprenais maintenant que le propriétaire de ce chariot n'était pas un handicapé, mais un escroc qui bernait les nigauds, un *zhulik*, un type qui se faisait passer pour un invalide de guerre. Un nom était peint à l'intérieur : Emil le Prussien. Ça ressemblait à un surnom de la pègre, qu'aurait pu utiliser Angerstein père. Je décidai d'aller interroger les anciens combattants estropiés que j'avais vus mendier devant la station de Wittenbergplatz.

Il était encore trop tôt pour les putes, mais le vendeur de saucisses se tenait à l'entrée de la station et me fit signe d'approcher.

« Salut, poulet. J'espérais bien vous revoir. Je me suis souvenu d'un truc qui pourrait vous être utile. La fille qui a été scalpée. Celle qui m'achetait de la poudre. Eva machin-chose. Une ou deux fois, je l'ai vue avec un type. Mais c'était pas un client.

– Comment vous le savez ?

– C'était une tante, voilà comment je le sais. Eva m'a dit qu'il s'appelait Rudi quelque chose. Geise, je crois. Oui, voilà : Rudi Geise. Il est revenu ensuite, deux ou trois fois, accompagné d'un garçon qui ressemblait à une fille avec une bite. Pour acheter de la marchandise. Il m'a expliqué qu'il travaillait aux studios de Babelsberg et que les vedettes de cinéma aimaient bien s'enfiler un petit remontant quand elles tournaient. C'est pour ça qu'il m'achetait toujours un gros paquet de came. Et il avait plein de fric dans les poches. Un jour, je lui ai demandé si c'était pas risqué de se balader avec tout ce pognon, et il m'a montré le couteau caché à l'intérieur de son manteau. Une sorte de poignard, avec une lame de vingt centimètres. Comme s'il voulait dépecer un ours ou je sais pas quoi. Pour la galerie, qu'il m'a dit. Mais c'est pas le genre de spectacles qu'on peut voir au Wintergarten, si vous voyez ce que je veux dire.

– Merci pour le tuyau.

– C'est pour quoi faire, ce chariot ?

– Je cherchais les deux culs-de-jatte que j'ai vus ici l'autre jour.

– Les flics les ont virés. Pour leur sécurité. À cause de ce meurtrier qui s'en prend à eux.

– Vous savez où ils sont allés ?

– Essayez devant l'aquarium. C'est très fréquenté. Et moins dangereux. À en croire les gars de la Schupo en tout cas.

– Pourquoi donc ?

– Y a pas de métros. Donc pas de bruit pour couvrir un coup de feu. Uniquement une otarie qui rugit parfois. »

Je remontai Ansbacher Strasse, toujours avec le chariot pour cul-de-jatte, et j'empruntai Kurfürstenstrasse, à l'extrémité de laquelle se trouvaient le zoo et l'aquarium construits récemment. Les deux invalides de guerre que je cherchais étaient postés de part et d'autre de l'entrée principale, sous les reliefs d'animaux préhistoriques qui ornaient l'extérieur. Un peu plus loin dans la rue se dressait un iguanodon grandeur nature. Il me rappelait vaguement le *Reichsadler*, l'aigle impérial allemand aux pattes rouges ; le museau en forme de bec peut-être, ou alors le fait que le dinosaure et l'empire allemand avaient tous les deux disparu.

Outre qu'il avait perdu ses deux jambes, l'homme à qui je m'adressai en premier était aveugle et un peu sourd, ce qui rendait mes questions quasiment inutiles, car il était peu probable qu'il ait vu ou entendu quelque chose d'intéressant. L'autre, un ancien sergent-chef unijambiste possédant une paire de béquilles en bois verni, assis sous un stégosaure, me semblait plus prometteur. Il portait une casquette militaire à motif camouflage – moins dangereuse que le modèle précédent, de couleur rouge – et la tunique grise caractéristique du début de la guerre. Son pied restant était enveloppé d'une bottine et d'une bande molletière – beaucoup plus confortables que des bottes cavalières. Le ruban symbolisant la croix de fer de deuxième classe ornait sa tunique, accroché à la deuxième boutonnière comme il convient (le moyen le plus rapide de repérer les imposteurs). Il arborait une épaisse moustache blanche qui évoquait un couple d'ours polaires endormis, des yeux d'un bleu éclatant, du genre de ceux que l'on trouve dans les vitrines des joailleries allemandes, et deux oreilles tannées presque aussi larges que la boîte de biscuits Metzger en fer-blanc qui lui servait maintenant de sébile. J'y déposai quelques pièces avant de m'accroupir devant lui. J'allumai deux Salem et lui en tendis une.

« J'espère que vous ne venez pas pour vous apitoyer sur mon sort, dit-il.

– Je n'essaierais même pas, sergent.

– Ou me dire que je fais honte à l'uniforme.

– Ce n'est pas le cas. N'importe quel imbécile peut le voir. Vous vous déplacez beaucoup en ville ?

– Un vrai oiseau migrateur. À votre avis ?

– Je vous crois.

– Si vous me croyez, vous croyez n'importe quoi. C'est rare pour un flic. Écoutez, Joachim et moi – c'est mon ami, là-bas – on s'est déjà fait virer une fois aujourd'hui. On ne veut plus bouger.

– Je suis flic, en effet. Mais je n'ai pas l'intention de vous chasser. D'autant que vous ne devez pas être facile à déplacer quand vous ne voulez pas bouger.

– Alors, j'en déduis que vous voulez parler du Dr Gnadenschuss. »

Je désignai son compagnon.

« Et lui ?

– Il ne parle pas très bien. Depuis qu'il a reçu une balle dans la trachée. Mais moi, ça ne me gêne pas de parler. Au contraire.

– Vous n'avez pas peur de Gnadenschuss ?

– Avez-vous connu les tranchées, jeune homme ?

– Oui.

– Dans ce cas, vous connaissez la réponse. Et puis, je sais que je ne mourrai pas aujourd'hui. Impossible.

– Vous semblez très sûr de vous.

– On dit que le jour de sa mort, on voit son nom inscrit sur la Spree. Et comme j'ai déjà regardé ce matin, je ne suis pas du tout inquiet. Je crois même que je survivrai au gouvernement, pas vous ? »

Il avait un petit gobelet en fer-blanc, attaché par une ficelle à l'une de ses béquilles, dans lequel je versai une généreuse dose de rhum, avant de lui proposer de trinquer.

« Ça se fête. »

Il but et je l'imitai avec ma flasque.

« Quelqu'un aurait-il braqué un automatique calibre 25 sur vous récemment ?

– Non.

– Vous connaissez quelqu'un à qui c'est arrivé ?

– Non.

– Et des actes de maltraitance ? Des citoyens respectables scandalisés. Vous avez connu ça ?

– Souvent. Pas plus tard que l'autre jour, je me suis fait engueuler par un connard de droite qui m'accusait de déshonorer l'uniforme. Ça m'est arrivé avec des gamins aussi, une ou deux fois. Et des homos venus des quartiers ouest. » Il sourit. « De nos jours, tout peut arriver. » De sa bande molletière il sortit un poignard de tranchée. « Avant, je me demandais toujours : jusqu'où on peut tomber ? Ici, à Berlin, j'ai trouvé la réponse. C'est quoi que vous trimballez ? On dirait un chariot de *klutz*[1].

– C'est exactement ça. Je l'ai trouvé abandonné dans Wormser Strasse, pas loin de Wittenbergplatz. Il y a un nom à l'intérieur. Emil le Prussien. Je me demandais si vous saviez qui c'était et pourquoi il l'avait abandonné.

– Le "qui", c'est facile. Emil le Prussien vend de la drogue, mais il sert aussi de guetteur pour les cambriolages et il mendie à l'occasion, pour donner le change. Il a un clairon, dans lequel il souffle si le propriétaire ou la police débarquent à l'improviste pendant que le cambrioleur est en plein travail. Il était dans l'armée et il a failli être fusillé pour désertion, mais ce n'est pas un invalide. C'est une des raisons pour lesquelles nous autres, les authentiques mendiants, on n'a jamais réussi à l'empêcher d'agir. L'autre raison, c'est qu'il appartient à un réseau. Mais ne me demandez pas lequel. Généralement, il refile quelques marks aux

1. Terme désignant une personne balourde, maladroite, un empoté.

vrais schnorrers comme moi pour nous amadouer. Mais si jamais l'envie nous prenait de le dénoncer à la police ou de faire justice nous-mêmes – en supposant qu'on puisse l'approcher –, le réseau ne tarderait pas à s'en mêler. Quant au "pourquoi", c'est pure spéculation. S'il a abandonné son chariot, c'est sans doute qu'il a été obligé de se tirer, pour une raison quelconque. Maintenant que j'y pense, ça fait un moment que je ne l'ai pas vu dans les parages.

– Il travaille pour quelqu'un en particulier ? Ou pour n'importe qui, si on le paie ?

– Pour n'importe qui, je pense.

– Pouvez-vous me le décrire ?

– Il faut lui reconnaître une chose : il fait plus vrai que nature. Il porte un uniforme de 1910 avec des poignets suédois. Et un pantalon en velours côtelé marron. Si vous lui posez la question, il vous jure qu'il faisait partie du 248e régiment de Württemberg. C'est astucieux car il sait que s'il était en uniforme prussien, il risquerait d'avoir des ennuis dans cette ville. Il porte aussi la croix de Charlotte et la médaille du mérite militaire en argent. Avec ses lunettes noires, on le prend pour un aveugle. Ça, évidemment, c'est quand il travaille. Il est très maigre, ça fait peine à voir. Cadavérique, même. Et totalement chauve. Oh, il a une tache de vin dans le cou, comme si un serveur maladroit avait renversé quelque chose sur son col.

– Vous savez où je pourrais le trouver ? Un endroit où chercher ?

– Non. D'ailleurs, vous avez suffisamment profité de moi en échange d'un peu de rhum, d'une clope et de quelques pièces.

– Ça changerait quelque chose si je mettais un peu de papier dans votre boîte ?

– Je ne crois pas. Il y a un club qui s'appelle le Sing Sing, comme la prison américaine. Il paraît qu'ils ont même une chaise électrique pour rire. Vous pouvez tenter votre chance là-bas, si vous avez le courage. C'est le genre d'endroit où il vaut mieux porter un maillot de corps en acier. Ne dites pas que c'est moi qui vous en ai parlé. »

Je le remerciai d'un hochement de tête et m'éloignai.

« Il y a un mot de passe pour entrer, ajouta-t-il. Ça vaut bien quelques marks. »

Je déposai deux billets dans sa main. Il me fit un salut militaire et me donna le mot de passe.

« J'étais ravi de bavarder avec vous, dis-je. Si quelque chose vous revient, je m'appelle Bernhard Gunther et je travaille à l'Alex.

– Sergent Johann Tetzel. »

Ernst Engelbrecht avait quitté la police berlinoise, mais on le trouvait régulièrement installé à sa table au Zum, sous les arches de la station de métro, non loin de l'Alex. C'était un établissement à l'atmosphère particulière. Le propriétaire, Lothar Kuckenburg, un ancien flic, avait décoré les murs avec des photos d'hommes de la Schupo et de clubs sportifs de la police. En bonne place, à côté de la caisse, trônait un portrait de Lothar serrant la main d'un ancien commandant de la Schupo, Hugo Kaupisch. Jusqu'à son départ, Engelbrecht avait été un spécialiste de la pègre locale. Partant du principe qu'il l'était encore, j'avais décidé d'aller le trouver pour lui demander ce qu'il savait sur Angerstein. Il avait beau détester les juifs, et un juif en particulier, nous nous entendions assez bien tous les deux, et il se pliait de bonne grâce à mes interrogatoires. En vérité, il semblait y prendre plaisir.

« Bernhard Gunther, dit-il.

– Je vous offre une bière ?

– Oui, je veux bien une bière. Et peut-être aussi une explication.

– À quel sujet ?

– Le Schrader-Verband. Que faisiez-vous là-bas ?

– Je paie mes dettes.

– Certes. Mais il y a le Schrader-Verband et il y a le cocktail avec l'aile droite du Schrader-Verband. Ce sont deux choses très différentes. D'un côté, on a un syndicat ; et de l'autre, une nouvelle façon de voir les choses.

– Peut-être que j'avais envie d'écouter Arthur Nebe avant de me faire une opinion.

– Et ?

– Je peux boire un verre avec plus ou moins n'importe qui. Écouter n'importe qui, n'importe où. Travailler avec n'importe qui si c'est utile. Mais dès qu'il s'agit de politique, je suis indépendant de nature.

– Soit. C'est toutefois un luxe que vous ne pourrez très bientôt plus vous permettre.

– Je suis flic. Il y a un tas de luxes que je ne peux pas me permettre. Les principes n'en font pas partie.

– Vous savez que pour un flic de Berlin, il y a quelques avantages financiers à être l'allié des nazis.

– Les flics sont payés pour prendre des risques, pas des pots-de-vin.

– Oui, bien sûr, mais ce n'est pas de la corruption. C'est juste pour arrondir les fins de mois. Je pourrais parler à quelqu'un et vous arranger ça. Une pointe de coulis de framboise dans votre bière, en quelque sorte.

– Je n'ai jamais aimé ce mélange. J'aime ma bière telle quelle, sortie de la pompe. À ce propos... »

J'allai nous chercher deux bières au bar.

« Eh bien, que puis-je pour vous, Bernie ?

– Me dire ce que vous savez des réseaux. De Herr Angerstein.

– Pourquoi me parlez-vous de lui ?

– Parce que c'est un gangster, voilà tout. Aux dernières nouvelles, les individus de son espèce constituent notre clientèle régulière.

– Il existe au moins quatre-vingt-cinq clubs liés à la pègre à Berlin. Quant à Angerstein – prénommé Erich, au cas où vous poseriez la question –, il n'appartient à aucun d'eux, pour la simple raison qu'il est membre d'un syndicat qui contrôle un grand nombre de ces clubs : le Réseau d'Allemagne centrale. Il impose des règles aux clubs, il contrôle leurs activités et prélève un tribut en échange d'une prétendue assistance juridique. Personnellement, je n'ai jamais rencontré Angerstein, il est très secret. Mais d'après ce que j'ai entendu dire, il est redoutable. C'est le genre d'homme à qui les autres criminels obéissent sans discuter. Ce qui le rend très dangereux. Chaque année, il organise un banquet pour les clubs à l'hôtel Eden, auquel assistent plus d'un millier d'hommes et de femmes. Il y a même quelques policiers. Ce réseau entretient de bonnes relations avec tous les haut gradés de la police et une poignée de politiciens. Ce qui fait d'Angerstein un homme d'influence. Alors, si vous projetez de tisser des rapports avec lui, mon garçon, soyez prudent. Cet homme a des dents très aiguisées.

– Merci. Je saurai m'en souvenir.

– Presque autant que celles d'Arthur Nebe.

– Pourquoi devrais-je m'en inquiéter ?

– Ne soyez pas trop indépendant, Bernie. Quand un flic devient trop indépendant, il n'a pas d'amis. Et s'il n'a pas d'amis, la chance lui tourne le dos. »

« Où diable étiez-vous passé, Gunther ? »

Ernst Gennat portait un costume neuf, mais sa patience était sérieusement usée. Ses yeux injectés de sang ne tenaient pas en place, son visage était cramoisi et la sueur formait une plage de galets sur son front. Ses poings roses étaient dressés devant sa bedaine, comme s'il était prêt à en découdre avec quelqu'un : moi, par exemple. Sa voix râpeuse de baryton avait un timbre acide comme s'il s'était gargarisé au vinaigre.

« Je vous ai cherché partout, Gunther. D'après votre agenda, vous devriez être ici. Et vous n'y étiez pas. Vous connaissez notre façon de travailler. Si vous êtes sur une affaire, vous devez le noter sur le tableau à la porte de mon bureau. Afin que je puisse vous suivre à la trace, bande de salopards. En théorie, du moins.

– Désolé, patron. Ça me démangeait, il fallait que je retourne examiner l'endroit où a été découvert le corps d'Eva Angerstein.

– Dites plutôt que vous étiez dans un bar. Vous n'avez pas écouté les ordres du chef ? On met de côté l'affaire Winnetou tant qu'on n'a pas arrêté le Dr Gnadenschuss. D'ailleurs, Winnetou n'a tué personne depuis un moment.

– Vous avez remarqué vous aussi ? En fait, il n'a plus tué depuis que le Dr Gnadenschuss s'est mis au travail. Cela pourrait peut-être nous apprendre quelque chose.

– Ça m'apprend surtout que vous n'écoutez pas les ordres. Alors... non, ne m'interrompez pas. Je veux que vous preniez un kit de prélèvement et que vous vous rendiez dans l'immeuble Mosse, à Friedrichstadt. Apparemment, le *Tageblatt* a reçu une nouvelle lettre du Dr Gnadenschuss, accompagnée d'une médaille cette fois-ci. Il y a une empreinte sur la lettre et je veux que vous alliez l'examiner avant que le monde entier contamine les indices éventuels. Demandez à parler au rédacteur en chef, Theodor Wolff. Il vous attend. Et pour l'amour du ciel, sucez des pastilles de menthe avant de lui adresser la parole. Vous avez une haleine de brasserie.

– Aucun autre journal n'a reçu cette lettre ?

– Pas que je sache

– Je peux prendre une voiture de fonction ?

– Non. Prenez le tram. C'est plus rapide à cette heure-ci. Et sans doute plus sûr pour un ivrogne de votre espèce. Et dès que vous serez de retour, je veux que vous interrogiez certains de ces mabouls qui prétendent avoir commis les meurtres du Dr Gnadenschuss. On en a au moins cinq en cellule. » Il haussa les épaules. « Un jour, peut-être que quelqu'un dans cette maison m'écoutera quand je déconseille quelque chose. »

Sur Alexanderplatz, je pris le tram n° 8 qui allait à la Potsdamer Bahnhof, où je descendis pour continuer à pied en direction du nord-est. Le groupe de presse Mosse possédait plusieurs magazines et quotidiens, dont le *Berliner Tageblatt* qui, avec son tirage de deux cent cinquante mille exemplaires, était de loin le plus important. Presque tout le monde à Berlin, même ceux qui ne l'achetaient pas, y compris moi, réussissait à lire le *Tageblatt*. C'était essentiel pour quiconque possédait des idées vaguement progressistes et seul le fait que le propriétaire du journal – Hans Lachmann-Mosse – et son rédacteur en chef – Theo Wolff – soient tous les deux juifs empêchait sans doute la droite conservatrice de le lire également.

L'immeuble qui abritait le siège du groupe Mosse ressemblait davantage à une forteresse avec ses murs crépis, ses énormes portes en chêne cerclées de fer et ses balustrades de pierre, ce qui expliquait probablement pourquoi il avait été envahi et fortifié par les Freikorps durant l'insurrection spartakiste de 1919. On racontait même que plusieurs militants de gauche avaient été exécutés dans la cour, où des dizaines de bicyclettes attendaient maintenant que les livreurs de journaux s'éparpillent aux quatre coins de la ville. Plusieurs énormes rouleaux de papier étaient empilés près de l'entrée. Il suffisait de voir cet endroit pour conclure qu'il fallait défendre à tout prix une presse libre en Allemagne.

Je montrai mon insigne au type baraqué posté à la porte du château et un ascenseur me conduisit au dernier étage, où était fabriqué le *Tageblatt*. Dans l'immense hall de réception, un jeune coursier prit mon nom et partit chercher quelqu'un pendant que j'allais m'asseoir sur un banc disposé contre le mur du fond et tuais le temps en regardant des capsules de cuivre jaillir d'un tube pneumatique puis tomber dans un filet à côté de la porte principale. Cela donnait l'impression que le métier de journaliste était beaucoup plus facile que celui d'inspecteur de police. Finalement, le garçon revint me chercher et m'entraîna dans un long couloir où une foule de trolls, de gnomes et de lutins aurait pu courtiser quelque roi urbain de la montagne.

Theo Wolff était presque aussi puissant, supposais-je. Non content d'avoir fondé un parti politique, le DDP, il avait refusé le poste d'ambassadeur à Paris, préférant rester dans le journalisme, ce qui en disait long sur l'importance qu'il accordait aux journaux. La soixantaine, petit et pugnace, il m'accueillit dans son bureau avec autant d'enthousiasme que si j'avais appartenu au groupe de presse antisémite Hugenberg. Certes, je travaillais pour Bernhard Weiss, mais la police berlinoise n'était pas réputée pour ses idées progressistes.

Autour de la table de réunion étaient rassemblés plusieurs hommes dont les noms m'étaient plus connus que les visages : Rudolf Olden, Ernst Feder, Fred Hildebrandt, Kurt Tucholsky et, le plus célèbre, Alfred Kerr.

Je serrai la main à Wolff et saluai les autres d'un hochement de tête tandis qu'il faisait les présentations et me montrait la lettre posée devant lui sur la table, à côté de l'enveloppe dans laquelle elle était arrivée, de la médaille qui l'accompagnait et d'une machine à écrire sur laquelle quelqu'un l'avait sans doute déjà recopiée.

« Combien de personnes l'ont manipulée, monsieur ? demandai-je.

– Trois, je dirais. Le préposé au courrier, ma secrétaire et moi. Dès que j'ai vu de quoi il s'agissait, j'ai appelé l'Alex. »

J'enfilai les gants de chirurgien que j'avais apportés et sortis de ma poche une pince à épiler. Je fis glisser la lettre sur la table, m'assis et vérifiai tout d'abord qu'elle avait bien été tapée sur la machine au G décalé. Après quoi, je me mis à lire.

Cher rédacteur en chef,

C'est moi qui ai assassiné Walther Frölich près du pont Oberbaum, d'une seule balle en plein front, avec un pistolet automatique Browning calibre 25. Pour le prouver, je vous envoie la médaille que j'ai prise sur la tunique du mort, ainsi qu'une mèche de cheveux, tachée de sang, que j'ai prélevée à l'arrière de son crâne. Cela vous donnera une parfaite idée du temps que j'ai pris pour accomplir ce meurtre, sans craindre d'être arrêté par la police. S'ils examinent le groupe sanguin sur les cheveux et la croix de fer de première classe, ils sauront que je dis la vérité. Je suis bien celui qui a tué les trois autres parasites, qui se font appeler invalides de guerre. Et j'y prends un grand plaisir.

Bien entendu, vous pourriez aisément faire en sorte que ces meurtres cessent. Il vous suffit pour cela de publier un éditorial dans lequel vous exigerez du gouvernement qu'il fasse disparaître cette vermine de nos rues. S'ils tiennent compte de votre appel, puis-je suggérer que ces cloportes soient arrêtés, puis conduits hors de la ville afin d'être supprimés de manière hygiénique, ou bien rassemblés dans des camps ou des hôpitaux spéciaux ? Ainsi, les Allemands patriotes pourraient enfin circuler dans la capitale. Pour l'instant, il est impossible d'être fier d'un pays où tant de rappels vivants de notre humiliation nationale réclament l'aumône à chaque coin de rue.

Un jour, l'Allemagne me remerciera de l'avoir incitée à nettoyer nos villes. Quand j'en aurai terminé avec les estropiés de Berlin, peut-être m'attaquerai-je à d'autres individus notés sur ma liste. Oui, j'ai une petite liste, figurez-vous. Où sont inscrits tous ces fléaux pestilentiels que personne ne regrettera. Les gitans. Les gosses des rues. Les putains. Les francs-maçons. Les communistes. Et les homos... Ils ne manqueront à personne, c'est certain. Et j'aurai plaisir à les liquider eux aussi.

Car je sais que la police ne m'arrêtera pas. Comprenez bien que ce n'est pas de l'arrogance de ma part. Je ne suis pas trop intelligent pour eux. C'est juste qu'ils sont trop bêtes. La commission criminelle dirigée par le juif Bernhard Weiss présente de nombreux points communs avec mes victimes en ce sens qu'elle est handicapée et n'a plus aucune utilité. De fait, on pourrait croire que Weiss a un trou dans la tête lui aussi quand on voit de quelle manière il dirige son service. L'article qu'il a fait paraître dans votre journal afin de défendre ses intérêts était aussi mal écrit que malavisé. Croyez-moi, ce prétendu journalisme aura pour seule conséquence de donner un regain de travail à la police, obligée de faire face à ces Berlinois égarés qui tentent de s'attribuer le mérite de mon travail. Suivez mon conseil : ne lui ouvrez plus vos colonnes.

Afin de vous prouver l'incompétence de la police, je vous offre une belle empreinte de pouce – la mienne ! – pour que les scientifiques de l'Alex perdent leur temps en essayant d'établir une correspondance avec d'autres empreintes figurant dans leurs dossiers. En vain, évidemment. Pour la simple raison que je ne suis pas un criminel, mais un patriote. Vive l'Allemagne.

Heil Hitler.

Cordialement,

Dr Gnadenschuss

« Où est la mèche de cheveux ?

– Toujours dans l'enveloppe, répondit Wolff. Personne autour de cette table n'y a touché. La lettre a été postée à Humboldthain.

– Vous allez la publier ?

– Nous sommes un journal. Pas une revue paroissiale. Et c'est un scoop.

– J'en déduis que ça veut dire oui.

– Je devine que vous ne partagez pas cet avis. Mais nous sommes en Allemagne, pas en Union soviétique. Contrairement aux bolcheviks, nous ne censurons pas la presse dans ce pays. Voilà pourquoi nos lecteurs savent qu'ils peuvent faire confiance au *Tageblatt*. Une info est une info. Si un jour nous commençons à choisir ce que nous publions ou pas, les gens n'auront plus qu'à s'abonner à la *Pravda*.

– Beau discours, monsieur. Et dans l'ensemble, je suis d'accord. Je vous demande juste d'attendre que nous ayons eu le temps de lire la lettre et de l'assimiler. Et d'examiner cette empreinte digitale. Au cas où un détail nous offrirait une piste.

– Combien de temps ?

– Soixante-douze heures.

– Vingt-quatre.

– Trente-six.

– Marché conclu. Autre chose ?

– Oui. Si ça ne vous ennuie pas, peut-être pourriez-vous éviter de mentionner que l'arme est un Browning automatique. Il est important qu'on en sache un peu plus que vos lecteurs. C'est normal, non ?

– Accordé, dit Wolff. Et cette empreinte ? Vous pensez qu'elle est authentique ?

– Oh, c'est une véritable empreinte, aucun doute. La question est : À qui appartient-elle ? Emil Jannings, Gösta Ekman ou Werner Krauss. Hindenburg, peut-être. Mais je suis prêt à parier ma chemise que ce n'est pas celle de ce cher docteur. J'ai l'impression que ce type aime faire perdre son temps à la police, comme les nazis aiment jouer du tambour et agiter des drapeaux. »

Je repris la lettre en me servant de la pince à épiler et l'introduisis délicatement dans une enveloppe de papier kraft. Je répétai l'opération avec l'enveloppe d'origine et avec la médaille, avant de balayer du regard la pièce envahie de fumée. Je savais ce que je pensais de cette lettre, mais ces hommes, qu'en pensaient-ils ?

« Je n'ai pas souvent l'occasion de me retrouver en si illustre compagnie, dis-je. Et peut-être que l'un de vous, messieurs, souhaiterait m'expliquer comment un individu peut se livrer à un acte aussi épouvantable : tuer quatre handicapés ? Quel est son mobile ?

– Sérieusement ? demanda une voix.

– Bien sûr.

– Maintenant ?

– Oui, tout de suite, sur-le-champ. Je vous en serais très reconnaissant. Chaque jour, des milliers de personnes sont attentives à vos opinions. Alors, pourquoi ne pas m'offrir l'exclusivité de votre raisonnement ? Avant qu'il paraisse dans le journal. Je suis un lecteur, mais je sais également écouter.

– Il a l'air très intelligent, déclara quelqu'un.

– Il parle du tueur, précisa quelqu'un d'autre. Pas de vous, sergent. »

J'accueillis en souriant l'éclat de rire général qui suivit cette remarque.

« Je ne suis pas très beau non plus. La prochaine fois, je me peignerai, je me brosserai les dents, je mettrai une chemise propre et j'apporterai un crayon bien taillé.

– Vous semblez penser que le Dr Gnadenschuss ne croit pas réellement aux motivations qu'il fournit dans sa lettre, dit Wolff.

– Je suis flic, et donc méfiant de nature. Il joue le son de cloche que des gens comme nous, pense-t-il, veulent entendre. Je ne suis pas convaincu par ce charabia.

– Vous dites cela afin de nous dissuader de publier la lettre, répondit Wolff.

– Non. Même si je pensais que ça pouvait marcher. Simplement, j'ai déjà entendu ce genre de testament politique. C'est le genre de baratin qu'écrivent des types qui purgent leur peine à la prison de Landsberg.

– Il conclut par "*Heil Hitler*". Pas besoin d'en savoir plus, si ? Il ne fait aucun doute que ce meurtrier est un nazi.

– Exactement, approuva quelqu'un d'autre.

– En tout cas, c'est ce qu'il aimerait nous faire croire, dis-je. Mais je me demande pourquoi il a envoyé cette lettre uniquement à un journal qui appartient à un juif. À notre connaissance, aucun autre quotidien ne l'a reçue. Et puis, voyons la réalité en face, messieurs : on ne peut pas dire qu'il prêche des convertis. J'imagine qu'aucun de vous n'est partisan d'éradiquer les mendiants de cette ville à coups de pistolet.

– Non, bien entendu.

– Alors, je dirais qu'il vous a envoyé cette lettre parce que vous avez publié l'article de Bernhard Weiss, et parce que vous serez persuadés qu'elle a été écrite par un nazi. Et aussi parce que c'est dans votre intérêt de publier la lettre d'un nazi meurtrier, n'est-ce pas ? Mais vous devriez vous poser cette question : Pensez-vous que le *Völkischer Beobachter* ou *Der Angriff* publieraient cette lettre ? Ou n'importe quel journal de l'empire Hugenberg ?

– Bonne question, concéda Wolff.

– Et quelle est la réponse ?

– Je suppose qu'ils ne la publieraient pas. Vous-même, sergent, vous n'êtes pas un nazi ?

– Je crois que vous n'avez pas saisi ma plaisanterie à propos de la prison de Landsberg.

– Vous semblez un peu trop désireux de nous convaincre que ce n'est pas un nazi qui a écrit cette lettre, voilà tout.

– Je ne désire qu'une seule chose, monsieur. La vérité. La première lettre ne contenait aucune allusion à la judaïté de Bernhard Weiss. Ce qui, pour un nazi, est un signe de retenue inhabituel.

– Il n'a pas tort.

– Cette nouvelle lettre ne mentionne sa judaïté qu'une seule fois. Sans employer de termes haineux, ce qui peut surprendre là encore.

– Où voulez-vous en venir, sergent ? demanda Wolff.

– Je ne sais pas trop, monsieur. Pour l'instant, je n'ai que des questions, et pas suffisamment de faits. Ce genre de journalisme est peut-être bon pour *Der Angriff*, mais pas pour les journaux que j'aime lire.

– Je ne suis que le critique théâtral », intervint un homme chauve au visage chevalin, affublé d'une petite moustache à la Charlie Chaplin ; il s'agissait d'Alfred Kerr, peut-être la plume la plus célèbre du *Tageblatt*. « Mais pour répondre à votre question concernant ce que je pense de cet homme, Shakespeare nous apprend qu'un tel individu a certainement été déçu par la vie. Il n'a pas été à la hauteur de ses aspirations. Il cherche désespérément à se sentir important, puissant. Surtout, je dirais que c'est un homme qui sait haïr. La malveillance sans mobile, comme l'écrit Samuel Taylor Coleridge à propos d'Iago dans *Othello*. Voilà votre problème, sergent. Il se peut que cet homme n'ait pas de véritable mobile. Peut-être est-ce quelqu'un qui aime la cruauté en soi. Dans ce cas, je crains que vous ne soyez confronté non pas à une énigme policière, mais à l'énigme de la vie elle-même. »

Je me grattai la tête et acquiesçai.

« Merci, monsieur. Je ne regrette pas d'avoir posé la question. »

Sur le chemin de l'Alex, je m'arrêtai à la caserne des sapeurs-pompiers de Berlin afin de m'entretenir avec leur chef, Walter Gempp. Un homme cordial et serviable, d'une cinquantaine d'années, dont les velléités de moderniser ce corps et la fidélité affichée au DDP, le Parti démocratique allemand, orienté à gauche, faisaient un allié naturel pour des hommes tels que Grzesinski et Weiss. Gempp était accompagné d'Emil Puhle, le commandant de la brigade de Linienstrasse et, dans les faits, second de Gempp.

« Si je vous ai prié de passer me voir, dit ce dernier, c'est parce que j'ai appris, de la bouche de Waldemar Klotz, que vous lui aviez posé des questions concernant l'incendie de l'usine Wolfmium. »

Klotz dirigeait la 7e compagnie de sapeurs-pompiers de Moabit. Après ce que m'avait raconté Angerstein au sujet de ce drame, je lui avais téléphoné pour savoir s'ils avaient trouvé des traces d'un incendie criminel.

« En effet, monsieur », confirmai-je.

Ne voulant pas préciser que mes informations provenaient d'un gangster berlinois, je décidai de masquer mon intérêt pour cette affaire, d'autant que je n'avais pas encore fait part de mes soupçons à Gennat ni à Weiss.

« Puis-je vous demander pour quelle raison ?

– Enquête de routine. Cinquante ouvriers, au bas mot, ayant trouvé la mort, je voulais m'assurer qu'il n'y avait là aucun élément susceptible d'intéresser la commission criminelle. Des preuves d'un incendie volontaire, par exemple.

– Oui, bien sûr. Eh bien, sachez que nous n'avons rien découvert qui puisse faire naître de tels soupçons. Absolument rien. Nos enquêteurs sont convaincus que l'incendie a été provoqué par un défaut du panneau électrique. Et dès que le feu a pris, toutes les conditions étaient réunies pour entraîner une catastrophe. L'osmium, un élément chimique utilisé dans la fabrication des ampoules, contient un composé, le tétroxyde d'osmium, extrêmement inflammable. Il produit également un gaz hautement toxique, responsable de la mort de tous ces gens. De fait, plusieurs de mes hommes sont encore soignés à l'hôpital à cause de problèmes respiratoires. Trente ans après l'incendie de la société Scherring à Wedding, cette ville ne possède toujours pas assez de masques à oxygène, alors même que l'un de mes prédécesseurs, le chef Erich Giersberg, est mort dans cet incendie.

« Étant fréquemment associé au DDP, Gunther, je dois ajouter que je suis très sensible à la sécurité des ouvriers de ce pays. Et ceux de l'usine Wolfmium ne faisaient pas exception, en dépit du fait qu'il s'agissait principalement de Russes et d'Allemands de la Volga. Par conséquent, si vous découvrez des éléments qui peuvent m'inciter à penser qu'il y a eu des négligences de nature criminelle, je serai le premier intéressé.

– Je comprends, monsieur.

– Un courtier de la Bourse de Berlin, que je connais, m'a indiqué que Wolfmium avait perdu récemment un gros contrat au profit d'Osram, un de leurs principaux concurrents. Et qu'avant l'incendie, la valeur de l'action Wolfmium avait été divisée par deux. Je vous dis cela car la Compagnie d'assurances de Hambourg vient de verser aux propriétaires de l'usine plus d'un million de reichsmarks de dédommagement. Une somme qui compense largement les pertes qu'ils ont pu subir sur les marchés. Bien entendu, ce n'est pas le genre de choses sur lequel je peux enquêter personnellement, mais une personne de la police pourrait très bien estimer que c'est une raison suffisante pour creuser un peu. Vous n'êtes pas d'accord ?

– Si, monsieur. Tout à fait d'accord. »

Je gâchai le restant de la journée à interroger quelques-uns des types qui, inspirés par l'article de Weiss, affirmaient qu'ils étaient le Dr Gnadenschuss. Difficile d'imaginer qu'Ernst Gennat ait pu se tromper concernant le bien-fondé de l'idée de son supérieur. L'Inquisition elle-même n'aurait pas accepté ces aveux et mon instinct me conseillait d'appeler l'asile d'aliénés de Wuhlgarten pour qu'on emmène ces individus dans des camisoles de force afin de leur faire subir le vieux traitement éprouvé : une demi-heure sous un jet d'eau glacée. Parmi tous ces petits plaisantins, le seul qui me parut sain d'esprit était le plus jeune, et sans doute le plus étrange.

Âgé de seulement quinze ans, Sigmar Gröning était élève au Leibniz Gymnasium de Wrangelstrasse, situé à dix minutes à pied de l'endroit où on avait découvert le corps estropié de Frölich. Il faisait partie du groupe d'élèves qui l'avait trouvé. Gröning avait des cheveux blonds presque blancs, des yeux gris impitoyables, un front haut, un menton saillant, et il affichait un rictus narquois, plein de suffisance. Il portait une veste noire ajustée, une culotte de golf noire, de grandes bottes noires à lacets, une chemise blanche au col empesé avec une cravate et une casquette noire dans le style naval ornée d'une petite visière brillante. Exsangue, insensible, raide comme un piquet : l'image même que tout un chacun se fait d'un ange déchu.

Contrairement aux autres individus que j'avais interrogés, lui au moins avait révisé et connaissait par cœur tous les détails mentionnés dans la première lettre adressée aux journaux. En fait, il en savait presque autant que moi sur les meurtres de Gnadenschuss. Néanmoins, je compris immédiatement qu'il n'avait tué personne ; et il était tout aussi évident qu'il aurait aimé tuer quelqu'un, n'importe qui probablement. J'avais regardé suffisamment de meurtriers dans les yeux pour reconnaître ce qui se cachait à l'intérieur de son crâne. Après une demi-heure passée en compagnie de ce jeune monstre implacable, je me demandai où allait le pays si ce garçon était un échantillon de sa jeunesse. J'essayai de l'imaginer dans dix ans et en conclus que, selon toute probabilité, j'avais devant moi un futur avocat. En supposant que je ne l'envoie pas derrière les barreaux, pour lui apprendre à faire perdre son temps à la police.

Son père était le directeur du Luisen-Theater dans Reichenberger Strasse et sa famille, des gens de la classe moyenne, occupait un confortable appartement de Belle-Alliance-Platz. Des gens bien, sans doute. Comment réagiraient-ils si je les appelais pour leur annoncer que leur fils était interrogé dans les locaux de l'Alex ?

« Tu possèdes une machine à écrire, Sigmar ?

– Mon père en a une, je crois. Pourquoi vous me demandez ça ?

– Tes parents savent que tu es ici ? En train d'avouer cinq meurtres ? »

Quatre meurtres, en réalité, mais il ne me contredit pas.

« Ça les regarde pas. Je suis venu ici de mon propre chef. Je suis l'homme que vous cherchez. »

Je haussai les épaules.

« Pourquoi ne pas continuer, dans ce cas ? Sans tes aveux, on ne t'aurait jamais arrêté. Pourquoi laisser tomber maintenant, alors que tu es bien plus fort que la police ? »

Gröning haussa les épaules à son tour.

« J'en ai marre. Et je crois que j'ai fait passer le message.

– En effet. En effet. Tu sais, ça m'ennuie de t'annoncer ça, mais tu vas certainement être exécuté pour ces crimes.

– Ça n'a aucune importance.

– Pour toi, peut-être. Mais je pense que ta mère ne supporterait pas de voir qu'on te conduit à la guillotine de Plötzensee.

– Peut-être que ça la réveillera un peu. Elle est tellement contente d'elle. En fait, j'ai hâte qu'elle soit obligée d'assister à ma mort.

– Tu dis cela parce que tu n'as jamais vu ce que peut faire la guillotine. Moi, si. Et crois-moi, ce n'est pas beau. Un jour, j'ai vu le condamné – un jeune gars tout maigre comme toi –, reculer sa tête dans la lunette, de quelques centimètres seulement, mais assez pour que la lame s'enfonce dans le crâne au lieu de trancher le cou de manière bien nette. C'était affreux. Il nous a fallu presque un quart d'heure pour déloger la lame. Et pendant ce temps, le gars n'était pas mort, il beuglait comme un porc. J'ai failli vomir.

– Vous ne me faites pas peur.

– C'est ce qu'ils disent tous, fiston. Mais crois-moi, dès qu'ils aperçoivent l'homme au haut-de-forme, ils changent d'avis. »

J'allumai une cigarette et me renversai sur ma chaise.

« Parlons un peu de ton père, tu veux bien ?

– C'est obligé ? Je le hais.

– Oui, bien sûr, cela va sans dire. Tous les garçons de quinze ans haïssent leur père. J'ai connu ça. Néanmoins, je suis sûr qu'il a un métier intéressant. Il doit voir un tas de pièces. Dans son théâtre. Et toi aussi, d'ailleurs.

– Je peux en avoir une, s'il vous plaît ? » demanda-t-il en montrant les cigarettes d'un mouvement de tête.

Il posa la main sur la table, entre nous. Une main de violoniste, fine, délicate, aux ongles salement rongés.

« Tu es trop jeune pour fumer. »

Gröning se mordit la lèvre, agacé peut-être de ne pas être traité avec le respect auquel il s'attendait.

« Alors, oui ou non ? Est-ce qu'il voit un tas de pièces ?

– Question idiote.

– Oui, sans doute. Alors, allons-y, Siggy. Pourquoi as-tu tué ces hommes ? C'est plus important. Tu n'es pas d'accord ? Je suis obligé de noter quelque chose dans mon rapport, pour le procureur. Au tribunal, ça fera mauvais effet si je marque n'importe quoi. Je les ai tués parce que je pouvais le faire et je me suis arrêté parce que je me suis lassé. Personne n'y croira. C'est pour ça que tu es venu avouer tes crimes, non ? Tu veux qu'on te croie, hein, Sigmar ?

– Oui.

– Alors, pourquoi as-tu fait ça ? Pourquoi as-tu tué ces cinq hommes ?

– Je l'ai expliqué dans ma lettre. Ils sont la honte de l'Allemagne, et un fardeau pour notre société.

– Tu ne crois pas à ce baratin, si ?

– Bien sûr que j'y crois. Comme je crois que ce pays a un destin.

– Et tu penses vraiment que Hitler a les réponses ?

– Je pense que lui seul peut sauver l'Allemagne de l'humiliation qu'elle subit, oui.

– Soit. Tu sais quoi, Sigmar ? Je pense que tu vas devenir célèbre. Je ne connais pas d'autre garçon de quinze ans qui ait tué cinq personnes. Pour les nazis, tu seras un héros. Ils aiment bien ce genre de gestes décisifs.

– L'acte est tout, la gloire n'est rien. »

Je souris en reconnaissant une citation tirée du *Faust* de Goethe, et, soudain, je crus comprendre exactement ce que cherchait Gröning. Je me levai et marchai dans la pièce, puis revins vers lui et lui crachai ma fumée au visage. En vérité, j'avais envie de lui écraser mon poing sur la figure. Histoire de lui faire perdre son arrogance, avant qu'il ne soit trop tard… pour lui et pour l'Allemagne.

« Tu sais ce que je crois ? Que tu joues un rôle. Comme un acteur qui incarnerait Faust dans le théâtre de ton père. Tu as choisi un rôle très difficile, éprouvant, et tu veux le jouer jusqu'au bout, voir jusqu'où tu peux aller avant qu'un avocat grassement payé te sorte les marrons du feu en expliquant au tribunal que tes aveux étaient un tissu de mensonges. Tu te prends pour un grand acteur, le nouvel Emil Jannings. Si ton nom apparaît dans le journal, tout le monde sera impressionné. Tu auras réussi à berner ces imbéciles de flics. Voilà une critique dont n'importe quel acteur serait fier. »

Le garçon rougit.

« J'ai raison, hein ? Dis-moi, Sigmar, c'est quelqu'un à l'école qui t'a mis au défi ? Ou bien tu cherches à impressionner quelqu'un au théâtre ? Une fille peut-être. Une actrice.

– Je ne sais pas de quoi vous parlez.

– Bien sûr que si. Tu penses pouvoir éviter la prison, comme Paul Krantz. Tu te dis que malgré tes aveux, les gens penseront, en voyant ta gueule d'ange, que tu n'as pas pu faire une chose pareille. Ou bien, tu te dis que le pire qui pourrait t'arriver, c'est d'être inculpé pour entrave à l'exercice de la justice. Mais là encore, un bon avocat pourrait arranger ça. "Mon client n'est encore qu'un jeune garçon, monsieur le juge. Il s'agit d'une plaisanterie stupide qui a mal tourné. C'est un bon élève et un étudiant prometteur. Ce serait dommage de gâcher ses chances d'aller à l'université en lui infligeant une peine de prison." Tu sais ce qu'on fait aux morveux dans ton genre qui nous font perdre notre temps ? On laisse nos chiens s'amuser avec eux quelques minutes. Comme ça, si jamais tu es blessé, on peut rejeter la faute sur les chiens. Personne ne portera plainte contre un berger allemand pour brutalités policières.

– Vous n'oseriez pas.

– Tu veux vérifier ? »

Je le pris par l'oreille et la tordis violemment. J'étais fatigué, énervé et impatient de rentrer chez moi. Malgré mon envie de le laisser en tête à tête avec un chien policier, il était temps de mettre fin à cette comédie.

« Allons-y ! »

Je l'obligeai à se lever et l'entraînai vers la porte de la salle d'interrogatoire. Je pressai le pas dans le couloir. Deux flics en uniforme s'esclaffèrent en comprenant ce qui se passait. Aucun d'entre nous n'aimait les petits plaisantins qui nous faisaient perdre du temps, surtout quand ils avaient encore l'âge de porter des culottes courtes. Une fois qu'on eut franchi la grande porte d'entrée, je lâchai l'oreille du *Piefke* et lui bottai le cul, de toutes mes forces.

« Et ne reviens pas. Pas sans un mot d'excuse de ta mère. »

Je le regardai s'affaler sur le trottoir et souris en repensant à ma vie de lycéen.

« J'ai toujours pensé que j'aurais pu être prof. »

« J'aimerais vous faire part de ma théorie », dis-je en m'adressant à Weiss et à Gennat.

Mon bureau avait les dimensions d'un bocal à poisson rouge et les murs essentiellement vitrés offraient à peu près autant d'intimité. Un téléphone sonnait dans le bureau voisin. La chaleur du soir et le vacarme de la circulation s'engouffraient par la fenêtre ouverte.

« Une théorie ? répéta Gennat, Il faut une longue barbe grise pour la rendre crédible dans ce temple du cynisme, Gunther. Comme Feuerbach. Ou Marx.

– Je peux arrêter de me raser si ça marche.

– Ça m'étonnerait. Un flic qui brandit une théorie, c'est comme un avocat qui débarque au tribunal avec une mallette vide : il n'a pas l'ombre d'une preuve. Et c'est la seule chose qui compte là-bas.

– Appelons ça une nouvelle interprétation des faits, alors.

– Ça ressemble toujours à une théorie.

– Écoutez-moi quand même. Ensuite, vous pourrez vous amuser à la démonter, autant que vous voulez. »

Weiss intervint :

« Laissez le gamin parler, Ernst. Il a déjà vu juste.

– Je ne remonte pas ma montre de gousset et pourtant elle donne l'heure exacte deux fois par jour. »

Je montrai le chariot pour handicapé que j'avais rapporté et qui traînait maintenant sur le sol comme un jouet abandonné.

« J'ai trouvé ça à l'entrée d'une cour dans Wormser Strasse. Le soir où Eva Angerstein a été tuée.

– Je vous ai ordonné de laisser tomber cette foutue enquête, dit Gennat.

– Il a appartenu à un escroc nommé Emil le Prussien. D'après ce que je sais, le type n'est même pas estropié. Il se poste devant un logement que son complice est en train de cambrioler et il souffle dans son clairon si le propriétaire ou un flic rappliquent. Je me suis demandé pourquoi ce chariot avait été laissé là, à l'endroit où Eva Angerstein a été assassinée. Alors j'ai interrogé le commissaire Körner. Un appartement a été cambriolé au coin de Bayreuther Strasse le même soir. Non loin de la cour en question.

– Intéressant, commenta Weiss.

– Qu'en concluez-vous ? demanda Gennat.

– J'en conclus qu'Emil le Prussien a peut-être vu l'assassin. Il l'a peut-être même reconnu. Et il a décampé avant que Winnetou puisse le tuer également. Puisque c'était exactement son but.

– Vous êtes en train de nous dire que Winnetou est aussi le Dr Gnadenschuss, résuma Gennat. Nom d'un chien. C'est ça votre fichue théorie ?

– Exactement. Il ne vous a pas échappé que Winnetou n'a pas frappé depuis que le Dr Gnadenschuss s'est mis à assassiner des invalides de guerre.

– C'est un fait, je le reconnais. Deux meurtriers pour le prix d'un. Félicitations.

– Peut-être qu'il tue ces hommes pour éliminer une personne susceptible de l'identifier comme étant le meurtrier d'Eva Angerstein ? Et depuis, peut-être qu'il y a pris goût. Peut-être qu'il préfère ça. Après tout, il n'y avait rien de sexuel dans les crimes de Winnetou.

– Tuer et scalper une femme, ce n'est pas comme tuer un klutz d'une balle dans la tête, fit remarquer Gennat.

– Exact. Mais vous avez dit vous-même que c'étaient des meurtres pour le plaisir. Il aime tuer, voilà tout. Et provoquer la police aussi.

– Cet Emil le Prussien a pu abandonner son chariot en voyant la police débarquer pour enquêter sur le meurtre d'Eva Angerstein, objecta Gennat. Cela me semble tout aussi crédible. Que reste-t-il de votre théorie dans ce cas ?

– Rien, concédai-je. Mais pourquoi considérer que votre explication est la seule, alors qu'il existe au moins une relation de cause à effet entre Winnetou et Gnadenschuss ? Un lien de causalité qui pourrait nous aider.

– Ou nous faire perdre un temps précieux.

– Vous avez raison tous les deux, déclara Weiss. Et vous avez tort. Telle est la vraie nature du travail de policier. Pour l'instant, nous devons partir du principe que vous avez raison tous les deux. Je ne vois pas d'autre façon d'avancer dans cette enquête, Ernst. Nous allons laisser Gunther suivre sa piste pendant quelque temps, pour voir où elle nous mène. Vous avez déjà une petite idée, Bernie ?

– Une boîte de nuit de Chausseestrasse, près d'Oranienburger Tor. Baptisée Sing Sing. On y a vu Emil le Prussien en compagnie d'autres membres de son réseau. J'avais l'intention d'aller y jeter un coup d'œil.

– Une enquête dans un bar, ironisa Gennat. J'aurais dû m'en douter.

– Il s'agit de l'ancien Café Roland, dit Weiss. Je n'y ai jamais mis les pieds, mais j'en ai entendu parler. Le maître d'hôtel est un usurier prénommé Gustav. N'a-t-on pas découvert le corps d'un agent de la Schupo non loin de là, il y a un an ?

– Dans Tieckstrasse, confirma Gennat. Mais c'était un accident. Il a été électrocuté par un câble électrique enterré en traversant une grosse flaque d'eau après une forte averse.

– Bernie, reprit Weiss, j'ai une question qui détruit potentiellement votre théorie. Si le Dr Gnadenschuss a vu Emil le Prussien quitter en courant le lieu du crime, il sait donc que c'était un faux infirme. Un arnaqueur. Dès lors, il n'avait aucune raison de tuer des invalides de guerre.

– Emil le Prussien n'est pas le seul faux infirme à Berlin. Tout le monde sait qu'un fort pourcentage de ces mendiants sont en fait des simulateurs. Dans sa première lettre, le Dr Gnadenschuss indique qu'il a vu l'un d'eux se lever et marcher "comme s'il s'appelait Lazare". Supposons qu'il s'agisse d'Emil le Prussien. Supposons qu'il se concentre uniquement sur les hommes qui se déplacent en chariot. En se disant qu'il finira bien par abattre le bon.

– Pourquoi supposer quand on peut faire comme si ? railla Gennat. Ou bien présumer ? Ou imaginer ?

– Au bout d'un moment, il commence à se convaincre qu'il fait œuvre de salubrité publique en éliminant ces hommes. Il se dit qu'il peut nous narguer dans les journaux. Et que seul un coup de chance nous aidera. D'ailleurs, c'est certainement ça qui nous permettra de résoudre cette affaire.

– C'est cet élément que je ne comprends pas, dit Weiss. Ce besoin de nous narguer. Est-ce pour nous faire tourner en rond, ou juste pour le plaisir ?

– C'est simple, répondit Gennat. Il déteste la police. Il paraît que c'est fréquent, chef.

– Ah, et moi qui pensais me faire élire au Reichstag, soupira Weiss. Quel dommage.

– En attendant, ajouta Gennat, il construit sa notoriété en répandant le sentiment dans l'opinion publique que nous sommes une bande de demeurés. »

Je consultai ma montre.

« Il faut que j'y aille. »

Weiss sourit.

« Vous vous rendez dans ce bar, Bernie ? Le Sing Sing ? Ce soir ?

– C'était mon intention.

– Avec un peu de chance, ils vont le buter, dit Gennat. Même les rats passent sur la pointe des pieds devant cet endroit.

– Ernst a raison, Bernie. Soyez prudent. Ils n'aiment pas les flics là-bas.

– Je sais. C'est pour ça que je pensais emmener quelqu'un avec moi. Quelqu'un qu'ils ne soupçonneront jamais d'être un flic.

– Oh. Qui donc ?

– Une fille. »

Quand Rosa Braun eut fini de jouer du saxophone dans l'orchestre de la Haller Revue, nous quittâmes le club et remontâmes Friedrichstrasse en direction d'Oranienburger Tor. À presque une heure du matin, les rues étaient encore pleines de Berlinois en sueur, rassemblés tels des papillons de nuit autour des bars les plus éclairés pour savourer bruyamment la chaleur de l'été et la possibilité de s'enivrer encore plus.

« Je ne pensais pas vous voir ce soir, dit-elle. Et certainement pas dans cet accoutrement. Où diable l'avez-vous dégoté ?

– Où est le problème ?

– Vous le savez très bien.

– Dit la femme qui s'habille en homme.

– C'est ma tenue de travail.

– Moi aussi. Le bar où nous allons regorge de voleurs et de meurtriers. Autrement dit, il vaut mieux que je passe inaperçu.

– Difficile d'imaginer que ce costume puisse passer inaperçu, sauf peut-être à la chasse ou aux courses.

– Vous ne croyez pas si bien dire. Il y a deux ans, j'ai dû passer quelque temps à Hoppegarten, sur les traces d'un proxénète. J'ai acheté cette tenue, et la casquette qui va avec, grâce à une note de frais. Pour ressembler à un hédoniste.

– Vous ressemblez plutôt à un maquereau irlandais.

– Tant mieux.

– Vous êtes en mission, alors ?

– En un sens. En vérité, je cherche quelqu'un. Mais j'ai pensé que ce serait une bonne idée de vous inviter pour joindre l'utile à l'agréable. Surtout que c'est tous frais payés. D'ailleurs, à ce sujet. Interdiction de dire que je suis flic. D'accord ? Vous comprendrez en arrivant.

– Comment vous appelez-vous ? Au cas où on me poserait la question.

– Zehr. Helmut Zehr.

– Enchantée, Helmut. Mais vous n'avez pas peur que quelqu'un vous reconnaisse ?

– Je suis un simple flic, pas le chef de la police. De plus, je suppose qu'à cette heure-ci la plupart des clients du Sing Sing seront trop ivres pour faire la différence entre un lutin et moi.

– J'ai entendu parler de ce bar. Certains disent que c'est le plus dangereux de Berlin.

– C'est sans doute vrai.

– Alors, qu'est-ce qui vous fait croire que j'ai envie d'y aller ?

– Je me dis qu'une fille qui porte du rouge à lèvres vert et du vernis à ongles assorti aime vivre dangereusement. De plus, vous n'aurez aucun mal à vous fondre dans le décor.

– Nous sommes parfaitement assortis, vous ne trouvez pas ? Votre apparence, monsieur l'Irlandais. Mon talent. Mon rouge à lèvres vert. Votre costume de la même couleur. Les gens vont nous prendre pour un couple. Mais un couple qui n'a aucun goût. Surtout de votre côté.

– Nous sommes un couple. Sérieusement. Pendant tout le temps où nous serons au Sing Sing, nous devons veiller l'un sur l'autre comme deux détenus menottés ensemble. Si vous entendez quelque chose qui vous paraît vaguement inquiétant, prévenez-moi aussitôt.

– Vous me faites peur. »

Je la pris par la taille.

« Vous n'avez rien à craindre tant que vous faites ce que je dis, Rosa.

– Ah, je comprends votre technique maintenant, l'Irlandais. C'est sournois. Vous voulez m'effrayer pour m'attirer dans vos bras et on ne sait où ensuite.

– Je pense que nous le savons l'un et l'autre, n'est-ce pas ? »

Je m'arrêtai et me penchai vers elle pour embrasser ses lèvres vertes.

« Non, stop, dit-elle. Vous voulez gâcher mon rouge à lèvres ? Vous pourrez m'embrasser autant que vous voulez après. Pour l'instant, vous devez vous comporter comme Tannhäuser et me traiter comme une princesse vierge. Qu'en dites-vous ?

– Marché conclu. »

Nous repartîmes. Et elle demanda :

« Sing Sing, ce n'est pas une prison en Chine ?

– Non, c'est à New York. Mais ne me demandez pas pourquoi elle porte ce nom. Elle est surtout connue pour sa chaise électrique nommée Old Sparky. Un surnom, à mon avis. Il paraît qu'ils en ont une aussi là où nous allons. Mais c'est pour la frime.

– Ravie de l'apprendre. »

Nous arrivâmes devant la porte rustique du club. Tout était fait pour donner l'impression de pénétrer dans une prison, avec une fenêtre grillagée et un vantail découpé dans la grande porte. Lorsque je sonnai, un œil tout d'abord, puis une bouche semblable à un mollusque pervers apparurent derrière la grille pour me réclamer le mot de passe.

Sans être trop sûr de moi, je répondis :

« Hitler. »

Et quelques secondes plus tard, j'entendis un bruit de verrous.

« Espérons que c'est aussi facile de sortir », murmurai-je avant que le vantail ne s'ouvre, libérant un vacarme alcoolisé et enfumé.

Le type posté à l'entrée était mi-homme, mi-bullmastiff. Une grande cicatrice traversait son nez dans le sens de la longueur, donnant l'illusion qu'il en avait deux, et ses oreilles me faisaient penser à des fœtus. Il ne ressemblait pas à l'image qu'on pouvait se faire d'un homme sensé, à moins d'avoir pour modèle Frankenstein. Vêtu d'un uniforme de gardien de prison, il portait une matraque à la ceinture, sentait fortement la bière, et, quand il souriait, on avait l'impression de contempler un vieux cimetière. Il claqua la porte derrière nous, la verrouilla et fit signe à un serveur. Crâne rasé, déguisés en détenus avec des numéros dans le dos, les serveurs paraissaient aussi coriaces que le videur. Celui qui nous conduisit à notre table, le matricule 191819, ressemblait aux voies ferrées de la gare de Potsdam tant il avait de cicatrices sur le visage. Je lui donnai cinq marks et lui demandai de nous apporter une bouteille de champagne allemand et deux verres. Il revint très vite avec une bouteille de mousseux et deux timbales en étain.

« Pas de verres ici. Uniquement des timbales de prisonniers. »

Il nota son numéro sur la note – 191819/22 – et la coinça sous le seau à glace.

Au moins, le mousseux était frais. J'en versai un peu dans nos timbales et trinquai avec Rosa, qui me souriait nerveusement. Elle me dit quelque chose que je ne compris pas car l'homme assis à côté de nous s'adressait en braillant à une jolie fille vêtue de bas tenus par des jarretelles, d'une guêpière et de pas grand-chose d'autre. Tous les deux fumaient de la marijuana. Au bout d'un moment, la fille cracha son chewing-gum et embrassa l'homme. Celui-ci ne cessait de l'appeler Helga, j'en déduisis que c'était son prénom. En la regardant, on devinait qu'elle était assez solide pour survivre à l'éruption d'un nouveau Krakatoa.

Le mousseux était bien meilleur que je ne l'aurais cru, même dans une timbale en étain. Rosa devait partager cet avis car elle vida la sienne d'un trait et vint s'asseoir sur mes genoux.

« Là, au moins, je vous entends », dit-elle, pendant que je remplissais sa timbale.

Me servant du corps de Rosa comme d'un paravent, j'en profitai pour regarder autour de moi. L'éclairage du club évoquait le réfectoire de la prison de Plötzensee. Il y avait de lourdes tables en bois, d'épaisses grilles aux fenêtres et, au sommet d'un grand escabeau, une sorte de mirador qui, nous expliqua notre serveur, permettait de surveiller les pickpockets. Si cet endroit regorgeait de criminels berlinois, je n'en voyais aucun qui correspondait au signalement d'Emil le Prussien fourni par l'ancien combattant devant l'aquarium.

Sur le devant se dressait une petite scène masquée par un rideau noir et je m'attendais à voir surgir un artiste de cabaret. C'est alors qu'un homme s'approcha de notre table, pour faire son numéro justement. Il brandissait une paire de menottes.

« Regardez ces beaux bracelets ! dit-il. D'authentiques menottes de flic. Allez-y, mes amis. Vérifiez ! »

Je pris les menottes et les examinai soigneusement.

« Elles ont l'air vraies, dis-je.

– Elles ont l'air ? Bien sûr qu'elles sont vraies. Allez-y, menottez-moi. Aussi fort que vous voulez... Bien... Allez-y, vous n'êtes pas en train de faire un pansement. Ah, voilà. Alors, qu'en dites-vous ? Suis-je votre prisonnier ? »

Rosa acquiesça.

« Vous êtes fait comme un rat. »

J'aurais été incapable de dire comment il s'y prit, mais il lui fallut moins de temps pour se débarrasser des menottes que pour ôter sa casquette et réclamer une pièce, que je lui donnai dûment.

Nous continuâmes à boire du mousseux, de plus en plus à l'aise. Le type à côté de nous racontait à Helga son séjour à la prison de Moabit. Dans tout autre endroit, c'était une chose que l'on aurait préféré taire, mais ici, au Sing Sing, cela revenait à annoncer à quelqu'un de l'Opéra de Berlin que vous étiez un ténor formé à Milan.

« Combien de temps tu es resté à l'ombre, Hugo ? demanda Helga.

– Cinq ans.

– Pourquoi ?

– Pour avoir écrit des poèmes, s'esclaffa-t-il.

– De nombreux poètes mériteraient d'aller en prison. »

Je ne pouvais pas dire le contraire. Néanmoins, je gardai mon avis pour moi. Au Sing Sing, il semblait essentiel de ne pas émettre d'opinions car certains clients semblaient prendre la mouche à la moindre remarque. Une bagarre venait d'éclater à l'autre bout du club ; le videur y mit rapidement fin et de manière très simple, en fracassant le crâne des deux belligérants avec sa matraque, sous les applaudissements et les cris d'encouragement. Les deux hommes, inconscients, furent traînés jusqu'à la sortie et balancés sans cérémonie dans le caniveau.

Nous étions là depuis presque une heure lorsque le désir que m'inspirait Rosa commença à prendre le pas sur celui de trouver Emil le Prussien. D'autant qu'il semblait maintenant peu probable qu'il vienne. Je m'apprêtais à régler la note quand un homme habillé en gardien de prison mais fortement maquillé arriva sur scène et souffla dans un sifflet. Certains clients, qui savaient manifestement à quoi s'attendre, poussèrent des cris de joie, avant que le silence ne se fasse peu à peu.

« Bonsoir, mesdames et messieurs, dit-il en ôtant son képi. Et bienvenue à Sing Sing ! »

Nouvelles acclamations.

« De nos jours, la plupart des clubs de Berlin proposent des orchestres ou des filles nues, ou bien des ventriloques et des magiciens. Il paraît même que dans certains clubs vous pouvez voir deux personnes faire l'amour. Et trois ou quatre, parfois. Toutes ces bites, toutes ces chattes, c'est tellement dépassé. Mais Sing Sing présente quelque chose d'unique dans les annales du divertissement. Je vous promets que vous n'oublierez pas ce que nous allons vous montrer. Car sans plus attendre, mesdames et messieurs, j'ai l'honneur de vous présenter la plus grande star de tous les cabarets de Berlin. Veuillez réserver un accueil triomphal à Old Sparky en personne ! »

Les applaudissements fusèrent, accompagnés du vacarme des pieds qui frappaient le plancher couvert de sciure, lorsque le rideau se leva sur une imposante chaise en bois munie de sangles de cuir. Le maître de cérémonie s'y assit et croisa les jambes nonchalamment.

« Comme vous pouvez le voir, il s'agit d'une réplique exacte de la chaise électrique de la prison de Sing Sing à New York ; elle a servi récemment à exécuter une mère au foyer juive nommée Ruth Snyder, coupable d'avoir assassiné son mari pour toucher l'argent de l'assurance-vie. Pauvre femme. Comme si c'était une chose rarissime. À Berlin, on lui aurait sans doute donné une médaille et une pension. »

Applaudissements.

« Beaucoup d'entre vous savent que l'usage de la chaise électrique a été introduit comme une alternative plus humaine à la pendaison. Toutefois, il est arrivé à de nombreuses reprises que l'électrocution ne se passe pas aussi bien que les autorités ou le condamné l'auraient souhaité. Parfois, ils envoient trop de courant, auquel cas le condamné prend feu. Ou bien ils n'en envoient pas assez, et il faut recommencer. Évidemment, tout cela est une question d'argent, lorsque la prison n'a pas payé sa facture d'électricité par exemple. Heureusement, le Sing Sing ne connaît pas ce genre de problèmes grâce à la Compagnie électrique berlinoise. Et nous payons régulièrement nos factures. Mais pas toujours avec notre argent, cela étant. Enfin, nous payons, car sans électricité, Old Sparky ne pourrait pas vous divertir…

« Car voici venu le moment très spécial, je n'ose pas dire galvanisant, où nous invitons un membre de l'assistance à monter sur scène pour être exécuté sur la chaise électrique. Que demander de plus, raisonnablement, dans le domaine du divertissement ? Ah, si seulement certains de nos politiciens au Reichstag acceptaient de se porter volontaires ! Ces salopards ne méritent pas autre chose. Eh bien, qui est candidat ? Allons, mesdames et messieurs, ne soyez pas timides. Old Sparky a hâte de vous dire bonjour et bonsoir à sa manière.

« Personne ? J'avoue que je ne suis pas surpris. Face à Old Sparky, tout le monde devient un peu timide, n'est-ce pas ? Après tout, ce n'est pas rien de se faire griller sur la chaise électrique pour amuser ses semblables. Voilà pourquoi nous procédons d'habitude à un tirage au sort. Mesdames et messieurs, si vous examinez votre addition, vous verrez qu'elle porte un numéro. Regardez-le pendant que je choisis ce numéro au hasard. »

Le maître de cérémonie glissa la main dans un grand sac portant la mention BUTIN et en tira un morceau de papier, sur lequel figurait un numéro qu'il lut à voix haute.

« Le numéro perdant de ce soir est le 191819/22. »

Je m'aperçus, avec étonnement et effroi, que c'était le mien. J'allais froisser l'addition et me diriger vers la sortie, mais Helga, l'amie de Hugo, avait eu le temps de voir le numéro et elle eut l'obligeance de me désigner au maître de cette cérémonie grotesque.

« Il est ici ! s'exclama-t-elle, et tous les regards se tournèrent vers moi. Le condamné ! Il est assis juste à côté de moi ! »

Je lui souris, malgré mon envie de l'égorger avec mes dents. J'étais coincé. Je n'avais d'autre choix que de feindre la bonne humeur et de participer à cette comédie de mauvais goût. Assourdi par les applaudissements, je me levai, puis des mains invisibles me poussèrent et me tirèrent en direction de la scène. En approchant du maître de cérémonie, je cherchai Rosa du regard, mais ne vis que les visages transpirants de mes concitoyens qui savouraient mon malaise avec un plaisir sadique. Plusieurs personnes au fond étaient même montées sur leur chaise pour ne pas perdre une miette de mes derniers instants sur terre, et je repensai inévitablement aux pendaisons publiques sur la potence de Neuer Markt, où les Berlinois se rassemblaient autrefois par milliers pour voir un homme mourir.

« Comment vous appelez-vous, mon garçon ? demanda le maître de cérémonie, et, sans attendre la réponse, il me poussa sur la chaise.

– Helmut Zehr. »

Son haleine empestait l'absinthe de contrebande. Il me prit l'addition des mains et la déchira de manière ostentatoire, comme si ma dette envers la société avait été annulée.

Déjà, deux des serveurs/détenus, parmi les plus costauds, m'attachaient les bras et les jambes aux accoudoirs et aux pieds de la chaise. L'un d'eux releva mon pantalon pour fixer quelque chose de métallique et de froid sur mes mollets, comme s'ils avaient réellement l'intention de m'électrocuter. C'est à ce moment-là que je remarquai les deux énormes interrupteurs en forme de H sur le mur de brique nu, et l'homme qui se tenait à côté, les mains protégées par d'épais gants de cuir. Il semblait être le seul, avec moi, qui ne souriait pas.

« Eh bien, Helmut, dit le maître de cérémonie, au cas où vous ne sauriez pas comment ça fonctionne, nous avons ici un applaudimètre, et plus votre prestation sera convaincante, plus vous serez riche en repartant. Je dois vous avertir, cependant, que vous allez ressentir un léger courant dans les mains et les jambes, pour vous stimuler. » Il affichait un grand sourire. « En supposant, bien évidemment, que vous surviviez à cette expérience. Ce n'est pas le cas de tout le monde. Il arrive que ça tourne mal et que la personne assise sur cette chaise grille pour de bon. Mais uniquement si elle l'a mérité. »

Il recula et, les deux serveurs lui ayant fait signe que mes bras et mes jambes étaient solidement attachés, il leva la main pour réclamer le silence, avant de lancer « Curseur sur le un ! » à l'homme aux gants. Mon bourreau abaissa un des interrupteurs et, soudain, les lumières du club devinrent beaucoup plus intenses. Le maître de cérémonie s'adressa à moi en prenant un ton solennel. J'avais envie d'écraser mon poing sur son visage peinturluré, et je l'aurais sans doute fait sans les liens qui m'immobilisaient.

« Helmut Zehr, vous avez été condamné à mort par trois juges de la cour suprême d'Allemagne. Avez-vous quelque chose à déclarer avant que la sentence soit exécutée ? »

La clientèle du Sing Sing accueillit ma condamnation à mort avec un vif enthousiasme, et je n'aurais pas été surpris si elle avait réagi de la même manière face à une véritable exécution.

« Allez-y, qu'on en finisse, murmurai-je.

– Le courant électrique va passer à travers votre corps jusqu'à ce que mort s'ensuive, conformément à la loi de l'État prussien. Que Dieu ait pitié de votre âme. »

Après une courte pause, le maître de cérémonie ordonna « Curseur sur le deux ! » et l'homme ganté abaissa le second interrupteur. Au même moment, les lumières du club clignotèrent et je ressentis en effet un courant électrique dans les membres, suffisamment fort pour être désagréable. Impatient de mettre fin le plus vite possible à ce détestable spectacle pour pouvoir sortir d'ici, je poussai un hurlement et fis mine de me convulser pendant plusieurs secondes, avant de jouer le mort. À cet instant, un petit fumigène placé sous la chaise explosa, me faisant sursauter une dernière fois. Cette épreuve répugnante était enfin terminée.

« Mesdames et messieurs, s'écria le maître de cérémonie, on applaudit Helmut Zehr ! »

Libéré de mes liens, je me levai en chancelant et accueillis le tonnerre d'applaudissements avec un petit geste de la main.

« Saluez, me dit le gardien maquillé. Vous avez été beau joueur, Helmut. »

Enfin sorti du Sing Sing, je m'appuyai contre le mur extérieur pour inspirer à pleins poumons ce qui était considéré comme de l'air frais dans ce quartier de Berlin. D'une main tremblante, j'introduisis tant bien que mal une cigarette dans le plus gros orifice de mon visage, l'allumai, et laissai tomber la boîte d'allumettes par terre. Sous le regard inquiet de Rosa.

« C'est une soirée que je n'oublierai pas de sitôt, dit-elle.

– Moi non plus.

– L'espace d'un instant, je vous ai cru mort.

– J'ai ressenti la même chose, croyez-moi. Cette foutue chaise est vraiment électrifiée.

– Vous vous sentez bien maintenant ?

– Plus ou moins. Disons que cette expérience m'a mis les nerfs à vif. Un jour, dans les tranchées, je me suis retrouvé pris jusqu'au cou dans un trou rempli de boue, incapable de bouger les bras et les jambes, persuadé que j'allais me noyer. Depuis, c'est une peur récurrente présente dans tous mes cauchemars. Ne pas pouvoir m'échapper. Penser que je vais mourir. Après dix ans, on pourrait croire que ça appartient au passé. Eh bien, non. La plupart du temps, j'arrive à me dominer, mais parfois, les images sont aussi nettes que si c'était arrivé hier. » Je tirai une longue bouffée de ma cigarette. « Dans une minute, ça ira mieux.

– Qu'y a-t-il dans cette enveloppe ? »

Je regardai l'enveloppe en question. On me l'avait fourrée dans la main au moment où je sortais du Sing Sing.

« Mon salaire, je suppose. Pour ma prestation. Je n'aurais jamais dû vous emmener dans cet endroit. Je suis désolé. C'était criminel de ma part.

– Je dirais que vous avez déjà payé pour votre crime, Bernie. Au prix fort. »

J'esquissai un sourire. Il tendit la peau de mon visage, comme si quelqu'un l'avait collé là.

« Venez, dis-je. Je vous ramène. Essayons de trouver un taxi. »

Mais la soirée n'était pas encore terminée. À peine avions-nous fait quelques pas qu'un roadster Mercedes flambant neuf s'arrêta à notre hauteur. Un homme que je reconnus vaguement se pencha par la portière couleur crème.

« Hé, Helmut Zehr. Je vous dépose ?

– Volontiers.

– Montez », ordonna-t-il.

C'était Erich Angerstein, le père d'Eva.

J'ouvris la portière et adressai un signe de tête à Rosa, hésitante.

« C'est bon. On se connaît. Plus ou moins. »

Nous montâmes à bord de la voiture qui sentait encore le neuf.

« On va où ? demanda-t-il.

– Nollendorfplatz.

– Parfait. C'est sur mon chemin. »

Le roadster redémarra en douceur. Au bout d'un moment, Angerstein déclara :

« Vous avez besoin d'un verre de schnaps, j'ai l'impression. Il y a une flasque dans la boîte à gants. »

Je bus deux petites gorgées et remerciai Angerstein d'un hochement de tête. Il portait un élégant costume de soie, droit, sur une belle chemise blanche et une cravate en soie verte. Seuls ses gants en cuir paraissaient légèrement déplacés. C'était peut-être une voiture volée. Mais on pouvait imaginer qu'il était homme à ne pas laisser d'empreintes.

« Vous saviez que ce club d'où vous sortez appartenait à la pègre ? demanda-t-il.

– Bien sûr.

– Qu'est-ce qui vous a pris, nom d'un chien ?

– Vous y étiez ?

– Et j'ai vu toute la scène. Old Sparky et vous. Vous avez de la chance, il n'y a que moi qui vous ai reconnu. Sinon, ils vous auraient fait griller pour de bon.

– Vous exagérez.

– Vous croyez ?

– Quand on s'est rencontrés, je vous ai annoncé que j'étais flic. Sinon, à vos yeux j'aurais été un type comme les autres. Rosa, voici Erich Angerstein. Un gangster. Mais détendez-vous, il ne ferait pas de mal à une mouche. Sauf si ça peut lui rapporter quelque chose.

– Enchantée, Herr Angerstein. Enfin, je crois.

– Je ne mords pas, ma belle. Surtout quand je conduis une voiture neuve.

– Jolie, dit Rosa. C'est quel modèle ? La Mercedes Évasion ?

– Oh, elle me plaît, Gunther. Vous devriez la garder. Elle a du cran.

– Plus que moi, je crois.

– Possible. Les gens qui tiennent ce club détestent encore plus les flics qu'ils détestent perdre de l'argent. Supposons que je vous dénonce ?

– Pourquoi feriez-vous ça, en sachant que j'essaie de retrouver l'assassin de votre fille ?

– Oui, sans doute. Mais je ne comprends toujours pas ce que vous êtes allé faire là-bas.

– Je cherchais quelqu'un. Un témoin potentiel.

– Du meurtre de ma fille ? »

Je ne voulais pas en dire trop. Je n'avais aucune envie qu'Angerstein trouve Emil le Prussien et l'interroge avant moi. Impossible de prévoir comment cela se terminerait.

« Je ne sais pas. Tout dépend de ce qu'il me dira quand je mettrai la main dessus. Il sait peut-être quelque chose. Mais pas forcément.

– Je pourrais vous aider à le retrouver.

– Oui, peut-être.

– Ce type, il a un nom ?

– Oui, mais je ne vous le donnerai pas.

– Pourquoi donc ?

– Au cas où vous décideriez de le rechercher tout seul dans votre coin. Un homme de votre éducation, avec votre passé, je ne serais pas étonné que vous le retrouviez. Mais vous risqueriez de vous impatienter. Et ne connaissant pas les bonnes questions, vous risqueriez d'obtenir les mauvaises réponses.

– Oui, je comprends.

– Compte tenu des circonstances, je ne pourrais pas vous reprocher de faire justice vous-même. Mais franchement, ça ne m'aiderait pas dans mon enquête.

– Et si je vous donnais ma parole ?

– Allons, vous êtes un gangster berlinois, pas un officier de l'armée prussienne.

– Ça signifie que ma parole ne vaut rien ?

– Possible. Écoutez… Vous, je ne sais pas. Mais moi, je suis un salopard cynique. C'est le secret de mon charme.

– Je vous le répète : je veux vous aider à attraper le type qui a assassiné ma fille.

– Oui, évidemment, je comprends. La différence, c'est que moi, je veux faire condamner ce type et vous, vous voulez le tuer.

– À l'arrivée, qu'est-ce que ça change ?

– Sincèrement, rien. Mais mon métier, c'est de veiller à ce que celui qui perd la tête soit le bon.

– Donc, vous ne voulez pas me donner son nom.

– Je ne peux pas. »

Angerstein soupira.

« Il y a un mot pour ça aux échecs, quand après une partie de plusieurs heures, aucun des deux joueurs ne peut ni gagner ni perdre.

– Du temps perdu ?

– Le pat. Vous n'avez jamais joué aux échecs ?

– Si, bien sûr. J'ai joué Hamlet aussi, mais si je ne peux ni gagner ni perdre avec vous, ce n'est pas ça qui troublera ma conscience. Vous n'êtes pas le seul indic de cette ville, Herr Angerstein.

– Non, mais soyez-en sûr : vous n'en trouverez pas de meilleur. Pas un crime n'est commis à Berlin sans que j'en sois informé. La réalité, c'est que je ne suis pas le seul à vouloir mettre la main sur cette ordure, il y a aussi tous les patrons que je représente au sein du syndicat. Tous ces meurtres, c'est mauvais pour les affaires. Trop de flics sont à la poursuite du meurtrier. Et par conséquent, ils voient des choses qu'ils ne devraient pas voir.

– Je veux bien le croire. Mais je vous le répète, Herr Angerstein, je ne suis pas du genre à faire confiance. Et je ne suis pas assez payé pour réfléchir. Quand il neige, je reste à l'intérieur. De nos jours, c'est considéré comme suffisant pour être inspecteur.

– Je pense, au contraire, que vous êtes beaucoup plus intelligent que vous ne le dites. Et forcément plus intelligent que ne veut le faire croire ce costume. Écoutez, Gunther. Le serment qui me lie au réseau m'oblige à montrer les flics du doigt, dans l'intérêt de nos membres. Pourtant, je ne vous ai pas dénoncé au club. Ça vaut bien un petit service.

– Il y a un mot pour ça aussi ?

– On pourrait appeler ça un gage de bonne foi. Je comprends votre dilemme. Mais je veux réellement que vous attrapiez cette ordure. Pour moi et pour Eva, mais aussi pour toutes ses autres victimes. Passées et futures. Alors, accordez-moi une chance, s'il vous plaît. Laissez-moi vous aider. Pour un flic comme vous, le monde de la pègre est une boîte de sardine sans clé. Grâce à mes contacts, je pourrai certainement retrouver ce poisson en moins de deux.

– Ce sont les premières paroles sensées que vous prononcez depuis que vous avez offert de nous déposer.

– Alors, vous voulez bien me donner un nom ?

– Je continue à réfléchir.

– Dépêchez-vous, on est arrivés.

– Ne me bousculez pas. J'ai encore la tête sens dessus dessous. »

Nollendorfplatz avait bien meilleure allure vue de l'intérieur d'une voiture de luxe, comme presque tout sans doute. Un roadster Mercedes neuf, c'était une paire de lunettes aux verres roses, avec des jantes à rayons et des sièges en cuir cousus main. Même les gaz d'échappement sentaient bon. Angerstein ôta un gant, glissa la main dans une poche de son costume de soie et en sortit une carte de visite épaisse qu'il me tendit entre ses doigts manucurés. Dessus était imprimés, en relief, une adresse à Lichterfelde, au bord du canal de Teltow, un numéro de téléphone et son nom. On dit que le crime ne paie pas ; n'empêche, les bénéfices semblaient séduisants.

Rosa et moi descendîmes de voiture. Je me penchai à l'intérieur de la Mercedes par la vitre ouverte.

« Emil le Prussien.

– C'est tout ?

– Il se fait passer pour un invalide de guerre. Mais surtout, il sert de guetteur à des cambrioleurs. Il installe son chariot de klutz devant un domicile et si la police se pointe, il souffle dans son clairon. Le soir où votre fille a été assassinée, un appartement a été visité dans le secteur.

– Et vous êtes allé au Sing Sing pour quoi faire ? Demander aux gars du coin s'ils avaient monté un coup avec lui ? Je n'en reviens pas que vous soyez resté en vie si longtemps, Gunther.

– J'ai des yeux et des oreilles. De fait, le type que j'espérais voir est grand, cadavérique, il ressemble vaguement à un militaire et il a une tache de vin dans le cou. Nous autres, inspecteurs, on appelle ça un signalement. Vous avez peut-être déjà entendu ce mot.

– Ce n'est pas grand-chose.

– Quand on est flic, il faut parfois se contenter de pas grand-chose, Herr Angerstein. Vous devriez essayer, un jour. »

Mes mains tremblaient encore lorsque j'essayai de défaire le bouton de mon col et Rosa dut voler à mon secours.

« Laissez-moi faire. »

C'était bizarre de se faire déshabiller par quelqu'un qui portait des vêtements d'homme, mais le problème disparut rapidement quand elle-même se retrouva nue. Allongée contre moi dans mon lit, elle ressemblait davantage à une femme que dans mon souvenir : ses beaux et longs cheveux, libérés de son chignon serré, coulaient dans son dos gracile telle une cascade de soie. Il y avait de la tendresse dans son regard. J'avais subi un choc sévère, mais beaucoup moins que la pauvre Mme Snyder entre les murs de la véritable Sing Sing, ce qui me donnait l'impression d'être un imposteur, et j'avais presque honte des réactions de mon corps. Toutefois, je ne pouvais ignorer les contractions de mes muscles, telle une grenouille branchée sur les électrodes de Galvani. Si Rosa n'avait pas été là, sans doute aurais-je vidé la bouteille de rhum cachée dans le tiroir de mon bureau.

« Tout va bien, dit-elle avec douceur. C'est fini maintenant. Vous ne craignez rien avec moi. Allongez-vous et fermez les yeux. »

Il était quatre heures du matin passées, et, malgré la fenêtre grande ouverte, il régnait une chaleur étouffante dans la chambre. Nous demeurâmes couchés sur les draps, épuisés, luisants de sueur, écoutant l'adagio de la symphonie urbaine du petit matin, trop fatigués pour fumer ou nous toucher, mais sachant, sans avoir besoin de le formuler, qu'une autre occasion d'élucider tous ces mystères se présenterait. Quelque part, une charrette tirée par un cheval partait effectuer ses livraisons, deux chats étaient arrivés à une situation de pat dans une partie d'échecs féline et, au loin, une péniche annonçait sa présence comme un dinosaure égaré descendant pesamment la Spree.

Aucun de nous deux ne parlait et, pendant un instant fugace, j'eus l'impression que nous nous rejoignions dans le vide et atteignions une parfaite innocence. Au bout d'un moment, je sortis de mon corps et contemplai ces amants entrelacés, émerveillé par ces différences infimes entre nous qui faisaient que Rosa était bien plus belle et désirable que moi. Je regardai mes lèvres bouger comme pour former une phrase tendre et affectueuse, mais, puisqu'il n'était pas nécessaire de dire quoi que ce fût dans ce domaine, ma phrase demeura imprononcée. Finalement, Rosa bâilla et murmura quelque chose qui ressemblait à : « On mène des vies étranges tous les deux, hein, Bernie ? », puis elle posa sa tête sur ma poitrine et s'endormit.

Une remarque irréfutable, et pas seulement à cause de ce qui s'était passé ce soir. La vie elle-même allait si vite qu'il était impossible de ne pas avoir parfois l'impression que les choses vous échappaient totalement, comme si vous étiez seul dans une de ces grandes carrioles pour touristes fonçant à toute allure dans les rues de Berlin, sans chauffeur, pour admirer les monuments, filant vers un désastre inconnu que nous avions nous-mêmes créé.

Bernhard Weiss écouta le récit de ma nuit au Sing Sing et secoua la tête.

« C'était courageux, dit-il. Je vous félicite d'avoir essayé. Mais vous ne devez pas vous le reprocher. Votre raisonnement était sensé. Vous ne pouviez pas anticiper ce qui s'est passé à l'intérieur du club. Vous n'avez pas eu de chance, vous avez été confronté à l'humour allemand. Moi-même, je ne le comprends pas. Je devine que c'est une forme de rire qui masque un hurlement face à la vie moderne, celui de l'homme privé de toutes les certitudes qui le réconfortaient autrefois : Dieu, la tradition, l'amour de la patrie. Un rire qui cache une crise existentielle. »

J'essayai de contrôler ma réaction. J'avais déjà entendu Weiss parler à tort et à travers, mais là, c'était nouveau. J'avais envie de lui répondre qu'un tas de gens étaient des connards, et voilà tout. Mais, ayant déjà bu un verre ou deux en guise de petit déjeuner, je jugeai préférable de rester de marbre. Je n'avais aucune envie de me disputer avec mon patron au sujet du véritable sens moral de nos concitoyens.

« Vous devez être fatigué si vous vous êtes couché aussi tard ? Voulez-vous un café, Bernie ?

– Non merci, monsieur.

– Oui, je sais, ce n'est pas un temps à boire du café. Il y a de l'eau, si vous préférez.

– Ça va, merci. »

Il se leva pour aller ouvrir une fenêtre.

« Quand même, ils pourraient nous installer un ventilateur électrique qui fonctionne. Celui qui est sur mon bureau ne sert quasiment à rien. Franchement, c'est inadmissible avec des températures pareilles. »

Weiss en venait lentement au fait, ce qui attisait ma nervosité. Je m'étais attendu à ce qu'il me débite un sermon sinistre sur la discipline au sein de la police, avant de me renvoyer aux Mœurs, s'apercevant qu'il avait eu tort de me donner la place de Lindner, laquelle, tout compte fait, aurait dû revenir à Kurt Reichenbach.

Ayant regagné son bureau, il reprit le cigare dans le cendrier et le ralluma avant de s'asseoir.

« Dites-moi, Bernie, vous vous souvenez de l'affaire Klein et Nebbe ?

– Tout le monde à Berlin s'en souvient.

– J'ai lu un essai consacré à cette affaire, signé d'un certain Alfred Döblin. De Stettin. Je vous le recommande. Quiconque s'intéresse à la science criminalistique devrait lire cet ouvrage. Il rassemble des articles de journaux, des comptes rendus de procès, des rapports médicaux, tout. Non pas pour rechercher le sensationnel, mais pour essayer de comprendre ce qui s'est passé. Pour expliquer.

– Deux femmes ont empoisonné un mari et tenté d'en empoisonner un autre, dis-je. Qu'y a-t-il à comprendre ou à expliquer ? Appelez ça comme vous voulez, ça reste un crime. »

Weiss sortit un petit carnet, l'ouvrit et, ignorant mes objections, se prépara à lire à voix haute.

« L'auteur utilise dans son étude une phrase qui m'a paru particulièrement intéressante. Il écrit : “J'ai ressenti le besoin d'emprunter ces rues que les deux meurtrières empruntaient régulièrement. À mon tour je me suis assis dans les bars où elles se sont connues. J'ai visité l'appartement de l'une d'elles, je lui ai parlé personnellement, j'ai parlé à d'autres personnes impliquées, je les ai observées."

– Je ne vois pas l'intérêt de revenir sur cette affaire maintenant, dis-je. C'était il y a six ans.

– Döblin a écrit cet essai en 1924. Et je ne suis pas d'accord avec vous. Il s'agit là d'une tentative courageuse pour examiner où, dans notre société, se situe la frontière entre ce qui est criminel et ce qui ne l'est pas. Toutefois, ce ne sont pas tant ses conclusions qui m'ont intéressé que sa méthode d'enquête. »

Je hochai la tête. Ce qui m'évitait de donner mon opinion sur cette affaire. À savoir qu'Ella Klein et Margarete Nebbe étaient deux lesbiennes qui auraient grandement mérité des condamnations plus sévères que celles prononcées par le tribunal. Pas un seul flic à l'Alex ne pensait qu'il fallait leur épargner le billot. Tout homme heureux en mariage vivait dans la peur de l'arsenic.

« Voyez-vous, Bernie, je pensais que cette étude pourrait donner naissance à une nouvelle manière d'enquêter. Une technique beaucoup plus immersive que celle qui consiste à simplement relever des indices sur une scène de crime et recueillir les dépositions des témoins.

– Par exemple ?

– Le genre de chose que vous avez fait la nuit dernière, Bernie. Vous avez enquêté de manière anonyme. Au niveau de la rue. Voilà de quoi je parle. Or, personne ne travaille de cette façon. Pas même Scotland Yard.

– Je crains toujours de ne pas comprendre, monsieur.

– C'est pourtant simple. Le travail d'un inspecteur repose sur le principe que nous sommes supérieurs aux criminels que nous pourchassons. Vous êtes d'accord ?

– Bien sûr.

– Nous refusons de nous abaisser au niveau des criminels. Dès lors, me semble-t-il, nous passons à côté d'un élément important. Car dans certains cas, c'est précisément ce qu'il faudrait faire. Pour résoudre un crime, nous devons être proactifs, plutôt que réactifs. Nous devons nous imprégner du milieu dans lequel le crime a été commis. Vous comprenez ? Nous devons être dans ce monde, sans en faire partie. »

Je me mordis la lèvre et regardai mes ongles. J'étais comme un élève lent d'esprit qui n'a pas saisi le raisonnement subtil de son maître d'école. J'allumai une cigarette et tirai dessus pour l'attiser. Si seulement la conversation de Weiss avait pu se consumer aussi vite. Hélas ! ses paroles ne parvenaient pas à enflammer mon cerveau. J'étais maintenant quasiment certain de ne pas être renvoyé, mais étais-je en train d'écouter un sermon ou une série de questions purement rhétoriques ?

« Vous continuez à boire, Bernie ? Oui, évidemment. Je le sens dans votre haleine. Nous ne sommes pas à l'église luthérienne, je le sais bien. Après leur service, les hommes ont besoin d'un verre. Mais êtes-vous capable de vous contrôler ?

– Je me contrôle. »

Weiss hocha la tête d'un air compatissant.

« Tant mieux, car je crois que vous allez avoir besoin de toute votre tête.

– Je vous ai sauvé la vie, n'est-ce pas ?

– En effet. Voilà pourquoi je pense que vous êtes l'homme de la situation. Nous devons agir. Je subis une énorme pression de la part du ministère pour attraper ce Dr Gnadenschuss. Apparemment, ce que nous faisons pour le moment n'est pas suffisant. » Il s'interrompit et me dévisagea à travers une brume de fumée de cigare. « Qu'en pensez-vous ?

– Sincèrement ? Tant qu'il ne tue pas de nouveau, je pense que nous n'avons aucune chance de le coincer. L'empreinte de pouce relevée sur la lettre reçue par le *Berliner Tageblatt* ne correspond à aucune personne fichée, comme vous le savez. Bref, on est obligés de rester les bras croisés en attendant le prochain cadavre.

– Néanmoins, je pense que nous devons agir. Je dirais même que nous n'avons pas d'autre choix que d'agir.

– Vous avez une idée en tête ?

– Sachez tout d'abord que vous êtes libre de refuser. Je ne vous en tiendrai pas rigueur, Bernie. Vous êtes jeune, cependant, vous êtes encore motivé, et vous allez certainement accepter sans réfléchir. Je vous demande pourtant de réfléchir soigneusement. Car ce que je vous propose sort un peu de l'ordinaire. Je vous propose de devenir une sorte d'appât. Plus précisément, vous allez utiliser le chariot que vous avez trouvé à proximité de l'endroit où a été assassinée Eva Angerstein afin de vous faire passer pour un de ces pauvres invalides de guerre. Comme votre ami Emil le Prussien. Voilà. Je vous demande de jouer le rôle d'un klutz, dans l'espoir que le Dr Gnadenschuss cherche à vous tuer. Car dans ce cas, vous serez aux premières loges pour l'appréhender. *In flagrante delicto.* Mais seulement si vous êtes d'accord. »

Weiss ne souriait pas. J'en déduisis que ce n'était pas une plaisanterie. Pourtant, ça y ressemblait.

« Cela implique de vivre dans la rue pendant un certain temps, de mendier devant les gares, peut-être même de dormir dans un asile de nuit, de ne pas manger tous les jours, de ne pas se laver, de subir des mauvais traitements. Tout cela en restant aux aguets.

– Si le but, c'est d'arrêter le Dr Gnadenschuss, je suis partant.

– Vous êtes sûr ? » Il m'observa, songeur. « Je crois que oui. Bien évidemment, vous allez devoir faire un petit effort afin de ressembler à un authentique klutz. De même qu'un acteur de cinéma. Ce chariot que vous avez découvert nous sera précieux car il a été conçu pour un faux invalide. Pour le reste, j'envisageais de vous adresser à une amie qui travaille au Neues Theater. Une maquilleuse et costumière nommée Brigitte Mölbling. Elle a participé à ce film, *Metropolis*. Si vous êtes certain de vouloir faire ça, Bernie.

– J'aimerais bien essayer. Vous l'avez dit vous-même, monsieur : il faut agir.

– Bien, bien.

– Que pense Ernst de votre plan, monsieur ?

– Je ne lui en ai pas parlé. En vérité, j'ai l'intention de ne rien dire à personne, et vous devrez en faire autant. Moins il y aura de gens au courant, mieux ce sera. Nous devons éviter que des agents de police ne viennent vous voir comme on va voir une bête au zoo. Ou qu'ils informent la presse. J'expliquerai à Ernst que je vous ai accordé un congé exceptionnel pour régler votre problème d'alcool. Ce qui ne serait pas une mauvaise idée, soit dit en passant. Et lorsque vous aurez choisi votre secteur, peut-être que je passerai vous voir de temps en temps, ne serait-ce que pour lancer quelques pièces dans votre casquette. »

Avant de partir pour commencer ma mission, je fis un saut au nouveau service de l'Alex chargé de lutter contre la fraude commerciale. Créé par Weiss, il était dirigé par Ulrich Possehl. Un bon officier de police, très respecté, aux états de service impressionnants durant la guerre.

Malheureusement, il était en vacances, et son adjoint, le Dr Alfred Jachode, appartenait à une autre catégorie. Avocat et comptable de formation, il occupait un bureau aux murs tapissés d'ouvrages très sérieux. Il était par ailleurs membre du Stahlhelm, les Casques d'acier, une organisation qui se disait au-dessus des partis, ce qui n'empêchait pas grand nombre de ses adhérents d'afficher ouvertement leurs sympathies et d'arborer un casque miniature au revers de leur veste. Concrètement, ils étaient si radicalement antirépublicains et antidémocrates que, par comparaison, les nazis passaient pour des individus modérés. Dès que je pénétrai dans son bureau, je compris que je risquais de lui demander en pure perte s'il avait des raisons de suspecter les dirigeants de l'usine Wolfmium de malversations.

« Vous ne manquez pas de culot, savez-vous ? Vous perdez votre temps si vous pensez que je vais aider le petit toutou d'un juif tel que vous, Gunther.

– Si vous laissez entendre que je dois ma nomination à Bernhard Weiss en partie, vous vous trompez. C'est uniquement à lui que je la dois.

– Que voulez-vous ?

– J'espérais vous faire perdre votre temps à vous, ce qui me semble plus bénéfique. De plus, je savais bien que vous ne m'aideriez pas plus que vous n'avez aidé les ouvriers morts dans l'incendie.

– La plupart étaient des Russes, sans doute entrés dans le pays illégalement, alors qui s'en soucie ? Pas moi, en tout cas. Ils ont eu ce qu'ils méritaient.

– En vous écoutant, j'ai l'impression que si l'Allemagne a ce qu'elle mérite un jour, on va en baver.

– C'étaient des communistes.

– En fait, la plupart de ces ouvriers étaient allemands.

– Des Allemands de la Volga. C'est très différent.

– Ah bon ?

– Il y a peut-être parmi eux une ou deux personnes honnêtes. Mais la plupart sont probablement des voleurs, des violeurs et des assassins. Bref, des Russes qui ne disent pas leur nom. Des immigrés tout aussi illégaux. Il n'y a que les juifs et leurs toutous qui se soucient de ces individus. »

Les Allemands de la Volga descendaient majoritairement des Bavarois, des Rhénans et des Hessois invités en 1762 par l'impératrice Catherine II – elle-même native de Stettin, en Poméranie – à venir cultiver les terres de Russie. Ils avaient aidé à moderniser l'agriculture russe arriérée et, en bons Allemands, ils avaient prospéré, du moins jusqu'à la révolution bolchevique, lorsque leurs terres avaient été confisquées et qu'ils avaient été obligés de regagner la mère patrie. Inutile de préciser qu'ils n'avaient pas été reçus à bras ouverts.

« Selon moi, cinquante Allemands de la Volga qui meurent à Berlin, c'est cinquante saletés de Russes que nous ne serons pas obligés de renvoyer dans les marécages de l'Est le jour où nous aurons enfin élu un gouvernement qui croit à la nécessité de protéger nos frontières. » Il grimaça un sourire. « Autre chose ?

– Non, je crois que tout est dit.

– Il n'est pas trop tard, vous savez, ajouta Jachode. Pour vous, s'entend. À titre personnel. Vous pouvez toujours vous joindre à nous. Au Stahlhelm. Pour bâtir la nouvelle Allemagne.

– C'est le toujours qui ne me plaît pas.

– Sortez. Avant que je vous flanque dehors. »

La plupart du temps, je suis fier d'exercer ce métier. J'estime qu'il n'y a pas de honte à être flic, sauf si le flic a de quoi vous faire honte, évidemment. Mais parfois, il fallait une bonne dose de courage pour considérer la police berlinoise avec tous ses défauts, et l'aimer malgré tout.

Le Neues Theater était un imposant bâtiment néobaroque doté d'un grand toit mansardé et d'un clocher. Dirigé par Max Reinhardt, il présentait souvent des opérettes et des comédies musicales. Je n'ai jamais aimé ça. Ni la musique ni ces personnages toujours joyeux qui s'ébattent sur scène. Ni surtout le fait qu'au moment où l'histoire, souvent faible, atteint son paroxysme, quelqu'un se met à chanter ou à danser, ou les deux, sans aucune raison apparente. Je n'ai encore jamais vu une comédie musicale sans penser qu'on pourrait l'améliorer grâce à une fosse plus profonde pour l'orchestre et à un gouffre sans fond pour la troupe.

Ils répétaient un nouveau spectacle quand je me présentai à l'entrée des artistes, et, à en juger par ce que j'entendais, je sus tout de suite que *L'Opéra de quat'sous* ne me plairait pas davantage que *Le Vignoble joyeux*, la dernière comédie musicale que j'avais vue au Neues Theater trois ans plus tôt. L'orchestre jouait affreusement faux, comme un orgue de Barbarie gorgé d'eau, et la mezzo-soprano était aussi incapable de tenir une note que moi un fer rouge. De plus (je l'entraperçus sur scène en montant dans les loges), elle possédait un physique banal : c'était une de ces jeunes Berlinoises rousses, maigres et pâles qui me faisaient toujours penser à des allumettes.

Par contraste, Brigitte Mölbling était une Amazone blonde dont la tête parfaitement proportionnée, balayée par le vent, évoquait la mascotte juchée sur le capot d'une voiture de sport. Elle avait un sourire décontracté, un nez prononcé et des sourcils d'une telle perfection qu'ils semblaient avoir été dessinés par Raphaël ou Titien. Elle portait une robe noire toute simple, plus de bracelets que le prêteur sur gages de Cléopâtre, un long collier en or, une grosse bague à chaque doigt ou presque, et une unique boucle d'oreille, énorme, au bout de laquelle pendait, dans un petit cadre, un bouddha souriant. Je devinai qu'il se moquait de moi car j'avais accepté l'idée folle de Weiss. Et sans doute essayait-il de conjecturer quel genre d'animal je serais dans une prochaine vie : un rat, un pou, ou un autre flic.

Une cigarette noire se consumait dans le cendrier et elle tenait à la main un verre contenant un liquide froid. Elle le posa et se leva de son fauteuil, avant de se rasseoir, cette fois au bord d'une grande table couverte de pots et de flacons, de cartes alignées comme pour une réussite et d'un bol contenant des glaçons, identiques à ceux qui flottaient dans son verre.

« C'est donc vous le policier qui prétend jouer un klutz, dit-elle en me jaugeant entre ses paupières plissées.

– Je sais ce que vous pensez : "Il a plus l'allure d'un premier rôle que d'un figurant", mais je n'ai pas choisi. »

Elle hocha la tête, prit sa cigarette dans le cendrier et m'observa de nouveau.

« Ce ne sera pas facile. D'abord, vous semblez en pleine forme. Trop sain pour quelqu'un qui vit dans la rue. Les cheveux, ça ne va pas. La peau non plus.

– Oui, c'est ce que disent tous les magazines.

– Je suppose qu'on peut arranger ça.

– Je suis là pour ça, docteur.

– Quant à vos dents, il faudrait qu'elles soient un peu plus jaunes. Telles qu'elles sont, on dirait que vous mâchez de l'écorce. Mais là encore, on peut y remédier.

– Je vous écoute de toutes mes oreilles.

– Vos oreilles sont très bien. Peut-être un peu trop propres.

– Ma mère serait contente d'entendre ça. Elle disait toujours qu'au bout du compte, le plus important, c'était d'avoir les oreilles et un caleçon propres.

– Votre mère était une personne pleine de bon sens.

– Hélas ! je ne tiens pas d'elle. Sinon, je ne serais pas flic et je n'aurais pas accepté de me faire passer pour un klutz.

– Vous voulez dire que c'est dangereux ?

– Ça pourrait l'être.

– Oui, évidemment. Il y a toujours le risque que ce Dr Gnadenschuss vous tire dessus. D'après ce que m'a raconté Bernhard Weiss. Ce détraqué qui tue des invalides de guerre… Il est plus important que Winnetou, je suppose. Dans cette ville, vous tuez une fille, tout le monde s'en fout. Vous tuez un ancien combattant infirme, ça remonte jusqu'au Reichstag. En tout cas, vous prenez un risque, c'est certain.

– Oui. Mais maintenant que je suis là, devant vous, je me dis que ça en vaut la peine.

– Beau parleur, hein ? Pour un flic, s'entend. La plupart de ceux que j'ai rencontrés étaient des brutes épaisses, mal habillées, la bedaine fière, qui fumaient de mauvais cigares.

– Vous oubliez les pieds plats. Mais je crois me souvenir que vous n'aimiez pas ma peau ni mes cheveux.

– Votre peau est très bien. C'est pour ça qu'elle ne me plaît pas. Pour ce que vous voulez faire. Mais je vous le répète : on peut arranger ça. On peut même s'occuper de vos cheveux.

– Je suis certain que vous pouvez faire un tas de choses quand vous le voulez. Servir un verre, par exemple. Qu'est-ce que vous buvez ?

– Oh, pardon. Vous voulez un verre ?

– Disons qu'un verre suffira pour commencer. »

Elle déboucha une bouteille de scotch et en versa une dose généreuse sur un gros glaçon. En même temps, tous ses bijoux en or tintèrent pour tenter, en vain, de détourner mon attention de sa poitrine. Elle me tendit le verre, que je levai afin de porter un toast. Outre le médicament que je tenais dans la main, elle était exactement ce que j'aurais réclamé au médecin.

« À vous et à cet opéra. Quel qu'il soit. D'après ce que j'ai vu sur l'affiche dehors, je crois que j'aurai les moyens de m'offrir un billet.

– Vous me rappelez un comique que j'ai connu. Lui aussi se croyait drôle.

– Mais vous n'étiez pas de cet avis.

– Pas seulement moi. Un tas d'autres filles ne le trouvaient pas drôle.

– Personne ne s'est plaint jusqu'à maintenant.

– Vous me surprenez.

– Tant mieux.

– Ne vous fatiguez pas. Au théâtre, les surprises n'existent pas. Vous ne le saviez pas ? C'est pour cela qu'il y a les répétitions.

– Comme maintenant sur scène ?

– Exact. C'est Lotte qui chante. Elle est mariée au compositeur, Kurt.

– Ceci explique cela.

– Vous n'aimez pas sa voix ?

– Si, beaucoup. La musique aussi. D'ailleurs, ça me fait penser que je dois appeler l'accordeur de piano.

– C'est volontaire.

– D'où le titre : *L'Opéra de quat'sous*.

– Vous êtes inspecteur de police, n'est-ce pas ?

– C'est ce qu'ils m'ont dit à l'Alex.

– Vous devriez venir voir le spectacle. Ça parle de flics et de gangsters, de mendiants et de macs, d'un assassin, Macheath, et d'une putain nommée Polly.

– J'ai tout ce qu'il me faut au boulot. En vrai. »

Cette remarque fit sourire Brigitte.

« Je m'en doute.

– Mais si vous me demandez de venir, je peux peut-être consulter mon agenda.

– Nous verrons bien, hein ? » Ses yeux s'arrêtèrent sur le chariot que j'avais apporté. « Drôle d'objet.

– C'est un chariot destiné à un klutz, expliquai-je. Mais celui-ci a été fabriqué pour un homme qui n'est pas invalide. Un arnaqueur. Un escroc. Il glissait ses jambes à l'intérieur pour ressembler à un cul-de-jatte. Astucieux, hein ?

– Je ne sais pas. C'est se donner beaucoup de mal pour empocher quelques pièces de monnaie.

– Sa principale activité, c'est de vendre de la cocaïne et de faire le guet pour des cambrioleurs.

– Donc il ne passait pas ses journées là-dedans.

– Non.

– Vous avez l'intention de faire ça longtemps ?

– Je ne me suis pas posé la question.

– Vous devriez y réfléchir. Avant de venir ici, je travaillais dans les studios de l'UFA. Nous avons réalisé un film sur un personnage unijambiste. Un pirate. Mais il était incarné par un acteur valide qui devait replier sa jambe tous les jours. Il trouvait cela très inconfortable. Après une heure ou deux, il ne sentait plus sa jambe. Et surtout, il avait des crampes. Alors, je vous recommande de la pommade et des frictions à l'alcool. Mieux encore : sympathisez avec une bonne masseuse. Vous en aurez besoin.

– Merci pour le tuyau.

– Comment font-ils pour avancer ?

– La plupart portent des gants en cuir et se servent de leurs mains. J'en ai vu un ou deux avec des petites béquilles. Je vais voir comment je me débrouille avec les gants.

– Vous allez vous contenter de mendier ou bien vous allez vendre des choses ? D'authentiques allumettes suédoises, par exemple ? »

Elle prononça ces mots, « authentiques allumettes suédoises », comme si c'était elle qui les vendait dans la rue.

« Je me contenterai de mendier. Je cherche à repérer des gens, pas à gagner de l'argent.

– Bien vu. » Elle écrasa sa cigarette. « Je remarque que vous avez apporté également votre vieil uniforme. Enfilez-le que je voie ce que ça donne, soldat. Vous pouvez vous changer derrière ce rideau. »

Je pris mon uniforme et le regardai d'un air hésitant.

« Allez-y, je vous promets de ne pas regarder.

– Ce n'est pas ça. Je ne l'ai pas porté depuis 1919.

– Espérons qu'il vous va encore, dans ce cas. Sinon, je vais devoir le retoucher. »

Je passai derrière le rideau pour enfiler l'uniforme. C'était une sensation étrange de le porter de nouveau. Et désagréable. Heureusement que j'avais un remontant sous la main.

« Qu'est-il arrivé à cet escroc, d'ailleurs ? demanda-t-elle.

– Il a disparu. »

J'écartai le rideau et me mis au garde-à-vous, sous l'œil encore plus critique de Brigitte.

« Pas mal, commenta-t-elle. Il ne vous manque plus qu'un fusil et une amoureuse.

– Vous vous portez volontaire ?

– Je n'ai pas de fusil. Ni le physique de l'emploi. Mais je suggère qu'on vous rase la tête. Ça vous évitera d'attraper des poux, par ailleurs. On peut faire ça maintenant, si vous le souhaitez. Concernant votre peau, ce sera plus difficile. Vous pourriez mâcher un peu de cordite, mais ça va vous rendre malade et ça posera des problèmes dans la journée. Mieux vaut utiliser du fard blanc. Comme si vous étiez un Pierrot. Je vous montrerai comment l'appliquer. Je vous conseille également de porter des lunettes noires, comme si vos yeux avaient été abîmés. Les vôtres font trop sains. En revanche, la croix de fer, ça ajoute une touche de crédibilité. Vous l'avez gagnée ou bien c'est un accessoire ?

– Ils me l'ont donnée pour avoir nettoyé une tranchée.

– Vraiment ?

– Oui. Certes, il y avait des Tommies dedans, mais vous savez ce que c'est, quand vous voulez faire un peu de ménage.

– Donc, vous êtes un héros.

– Non. Ne dites pas ça. J'ai connu de vrais héros. Et je ne corresponds pas au signalement. Et puis, je ne voudrais pas vous laisser croire que je suis un homme courageux ou honorable.

– Rassurez-vous, ça n'arrivera pas. Montrez-moi à quoi vous ressemblez assis dans ce chariot. »

Je vidai mon verre, m'agenouillai à l'intérieur de la caisse en grimaçant et me relevai aussitôt.

« Vous voulez un coussin ?

– Oui. »

Brigitte en prit un sur le canapé et le disposa au fond de la caisse. Je m'agenouillai de nouveau et hochai la tête.

« C'est mieux ? demanda-t-elle.

– Beaucoup mieux.

– Pas mal, dit-elle. Où allez-vous mendier ? Vous avez déjà une idée ?

– Je pensais m'installer devant la gare dans Friedrichstrasse, de l'autre côté de la rivière. Il y a beaucoup de gens qui passent. Beaucoup de trains. Et l'assassin aime le bruit. Un train entre en gare, un coup de feu éclate. Et personne n'entend rien. C'est sa couverture.

– Peut-être que je viendrai vous voir. Pour m'assurer que vous êtes toujours en vie. Et si vous respirez encore, je vous lancerai une pièce. Sinon, j'appellerai une ambulance.

– J'en serai ravi. Mais ne m'adressez pas la parole. Ça gâcherait tout. Traitez-moi comme de la vermine.

– Demandez-moi quelque chose de plus difficile, s'il vous plaît. »

Je réfléchis au sens de cette remarque. Je savais qu'elle plaisantait car c'était notre manière de communiquer, comme si nous étions totalement indifférents l'un à l'autre, pourtant je sentais déjà que ça se passerait autrement entre nous. Je l'amusais, elle m'amusait, et nous étions comme deux escrimeurs qui s'affrontent au fleuret car c'est ainsi parfois entre hommes et femmes : c'est drôle de ne pas dire ce qu'on pense et de ne pas penser ce qu'on dit. Mais soudain je comprenais que si je jouais franc-jeu avec Brigitte je pourrais lui demander quelque chose de vraiment difficile.

« Je peux vous faire une confidence ?

– Si vous en êtes capable.

– Je parle sérieusement. Tout à l'heure, vous évoquiez Winnetou. Je n'ai pas renoncé à arrêter ce salopard. Mais avant de vous en dire plus, je veux que vous me promettiez de n'en parler à personne d'autre, Brigitte.

– Très bien, soldat. Je promets.

– Je pense que l'escroc qui se servait de ce chariot a été témoin du dernier meurtre commis par Winnetou, celui d'Eva Angerstein. J'ai trouvé son chariot non loin de l'endroit où on a découvert le corps. Je pense qu'il s'est enfui et que le meurtrier assassine maintenant des invalides de guerre en espérant éliminer ainsi l'individu susceptible de l'identifier.

– Vous voulez dire que Winnetou et le Dr Gnadenschuss ne sont qu'une seule et même personne ?

– Ce n'est qu'une théorie, mais je le crois, oui.

– Tuer une putain et tuer un klutz, ça fait une sacrée différence, non ?

– On pourrait le penser, en effet, n'empêche qu'un tas de gens estiment qu'ils sont tout aussi néfastes pour le climat moral de la ville. Que trop de putains et trop de mendiants donnent à Berlin un aspect sale et dégénéré. Et qu'il faudrait nettoyer la ville.

– Oui, j'ai déjà entendu ça. Et effectivement, peut-être qu'il faudrait faire quelque chose. Peut-être que c'est allé trop loin, et qu'il faudrait restaurer un peu d'ordre et de décorum. Vous ne pouvez pas imaginer combien de fois je me suis fait aborder en rentrant chez moi après le théâtre. Pire que ça même, un soir. Mais certaines de ces filles ont besoin qu'on les aide à quitter le trottoir, en leur offrant des salaires décents pour commencer. Et peut-être que ces pauvres hommes aussi.

– C'est ce que je disais. Et je pense aussi que le meurtrier cherche à embarrasser la police berlinoise. À en juger par les lettres qu'il envoie aux journaux, on dirait qu'il joue avec nous. Il essaie de nous faire honte. C'est peut-être un nazi, peut-être qu'il ne supporte pas que la criminelle soit dirigée par un juif.

– J'accepte ce raisonnement. Mais pourquoi est-ce que vous me racontez tout ça ?

– À quelle heure commencez-vous votre travail ?

– Vers midi, généralement. Pourquoi ?

– Je viens de m'apercevoir que vous pourriez faire beaucoup plus que simplement m'aider à me transformer en klutz.

– Je vous écoute.

– Votre remarque au sujet de cet acteur qui devait jouer un unijambiste. C'était très pertinent. Ça m'a fait prendre conscience que je n'avais pas suffisamment réfléchi. Je comprends maintenant que je ne pourrai pas supporter longtemps de rester accroupi dans cette caisse. Et sans doute que, obligé de me débrouiller seul, je ne serai pas très convaincant. Je sais que c'est beaucoup demander, Brigitte, mais je me disais que je pourrais venir ici, au théâtre, tous les jours, vers onze heures, avant que vous ne commenciez à travailler, pour que vous m'aidiez à ressembler à un vrai klutz. Ensuite, je traverserais le pont pour mendier. Et je reviendrais ici après quelques heures, avant de rentrer chez moi. Peut-être même que je pourrais laisser mon uniforme et mon chariot ici.

– Pourquoi est-ce que je ferais ça ?

– Parce que vous êtes une femme intelligente et que ce sera plus amusant de m'aider que de tuer le temps en faisant des réussites. Et parce que, comme toutes les femmes de Berlin, vous voulez que Winnetou se fasse arrêter. Et parce que, à cet instant, je suis la meilleure chance pour que ça arrive.

– Vous êtes très sûr de vous, n'est-ce pas ?

– Nullement. Quand je parle de chance, il s'agit d'une chance sur cent. En croisant les doigts et en retenant son souffle. Mais pour l'instant, je n'ai rien d'autre. »

La journée du lendemain méritait presque un poème de Goethe sur un été allemand, avec les moineaux qui gazouillaient dans les tilleuls, sous les rayons chauds et clairs du soleil. Au-dessus des immeubles gris de Berlin, le ciel était aussi bleu que les rayures d'un transat du lac de Wannsee, et l'air chauffait déjà, prêt à faire cuire toutes les saucisses humaines qui vivaient dans la métropole. Devant le Neues Theater, la surface ondulante de la Spree miroitait comme un saphir taillé. À l'intérieur, l'orchestre répétait déjà un des morceaux de l'opéra. La météo ne se prêtait pourtant pas à l'exécution d'une œuvre délibérément dissonante. Traitez-moi de vieux jeu si vous voulez, mais une journée parfaite exige une musique parfaite. Schubert, par exemple.

Dans la loge de Brigitte Mölbling, j'enfilai mon uniforme et m'assis face au miroir de la table de maquillage. Elle coinça une serviette à l'intérieur du col de ma vieille tunique et s'attaqua à mon crâne rasé avec du fard et des éponges. J'aimais l'attention qu'elle me portait car, ce faisant, son beau visage se trouvait tout près du mien. Je sentais l'odeur de la crème Nivea sur sa peau et le parfum sur ses doigts. Dans d'autres circonstances, j'aurais peut-être essayé de l'embrasser. Elle fredonnait au son de l'orchestre en travaillant, et avant longtemps je me mis à l'imiter. Il faut dire qu'une des mélodies était incroyablement accrocheuse.

« Et maintenant, dit-elle, afin que personne ne reste insensible à votre infortune… » Avec sa cigarette, Brigitte fit quelques petits trous dans ma tunique et, malgré mes protestations, elle ajouta des taches de cire. « Nous devons provoquer la pitié de ceux qui vous voient, Gunther. Vous ne pouvez pas faire la manche en donnant l'impression que vous revenez du défilé. »

Au bout d'une demi-heure, elle se déclara satisfaite. J'étais prêt à affronter mon public. Alors je m'accroupis à l'intérieur du chariot et me propulsai avec impatience vers le miroir sur pied, où m'attendait un choc d'une ampleur sismique. Je me retrouvai face à une version cauchemardesque, tronquée de moi-même qui m'arracha un hoquet de stupeur.

« Nom de Dieu. »

La créature pitoyable qui me regardait était un homme sérieusement amoché qui n'avait pas eu autant de chance que moi. Un Gunther réduit en pièces par un obus ennemi, puis sauvé contre toute attente par le corps médical de l'armée allemande, qui aurait pu facilement exister dans l'Allemagne de Weimar, ce monde à la Brueghel où les aveugles conduisaient les aveugles. Les lunettes rondes aux verres noirs contrastaient violemment avec le visage pâle et le crâne rasé, si bien qu'on aurait dit les orbites vides d'une tête de mort. Un Golgotha humain, vivant. J'avais l'impression d'être Faust face à un de ses avenirs possibles, présenté par un Méphistophélès peu avenant qui ne cherchait nullement à me séduire en m'offrant tous les plaisirs et tout le savoir du monde. C'était suffisant pour inciter n'importe quel homme à compter ses blessures et à jurer de ne plus boire… enfin, presque.

« Eh bien ? demanda Brigitte. Qu'en pensez-vous ?

– Nom de Dieu, répétai-je entre mes dents. Je suis affreux !

– Je prends cela comme un compliment.

– Vous pouvez. C'est juste… J'ignorais combien j'étais chanceux. En regardant ce type dans le miroir, je me demande ce qu'on ressent quand on est confronté à cette horreur chaque jour en se réveillant.

– Et quelle est la réponse ? »

Je réfléchis. En me voyant ainsi, j'avais pris conscience d'une chose importante. Une chose profonde qui m'affecterait sans doute jusqu'à la fin de mes jours. Grâce à Bernhard Weiss et à Brigitte Mölbling, j'avais reçu un cadeau utile, même si je n'arrêtais jamais le Dr Gnadenschuss : j'avais reçu une leçon de vie.

« La réponse, c'est que la chance n'a pas de prix. C'est la différence entre deux hommes. Le premier, celui du miroir, n'a plus de jambes ni d'avenir, il est obligé de vendre des allumettes suédoises. L'autre est un inspecteur de police valide et stupide, un ivrogne qui s'apitoie sur son sort au lieu d'être rempli de gratitude humble. Je viens de me rappeler cette chance que j'ai eue : j'ai survécu à 1918 sans une égratignure.

– Il faut être intelligent pour avoir de la chance. Mais si vous voulez mon avis, vos paroles ressemblent à une révélation. »

Je pris sa main surchargée de bagues et l'embrassai avec une affection pleine de reconnaissance.

« Je ne suis pas Archimède, mais oui, pourquoi pas ? Une révélation. On dit que les ivrognes doivent toucher le fond pour changer de vie. Je crois que je viens d'avoir un aperçu de ce à quoi pourrait ressembler le fond. Grâce à vous, peut-être que je ne boirai plus jamais. Du moins peut-être pas autant. »

De nouveau j'embrassai sa main.

« Si je ne savais pas à quoi m'en tenir, je m'empresserais de retirer ma main pour aller chercher du désinfectant. J'ai connu des chiens errants plus séduisants que vous.

– On me le dit souvent.

– Alors, vous êtes prêt ?

– Oui.

– Que ferez-vous si le Dr Gnadenschuss tente de vous tuer ? Comment allez-vous vous défendre ?

– Comme d'habitude. »

Je glissai la main à l'intérieur de ma tunique et en sortis mon Walther automatique.

– Bien », dit-elle comme s'il lui importait que je puisse veiller sur moi. Et je m'en réjouissais.

Elle me raccompagna jusqu'à la porte du théâtre. Où elle déposa un baiser sur le dessus de mon crâne rasé.

« Vous m'intéressez maintenant. Alors, soyez prudent, Gunther. Le Dr Gnadenschuss n'est pas le seul salopard qui soit capable de vous faire du mal dans la rue. »

Je franchis la porte en faisant rouler mon chariot et j'émergeai en plein soleil, dans les rues pavées de Berlin, pour traverser le pont de Friedrichstrasse à la recherche d'un tueur.

TROISIÈME PARTIE

Sexualité

Triptyque : ensemble de trois œuvres picturales, littéraires ou musicales conçues pour être appréciées ensemble.

J'aimais beaucoup surplomber Berlin, et la vue qu'offrait le toit de la cathédrale était sans égale. Mais le monde prenait un aspect bien différent lorsque vous n'étiez pas plus haut que le cul d'un chien, et tout aussi inexistant aux yeux des passants. Si près du sol, j'étais comme un petit enfant, un de ces gamins des rues que l'on voit sauter nu dans la rivière en été, ou crier après un ami dans une cour d'immeuble qui voyait rarement, pour ne pas dire jamais, le soleil. Je ne savais pas s'il y avait un klutz dans *L'Opéra de quat'sous*, mais ils auraient dû y penser car mon chariot produisait un grincement exaspérant qui me rappelait une des mélodies du spectacle. Peut-être à cause de mon rôle d'infirme, je m'apercevais seulement maintenant que le théâtre se trouvait à proximité de l'hôpital de la Charité, à la limite du quartier médiéval, où abondaient les librairies médicales et les cliniques spécialisées ; ainsi que les boutiques de matériel orthopédique qui proposaient, entre autres, des fauteuils roulants modernes et étincelants, bien plus séduisants que cette caisse dans laquelle je me déplaçais. À en juger toutefois par les prix affichés en vitrine, quiconque avait les moyens de s'offrir un de ces modèles n'aurait jamais pu se faire passer pour un mendiant.

J'attaquai la traversée de Schiffbauerdamm en évitant les amas de crottin (j'avais oublié qu'il y avait encore autant de charrettes de livraison tractées par des chevaux à Berlin), avant de me faire klaxonner par le char à bancs d'une agence touristique, dont le conducteur se pencha à l'extérieur pour me crier : « Regarde où tu vas, abruti de klutz ! Un de ces jours, tu vas y laisser tes bras aussi ! »

Les touristes assis derrière lui me dévisagèrent, et l'un d'eux me prit en photo, comme si j'étais une curiosité locale, au même titre que la statue d'Old Fritz à Unter den Linden ou l'ours de bronze devant l'Hôtel de Ville. Je les saluai gaiement et regagnai le coin de la rue, où j'attendis pour traverser, avec tout le monde. Je me retrouvai au milieu des mollets galbés de jeunes femmes convaincues que j'étais un pervers miniature qui cherchait à reluquer leurs porte-jarretelles sous leurs jupes, et d'hommes d'affaires qui me soupçonnaient d'être un pickpocket et pressaient le pas. Ils avaient des raisons de réagir ainsi car de nombreux klutz étaient des voleurs. Personne ne me regardait comme quelqu'un de normal, mais, de toute évidence, les gens voyaient en moi ce que je voulais être : un mendiant estropié. Tant mieux. Et je ne me lassais pas du spectacle des porte-jarretelles.

Sur l'autre berge de la Spree, à Reichstagufer, des maisons s'alignaient à côté de la gare vers laquelle je me dirigeais, et au-delà s'étendait le charme arboré de Dorotheenstrasse et de l'église où, à neuf ans, j'avais vu la tombe du fils du roi, le comte Van der Mark, mort au même âge. J'avais été fortement impressionné, car si un prince royal pouvait mourir à neuf ans, alors moi aussi, me disais-je. Ce fut peut-être la première fois que je prenais conscience de ma condition de mortel, et je ne m'étais plus jamais approché de cette église.

Je traversai le pont pour atteindre Friedrichstrasse, où un homme-sandwich me bouscula violemment. Le temps que j'arrive devant la gare, j'étais fourbu, et mes jambes, comme mes pieds, commençaient à s'ankyloser. Je m'installai dans une flaque de soleil isolée, sous la voie ferrée suspendue. Je pensais avoir choisi le bon endroit, à l'écart des cireurs de chaussures et des vendeurs de journaux, sous le vacarme assourdissant des trains : on aurait dit que Fáfnir le dragon géant respirait dans un micro. L'arrivée d'un train presque toutes les cinq minutes rendait quasiment impossible toute forme de commerce. Mais j'étais là pour me faire tuer, pas pour me faire de nouveaux amis.

J'allumai une cigarette roulée à la main, déposai mon képi par terre devant moi, y lançai quelques pièces de monnaie en guise d'appât et fermai les yeux un instant. Me déplacer en poussant sur mes mains était plus pénible que je l'avais cru, et j'étais déjà en sueur. J'appuyai l'arrière de mon crâne contre le mur et la publicité qui y était peinte. Radios Telefunken : d'un simple geste, l'Europe joue pour vous. Écouter la radio semblait moins risqué que de dormir.

Sois attentif, me dis-je. Tu as une chance de vivre plus longtemps maintenant que tu as arrêté de boire. Je savais que ce n'était pas uniquement mon reflet dans le miroir qui m'avait aidé à prendre cette décision. C'était également l'image de Brigitte Mölbling. Mon imagination s'en abreuvait depuis presque vingt-quatre heures et je n'étais toujours pas rassasié. Avais-je imaginé ce qu'elle avait dit au moment où je quittais le théâtre ? À savoir qu'elle me trouvait intéressant ? Moi, en tout cas, je m'intéressais à elle. Mais que signifiait le terme « intéressant » dans sa bouche ? Quelqu'un avec qui elle pouvait parler de ballets ou de ce qu'elle avait lu dans *Harper's Bazaar*, ou quelqu'un avec qui elle avait envie de coucher ?

Au bout d'un moment, un des vendeurs de journaux vint me trouver. Il s'accroupit devant moi et lança une petite pièce dans mon képi. C'était un type d'une quarantaine d'années, robuste, aux cheveux de crin, doté d'un menton en forme de gant de boxe. Ses manches relevées laissaient voir un tatouage sur son avant-bras : le nom d'un régiment, semblait-il.

« Je m'appelle Gallwitz, dit-il. Ernst Gallwitz.

– Helmut Zehr.

– Écoutez, Helmut. Vous êtes libre de vous installer où vous voulez, c'est pas mes oignons. Mais juste là où vous êtes, un autre ancien combattant s'est fait descendre, pas plus tard qu'il y a quinze jours. Un nommé Oskar Heyde. D'après les journaux, c'est encore un coup du Dr Gnadenschuss. Vous savez ? Ce cinglé qui tue des invalides de guerre. Heyde a reçu une balle entre les deux yeux et personne n'a rien vu. Pas tout de suite, du moins. »

J'avais choisi cet endroit pour cette raison, bien évidemment. Rien ne permettait de penser que le Dr Gnadenschuss ne commettrait pas un deuxième meurtre sous la station de Friedrichstrasse. Pas question, cependant, de l'avouer à ce marchand de journaux, dont la sollicitude m'aurait ému si elle ne m'avait pas obligé à déménager. Je retins un juron. Je n'avais pas besoin, encore moins envie, qu'un ange gardien veille sur moi. Le Dr Gnadenschuss s'en apercevrait immédiatement.

« Merci pour le tuyau, l'ami. J'ai entendu parler de ce salopard. Comme si la vie n'était pas suffisamment dure. Mais je me dis que la foudre ne frappe jamais deux fois au même endroit. Et que je suis autant en sécurité ici que n'importe où ailleurs à Berlin. Peut-être même plus, étant donné qu'il a déjà tué quelqu'un ici. »

Le vendeur de journaux acquiesça.

« Ouais, vous avez peut-être raison. En tout cas, je garderai l'œil sur vous.

– Vous le connaissiez ? L'homme qui s'est fait tuer ?

– Oskar ? Oui. Figurez-vous que c'était mon lieutenant pendant la guerre. » Il me montra son avant-bras tatoué. « 107e d'infanterie. On faisait partie de la 50e réserve. On a fait Passchendaele, Cambrai, puis la Marne. »

Je m'étonnais de ne pas avoir croisé ce type. J'aurais parié que le dossier d'Oskar Heyde ne contenait aucun témoignage d'un vendeur de journaux présent sur les lieux du crime. Et je ne pus m'empêcher de remarquer son autre tatouage, sur la main celui-ci : trois points, qui signifiaient généralement « Morts aux vaches ».

« Et vous ? me demanda-t-il. On dirait que vous étiez aux premières loges, vous aussi.

– 8e de grenadiers. On était dans la Somme. J'y ai laissé la meilleure moitié de moi-même. Elle nourrit les asticots français, je suppose.

– C'est moche.

– Les flics n'ont toujours pas identifié ce type ? demandai-je, afin de changer de sujet.

– Non. Ils se grattent le cul et tètent leur pouce. Pour changer. De toute façon, je parle pas aux poulets. » Sa voix grave, rocailleuse, accentuait l'impression de sauvagerie qu'il dégageait. « Dans cette ville, la justice se contrefout du petit peuple. Elle est du côté du gouvernement et elle ne regarde qu'avec l'œil droit, si vous voyez ce que je veux dire. »

Je soupirai intérieurement, en regrettant qu'on ne m'ait pas donné un mark chaque fois que j'entendais ce genre de réflexion à la con.

« On n'a même pas le signalement de cette ordure ?

– Je sais seulement ce qui est marqué dans le journal. Après tout, c'est mon boulot. Le meurtrier a attendu qu'un train entre en gare. Comme ça, le boucan a couvert la détonation. Ce pauvre gars a été tué avec un automatique calibre 25, à ce qu'il paraît. Ça fait pas plus de bruit qu'une carabine à air comprimé. Alors, si j'ai un conseil à vous donner, l'ami, ouvrez l'œil chaque fois qu'un train arrive. »

Je souris.

« Il y en a un toutes les cinq minutes.

– Vous voulez rester en vie, oui ou non ?

– Pas comme ça.

– Faites gaffe à vous, d'accord ? »

Il regagna son kiosque en sifflotant « Ain't She Sweet », qui semblait passer sur toutes ces foutues stations de radio, non sans m'avoir donné un exemplaire de la première édition du *Morgenpost*, périmée depuis la sortie de la dernière édition.

Outre que je m'étonnais de ne pas avoir rencontré Ernst Gallwitz plus tôt, je me demandais également comment il savait que le Dr Gnadenschuss avait utilisé un automatique calibre 25 pour tuer Oskar Heyde. En effet, j'avais convaincu le *Berliner Tageblatt* d'omettre ce détail dans son article. Un coup de chance ? Ou autre chose ? Exception faite des trois points tatoués sur sa main, il n'avait rien d'un meurtrier. Mais de nos jours, plus personne n'avait une tête de meurtrier, surtout pas les meurtriers. C'était une des choses qui rendaient le métier plus compliqué. Quoi qu'il en soit, sa remarque à propos de la police m'incita à le ranger dans le dossier des suspects. De toute façon, il ne contenait personne d'autre.

J'ouvris le journal et tournai les pages presque machinalement étant donné qu'elles contenaient essentiellement des publicités. L'annonce, sur une pleine page, d'un déstockage de manteaux de fourrure pour femmes chez Meine me confirma dans mon opinion : acheter une fourrure un des jours les plus chauds de l'année paraissait aussi fou que d'endosser le costume de la chèvre pour attirer un tigre mangeur d'hommes.

Sans cesser de maudire le marchand de journaux, je réfléchissais à un nouvel emplacement. La station la plus proche était celle de la Bourse, à cinq cents mètres au moins. Une sacrée distance pour quiconque se déplaçait dans un chariot à roulettes. Hors de question, donc. Peut-être pourrais-je trouver un endroit dans Georgenstrasse, non loin de la ligne de métro aérien. Finalement, après réflexion, je localisai mentalement un endroit situé devant le Trianon Theater, à moins de deux cents mètres d'ici. J'attendis un moment, en fumant une autre cigarette roulée, et je levai le camp.

Au cours de ma troisième journée devant le Trianon, j'entrevis Käthe Haack, l'actrice, au moment où elle descendait d'une Maybach étincelante et se dirigeait vers l'entrée des artistes. Elle signa quelques autographes accompagnés de son célèbre sourire d'ingénue, et entra, non sans avoir déposé dans mon képi une pièce de cinquante pfennig en argent. Ma plus grosse recette depuis que j'avais commencé à mendier. Je la bénis, plusieurs fois, et décidai de ne plus jamais la critiquer, ni les films épouvantables dans lesquels elle jouait. Quelques instants plus tard, son mari, Heinrich Schroth, beaucoup plus âgé, arriva à son tour. De lui, je ne reçus qu'un regard méprisant avant qu'il ne franchisse la même porte. Au cinéma, il incarnait toujours les aristocrates prussiens, et à mon avis il avait fini par confondre la réalité et la fiction. Il portait son chapeau à large bord à la bohémienne et son manteau posé sur ses épaules comme une cape. L'espace d'un instant, je jouai avec l'idée qu'il pourrait être Winnetou car il correspondait, vaguement, au signalement fourni par Fritz Pabst.

Le Trianon possédait cinq entrées : l'entrée principale dans Georgenstrasse, et quatre autres dans Prinz-Louis-Ferdinand-Strasse et Prinz-Frank-Karl-Strasse. L'arrière du théâtre était un dédale d'allées et de petites cours qui donnait sur le siège de l'Orpo, la police verte, ainsi que l'on appelait, en raison de son uniforme, la police politique chargée de couvrir toutes les manifestations de rue, ce qui ne l'empêchait pas d'interférer dans le travail quotidien de la police régulière, la Schupo. Fréquemment, un « vert » harcelait les prostituées qui, à toute heure du jour, amenaient derrière le Trianon les clients qu'elles avaient racolés dans les bars, les théâtres, les casinos et les cabarets du célèbre Admiralpalast situé dans Friedrichstrasse. Mais les connards qui se laissaient entraîner à l'arrière du Trianon étaient moins nombreux que ceux que l'on pouvait trouver à l'intérieur, et dont Schroth n'était pas le plus grand représentant car Mathias Wieman et Gerhard Dammann étaient souvent présents eux aussi, tout comme le plus grand connard de tous, le comédien de théâtre Gustaf Gründgens, qui n'aurait pas pu paraître plus content de lui s'il avait été le diable incarné. Il affichait un sourire hautain, qui persista même après qu'il m'eut lancé une cigarette allumée au visage. Je n'aurais su dire s'il me visait ou s'il voulait me la donner pour que je la fume, mais, nécessité faisant loi, je la ramassai et lui adressai un salut militaire.

« Merci, monsieur. Vous êtes très aimable. Oui, vraiment très aimable. »

Je tirai sur la cigarette et constatai que c'était un excellent tabac turc. Gustaf Gründgens ne se refusait rien.

« C'est du sarcasme ? De la part d'un mendiant ?

– Oh, non, monsieur. Jamais de la vie. Toutefois, il me semble que même un grand acteur pourrait apprendre des choses avec un mendiant pour professeur.

– Exact. »

Gründgens coinça son monocle devant son œil et m'observa comme si j'étais un étrange insecte.

« Vous savez donc qui je suis.

– Oh, oui, monsieur. Je pense que tout le monde vous connaît. Vous êtes le plus grand acteur allemand, monsieur. À en croire les gens cultivés, du moins. Vous êtes le grand Emil Jannings. »

Le sourire de Gründgens se transforma en rictus et, sans un mot, il s'éloigna. Un modeste triomphe suffit à égayer votre journée.

Les acteurs et les actrices n'étaient pas les seuls artistes que je voyais au Trianon. Alors que je jouais la chèvre sacrifiée pour le quatrième jour, je remarquai qu'un homme me dessinait. La quarantaine, grand, beau, une coupe de cheveux juvénile et un amas de rides songeuses entre ses yeux gris et moroses. Il portait un costume marron très léger, avec un pantalon de golf, et une chemise rose au col fermé par une épingle, sous un nœud papillon rose lui aussi. Il ne semblait pas avoir envie de me tuer, juste de me dessiner. Agacé, je tournai la tête en espérant qu'il s'en aille. Sa présence insistante contrecarrait mes plans. Le Dr Gnadenschuss ne passerait pas à l'acte pendant que quelqu'un me tirait le portrait. En voyant ma réaction, l'artiste vint vers moi, pour s'excuser tout d'abord, puis m'offrir cinquante pfennigs si j'acceptais de reprendre la pose. Il dit s'appeler Otto.

« D'accord, répondis-je sur un ton bourru.

– Où avez-vous été blessé ?

– Aux jambes.

– Non, je voulais dire… Moi aussi, j'ai été blessé. Au cou. Mais ça ne se voit pas. En août 1918. En fait, cette blessure au cou m'a sauvé la vie. Après ça, ils m'ont envoyé prendre des cours de pilotage, et, le temps que je termine, la guerre était finie. »

J'émis un grognement.

« Vous cherchez quoi, au juste ? » Je jouais le type renfrogné et amer. Avec un certain talent. Brigitte aurait été fière de moi. « Dessiner quelqu'un comme moi, ça sert à rien.

– Je ne suis pas d'accord. Il y a en vous une certaine beauté. Et je peux vous assurer que vous n'êtes pas le premier invalide de guerre que je dessine dans cette ville.

– Allez donc faire un tour derrière le théâtre. Vous verrez des sujets beaucoup plus intéressants qu'un klutz dans un chariot.

– Oh, vous parlez des putes.

– Oui. Des putes et de leurs clients.

– Non, j'en vois suffisamment quand je vais dans un bordel. En fait, vos compagnons d'infortune et vous êtes mes sujets de prédilection. C'est une des particularités de Berlin.

– Vous vous foutez de moi ?

– Non. Absolument pas. Chacun croit savoir ce que devrait être l'art…

– Une belle représentation. De quelque chose de beau. C'est ça, l'art. Quelque chose que vous pouvez accrocher au mur sans que ça vous donne envie de gerber. Voilà ce que devrait être l'art. Tout le monde le sait.

– Oui, on pourrait le penser. Mais rares sont ceux qui ont la capacité de ressentir la peinture comme une expérience visuelle, de voir les couleurs et les formes comme une réalité vivante. »

Je haussai les épaules.

« Je vais vous en parler, de la réalité vivante. Vous l'avez devant vous. Et c'est de la merde. Chaque jour je regrette de ne pas être mort.

– C'est exactement là où je veux en venir. Les Allemands commencent déjà à oublier les horribles souffrances dues à la guerre. Et moi, je veux les leur rappeler. En vous dessinant, j'exprime ce qu'il y a dans mon âme, rien de plus. C'est un moyen de transcrire sur une feuille mes pensées les plus profondes. »

Je ris.

« Allez-y, dans ce cas. Mais n'espérez pas vendre vos dessins. Les gens ne veulent pas qu'on leur rappelle que la vie est merdique. Ils veulent oublier. Et personne n'a envie de se souvenir des horreurs de la guerre. Moi encore moins que les autres. »

Il arrêta de débiter des âneries pour reprendre son dessin, ce qui nous convenait à tous les deux. Au bout d'une demi-heure, il me remercia et repartit sur son vélo en direction de l'université. Je fermai les yeux en songeant que si tous les artistes ressemblaient à Otto, si le dessin d'un klutz dans son chariot était l'expression de son âme, alors l'Allemagne était encore plus mal en point que je ne l'avais imaginé. Et comme cette obsession pour les invalides de guerre qui mendiaient dans les rues de Berlin me paraissait sortir de l'ordinaire – autant que celle de George Grosz qui aimait représenter des cadavres de femmes –, je l'ajoutai mentalement à ma liste de suspects.

« Vous êtes vivant, dit-elle. Dieu soit loué. Je songeais à organiser une battue.

– Je commence à penser que je perds mon temps.

– Hein ? Vous voulez vous priver de mes compétences et de mon attention professionnelles ?

– Venir ici vous voir est l'unique compensation. Ma dernière pensée, au moment où le Dr Gnadenschuss appuiera un pistolet sur mon front, sera : "Est-ce que Brigitte pourra masquer ce trou dans ma tête et donner l'impression que je suis toujours vivant ?" Pour épargner mes proches, évidemment.

– Voilà une pensée joyeuse.

– Oh, j'en ai d'autres. Mais je vais vous faire rire. Figurez-vous que quelqu'un a réalisé mon portrait aujourd'hui. Un homme qui portait un pantalon de golf et un nœud papillon rose. Ce pauvre homme, malavisé, m'a pris pour une œuvre d'art.

– Étant donné que c'est moi qui vous ai déguisé et maquillé, je devrais me sentir flattée.

– Je n'avais pas envisagé la chose sous cet angle. Mais oui, vous avez peut-être raison. Comme un étudiant qui copie un tableau dans un musée.

– Pas n'importe quel tableau. Un Velázquez probablement. Représentant un de ces nains de cour, très à la mode à l'époque, appartenant au roi d'Espagne.

– Une mode qu'aurait pu inventer un Allemand. »

Brigitte Mölbling m'aida à m'extirper de mon chariot et s'accroupit pour me masser vigoureusement les jambes, afin de faire circuler le sang, pendant que je me lavais les mains au lavabo. Elle portait une robe en mousseline grise, très fine et moulante, avec une écharpe assortie, et une collection de bijoux en argent venant d'Amérique du Sud, doublure des bijoux en or que j'avais pu admirer précédemment. Cette robe était comme une carte géographique car elle indiquait tous les endroits que je voulais explorer.

« Alors, ça vous fait du bien ? demanda-t-elle.

– Plus que le café de ma mère, vous pouvez me croire.

– J'ai l'impression que vous avez besoin de quelque chose d'un peu plus fort, dit-elle en ôtant mon pantalon d'uniforme. Je vous sers un verre ?

– Non, merci. Je freine sur les alcools forts en ce moment.

– C'est tout nouveau, on dirait.

– Oui. Je veux m'assurer que je suis capable de m'arrêter. De vous à moi, je courais le risque d'en perdre le goût : ça commençait à ressembler à un médicament. La prochaine fois que je boirai un verre, je veux pouvoir me dire que c'est uniquement par plaisir.

– J'ai l'impression que vous avez abusé du whisky ou du soleil.

– À Berlin, c'est peu probable. »

Brigitte me débarrassa de ma tunique et me guida jusqu'au fauteuil, où elle entreprit de me démaquiller. Je restai muet, savourant son haleine, son odeur, le frôlement de sa poitrine contre mon épaule, en imaginant les traces que tout cela pourrait laisser sur mon oreiller.

Finalement, je dis :

« Je m'aperçois que je ne sais presque rien de vous.

– Je suis née à Berlin. Je travaille ici depuis six mois et j'habite dans Luther Strasse, pas très loin de chez vous. J'ai fait mes études au couvent. J'ai étudié l'histoire de l'art et le théâtre à Paris. J'ai été mariée quelque temps à un aristocrate prussien de seconde zone, mais ça n'a pas marché. Un jour, en rentrant, je l'ai trouvé habillé avec mes vêtements, dessous compris. Vous me trouverez peut-être vieux jeu, mais je n'aime pas qu'on porte mes vêtements. Encore moins si c'est mon mari. Il est plus heureux aujourd'hui. Il vit avec un garçon de Hambourg très pauvre et il écrit des poèmes homo que personne ne veut lire. Franchement, ce n'est pas vraiment un homme, et je ne me souviens pas pourquoi je l'ai épousé. D'après mon psychanalyste, mon problème, c'est que j'aime les vrais hommes, et malheureusement, depuis la guerre, c'est devenu une denrée rare. Voilà sans doute pourquoi je vous aime bien. Je devine que vous n'avez jamais porté de robe.

– Uniquement parce que je n'ai jamais trouvé celle qui m'allait. Et ensuite ?

– Je vous l'ai dit : j'ai travaillé pour l'UFA.

– C'est tout ?

– L'UFA vous ouvre toutes sortes de portes fermées à double tour. J'ai collaboré au *Metropolis* de Fritz Lang. Un film qui a failli ruiner le studio. C'est pour cela que je travaille au théâtre maintenant. L'UFA n'avait pas les moyens de me garder.

– Vous devez connaître Thea von Harbou.

– Bien sûr. Vous connaissez Thea ?

– Je l'ai aidée à écrire un scénario de film.

– Logique. Lang et Thea… ils forment un drôle de couple. D'ailleurs, à bien des égards, ce n'est pas vraiment un couple. Ils entretiennent ce qu'on pourrait appeler une relation libre et chacun semble ne pas se soucier de ce que fait l'autre. Elle a un amant indien qui n'est encore qu'un garçon. Et soit dit en passant, c'est une nazie, au cas où vous auriez pu croire que vous l'aimiez bien. Quant à lui, il fréquente un grand nombre de filles, essentiellement des professionnelles, et ça ne se finit pas toujours bien. Je crois que rien ne peut arrêter Fritz. Pas même le meurtre. Sa première épouse se serait suicidée, mais, comme beaucoup de gens, j'ai des doutes. Thea et Fritz sont fascinés par les crimes violents. Chez eux, leur bibliothèque semble avoir été constituée par Jack l'Éventreur, qui les obsède tous les deux. Ils possèdent même des objets liés à ses meurtres. Des gens étranges, vraiment. Kurt... Kurt Weill, le compositeur de notre petit spectacle, déteste Fritz. Ne me demandez pas pourquoi, mais dans le milieu du cinéma et du théâtre, tout le monde ou presque déteste Fritz Lang.

– Connaissez-vous également Daisy Torrens ?

– Décidemment, vous fréquentez des personnes d'un genre particulier, Gunther. Oui, je connais Daisy. Une Américaine. Qui aime s'amuser. Elle a de l'argent. Et elle vit avec l'actuel ministre de l'Intérieur. Albert Grzesinski. Bien qu'il soit marié. Il y a quand même un progrès par rapport à son petit ami précédent. Rudi. Rudi Geise. Un vrai porc. »

J'avais déjà entendu ce nom, mais j'avais oublié dans quel contexte.

« Parlez-moi de ce Rudi.

– Il travaille pour les films Reinhold Schünzel. Daisy affirmait qu'il était producteur assistant, mais la seule chose que je l'ai vu produire, c'est un couteau. Et quelques grammes de poudre. Je n'ai jamais compris pourquoi ils étaient ensemble, étant donné que Rudi déteste les femmes. Ou plutôt, il déteste tout le monde. Il lui est arrivé quelque chose pendant la guerre. Son petit ami a été tué. Il m'a raconté qu'il s'était vengé en mutilant les corps de tous les Tommies qu'il trouvait. Il tranchait une oreille. Il coupait un nez en deux. Même si tout cela est faux, Rudi est une horrible personne. » Elle se redressa et m'observa. « Voilà, j'ai terminé. Vous avez retrouvé plus ou moins une apparence normale. »

Après les propos de Brigitte, je ne voyais aucune raison de ne pas ajouter les noms de Fritz Lang et de Rudi Geise à ma liste de suspects, et dès que j'aurais fini de jouer le rôle de la chèvre sacrifiée, si j'étais toujours en vie, et si je n'avais pas arrêté le Dr Gnadenschuss, je me promis d'aller interroger ces deux hommes. Surtout Rudi. Entre couper des oreilles et scalper quelqu'un, il n'y avait qu'un petit pas. Mais dans l'immédiat, je m'intéressais davantage à Brigitte.

« La prochaine fois que vous me maquillerez, vous devriez me faire les ongles de pied.

– Vous avez une préférence pour la couleur ?

– La même que la vôtre.

– En général, une femme choisit la même couleur pour les mains et pour les pieds. » Elle se débarrassa d'une chaussure pour me montrer son pied. Il se terminait par cinq orteils, dont les ongles étaient peints couleur lilas. « Satisfait ?

– Loin de là. C'est un très joli pied. Il me plaît beaucoup. J'imagine que vous en avez un autre pareil. Je vous en prie, continuez maintenant que vous avez commencé.

– Vous voulez voir l'autre, c'est ça ?

– Juste pour vérifier que la couleur correspond. »

À en juger par ce qu'on entendait, les répétitions se passaient bien. Je connaissais maintenant le nom de tous les personnages principaux. Présentement, Polly et Macheath interprétaient une chanson d'amour pathétique. Peut-être est-ce ce qui déclencha cette attirance sexuelle entre Brigitte et moi. Je ne sais comment appeler autrement cette activité qui semble à la fois naturelle et excessive. Mais c'est incroyable ce qu'un pied de femme peut être sexy quand les ongles sont peints couleur lilas, que vous êtes resté en plein soleil toute la journée, qu'elle a verrouillé la porte, ôté la seconde chaussure et qu'elle remonte lentement le bas de sa robe grise pour la faire passer par-dessus sa tête et la poser à cheval sur le dossier du fauteuil dans lequel vous êtes toujours assis.

« Je suppose que vous voulez que j'enlève le reste ?

– C'est recommandé dans ce genre de situation.

– Quel genre de situation ?

– Une situation intéressante.

– C'est tout ?

– Compliquée aussi. »

Elle ôta sa culotte et la lança sur la table, où elle n'occupait pas plus de place qu'une poignée de pétales de rose.

« Mais je ne suis pas pressé d'y échapper.

– C'est pour cela que j'ai verrouillé la porte, Herr Commissaire. Je veux égoïstement vous garder pour moi.

– Je suis à votre service. Mais pour l'instant, j'ai l'esprit un peu ailleurs. Ce n'est pas tous les jours que je peux contempler les trésors du monde. »

Elle vint s'asseoir sur mes genoux, me caressa la tête et, pour une raison que je ne pourrais formuler, je ne la jetai pas à terre. Non pas que les mots me manquent, mais ma bouche était trop occupée à l'embrasser.

« Et maintenant, que se passe-t-il ? demanda-t-elle.

– Je pensais que c'était évident.

– Oui, on pourrait le penser. Seulement vous êtes un homme. Ce qui veut dire que vous n'avez pas réfléchi. Je suis contente d'être assise sur vos genoux, nue. À vrai dire, j'apprécie cette… situation, comme vous dites. Mais pour l'étape suivante, je veux un grand lit et de jolis draps. Ce qui signifie aller chez moi. Car je n'ai jamais rencontré un homme dont le linge de lit était à la hauteur de mes exigences. Pour votre gouverne, le chemin de mon cœur passe par du pur coton d'Égypte. Ce n'est pas négociable en ce qui me concerne. Et ensuite, peut-être que nous irons dîner. Chez Horcher, je pense. Et avant que vous ne prononciez les mots "salaire de policier", c'est moi qui invite. Ce n'est pas parce que je travaille ici que j'ai besoin d'argent. Mon père est Curt Mölbling.

– L'industriel ?

– Oui.

– Il faut que je consulte mon agenda. Quelle date proposez-vous ?

– Ce soir. Maintenant, si vous pouvez. Plus tôt, ce serait encore mieux. »

Le lendemain matin, sur le coup de onze heures, après m'être fait maquiller dans l'espoir de découvrir quelque chose d'intéressant dans la rue, je pris place devant la station de Friedrichstrasse, sous le pont. Le soleil était encore plus fort que la veille et les Berlinois, toujours prompts à se plaindre, pestaient contre la chaleur et réclamaient une averse. Aucune trace d'Ernst Gallwitz, le vendeur de journaux, et les cireurs de chaussures avaient déjà remballé leur matériel pour rentrer chez eux. Ils avaient beaucoup de clients tôt le matin, mais plus aucun à l'approche du déjeuner.

Cela faisait presque une heure que j'écoutais la symphonie atonale et monotone des trains qui passaient au-dessus de ma tête lorsqu'une Dixi BMW jaune s'arrêta le long du trottoir, sans couper son moteur. Le conducteur semblait attendre que quelqu'un sorte de la station. Au bout d'un moment, il se mit à m'observer d'un air si malveillant que je mémorisai le numéro de sa plaque d'immatriculation, convaincu d'avoir face à moi le Dr Gnadenschuss.

Je glissai la main à l'intérieur de ma tunique et la refermai sur la crosse de mon arme. Rétrospectivement, je songeai qu'il essayait sans doute de déterminer si mes lunettes noires signifiaient que j'étais non seulement estropié, mais aussi aveugle. Il me fallut cependant plusieurs minutes pour prendre conscience que ses mauvaises intentions et lui attendaient en effet quelqu'un.

Un type sortit de l'Aschinger, une vieille taverne qui servait de la bière de froment, aux tables en bois brut, avec des portraits du Kaiser sur les murs. Lorsqu'il traversa Friedrichstrasse en direction de la station, l'homme au volant de la Dixi baissa sa vitre et l'abattit de trente-deux balles de pistolet-mitrailleur Bergman, la même arme avec laquelle on avait tenté d'assassiner Bernhard Weiss près du cirque. Je savais que ce type avait été tué de trente-deux balles car c'était la contenance du chargeur du Bergman et l'homme à la BMW prit le temps de le vider avant de lancer son arme sur le siège du passager et de décamper.

La plupart des gens qui se trouvaient là restèrent immobiles, de crainte que n'éclatent de nouveaux coups de feu. Une précaution pas inutile dans de telles circonstances car cet assassinat ressemblait à un règlement de comptes, et on pouvait craindre des représailles. Quant à moi, je fis rouler mon chariot jusqu'au milieu de la chaussée afin d'examiner de plus près le corps truffé de balles. Si je ne reconnaissais pas la victime, j'avais reconnu en revanche l'homme qui l'avait abattue. Il s'agissait du truand qui était assis à côté de nous au Sing. Une soirée que je ne risquais pas d'oublier. Il s'appelait Hugo, et sa petite amie très serviable, Helga. Au moment même où je me remémorais ce détail, Helga en personne sortit de la taverne, en hurlant comme un oiseau préhistorique, et la véritable nature du drame me sauta aux yeux. Ce n'était pas un règlement de comptes, finalement, mais une simple histoire de jalousie. Hugo soupçonnait Helga de fréquenter quelqu'un d'autre et avait décidé d'éliminer son rival. Nul doute qu'il avait atteint son but. J'avais rarement vu une victime se faire tuer de manière aussi méthodique et déterminée que cet homme déchiqueté qui se vidait de son sang dans la rue.

Helga se précipita vers son amant mort, se laissa tomber à genoux et, sans cesser de gémir, elle prit sa tête sur ses genoux et la caressa, peu soucieuse du sang qui imbibait son chemisier. À un moment, un morceau de crâne lui resta dans la main, et ses hurlements redoublèrent. Ayant déjà traversé la moitié de Friedrichstrasse pour examiner le corps, je poursuivis mon chemin sans me retourner. Je ne voulais surtout pas griller ma couverture en apportant mon aide à la police locale. J'aurais grandement le temps d'appeler l'Alex plus tard, lorsque je serais redevenu Bernie Gunther. En outre, le Dr Gnadenschuss n'allait certainement pas pointer le bout de son nez maintenant, alors que bientôt la rue grouillerait de flics. Il fallait que je change d'air, et vite.

Je filai vers l'est, en songeant qu'une bière de froment bien fraîche s'imposait avec cette chaleur. Je passai devant une boutique qui vendait des timbres étrangers et des carabines à air comprimé Diana, et une clinique canine qui proposait : amputations de la queue, castrations et euthanasies sans douleur. Vu l'état de la victime de Hugo, je devinai que ce pauvre gars avait déjà eu droit à ces trois services, mais peut-être pas sans douleur : avoir le corps criblé de balles, ça fait mal.

De retour devant le Trianon, je retrouvai ma place face à l'affiche. *Le Dissipateur*, une pièce de Ferdinand Raimund, avait quitté le Rose Theater, trop petit, pour cette nouvelle salle. Quelqu'un avait rayé avec humour le nom de l'auteur pour le remplacer par celui de Heinrich Köhler, l'actuel ministre des Finances. J'entendais déjà les sirènes des voitures de police et des ambulances à l'ouest. Les tapineuses les entendaient aussi. L'une d'elles en particulier. Elle regardait au loin en se demandant si elle devait emmener son client, de plus en plus nerveux, derrière le théâtre pour conclure leur affaire. Elle portait un chapeau cloche rose et une fine robe assortie dont le décolleté m'offrait une belle vue sur sa généreuse poitrine, libre de tout soutien-gorge et rose elle aussi. Elle avait manifestement pris le soleil. C'est alors qu'elle me vit.

« Hé, Hindenburg, me lança-t-elle. Tu es aveugle ?

– Non.

– Pourquoi ces lunettes, alors ?

– À cause du soleil.

– Ah. Bon, maintenant que tu as reluqué gratuitement le plat du jour, tu veux te faire un peu de fric ?

– Oui, pourquoi pas ? Comment et combien ? »

Elle jeta une pièce dans mon képi et me tendit un sifflet d'agent de police.

« C'était une pièce de vingt-cinq pfennigs. Tu en auras une deuxième si tu fais le guet pendant que je m'occupe de ce Fritz. Si un poulet se pointe, tu souffles dans ce truc, c'est tout. Pigé ?

– Il n'y a aucune raison de s'inquiéter, ma belle, répondis-je, désireux de rester en dehors de cette transaction. Une fusillade a éclaté devant la station de Friedrichstrasse. De quoi occuper ces salopards pendant des heures. C'est la cause de toute cette agitation.

– C'est pas moi qui suis inquiète. C'est mon ami ici présent. Alors, souffle dans ce truc si un flic se pointe. Un coup, c'est tout. D'accord ?

– Y en a pour combien de temps ? »

La pute regarda son client, dont le visage écarlate indiquait qu'il était aussi jeune qu'inexpérimenté, et sourit.

« C'est plutôt à lui qu'il faut poser la question… Eh bien, mon gars, combien de temps ça va durer à ton avis ? »

Le garçon rougit de plus belle. La pute se retourna vers moi.

« Dix minutes, max. »

De fait, ils s'absentèrent beaucoup moins longtemps. Je n'avais pas vu venir les deux « verts », et alors qu'ils embarquaient la pute et son client, direction le poste de police, elle me lança un regard aussi meurtrier que celui qu'affichait le type assis au volant de la Dixi jaune.

« Tu es aveugle en plus d'être demeuré, saloperie de cul-de-jatte ? Ah, nom de Dieu, j'espère que tu es meilleur pour mendier que pour faire le guet. Tu as vraiment perdu tes jambes ou bien tu as oublié où tu les as laissées ?

– Désolé. »

Je m'excusai d'un haussement d'épaules et n'y pensai plus, jusqu'à ce qu'une demi-heure plus tard je sois arraché à ma somnolence et à un rêve d'ondée estivale par quelque chose de mouillé et un rire de femme. En ouvrant les yeux, je découvris un appareil génital féminin tout près de mon visage. Je mis plusieurs secondes à comprendre que la pute arrêtée par les « verts » était revenue au Trianon pour relever sa robe, poser un pied contre le mur à l'aplomb de ma tête et me pisser dessus comme un chien. Le temps que je reprenne mes esprits, elle avait rabaissé sa robe et s'enfuyait en riant aux éclats, me laissant trempé et empestant l'urine.

« Ça t'apprendra, abruti ! me cria-t-elle. La prochaine fois qu'on te demande de faire le guet, enlève la merde que tu as dans les yeux ! »

Difficile de décrire le sentiment de honte que provoqua en moi cet épisode. Pour me réconforter, je me disais qu'Anita Berber faisait la même chose au Weisse Maus, avant qu'ils ne ferment ce cabaret. Il n'en demeurait pas moins que, bizarrement, je me sentais comme émasculé. À tel point que lorsque je retrouvai Brigitte au Theater am Schiffbauerdamm, je ne pus me résoudre à lui raconter ce qui s'était passé exactement et choisis d'en faire un sujet de plaisanterie.

« Un chien m'a pissé dessus, dis-je en ôtant ma tunique puante. J'ai dû m'assoupir au soleil, et quand je me suis réveillé, une saleté de chien était en train de me pisser dessus. Il a dû confondre mon uniforme gris avec un coin de rue. Si je n'étais pas aussi dégoûté, j'en rirais. Alors, vas-y, ne te prive pas. Car c'est drôle, je l'avoue. Si mes collègues de l'Alex l'apprennent, je n'ai pas fini d'en entendre parler.

– Tu devrais plutôt te méfier de moi. Mon sens de l'humour est plus cruel que celui de tous les hommes que je connais.

– Je te crois.

– C'était quelle race de chien ? demanda-t-elle en réprimant un sourire.

– Un gros. Avec plein de dents.

– Tu parles d'un signalement.

– Je n'y connais rien. La prochaine fois, je lui caresserai la tête, je lui demanderai son nom et je lui ordonnerai d'aller me chercher un bâton pour que je puisse lui flanquer une correction.

– La pauvre bête voulait seulement marquer son territoire. » Brigitte sortit de son sac un flacon d'eau de Cologne avec lequel elle aspergea l'air. « Tu devrais te sentir flatté.

– Oui, c'est ce que je me suis dit en venant ici. Mais ce n'est pas évident. Maintenant que la pisse a séché au soleil et que je sens ton parfum, je m'aperçois que je pue comme un vrai clochard. »

Je suspendis ma tunique à un cintre et l'accrochai à la fenêtre. Après avoir ôté mon pantalon d'uniforme, je me lavai les mains et le visage. Brigitte alluma une cigarette noire, ce qui masqua un peu l'odeur, et l'introduisit entre mes lèvres. J'avalai la fumée comme si elle sortait de l'encensoir d'un enfant de chœur.

« Je peux faire nettoyer ton uniforme si tu veux. Dans la nuit. On a des blanchisseurs très efficaces.

– Si leur service de nuit est à la hauteur du tien, ce sont les meilleurs de Berlin. »

Brigitte sourit.

« Ça fait plaisir à entendre. Mais ce n'était pas un service. C'était une mission de sauvetage.

– Alors tu es un ange par-dessus le marché.

– Il y a beaucoup d'anges dans le monde du théâtre. Il faut bien que quelqu'un finance ces spectacles. Mon père, essentiellement. D'ailleurs, à propos d'anges, j'ai pensé à toi aujourd'hui. À vrai dire, je me suis même inquiétée pendant un moment. Un meurtre a été commis dans Friedrichstrasse, et j'ai eu peur que tu ne sois en train de jouer de la lyre.

– Qu'est-ce qui t'a rassurée ?

– Dès que j'ai appris la nouvelle, je suis allée sur place. Et j'ai interrogé un policier.

– Que t'a-t-il dit ?

– Il a parlé d'un règlement de comptes. Mais je savais déjà que ce n'était pas toi car la main du type dépassait de sous le drap. Et quand tu es parti d'ici, tu n'avais pas de prénom féminin tatoué à la base du pouce. Tu n'avais pas de revers à ton pantalon. Et tu ne pouvais pas avoir autant de sang dans le corps. Ni toi ni personne, d'ailleurs.

– Tu t'inquiétais pour moi ? Je suis touché.

– Ne va pas te faire des idées. J'avais besoin de marcher un peu et de prendre l'air.

– Et quand tu as vu que ce n'était pas moi sous le drap ?

– Je suis rentrée ici.

– C'est tout ?

– Non, je suis allée allumer un cierge à l'église et je me suis agenouillée pour remercier le Tout-Puissant.

– Toi, à genoux ? J'aimerais voir ça.

– Votre mémoire laisse à désirer, monsieur l'agent.

– Il se trouve que j'ai assisté à ce meurtre. J'ai tout vu. J'ai même reconnu le meurtrier.

– Ce qui fait de toi un témoin innocent ?

– En quelque sorte. Sauf que je ne suis pas vraiment innocent.

– Après la mission de sauvetage de cette nuit, je peux le confirmer. N'empêche, ça tombe bien que tu aies assisté à la scène. Vu que tu es de la police. Tu penses que le juge te croira si tu vas à la barre ? "J'étais là par hasard, assis dans un chariot de klutz, pour enquêter sur une autre affaire, quand l'accusé a abattu cet homme." Entre-temps, peut-être que tu auras reçu une promotion. Ou une médaille. Ou bien une loupe toute neuve. Ce qu'on offre à un policier qui vous apporte la tête d'un meurtrier sur un plateau.

– Dès que j'aurai enfilé mes vêtements, j'appellerai l'Alex pour faire ma déposition.

– Rien ne presse. J'aime bien te voir en caleçon. » Elle se débarrassa de ses chaussures et me montra ses orteils. « Et puis, j'ai eu l'impression que la victime n'allait pas bouger de sitôt.

– Tu oublies le meurtrier. Il risque de nous échapper.

– J'en doute. Tu m'as l'air d'être le genre de flic qui attrape toujours son homme. Ou sa femme. Ou celle de quelqu'un d'autre.

– Pourquoi dis-tu ça ?

– Tu sais y faire avec les femmes, Gunther. De la même manière qu'un joueur professionnel sait compter les cartes. Ou qu'un bon jockey sait manier un cheval de course.

– À t'entendre, je suis un cynique.

– Non. Ce n'est pas ça. Je trouverai le bon mot la prochaine fois que j'aurai un dictionnaire devant moi. Bref, maintenant que je te sais sain et sauf, j'avais envie de fêter ça en verrouillant la porte.

– Du moment que je suis à l'intérieur.

– Je ne t'imagine pas ailleurs. »

Le lendemain, mon uniforme ayant été lavé, et Brigitte s'en étant servie pour nettoyer le sol afin de lui donner un aspect plus réaliste, je décidai de laisser tomber le Trianon et d'aller mendier ailleurs. Je portai mon choix sur Lehrter Bahnhof, la gare située à l'ouest du théâtre. Certes, c'était un peu plus loin, mais je commençais à prendre confiance dans mon chariot. Mes bras et mes épaules étaient plus forts et je fonçais sur les trottoirs, sans même transpirer. En descendant Friedrich-Krause-Ufer, j'allais si vite que j'avais perdu mon étui à cigarettes et avais dû m'arrêter pour le récupérer. La gare se dressait très exactement à l'intersection de la rivière et du canal. Avec sa nef centrale et ses ailes, elle évoquait une basilique, un lieu de pèlerinage moderne accueillant des millions de visiteurs chaque année. Une image pas très éloignée de la vérité, car si les Allemands avaient une religion, c'était celle de la ponctualité au travail.

C'est seulement en arrivant et en voyant le kiosque à journaux que j'appris la nouvelle : un cinquième invalide de guerre avait été assassiné. J'achetai l'édition de la mi-journée d'un journal du soir. Le Dr Gnadenschuss avait encore frappé. Mais cette fois, il avait frappé quelqu'un que je connaissais : Johann Tetzel, le sergent unijambiste à la moustache blanche broussailleuse. Je lui avais parlé devant l'aquarium du zoo de Berlin, là où il avait été tué. C'était Tetzel qui m'avait conseillé de chercher Emil Prussien au Sing. Comme les autres, il avait été tué d'une balle de petit calibre tirée dans le front à bout portant.

Une pensée me frappa aussitôt : Tetzel était le premier unijambiste assassiné par le Dr Gnadenschuss. Détail d'autant plus remarquable que, dans mon souvenir, Tetzel faisait équipe avec un autre invalide de guerre, un certain Joachim, qui, à l'instar des précédentes victimes, était amputé des deux jambes. Pourquoi le meurtrier avait-il tué l'unijambiste et non le cul-de-jatte ? À moins que Joachim n'ait changé d'emplacement. Une seconde pensée me vint : je perdais mon temps. Il était fort peu probable que le Dr Gnadenschuss frappe de nouveau avant un moment. Sans doute était-il occupé à rédiger une nouvelle lettre destinée à la presse, dans laquelle il fanfaronnait et raillait l'incompétence de la police. Et il avait probablement raison. L'enquête n'avait fait aucun progrès.

J'imaginais Weiss et Gennat devant l'entrée de l'aquarium, et j'entendais Gennat pester parce que je n'étais pas là. Lui non plus n'avait pas tort, et, l'espace d'un instant, j'envisageai d'abandonner mon déguisement et de me présenter à l'Alex, sobre, prêt à faire mon travail. Malgré mes efforts, je ne pouvais m'empêcher de penser qu'il y avait quelque chose de dégradant dans ce que je faisais, surtout après ce qui s'était passé la veille. En outre, je devais rédiger un rapport concernant le meurtre de Friedrichstrasse. Par deux fois j'avais tenté de joindre Bernhard Weiss au téléphone, mais il était avec Grzesinski au ministère de l'Intérieur. Étant donné que lui seul connaissait la nature de ma mission, je n'avais pas voulu parler à quelqu'un d'autre, de crainte de devoir expliquer pourquoi je me trouvais à cet endroit-là juste à ce moment.

Je continuais à méditer cette nouvelle lorsque je vis une bande de petites frappes descendre Wilhelm-Ufer en roulant des mécaniques. Il était facile de les repérer grâce à leur tenue distinctive : shorts en cuir, gilets rayés, chapeaux melon ou hauts-de-forme et anneaux de pirate dans les oreilles. Hélas ! ils m'avaient repéré eux aussi et je me retrouvai vite encerclé.

« Tiens, tiens, tiens », dit leur chef, un adolescent de dix-sept ou dix-huit ans, grand et musclé, qui portait un foulard de cow-boy autour du cou. Il tenait une lourde canne en épine noire et était couvert de tatouages proclamant son allégeance aux « Pirates de la forêt », ce qui pour moi n'avait aucun sens. « Qu'est-ce qu'on a là ? Un centipède humain ? Le Baron rouge ? Mi-homme, mi-chariot. »

Ses quatre camarades trouvèrent cela hilarant. Mais leur chef n'en avait pas fini avec moi. En fait, il commençait à peine.

« Tu en as une jolie médaille. La croix de fer. Première classe. Ils te l'ont donnée pour ton courage ? Pour avoir violé des femmes belges ? Un chouette boulot. Ou bien c'était juste pour avoir tué des Franzis ? Tu sais quoi ? Tu devrais peindre ta caisse en rouge, comme Manfred von Richthofen. Et tu pourrais te promener dans tout Berlin en te faisant appeler le klutz rouge. Comme ça, on aurait vraiment l'impression que tu as mérité cette médaille. J'aimerais bien avoir la même, d'ailleurs. Je crois même que j'aimerais bien avoir la tienne. Ça ferait chouette sur mon gilet. Qu'est-ce que vous en pensez, les gars ? Vous trouvez pas que j'aurais de l'allure ? »

De nouveaux ricanements s'échappèrent de la meute de jeunes loups affamés. Les Berlinois qui sortaient de la station de métro faisaient un écart pour les éviter et je compris que personne ne viendrait à mon secours. Sentant le danger, je glissai la main à l'intérieur de ma tunique pour me saisir de mon automatique.

Qui n'était plus là. Comprenant qu'il avait dû tomber en même temps que mon étui à cigarettes dans Friedrich-Krause-Ufer, je sentis apparaître sur mon visage une expression inquiète qui devait ressembler à de la peur aux yeux, d'un bleu glacial, de mon jeune persécuteur.

« T'inquiète pas, Baron. On te fera pas de mal, sauf si on est obligés. File-nous ta médaille et on te laisse tranquille. »

Il tapota d'un air entendu l'épais pommeau de sa canne en épine noire. Je savais que s'il me frappait avec, mon compte était bon. Déjà, je bandais les muscles de mes jambes cachées, devinant que j'allais devoir me lever pour me défendre. Ce qui, évidemment, fut interprété comme une autre manifestation de peur.

« Hé, regarde, Eric, s'esclaffa un des acolytes du jeune tyran. Ce salopard se chie dessus.

– C'est vrai, Manfred ? Tu te chies dessus ? »

Je commençais à croire que Gennat avait raison au sujet des meurtres du Dr Gnadenschuss : les coupables étaient une bande de gamins cruels et pervers.

« Tu n'auras pas cette médaille, petit, dis-je. J'ai failli mourir pour l'avoir, alors je ne vais certainement pas te la donner parce que j'ai peur de me faire tuer encore une fois, surtout par une sale petite tapette dans ton genre. Si tu veux une médaille, va donc en acheter une dans un magasin de farces et attrapes. Mieux encore, engage-toi dans l'armée. Ils t'en donneront une. À titre posthume. Ce serait mieux pour toi, et pour la société dans son ensemble. Parce que ce pays n'a pas besoin d'une bande d'avortons en short crasseux, tout juste assez courageux pour détrousser un cul-de-jatte. »

La meute mima l'effroi en émettant un long grognement efféminé. Leur chef allait réagir à cette insulte, je le sentais.

« Pardon ? Tu as dit quoi, Manfred ?

– Je crois que tu as très bien entendu, répondit quelqu'un qui se tenait en dehors de mon champ de vision. Mais au cas où tu serais sourd, en plus d'être stupide, ce monsieur t'a conseillé de t'engager dans l'armée si tu voulais recevoir une médaille, à titre posthume. Et j'avoue que je suis en tout point d'accord avec lui. »

Le chef de la bande se retourna et fut aussitôt cueilli par un puissant crochet du droit qui sembla lui avoir cassé le nez. Un des adolescents reçut un violent coup de canne en rotin sur l'épaule. Les autres décampèrent. Je levai alors les yeux vers mon sauveur, tiré à quatre épingles. Un sauveur que je connaissais, qui plus est.

L'inspecteur Kurt Reichenbach.

J'ôtai mes lunettes noires pour m'assurer que c'était bien lui. Je le vis alors froncer les sourcils et me toiser en se frottant les yeux, incrédule. Lorsqu'il vint se placer devant le soleil, il prit l'aspect d'un trou noir dans l'espace. Comme s'il n'existait pas. Heureusement pour moi, il était bien réel.

« Bon sang… Gunther ? Bernhard Gunther ? C'est vous ? »

Mon déguisement était convaincant, mais pas au point de tromper un homme que je connaissais depuis des années, de surcroît un excellent inspecteur de police. Comme à son habitude, Kurt Reichenbach ressemblait plus à un flâneur qu'à un policier. Il portait un costume beige très léger, une chemise bleu et blanc à rayures, un gilet blanc et une cravate blanche, agrémentés d'une pochette en soie bleue et d'un œillet à la boutonnière. Un chapeau melon marron clair, incliné sur le crâne, couronnait le tout. Il aurait pu se rendre aux courses hippiques à Grünewald ou à un déjeuner chic à Wannsee. Sa barbe grise était plus longue et fournie que d'habitude et un éclat couleur rubis brillait dans son œil. À le voir, on aurait pu croire que le métier de flic était une partie de plaisir.

« À quoi vous jouez, nom d'un chien ? J'aurais pu… Vous auriez pu vous faire tuer. Ces petits salopards… Ils n'ont aucune pitié. » Il décocha un coup de pied à celui qui était resté allongé sur le trottoir, ce qui eut pour effet de le faire décamper en traînant la patte. « J'étais à la pharmacie, j'achetais des gouttes pour mes yeux. Heureusement que je ne les avais pas encore mises, sinon je ne vous aurais pas vu et au moment où on parle vous seriez en route pour la Charité. Et ma pauvre femme aurait dû rafistoler un éclopé de plus. Vous savez qu'elle est infirmière, n'est-ce pas ? L'autre soir, elle a dû soigner le portier d'un hôtel tabassé par des vermines qui voulaient lui voler son haut-de-forme. C'étaient peut-être les mêmes. Mais je ne comprends toujours pas… Qu'est-ce que vous faites assis dans ce machin, habillé comme un biscuit militaire mâché ?

– J'enquête incognito. On pourrait dire que je sers d'appât pour tendre un piège au Dr Gnadenschuss.

– Un piège ? Vous avez l'intention de lui rouler sur les pieds avec votre chariot avant qu'il ne vous tue ?

– Non, j'ai une arme. Ou plutôt, j'en avais une. J'ai dû la perdre en chemin. Justement, je la cherchais quand vous êtes intervenu pour me sauver la mise. Merci, d'ailleurs. Vous êtes arrivé juste à temps.

– Qui a eu cette idée folle ? Non, ne me dites rien. C'est cet imbécile de Bernhard Weiss, je parie ? Gennat n'aurait jamais approuvé un plan aussi ridicule. Le Gros Bouddha a du bon sens. Mais Weiss, comme tous les anciens avocats, lit beaucoup trop de livres. C'est typique des juifs, évidemment. Il a toujours le nez dans un bouquin. Il aurait dû être rabbin, pas flic.

– Vous-même vous êtes juif, Kurt.

– Oui, mais Weiss est un juif intelligent, et les gens n'aiment pas ça. Moi, je ne suis pas un juif intelligent comme lui. Weiss est le genre de juif qui souffre d'un excès d'idées nouvelles. Les gens n'aiment pas les idées nouvelles. Surtout en Allemagne. Ils aiment les vieilles idées. Et encore plus les vieux mensonges, réchauffés comme le plat de la veille. Les gens ont peur de tout ce qui est nouveau. On travaille pour la police berlinoise, pas pour un laboratoire qui étudie le comportement humain. Bon sang, vous n'auriez jamais dû accepter cette mission sans exiger des renforts. Pour veiller sur vous. Un autre flic au moins.

– On a pensé tous les deux que le Dr Gnadenschuss serait trop intelligent pour ne pas s'en apercevoir.

– Je ne crois pas qu'il soit intelligent. Je pense qu'il a eu de la chance, voilà tout. Sans doute parce que certaines personnes ne souhaitent pas qu'on arrête ce monstre. Car elles pensent qu'il accomplit l'œuvre de Dieu. En nettoyant les rues. Des gens respectables qui aiment que tout soit bien propre et bien rangé. Et vous, vous êtes sale et vous faites désordre. Croyez-moi, je sais de quoi je parle. Je connais cette ville comme ma bite. Vous vous êtes déjà demandé pourquoi je traînais dans les rues au lieu d'être au bureau, Bernie ? Pourquoi je me promenais comme un simple citoyen ? Parce que je discute avec le peuple. Je suis un animal social. J'aime bavarder. Je bavarde avec les putes, les maquereaux, les voleurs et les violeurs. Je discute même avec les flics en uniforme. Je rassemble leurs histoires à la manière d'un écrivain, et, parfois, il m'arrive d'établir un lien. Quand on parle aux gens dans la rue, on entend des choses. Et on sait bien, vous et moi, qu'il existe des moyens de surveiller un individu sans attirer l'attention. Si vous étiez venu me trouver, j'aurais pu vous aider.

– Dans cette tenue ?

– C'est Lon Chaney qui dit ça ?

– On a estimé qu'on devait agir. Surtout qu'il continue d'envoyer des lettres à ces foutus journaux. Elles commencent à atteindre leur objectif. D'autant que nous ne sommes pas plus avancés après la cinquième victime qu'après la première.

– Oui, je comprends. Mais vous prenez de sacrés risques, Bernie. Quand on joue dans la rue, on peut se faire écraser. Il n'y a pas que les klutz et les putains qui se font assassiner dans cette ville. Les flics aussi. Peut-être avez-vous oublié Johannes Bucholz.

– Il a été tué par d'autres flics.

– Si vous le dites. Mais les deux policiers que l'on a arrêtés pour ce meurtre ont été acquittés. Je dis juste que vous devez faire plus attention. La première règle du métier de policier à Berlin, c'est de rentrer chez soi le soir sans un trou de plus dans la tête. Tout le reste est secondaire, mon ami. Alors, que comptez-vous faire maintenant ?

– Rester ici encore un peu. Et voir si ça mord.

– Vraiment ? Vous avez fait fuir le poisson avec toute cette agitation. Vous n'aurez plus une touche, je vous le garantis.

– Ce n'est pas encore l'heure du déjeuner. Et puis, si vous saviez le temps que nécessite ce maquillage… Je ne veux pas avoir l'impression d'avoir fait tout ça pour rien.

– Oui, je vois que vous avez mis beaucoup d'énergie dans ce déguisement. Ça vous va bien. Je suppose que vos jambes sont repliées à l'intérieur de ce chariot. Ingénieux. Je n'avais encore jamais vu ça.

– Je l'ai trouvé près de l'endroit où a été assassinée Eva Angerstein.

– Vraiment ?

– Il appartenait à un escroc. Qui faisait le guet pour des cambrioleurs. C'est ce qui a donné cette idée à Weiss.

– Je vois. Mais je me dis que Weiss ressemble plus à un authentique klutz que vous. Il est plus petit. Et je me demande pourquoi il n'a pas endossé le rôle lui-même. Mais supposons qu'il pointe le bout de son nez, ce Dr Gnadenschuss… Que ferez-vous sans arme ? Vous allez le convaincre de se rendre en lui parlant ?

– Je trouverai quelque chose.

– Oui, et pendant que vous réfléchirez, il vous fera sauter la cervelle. » Reichenbach sourit et sortit de la poche de sa veste un petit pistolet qu'il me tendit. « Tenez, prenez ça. Au cas où. Vous me le rendrez quand vous aurez arrêté cette folie. Ne vous inquiétez pas pour moi, j'en ai un autre. » Il ouvrit le premier bouton de sa veste pour me montrer un Walther glissé dans un holster. « Un juif qui se promène dans cette ville sans un bismarck ? Hors de question. À ce propos, avez-vous remarqué le nombre de nazis qui rôdent autour du Präsidium ces jours-ci ? Le beau temps les fait sortir de leurs trous, comme des cafards. À commencer par ce salopard d'Arthur Nebe. Sans oublier cet autre salopard qui vous en a collé une dans l'escalier de l'Alex… Gottfried Nass, c'est ça ? Encore un flic que j'aimerais buter. » Il conclut par un hochement de tête volontaire. « Si vous avez besoin de mon aide, je suis là. À tout moment.

– Merci, Kurt. Un service en vaut un autre. Ce type qui s'est fait buter dans Friedrichstrasse hier…

– Un mac nommé Willi Beckmann. Eh bien ?

– Je connais le nom du type qui l'a descendu. La moitié de son nom, plus exactement. Hugo quelque chose. Il traîne au Sing. Il est bâti comme un lutteur. La fille qui pleurait sur le corps de Willi était la petite amie de Hugo : Helga. Du moins, il le croyait. C'est pour ça que Hugo lui a fourré toutes ces pièces dans la tirelire. Rien à voir avec la pègre. C'est une histoire de triangle amoureux. Je vous laisse l'arrêter. Un prêté pour un rendu.

– Merci. Mais comment savez-vous tout ça ?

– C'est une longue histoire. J'étais là au moment des faits. Je jouais les klutz. Et j'ai tout vu, du prologue tranquille jusqu'au final explosif. Contrairement à la fille. Quoi qu'elle raconte, elle n'a rien vu, à part le cadavre de Willi.

– Et vous ne voulez pas vous attribuer le mérite de l'arrestation ? Pourquoi donc ?

– Parce que je suis témoin. Et parce que je ne veux pas me rendre à l'Alex pour remplir la paperasse. Pas maintenant. Pas habillé comme ça. Alors, je me suis dit que vous pourriez peut-être aller le cueillir et voir s'il a toujours le Bergman MP-18 avec lequel il a refroidi Willi. Et la voiture qu'il conduisait : une BMW Dixi jaune, immatriculée IA 17938. Dans ce cas, vous n'aurez même pas besoin de témoin.

– Vous perdez votre temps dans la police.

– Pourquoi ça ? »

Reichenbach lança une pièce dans mon képi.

« Tous ces détails… vous auriez dû être scientifique. Ou philosophe. » Un sourire jusqu'aux oreilles, il alluma deux cigarettes et en coinça une entre mes lèvres. « Vous m'avez fait ma journée, Bernie. Rien de tel que d'arrêter un coupable pour être de bonne humeur, pas vrai ?

– C'est mieux que d'arrêter un innocent, en tout cas. »

Je suivis du regard Reichenbach qui s'éloignait en sifflotant et en faisant tournoyer sa canne à la manière de Richard Tauber, image même de l'insouciance. Je n'avais pas remarqué qu'il portait des guêtres. Un flic avec des guêtres. Je faillis éclater de rire. Je n'aurais pas été surpris qu'il se mette à chanter et à danser. Arrivé de l'autre côté de Wilhelm-Ufer, il s'arrêta devant une Brennabor décapotable toute neuve – le modèle avec coffre extérieur et boîte à outils sur le marchepied – et ouvrit la portière grise. Avant de s'installer au volant, il se retourna et m'adressa un signe de la main, ce qui n'arrangea pas ma couverture, mais je me réjouis d'avoir Reichenbach pour ami. Il avait raison, évidemment : j'aurais dû réclamer un soutien. Sur bien des plans, je n'avais pas suffisamment réfléchi. Je me promis d'appeler Bernhard Weiss dès que je serais rentré pour évoquer avec lui les conditions de cette mission.

Hélas ! tandis que je retournais au théâtre, auprès de Brigitte, ma mission sembla prendre fin subitement lorsqu'un des essieux de mon chariot céda. Je restai échoué là un moment, jusqu'à ce qu'un chauffeur de taxi me demande si j'avais besoin d'aide. Je fus obligé de lui répondre, malgré toutes les preuves du contraire, que j'étais parfaitement capable de me débrouiller seul, ce qui laissa le pauvre gars aussi perplexe que furieux.

Je devinais maintenant qu'Emil le Prussien ne se servait pas de cet engin pour circuler dans les rues pavées de la ville : il n'était pas suffisamment solide ; il se contentait d'y rester assis pour donner le change et j'imaginais que son complice, le cambrioleur, le transportait sur les lieux de ses méfaits à bord d'une voiture confortable. L'espace d'un instant, j'envisageai de faire réparer mon chariot chez un vendeur de vélos, mais cela voulait dire le prendre sous le bras pour marcher dans les rues, sous le regard méprisant de mes concitoyens qui en déduiraient fort logiquement que j'étais un escroc, comme Emil le Prussien. L'idée qu'ils puissent se forger une mauvaise image de tous les anciens combattants qui mendiaient – même les authentiques invalides de guerre – suffit à me donner envie de balancer ce truc dans le canal. Ce que je fis dès que je fus certain que personne ne me regardait.

J'ôtai ma tunique, mon képi et mes lunettes noires et regagnai le Theater am Schiffbauerdamm, soulagé sans doute de pouvoir mettre un terme à cette mascarade. Les répétitions de la journée étant terminées, les membres de l'orchestre quittaient déjà les lieux pour se rendre à la taverne située juste en face. Je montai dans la loge de Brigitte afin qu'elle me débarrasse de mon maquillage. Elle se montra peu causante car elle avait de la compagnie : une des vedettes du spectacle, la rousse Lotte Lenya. Celle-ci fumait une cigarette, buvait du whisky et lisait un exemplaire du *Drapeau rouge* en fredonnant. Le fait qu'elle ait pu être communiste me gênait moins que ma présence ne semblait la gêner elle. Non pas parce que j'étais flic, je savais que Brigitte ne lui avait rien dit ; mais lorsque celle-ci commença à s'occuper de moi, je me détendis et me mis à siffloter, ce qui me valut de la part de Fräulein Lenya un regard chargé d'une telle hostilité farouche que je me sentis obligé d'arrêter.

« Ma mère viennoise m'a dit un jour qu'elle n'aurait jamais pu faire confiance à un homme qui siffle, dit Lotte en me regardant d'un œil critique par-dessus ses lunettes. Jamais. Il n'existe pas de bruit plus exécrable. Je lui ai demandé ce qui lui faisait dire ça, et elle m'a répondu que les voleurs et les meurtriers utilisaient le sifflement pour s'envoyer des messages codés. Savez-vous qu'aujourd'hui encore il est interdit de siffler au Linden Arcaden pour cette raison ? Oui, oui. On vous prendra pour un prostitué et on vous priera de partir. Mais pire que ça encore : lorsque certaines personnes malfaisantes veulent convoquer des créatures maléfiques et des démons qu'il ne faudrait jamais nommer, elles sifflent aussi. Voilà pourquoi le sifflement est interdit chez les juifs et les musulmans. Ce n'est pas seulement la peur du blasphème. C'est la crainte bien plus ancienne de faire apparaître une créature maléfique. Un chien qui ne serait peut-être pas un chien. Une femme qui ne serait peut-être pas une femme. Ou un homme qui ne serait peut-être pas un homme. Une chèvre qui pourrait être le diable lui-même. Les Vikings croyaient que si quelqu'un sifflait à bord d'un bateau, les mauvais esprits allaient provoquer des tempêtes, et le coupable risquait d'être projeté par-dessus bord afin d'amadouer les dieux. »

Un sourire espiègle fendit comme une figue la grande bouche lourdement maquillée de Lotte.

« Des superstitions d'ignorants. Il n'en demeure pas moins, et c'est le plus important, évidemment, qu'il ne faut jamais siffler dans un théâtre. Les techniciens utilisent le sifflement pour communiquer lors des changements de décor. Si vous sifflez dans un théâtre, vous risquez de provoquer de la confusion et de graves accidents. Je l'ai vu de mes propres yeux. De manière générale, on dit que ça porte malheur. Et vous savez que les gens de théâtre ne rigolent pas avec ça. Alors, pensez-y, mon jeune et bel ami, la prochaine fois que l'envie vous prendra de siffler entre ces murs. Même en présence de la ravissante Brigitte, essayez de contrôler vos lèvres. »

Sur ce, elle prit congé.

« Ne fais pas attention à elle, me dit Brigitte. Lotte est connue pour son caractère acariâtre.

– Sans blague ?

– C’est quelque chose, hein ?

– Voilà une femme que je ne risque pas d’oublier de sitôt. Tu devrais aller chercher le vinaigre, la piqûre brûle encore. » Je grimaçai de douleur. « Tu crois qu’elle appartient au club des inverties ? Elle fait partie de ces femmes qui se passent très bien des hommes ? Comme Sapho ou mon ancienne maîtresse d’école ?

– Je te l’ai dit : elle est mariée.

– Toi aussi tu l’étais. Regarde ce que ça a donné.

– Je t’assure que Lotte aime les hommes comme n’importe quelle femme.

– Si n’importe quelle femme, c’est toi, parfait. Mais si c’est une *garçonne*[1] du Hohenzollern, j’ai un doute. En outre, Weiss a un ami nommé Magnus Hirschfeld qui estime qu’il y a plus de deux cent cinquante mille lesbiennes à Berlin. »

Brigitte rit.

« N’importe quoi.

– Si, je t’assure. Il les a comptées à la sortie des quatre-vingt-cinq boîtes de nuit et associations sportives lesbiennes de la ville. Sans parler de tous les théâtres.

– Qui ferait une chose pareille ?

– Hirschfeld s’intéresse beaucoup au sexe. Sous toutes ses formes. Mais ne me demande pas pourquoi.

– Au fait, où est ton chariot ?

– Il est cassé.

– C’est toi qui l’as cassé ?

– Je suis un plus gros klutz que je ne le croyais.

– Qu’est-ce que tu vas faire maintenant ?

– Je ne sais pas. Appeler mon patron, je suppose. Pour savoir ce qu’il veut que je fasse. Mais je lui dirai

1. En français dans le texte.

que j'envisage de jeter l'éponge, avant que quelqu'un m'étouffe avec. Je me suis frotté à une bande de jeunes excités aujourd'hui et j'ai failli finir estropié pour de bon.

– Mauvaise nouvelle. Je commençais à m'habituer à te voir ici.

– On peut se retrouver ailleurs. Au restaurant. Dans une chambre. On pourrait même faire une chose complètement folle et aller se promener dans un parc.

– Oui, évidemment. Mais ici, tu es sous mon contrôle, et j'aime ça. Tu es très différent de la plupart des hommes que je rencontre au théâtre.

– Oui, je m'en doute. Il faut juste que j'apprenne à ne plus siffler.

– Tu en es capable ?

– Pas en présence d'une blonde de première catégorie, mon ange. Face à toi, tous les hommes ont envie de siffler comme un merle. »

Plus tard dans la journée, ayant retrouvé une apparence relativement normale, je regagnai la pension de Nollendorfplatz, où Frau Weitendorf s'inquiétait de nouveau pour Robert Rankin.

« Vous savez que je fais le ménage dans sa chambre, me dit-elle.

– Dommage que vous ne le fassiez pas dans la mienne.

– Vous ne me payez pas autant que lui. Bref, je m'inquiète moins pour lui que pour nous tous. Hier, je nettoyais sa chambre et j'ai trouvé ça par terre. »

Elle déposa dans ma paume une balle de pistolet automatique. Calibre 25.

« Aucune loi n'interdit de posséder une arme, dis-je. Et même un Tommy a le droit de se protéger.

– Oui, je sais bien. Mais il boit. Il boit trop. Mon père disait toujours que les armes et l'alcool ne font pas bon ménage. »

Je souris et m'abstins de lui répondre que j'avais probablement bu tous les jours durant les quatre ans que j'avais passés dans les tranchées. Parfois, il faut être ivre pour trouver une bonne raison de presser la détente.

« Un homme qui charge une arme alors qu'il a trop bu, c'est le drame assuré, insista-t-elle. S'il faut le faire, il faut le faire bien. Et à jeun de préférence. De plus, je n'aime pas savoir qu'il y a des armes chez moi. Ça me rend nerveuse.

– J'ai une arme. »

Je me souvins que même si j'avais perdu mon Walther quelque part, il me restait le petit pistolet de Reichenbach. Je sentais sa présence réconfortante contre mon ventre tandis que nous devisions.

« Vous, c'est différent. Vous êtes policier.

– Vous seriez surprise par le nombre de personnes qui nous accusent de tirer sur des innocents.

– Je ne plaisante pas, Herr Gunther. En outre, il est anglais. Et ils nous détestent, non ? Peut-être pas lui, personnellement, mais les autres, ils nous détestent presque autant que les Français.

– Très bien. Je lui en toucherai un mot la prochaine fois que je le verrai.

– Merci. Vous pourrez peut-être en profiter pour lui dire que je désapprouve le fait qu'il reçoive des femmes dans sa chambre le soir. Notamment Fräulein Braun. Le problème, c'est qu'ils font du bruit et ça m'empêche de dormir.

– Autre chose, Frau Weitendorf ?

– Oui. Un certain Erich Angerstein a téléphoné. Deux fois. Il veut que vous le rappeliez. Je l'ai trouvé vulgaire. Quand je lui ai demandé son numéro, il a répondu que vous aviez sa carte, et que si vous l'aviez perdue vous pouviez le trouver au Cabaret des Sans-Noms tous les soirs de cette semaine après minuit. Cela ne me regarde pas, Herr Gunther, mais j'ai entendu dire que ce cabaret n'était pas un endroit pour les gens respectables.

– Je ne suis pas quelqu'un de respectable, Frau Weitendorf. Je suis policier et cela signifie qu'il me faut fréquenter des endroits mal famés pour vous éviter d'y aller. Je vous raconterai tout ce que j'ai vu et vous pourrez alors me remercier. »

J'appelai le numéro d'Angerstein, mais personne ne répondit. J'appelai ensuite l'Alex. Cette fois, je réussis à joindre Weiss et lui annonçai qu'il ne s'était pas passé grand-chose, si ce n'est que j'avais cassé le chariot. Il y eut un long silence au bout du fil. Je devinais qu'il réfléchissait.

« C'est bien dommage.

– Je voulais savoir si vous vouliez que je reste dans la rue, dis-je, en espérant qu'il réponde non. Mais, privé de cet accessoire, je vais devoir modifier mon apparence. Je pourrais dénicher une paire de béquilles et mendier sur une seule jambe.

– Qu'en pensez-vous ?

– C'est faisable.

– C'est à vous de décider, Gunther.

– Sincèrement ? Je commence à croire que je perds mon temps. Surtout maintenant qu'un autre meurtre a été commis. Je crois qu'un changement de tactique s'impose.

– C'était une tentative courageuse. Un noble échec, si vous préférez. Néanmoins, je continue de penser que nous devons tout tenter pour capturer ce meurtrier, même si ce que nous faisons peut sembler insolite ou déplaisant. Cela dit, peut-être avez-vous raison. Le moment est probablement venu de changer de tactique. D'essayer autre chose.

Quoi qu'il en coûte. Grzesinski s'arrache les cheveux. Nous sommes à court d'idées. La population ne nous a été d'aucune aide. Inutile de vous dire combien de petits plaisantins et de cinglés nous avons vus passer à la suite de mon article réclamant la coopération du public. À croire que les Berlinois ne souhaitent pas que cet homme soit arrêté.

– C'est une possibilité. »

Un silence.

« Mais vous-même, comment vous sentez-vous ?

– Si vous me demandez si j'ai arrêté de boire, la réponse est oui.

– C'est déjà ça. En fait, je voulais savoir si vous en aviez marre du métier de policier.

– Absolument pas, monsieur. Et je tiens autant que vous à mettre la main sur ce meurtrier.

– Bien, bien.

– Toutefois, je n'ai pas abandonné ma théorie selon laquelle Winnetou et le Dr Gnadenschuss ne sont qu'une seule et même personne. Pour cette raison, et avec votre permission, je vais devoir interroger la petite amie du ministre, Daisy Torrens. Il semblerait que l'ancien flirt de celle-ci, un certain Rudi Geise, ait pris l'habitude de mutiler les cadavres des soldats ennemis durant la guerre. Il leur coupait les oreilles, ce genre de choses. Et apparemment, il a toujours son couteau sur lui. Si vous ajoutez à cela le fait qu'il hait les femmes, de l'avis général, il fait un suspect sérieux. Comme je le disais, entre trancher une oreille et scalper quelqu'un, c'est une affaire de quelques centimètres. En tout cas, ça vaut le coup de creuser un peu.

– Entendu. Mais marchez sur des œufs, s'il vous plaît. Je ne suis pas en odeur de sainteté auprès du ministre. Je crois qu'il se ferait un plaisir de me renvoyer s'il le pouvait. En chassant un juif de la police, il se ferait bien voir de ses ennemis. D'autant que lui-même est juif. Il aurait en outre une bonne raison. Il semblerait que Kleiber, le chef de la police de Stuttgart, ait critiqué mon livre. Il m'accuse de régler de vieux comptes. Ce qui est totalement faux. »

Si j'avais réussi à finir son bouquin rasoir, j'aurais peut-être pu abonder dans son sens, en toute loyauté. En attendant, je décidai de ne pas parler à Weiss de mon envie d'interroger Fritz Lang à propos de sa première épouse et de son intérêt pour Jack l'Éventreur. Je craignais de donner l'impression encore une fois d'aller à la pêche aux informations. Au lieu de cela, je lui fournis autre chose à se mettre sous la dent.

« Concernant la dernière victime en date, Johann Tetzel. Il se trouve que je l'ai croisé au cours de mon enquête. Je l'ai interrogé récemment devant l'aquarium du zoo de Berlin. C'est Tetzel qui m'a fourni le tuyau sur Emil le Prussien.

– L'individu dont vous avez récupéré le chariot de cul-de-jatte, c'est bien ça ?

– Exact, monsieur. D'ailleurs, pas plus tard que ce soir, je compte suivre une piste le concernant.

– Excellent. Cela vous intéressera peut-être de savoir que Gennat explore une théorie selon laquelle notre meurtrier appartiendrait au mouvement des Casques d'acier. Nous avons trouvé une épingle de membre dans la main de Tetzel, comme s'il l'avait arrachée au revers de son meurtrier. Vous souvenez-vous si Tetzel portait un tel insigne ?

– Non, monsieur. Et je n'ai pas eu l'impression qu'il penchait à droite.

– Nous reparlerons de tout ça quand vous viendrez à l'Alex. Vous revenez bien demain, n'est-ce pas ? Puisque vous avez quitté votre costume de klutz.

– Oui, monsieur, je serai là demain. »

Ne serait-ce que pour déclarer la perte de mon Walther et réclamer une autre arme de service.

« Parfait. Nous ferons le point. Et nous échangerons nos idées. Par ailleurs, je me demandais si vous accepteriez de venir dîner à la maison un de ces prochains jours.

– Avec plaisir.

– Ma femme a hâte de vous rencontrer, Gunther. Je ne lui ai fourni aucun détail, mais je crains de lui avoir avoué que vous m'aviez sauvé la vie. Nous n'avons aucun secret l'un pour l'autre. En outre, je suis un piètre menteur. Parce que je suis un flic honnête, je suppose.

– Croyez-moi sur parole, monsieur. Nous autres, les flics honnêtes, nous sommes obligés de mentir comme tout le monde. C'est ce qui nous permet parfois de rester en vie. »

Bien qu'il fût plus de vingt-trois heures, le char à bancs de l'agence Thomas Cook venait chercher des touristes anglais surexcités dans les hôtels les plus chics de la ville afin de leur offrir une visite guidée et nocturne des clubs libertins les plus célèbres de Berlin. Des clubs lesbiens comme le Toppkeller dans Schwerinstrasse, où était organisée une messe noire réputée, à laquelle participaient plusieurs filles nues. Ou le Zauberflöte avec ses étages séparés pour les homosexuels hommes et femmes. Ces circuits sexuels étaient particulièrement appréciés des Anglais, car ce n'était certainement pas chez eux qu'ils pouvaient voir ce genre de choses.

Seule la stimulation visuelle intéressait ces touristes ; il était donc peu probable que le char à bancs Thomas Cook s'arrête devant le Cabaret des Sans-Noms, car, si cet établissement était synonyme de perversion berlinoise, il ne présentait pas de numéros sexuels. Juste une succession de prestations amateurs de dix minutes. Tous les participants étaient de pauvres gens choisis pour leur incroyable crédulité et leur absence totale de talent. L'animateur sadique, Erwin Lowinsky, parvenait à les convaincre, en dépit de toutes les preuves du contraire, qu'ils étaient doués et qu'il y avait dans la salle des personnes influentes susceptibles de les aider à démarrer dans le show business. De son côté, le public, qui se croyait sophistiqué, savourait avec cruauté ces prestations catastrophiques. Le Cabaret des Sans-Noms connaissait un très gros succès. Pour de nombreux Berlinois, c'était la définition d'une soirée parfaite. Un anthropologue culturel cherchant à comprendre l'âme allemande n'aurait pas pu choisir meilleur terrain d'étude.

Je trouvai Erich Angerstein assis presque au fond de la salle bondée, derrière une bouteille de bon champagne, en compagnie de deux entraîneuses qui semblaient apprécier le spectacle, mais peut-être souriaient-elles parce qu'il avait les mains glissées dans leur soutien-gorge. En me voyant arriver, il ne fit pas mine de les déplacer dans un endroit plus respectable (rien n'était interdit au Cabaret des Sans-Noms), et ne prit pas la peine de me présenter ses deux « amies », des jumelles manifestement.

« Gunther. Je me demandais quand vous alliez venir. Margit, sers un verre à Bernie en gentille fille que tu es. Vous aimez le champagne, Bernie ?

– Pas particulièrement.

– C'est répugnant. Ça sent la chèvre et ça a un goût de fromage. Comme une chatte. Les femmes en boivent parce que c'est cher, et, pour elles, ça veut dire que c'est bon. En fait, il y a surtout du gaz. » D'un signe de tête il appela un serveur et je commandai un verre de vin de Moselle. « Où vous étiez passé ? Chez le coiffeur, on dirait.

– Oui, en quelque sorte.

– À votre place, je me ferais rembourser. »

Sur scène, une femme en fauteuil roulant, manchote et unijambiste, chantait « Nobody Knows the Trouble I've Seen ». Sa voix ressemblait un peu à celle de Lotte Lenya, à cette différence près qu'elle aurait été incapable de chanter juste même si elle avait avalé une caisse de diapasons. Lorsque les rires du public ressemblaient trop à des vagissements, elle s'arrêtait, mais Erwin Lowinsky – Elow – réussissait à la persuader qu'elle possédait une voix douce, naturelle, et qu'elle ferait mieux d'ignorer le public.

« Ces idiots ont trop bu, Lucy. Ils sont incapables de reconnaître le véritable talent. »

Alors la femme en fauteuil roulant recommençait à chanter, et les rires redoublaient.

« Ces ennuis que tu as connus, ça serait pas que t'as perdu un bras et une jambe ? » cria un petit plaisantin dans le public.

Le serveur revint avec mon verre de vin. Je le bus lentement, avec précaution même, et j'allumai une cigarette.

« Pourquoi ce rendez-vous dans une salle de torture ?

– Au premier rang. La table près du piano. Vous voyez le type aux cheveux filasse, avec sa petite amie dominatrice ? D'ici, ça ne se voit pas, mais ses bottes ont des éperons. »

Je regardai dans cette direction et découvris une grande femme qui offrait un large aperçu de ses cuisses à la peau blanche comme neige et de ses jarretelles mauves. À côté d'elle se trouvait un homme encore plus grand, coiffé d'une perruque jaune qui ressemblait à une botte de paille. Pris d'un fou rire l'un et l'autre, le visage écarlate, les larmes aux yeux, ils se tenaient à leurs sièges pour ne pas tomber. On aurait pu croire que l'homme faisait une crise d'asthme.

« Je le vois.

– C'est Emil le Prussien. De son vrai nom Emil Müller. Il vient ici régulièrement, un peu avant minuit. Après son travail, si on peut dire. Hier soir, il était en compagnie d'un cambrioleur nommé Karl Szatmari, un Hongrois, je crois. Tous les deux font partie d'un réseau criminel baptisé Main dans la Main. J'espère que vous êtes impressionné par ma patience, Gunther. Être obligé d'observer ce type trois soirs de suite ou presque, c'était une épreuve. Je me suis bouffé les ongles à me retenir d'emmener ce salopard dans une ruelle et de le tabasser pour l'obliger à parler.

– À cet égard, vous me semblez être le genre d'homme qui a régulièrement besoin d'une manucure.

– J'espère que ça en vaut la peine. Voilà pourquoi j'insiste pour être présent quand vous interrogerez Emil. Je n'aimerais pas penser que je suis venu pour rien.

– On lui parlera ce soir. Quand il s'en ira, on le suivra. Combien de temps reste-t-il habituellement ?

– Deux heures environ. Je l'ai fait suivre un soir. Il est allé au Paradis et l'Enfer, ensuite il a regagné son appart à Wedding.

– Essayez de vous souvenir de notre accord, s'il vous plaît. On fait les choses à ma manière. Vous m'aidez à interroger un témoin. Pas un suspect.

– Oui, oui, d'accord. Mais n'oubliez pas une chose, vous non plus : ces ordures n'aiment pas livrer d'infos. Parfois, il faut faire preuve d'un peu de persuasion amicale.

– Dans ce cas, que ça reste aussi amical que possible. Il ne pourra pas parler s'il crache ses dents avant de cracher le morceau.

– À vos ordres, inspecteur. Je suis toujours ravi d'aider la police berlinoise. »

Je ne pus m'empêcher de rire.

« Si vous voulez dire comme Elow aide cette pauvre Lucy à faire carrière dans la chanson, je veux bien vous croire.

– C'est un génie, hein ? Qu'il arrive à convaincre cette ratée unijambiste qu'elle possède une once de talent, ça me dépasse. Il serait capable de faire passer Svengali pour le Bon Samaritain. »

Depuis que j'avais joué au schnorrer dans la rue, je m'étais pris d'affection pour les unijambistes, y compris cette pauvre femme à la voix de crécelle qui quittait enfin la scène, en pleurs, sous les rires et les moqueries. Aussi je me levai pour applaudir, comme si j'avais apprécié son numéro.

Erich Angerstein me regarda avec amusement, puis avec pitié.

« Vous êtes un type bien, dit-il. Je le vois. Ça en dit long sur vous. Mais ces gens vont penser que vos applaudissements sont sarcastiques. Vous en êtes conscient, hein ? Il n'y a pas de place pour l'authenticité ici. Vous pensiez certainement que votre numéro avec Old Sparky au Sing était le spectacle le plus cruel de Berlin, mais vous aviez tort, mon ami. Il n'y a pas que les rêves qui sont brisés ici, les âmes aussi. »

Il finit par ôter sa main du soutien-gorge de Margit, mais uniquement pour allumer une cigarette. Je captai brièvement le regard de la fille et compris qu'elle n'était pas enchantée des attentions que lui témoignait Angerstein. Ni de se trouver là, au Cabaret des Sans-Noms. Tout le monde n'appréciait pas la cruauté gratuite ni le pelotage permanent.

Sans quitter Margit des yeux, je dis :

« Je me demande comment cette pauvre fille s'est retrouvée en fauteuil roulant. Avec un bras et une jambe en moins, traitée comme de la merde sur la scène d'un cabaret, après avoir placé tous ses espoirs dans ces salopards sans cœur.

– Vous avez manqué le début de son numéro, répondit Margit. Elle a expliqué qu'elle avait perdu son bras à cause d'un accident dans une usine. Et sa jambe à l'hôpital, parce qu'elle avait perdu son bras. »

Sa jumelle ajouta :

« Elle voulait devenir la première actrice-chanteuse depuis Sarah Bernhardt.

– Certaines personnes sont vernies, dit Angerstein. Alors que d'autres n'ont aucune chance dans la vie. Tout le monde estime avoir droit à sa part de chance, mais on les prive de ce droit. C'est là qu'interviennent les gens comme moi. »

Je me rassis.

« Vous contemplez toute la création humaine du sommet de cette montagne, Siegfried ?

– Voilà ce que je veux dire : pouvez-vous imaginer à quel point il serait impossible de vivre si les gens ne croyaient pas un peu en la chance, contre toute logique ? La véritable essence de l'être humain, c'est l'aveuglement. C'est ce qui se passe ici. Et il en va ainsi depuis qu'un soldat romain a soufflé sur une poignée de dés. Croire que la chance va tourner, c'est typique de la nature humaine.

– J'admire votre optimisme.

– Peut-être que la chance va vous sourire ce soir.

– J'espère. Cette enquête a besoin d'un coup de pouce.

– J'ai un bon pressentiment, Gunther. Vous allez résoudre cette affaire avec brio et devenir un héros local. J'en suis sûr. Vous allez arrêter le meurtrier d'Eva. Ce type sera décapité. Et je serai là pour voir ça, même si je dois graisser la patte à tous les gardiens de la prison. »

Il parlait sérieusement. Et, l'espace d'un instant, je songeai qu'Erich Angerstein était peut-être ce qu'il y avait de plus malfaisant dans ce club. Je balayai l'assistance du regard afin de m'en assurer. Lucy était repartie avec ses espoirs aussi morts que l'archiduc François-Ferdinand et sa pauvre épouse. J'ignorais que le crime pervers, dénué de toute conscience, était une chose si répandue à Berlin. Mais au Cabaret des Sans-Noms, c'était la règle du jeu, et le pire était à venir. Un jongleur borgne affublé d'un défaut d'élocution, qui ne savait pas jongler ; un imitateur obèse qui voulait se faire passer pour Hitler, puis Charlie Chaplin, mais ressemblait à Oliver Hardy ; un danseur de claquettes qui n'avait pas plus le sens du rythme qu'un rhinocéros mourant. Mais le plus terrible, c'était sans doute cette femme à la poitrine opulente qui se prenait pour une mezzo-soprano et avait choisi d'interpréter un air tiré de la *Salomé* de Richard Strauss. Elow avait convaincu cette pauvre créature qu'elle séduirait davantage le public si, à l'instar de Salomé, elle ôtait ses vêtements en chantant, ce qui offrit aux spectateurs la vision la plus déprimante de la soirée car Salomé avait une grande cicatrice de césarienne. Emil le Prussien lui-même parut choqué par cette révélation, et, dès que Salomé eut quitté la scène, son amie aux éperons et lui se levèrent brusquement et se dirigèrent vers la sortie. Angerstein lança quelques billets sur la table, pour le serveur et les jumelles. Tous les deux nous suivîmes notre proie perruquée à l'extérieur.

« Où voulez-vous qu'on l'arrête ? demandai-je.

– Ça, poulet, c'est votre domaine.

– Vous disiez que vous l'aviez fait suivre jusqu'à Wedding ?

– Oui. Il habite dans Ackerstrasse. Quand vous verrez son appart, vous comprendrez pourquoi il est cul et chemise avec tous les gens qui fréquentent ce club.

– On le cueillera là-bas, alors. Vous avez votre Mercedes ?

– Non, pas ce soir. Elle avait besoin d'un petit réglage. Je la récupère demain à la première heure. » Il montra une petite Hanomag deux places. Avec son phare unique installé au centre du capot, elle ressemblait à une voiture dans un livre pour enfants. « C'est pour ça que je conduis ce jouet à la con. C'est la bagnole de ma femme. Comme elle est en vacances, elle ne s'en sert pas. »

Au volant d'une Dixi noire, Emil le Prussien remonta vers le nord par Mauerstrasse, qui suivait le tracé des anciennes fortifications de la ville. Angerstein nous fit traverser la rivière pour pénétrer dans Wedding la Rouge. Il y avait une raison à ce surnom. Comme à Schöneberg ou à Neukölln, la pauvreté déprimante qui régnait dans ce quartier évoquait celle du Gaza de jadis, où Samson aux yeux crevés avait été condamné à tourner la meule de la prison. Compte tenu de cette terrible pauvreté, aucun des milliers de Berlinois qui occupaient ces immeubles à l'aspect pitoyable n'aurait jamais imaginé voter pour d'autres que les communistes ou, à la rigueur, les socialistes du SPD. À en juger par les enseignes écaillées peintes sur les murs gris des cours imbriquées les unes dans les autres, toute l'humanité était représentée là : charbonniers, tailleurs, bouchers, fabricants de pumpernickel, mécaniciens, boulangers kashers, vendeurs de pigeons, blanchisseuses, poissonniers, peintres en bâtiment. L'inhumanité aussi. Ce quartier était infesté de rats et sillonné par des chats galeux, des chevaux boiteux et sans doute un Golem ou deux. À Wedding la Rouge, tout était possible, et nul ne se souciait de savoir si cela était respectable aux yeux de la classe moyenne berlinoise. Bien que l'on fût au beau milieu de la nuit, de très jeunes enfants sous-alimentés traînaient encore dans l'obscurité des portes cochères, sous le regard attentif d'hommes et de femmes en *Tracht*[1] ou en vêtements militaires miteux. Le genre d'endroit où vous vous estimiez chanceux de porter une chemise propre et des chaussures cirées.

« Je déteste ce putain de quartier, avoua Angerstein.

– Il y a une raison particulière à cela, ou bien vous étudiez les beaux-arts et l'architecture ?

– J'ai grandi ici. Il n'y a pas de meilleure raison.

– Vous avez dû recevoir une sacrée éducation.

– Exact. Et je l'ai échappé belle, on peut le dire. Chaque fois que je reviens ici, ça me rappelle ce qu'aurait pu être ma vie si j'avais dû… Vous m'avez compris.

– Mener une vie honnête ? Oui, je vois.

– Non, vous ne voyez pas. Quiconque n'a pas vécu ici ne peut comprendre ce que c'est que de grandir dans un trou à rats pareil. »

Angerstein ralentit, puis s'arrêta. Sachant exactement où se rendait Emil le Prussien, il n'avait pas peur de le perdre. Il me regarda avec ses yeux marron qui ne cillaient pas, presque éteints ; deux flaques d'eau froide dans le granit. Les yeux les plus intimidants que je connaisse. Peu à peu, un sourire apparut sur son visage, mais cela prit un long moment, et c'était un sourire sans joie.

« Vous voyez ce banc de pierre ? C'est le banc des joueurs. Mon père s'y est assis durant vingt ans pour jouer au skat et dilapider l'argent qu'il avait gagné grâce aux petits boulots merdiques qu'il dénichait de temps en temps, pendant que ma mère se tuait à la tâche en faisant des lessives et en fabriquant des vêtements pour enfants. J'ai juré de ne jamais finir comme ces deux pauvres bougres. Le nombre de fois, depuis, où j'ai regretté de ne pas avoir

1. Vêtements de travail.

pu revenir à temps pour leur filer simplement quelques centaines de marks. Qui auraient changé leur vie. Et la mienne… Parfois, j'ai l'impression que tout ça est arrivé à quelqu'un d'autre. Comme un schizophrène, vous comprenez ? Si vous voulez savoir pourquoi un homme devient un criminel, venez donc passer un petit moment ici, vous apprendrez deux ou trois choses.

– Tous les gens qui vivent ici ne deviennent pas des criminels, Erich. Certains parviennent à rester honnêtes. Certains réussissent même à se hisser au-dessus de leur condition. À la dure.

– Oui, vous avez raison. Mais dans l'ensemble, ils restent coincés là, non ? Et ils mènent une vie misérable. Pas moi. Si je devais retourner vivre à Wedding, je crois que je me tuerais. Ou que je tuerais quelqu'un d'autre, plus vraisemblablement. Un meurtre n'a rien d'exceptionnel quand vous vivez dans un dépotoir comme Wedding. Par ici, on appelle ça un arbitrage exécutoire. Une manière rapide de résoudre les conflits, sans faire appel à la police ni aux tribunaux. Sauf si quelqu'un crache le morceau. »

Son rire me rappela combien cet homme était dangereux. Son réseau était le plus redouté de tout le pays.

« En faisant cela, il viole la première loi de Wedding : toujours la boucler, surtout quand il y a un flic dans les parages. Je suis sorti de ce bourbier pour ma famille. Je voulais offrir autre chose à mes enfants. Quand Eva a obtenu son *Abitur*, j'étais le plus fier des hommes. Les gamins d'ici ne sauraient même pas écrire le mot. J'étais encore plus fier quand elle a déniché un boulot de sténographe chez Siemens-Halske. J'aurais pu lui trouver quelque chose de mieux, mais elle était indépendante et elle n'en faisait qu'à sa tête. Soit. Je ne m'en suis pas mêlé. Et puis, quelque chose a mal tourné. Je ne sais pas quoi. Peut-être une mauvaise rencontre avec un garçon. J'essaie encore de découvrir ce qui s'est passé. Elle a commencé à prendre de la cocaïne, et à se prostituer à l'occasion pour acheter sa drogue. On pourrait même dire qu'elle a retrouvé sa vraie nature. Maintenant qu'Eva est morte, je me demande pourquoi je me suis donné autant de mal. Est-ce qu'elle serait toujours vivante si on habitait encore ici ? Je ne sais pas.

– Vous avez fait ce qui vous semblait bien, dis-je. Même si c'était mal. C'est la seule chose qui compte. On offre des chances aux gens. Ce qu'ils en font ensuite, c'est leur affaire. Si votre fille a commis des erreurs, vous n'y êtes pour rien, Angerstein. Le seul coupable, c'est celui qui commet ces erreurs. Selon moi.

– Merci de me dire ça. Même si vous ne le pensez pas. »

Le récit de la vie d'Erich Angerstein étant terminé, nous repartîmes, mais il s'arrêta presque aussitôt derrière la Dixi, vide. Emil et sa petite amie étaient déjà entrés dans l'immeuble. Nous traversâmes une enfilade de cours intérieures sinistres et gravîmes un étroit escalier de pierre qui sentait le charbon, le tabac, la friture, le désinfectant et quelque chose de pire. L'ensemble évoquait une gravure en noir et blanc représentant une fosse remplie d'os séchés pour illustrer *La Divine Comédie.*

« Dernier étage, dit Angerstein.

– Et s'il n'ouvre pas ? demandai-je. Personnellement, à cette heure-ci, ici, je ne suis pas sûr que j'ouvrirais.

– Dans ce cas, il vaut mieux ne pas frapper », répondit Angerstein.

Sur le palier du dernier étage, il y avait deux portes et, au pied d'une petite volée de marches, une troisième, branlante, qui donnait dehors. Elle était fermée de l'extérieur, jusqu'à ce qu'Angerstein force la serrure à l'aide d'un canif.

« Je connais tous ces vieux immeubles comme ma poche, expliqua-t-il. Ça date de l'époque où j'ai commencé à faire des cambriolages. Et d'autres choses. »

Il me précéda dans un escalier de secours métallique qui surplombait une petite cour intérieure obscure envahie de rats. Au-dessus de nous, le ciel chargé de fumée résonnait des violentes vociférations d'un couple en pleine dispute en voie de dégénérer. Je le suivis tout doucement à travers un labyrinthe de cordes à linge jusqu'à une fenêtre crasseuse. À l'intérieur, les lumières allumées nous offraient une vue imprenable sur la petite amie d'Emil le Prussien qui finissait de lui ligoter poignets et chevilles aux pieds d'une table de cuisine, à l'aide d'une sélection de cravates ayant appartenu à ses clients. Elle était nue, à l'exception de ses bottes et de ses bas. Dès qu'elle fut satisfaite de la qualité de ses nœuds, elle abaissa le pantalon et le caleçon d'Emil avant de prendre une baguette qu'elle fit siffler dans l'air.

« On arrive juste pour le spectacle, on dirait, commenta Angerstein.

– J'imagine mal les touristes de Thomas Cook venant jusqu'ici.

– Non, mais ça nous fera gagner du temps.

– Comment ça ?

– Vous avez lu Kant, n'est-ce pas ? Un homme a tendance à se montrer plus raisonnable quand il a le pantalon sur les chevilles. J'ai l'impression qu'il attend qu'on vienne l'interroger. »

Il avança jusqu'à la fenêtre suivante, l'ouvrit à l'aide de son canif, sans bruit, et nous entrâmes dans l'appartement. Si on pouvait appeler ça ainsi. Un sol en linoleum vert. Un lit qui ressemblait à un nid de souris, odeur comprise. Une grande penderie pleine de manteaux de fourrure, sans doute volés, et, accrochés à la porte, un uniforme militaire et un clairon. Nous fîmes irruption dans le salon où la dominatrice était en train de fouetter son client. Il le prenait plutôt bien, trouvai-je. Il criait à peine. Toutefois, en nous voyant débarquer, il se mit à brailler. Non pas de douleur, mais d'indignation.

« Vous êtes qui, nom de Dieu ? Foutez le camp avant que j'appelle la police ! »

Suivit un flot d'injures.

« C'est quoi le mot savant qui désigne cette perversion ? demanda Angerstein à la dominatrice. L'algolagnie ? »

Elle acquiesça. Angerstein lui tendit un billet de banque.

« Habille-toi, ma jolie. Et rentre chez toi. Oublie que tu nous as vus. On va prendre le relais question algolagnie. »

La femme s'empressa de ramasser ses vêtements et de décamper. Elle sentait qu'on ne plaisantait pas. Il faut dire qu'Angerstein tenait à la main un pistolet.

« Rangez ce bismarck, lui ordonnai-je. On n'en aura pas besoin. Saucissonné comme ça, il est prêt pour un dialogue socratique. »

Angerstein haussa les épaules et glissa le pistolet dans un petit étui fixé à sa ceinture.

« Je ne ferai pas semblant de comprendre comment on peut avoir envie de se faire fouetter, dit-il en prenant la baguette. Mais il faut de tout pour faire un monde. Surtout à Berlin. Personnellement, je mets ça sur le compte de l'armistice. On continue à battre sa coulpe d'avoir perdu la guerre. Ou on paie quelqu'un pour le faire à notre place.

– Qu'est-ce que vous voulez, bordel ? demanda Emil.

– Des réponses à des questions », dis-je en approchant une chaise du bout de la table, celui où se trouvait sa tête, plutôt que l'autre. Sa perruque avait disparu et la tache de naissance dans son cou correspondait exactement à l'image utilisée par Johann Tetzel : on aurait dit qu'un serveur négligent avait renversé quelque chose sur son col de chemise. « Et dès qu'on aura nos réponses, on vous laissera tranquille. Si vous êtes sage, peut-être même qu'on vous détachera avant de partir. C'est aussi simple que ça.

– Et qui veut des réponses ?

– Que ce soit bien clair, dit Angerstein en lui assénant un grand coup de baguette sur les fesses qui me fit grimacer par procuration. C'est nous qui posons les questions.

– Oui, oui, oui. Je vous dirai tout ce que vous voulez savoir.

– Il y a quelques semaines, repris-je, vous avez monté un coup avec votre ami Karl Szatmari. Au sud de Wittenbergplatz, derrière un immeuble de Wormser Strasse. J'ai retrouvé votre chariot de klutz. Vous étiez son *Achtung*. Le clairon accroché derrière la porte, c'était pour le prévenir si les flics arrivaient.

– Qui dit ça ? »

Angerstein le frappa de nouveau.

« Pas de questions, s'il vous plaît, uniquement des réponses.

– Ce que je veux savoir, c'est pourquoi vous vous êtes enfui. Ce qui vous a poussé à abandonner votre chariot pour foutre le camp.

– Je comprends rien à ce que vous racontez. C'est vrai, je me faisais passer pour un schnorrer et je guettais les flics pour Szatmari quand il était sur un coup. Je suis un escroc. Je plaide coupable. Y a rien à dire. Mais j'ai paumé mon chariot sur Wittenbergplatz. J'ai été obligé de détaler à cause d'un flic trop curieux qui me posait des questions embarrassantes. Je sais pas comment il s'est retrouvé là où vous dites. Mais Wormser Strasse, c'est pas très loin de Wittenbergplatz.

– Une femme a été assassinée ce soir-là. Assassinée et mutilée. Et je pense que vous avez vu le type qui a fait ça. C'est pour ça que vous avez détalé. Vous aviez peur qu'il ne vous tue vous aussi.

– Qu'est-ce qui vous fait croire ça ? »

Angerstein lui asséna un troisième coup de baguette et le visage d'Emil prit une couleur violacée intéressante.

« Ils ne vous ont rien appris à l'école ? La différence entre une question et une réponse ?

– D'accord, d'accord. Frappez pas si fort. Je vous le répète : je vous dirai tout ce que vous voulez savoir.

– Pour l'instant, vous n'avez rien dit, rétorqua Angerstein.

– Écoutez-moi, Emil, poursuivis-je. Un cambriolage a été commis dans Wormser Strasse, la même nuit que ce meurtre. C'est une certitude. Et pour moi, c'est Szatmari le coupable. Si on va l'interroger et s'il nous avoue que vous lui serviez de guetteur, on sera obligés de revenir vous voir, et cette fois, mon ami ne se contentera pas de vous donner quelques coups de baguette. Mais ne pensez pas à ça. Concentrez-vous sur ce qui va se passer maintenant. » J'allumai une cigarette. « C'est votre dernière chance, Emil. Si je dois vous reposer la même question encore une fois, je demanderai à mon collègue de vous battre comme un vieux tapis. Et quand il en aura marre, je prendrai sa place. Ce sera encore pire alors, parce que je n'y prendrai aucun plaisir. Aucun. Je serai au contraire mal à l'aise. Et comme je serai mal à l'aise, je serai en colère. Du coup, je frapperai encore plus fort. Vous comprenez ? Voilà pourquoi je vous encourage à me dire des choses que je ne sais pas déjà. Avant que vous ne commenciez à souffrir pour de bon.

– Ok, ok. J'ai vu quelque chose. Presque rien, à vrai dire. Mais si vous êtes de la police, je vois pas en quoi je peux vous aider.

– Si vous commenciez par le début ? On jugera si c'est intéressant ou pas. »

Je me renversai contre le dossier de la chaise, fis tomber ma cendre par terre et attendis.

Mais Erich Angerstein secoua la tête et m'adressa son regard le plus noir.

« Vous lisez des livres ? me demanda-t-il.

– Évidemment. Quel rapport ?

– Eh bien, je lis dans la tête des gens comme vous lisez des bouquins. On pourrait même dire que je suis un gros lecteur. Dans mon métier, c'est indispensable. Et j'ai l'impression que vous avez un tas de choses à apprendre au niveau des interrogatoires, mon jeune ami. Quand un type minimise l'importance de ce qu'il va vous dire, vous pouvez parier qu'il ne vous dira rien d'intéressant. Ce que vous voulez, c'est une pute qui n'a pas mangé depuis plusieurs jours, quelqu'un qui a très envie de faire plaisir à son client. Et c'est pas le cas ici. Pas encore. Vous êtes d'accord ? »

Je hochai la tête. Emil réitérait déjà sa volonté de répondre à toutes nos questions, mais j'étais obligé de souscrire à ce que venait de dire Angerstein. J'aurais préféré qu'il ait tort, mais je savais qu'il avait raison, et lui aussi. Et nous savions tous les deux ce qui se passerait ensuite. Ça ne me plaisait pas, mais je n'avais plus qu'une envie : soutirer le maximum d'informations à Emil pour pouvoir quitter cet appartement et laisser derrière moi cette scène atroce le plus vite possible. Alors je hochai la tête de nouveau.

Angerstein sortit de sa poche un mouchoir blanc, le secoua pour le déplier et le fourra dans la bouche d'Emil. Puis il se tourna vers moi.

« Voilà ce qui va se passer, dit-il posément en ôtant sa veste et en roulant les manches de sa chemise. Vous allez retourner dans la chambre, fermer la porte, allumer une cigarette et attendre patiemment cinq minutes. Je ne veux pas que votre sens moral et votre amour de la justice interfèrent pendant que je tabasse cette ordure. Comme un vieux tapis. Pour reprendre votre expression. C'est bien ce que vous avez dit, hein ? Je vais m'occuper de ce salopard jusqu'à ce qu'il ait envie de me raconter tout ce qui lui est arrivé depuis qu'il a lâché le sein de sa mère. »

Assis au bord du lit puant, je fumai une cigarette pour ne pas penser à l'odeur, en observant la chambre vide, qui m'observait en retour. Et pendant que j'attendais avec une certaine angoisse (moindre que celle d'Emil le Prussien) qu'Erich Angerstein vienne me chercher, j'avais l'impression d'être un fantôme, et sans doute en avais-je l'apparence. Mais il était plus facile à mon nez de faire abstraction de la puanteur du lit qu'à mes oreilles d'ignorer les bruits qui me provenaient de la pièce voisine. C'était pure lâcheté de ma part que de laisser le sale boulot au gangster, mais cela me paraissait accessoire à côté de la nécessité absolue d'obtenir le nom d'un individu que je pourrais arrêter. J'essayais de me convaincre que la fin justifie les moyens, perpétuel dilemme pour un policier honnête lorsqu'une enquête piétine. Cinq minutes, avait dit Angerstein. Le temps pour moi de fumer une cigarette et pour lui de faire cracher à Emil tout ce qu'il savait. Comparé aux vies qui pouvaient être sauvées, ce n'était rien. N'empêche, ces cinq minutes me parurent interminables. J'entendais le sifflement de la baguette et les hurlements étouffés d'Emil. Et si je les entendais, les voisins devaient les entendre eux aussi. Heureusement, personne dans un immeuble tel que celui-ci n'aurait l'idée d'aller chercher la police. En outre, les flics, de même que les téléphones publics, n'étaient pas chose courante dans le quartier. Après quelques minutes, je coinçai la cigarette entre mes dents et j'introduisis mes doigts dans mes oreilles, ce qui eut pour effet de faire palpiter mon sentiment de culpabilité à l'intérieur de mon cerveau, comme si je souffrais d'une légère fièvre.

Lorsque, enfin, Angerstein vint me chercher, il était essoufflé, tout rouge, et la sueur perlait sur son front. Il n'avait pas ménagé ses efforts. Et quand mon regard se posa sur Emil, j'en eus la confirmation. Il était évanoui, son dos avait la couleur et l'aspect d'un insecte écrasé, le sang coulait sur ses cuisses et son visage était blanc comme un fromage de chèvre. La baguette, écarlate, gisait sur le plancher, telle l'arme d'un crime, et dans mon empressement à effacer cette scène de mon esprit je l'envoyai valdinguer d'un coup de pied rageur et me penchai vers l'homme inconscient pour ôter le mouchoir enfoncé dans sa bouche avant qu'il ne suffoque.

« Je pense qu'il va nous dire ce qu'on veut savoir maintenant », annonça Angerstein, avec le plus grand calme.

De toute évidence, il n'éprouvait aucun regret, et sans doute avait-il cherché à infliger le maximum de souffrance, sachant par expérience ce que sa victime pouvait supporter. Il rabaissa ses manches et ramassa sa veste par terre, tandis que je donnais de petites claques sur les joues d'Emil, sans frapper trop fort. Peu à peu, il revint à lui. Angerstein se montra moins subtil : il le saisit par l'oreille et l'obligea à lever la tête.

« On t'écoute, dit-il. Raconte-nous toute l'histoire depuis le début. Exactement comme je te l'ai dit, Emil. »

C'était une remarque bizarre, mais, sur le moment, je n'y prêtai pas attention.

« Raconte à mon ami ce que tu as vu devant cet immeuble de Wormser Strasse. Ou sinon, on recommence.

– Je faisais le guet dans la rue pendant que mon pote cambriolait un appartement, dit Emil. Je devais souffler dans mon clairon si je voyais des poulets se pointer. Ou quelqu'un qui pouvait être le proprio. Ça faisait pas longtemps que j'étais là quand j'ai vu ce type entrer dans la cour avec la fille. Et je l'ai vu ressortir quelques minutes plus tard. Seul. J'ai remarqué qu'il avait du sang sur les mains. Là, j'ai compris ce qui s'était passé. Il avait assassiné la fille, à coup sûr. Mais c'est pas tout. Je l'ai reconnu. C'était un flic.

– Un flic ?

– De la Kripo.

– Un inspecteur ? dis-je. Vous êtes sûr ?

– Bien sûr que je suis sûr. C'est pour ça que je voulais rien dire. Je pensais que vous alliez me buter.

– Cet homme, comment s'appelle-t-il ? Je suppose qu'il a un nom.

– Je connais pas son nom. Parole. Faut me croire. Mais je me suis souvenu que je l'avais vu à l'Alex, la fois où je me suis fait coffrer pour une petite bricole par un autre inspecteur. Je l'ai bien reconnu. C'est pour ça que j'ai décampé. Avant qu'il me tue moi aussi. Et je me suis planqué. Quand ce premier schnorrer s'est fait refroidir, j'ai pigé. Il me cherchait. Ça pouvait être que ça. »

Chassant mon incrédulité, je repensai à ce que nous avait dit ce sans-abri, Stefan Rühle, à Otto Trettin et à moi, à La Palme : lui aussi avait vu le meurtrier, et il affirmait que c'était un flic. Sur le coup, je l'avais pris pour un maboul, mais maintenant je n'en étais plus aussi sûr. Et déjà j'essayais d'établir un rapprochement entre les flics que je connaissais et le portrait de Satan fait par Rühle.

« Vous pouvez le décrire ?

– Pas très grand. Banal. Je sais pas quoi dire de plus. Je suis pas très doué pour les descriptions.

– Vous n'essayez pas de nous enfumer, hein ? En nous faisant croire que le meurtrier fait partie de la police.

– Non ! Je vous jure que c'est un flic qui a tué la fille. Un inspecteur. Mais je connais pas son nom.

– Je n'y crois pas.

– Je vous en supplie, faut me croire. Je veux plus recevoir de coups.

– Ne t'inquiète pas, Emil, dit Angerstein sur un ton apaisant. Mon ami est un peu étonné d'entendre ça, voilà tout. Contrairement à moi. Je suis bien plus disposé à croire que les flics de Berlin sont capables du pire. Cela étant, je n'aimerais pas apprendre que tu t'es foutu de nous.

– Je vous ai dit tout ce que je savais ! Par pitié, arrêtez de me frapper. »

Déjà, Angerstein détachait les chevilles et les poignets d'Emil comme s'il était satisfait de ce qu'il venait d'entendre. Ce qui m'étonna : il n'était pas du genre à se contenter de vagues explications et d'un signalement succinct, d'autant qu'il concernait l'homme qui avait probablement assassiné sa fille. Les révélations d'Emil, selon lesquelles le suspect était un flic, faisaient naître autant de questions qu'elles apportaient de réponses. Angerstein me regarda et secoua la tête.

« Sacrée surprise, hein ? Un flic de l'Alex. Ça réduit le champ des possibilités, je suppose. Comment s'appelait ce flic qui aimait assassiner des putes ? Celui qui était persuadé d'accomplir l'œuvre de Dieu en nettoyant la ville.

– Bruno Gerth.

– Et où est-il maintenant ?

– Toujours dans un asile à Wuhlgarten. Aux dernières nouvelles.

– Je ne peux pas croire qu'un juge compréhensif se soit laissé convaincre de le remettre en liberté, si ?

– Non. De fait, je lui ai rendu visite il y a deux mois environ.

– On peut savoir pourquoi ?

– Je cherchais des informations sur une autre affaire. »

Plus précisément, j'avais effectué ce déplacement à la demande d'Ernst Gennat, qui savait que je connaissais bien Gerth, pour voir s'il ne pouvait pas nous aider à résoudre quelques affaires de meurtres non élucidées. Surtout, je devais vérifier l'authenticité d'une rumeur qui circulait à l'époque de la condamnation de Gerth, jamais confirmée mais largement répandue, selon laquelle il avait un complice. Évidemment, il avait nié. De toute évidence, il espérait prouver qu'il était redevenu sain d'esprit, et obtenir ainsi une libération anticipée. Des aveux tardifs auraient gâché toutes ses chances.

« Donc, ça signifie qu'il a encore toute sa tête. Bien qu'il soit enfermé dans cet asile. Sinon, vous n'auriez pas pris la peine d'aller lui demander son aide.

– Selon moi, il est parfaitement sain d'esprit. Il a su manipuler le système judiciaire pour échapper à la peine de mort.

– Vous pensez à d'autres flics meurtriers ?

– Un tas, dis-je. Mais pas dans ce genre-là. D'un autre côté…

– Oui ?

– Si c'est vraiment un flic, ça pourrait expliquer pourquoi il a parsemé d'indices les scènes de crime. Comme s'il savait de quelle façon nous faire perdre notre temps. Je pense également à ces moqueries dans les journaux. Il aurait voulu se venger de la Kripo, en nous faisant passer pour des incompétents.

– Dommage qu'Emil ne puisse pas nous donner son nom.

– À moi de le découvrir. Il faut bien que je justifie mon salaire d'inspecteur. »

Angerstein tapota le crâne d'Emil avec ses jointures.

« On sait où tu habites. Et tu sais qui je suis. Tu sais que je peux retrouver n'importe qui et lui faire beaucoup de mal. Alors, si jamais quelque chose te revient au sujet de ce flic, préviens-nous, Emil.

– Oui, monsieur. »

Angerstein sortit son portefeuille et déposa quelques billets sur la table de la cuisine.

« Tiens. Va voir le médecin et fais-toi soigner.

– Merci.

– Faut se tirer. Maintenant. » Angerstein me prit par le bras et m'entraîna vers la porte. « Au cas où quelqu'un aurait entendu du bruit et décidé de prévenir la police. Même à Berlin, ce n'est pas à exclure. »

Angerstein me ramena à Nollendorfplatz.

« Je vous trouve très silencieux, dit-il.

– Je réfléchis.

– Vous voulez bien me faire partager vos réflexions, Gunther ?

– Je vous ferais perdre votre temps. Je tâtonne encore. Si je trouve un filon, je vous le dirai. En attendant, je vais me contenter de siffloter en gardant les mains dans les poches.

– S'il y a une chose plus ridicule qu'un flic qui réfléchit, c'est un flic qui espère qu'il va en sortir quelque chose.

– Je me réjouis de voir que nous vous inspirons une telle confiance.

– La police ? ricana Angerstein. Peut-être que vous n'étiez pas là pendant que je battais le tapis, mais je viens d'apprendre que c'est un flic qui a assassiné ma fille. Et je fais un gros effort pour ne pas vous juger responsable. Vu que vous êtes flic vous-même, et que vous faites partie de cette conspiration du silence qui frappe toute la ville.

– C'est le flic qui est en moi qui réfléchit.

– Dépêchez-vous. Plus vite vous arrêterez quelqu'un, plus vite j'arrêterai de sonder votre cerveau.

– Désolé, il faut être seul pour réfléchir.

– À l'époque où vous étudiiez la théologie à Heidelberg, sans doute. De nos jours, vous devez rédiger des rapports afin que vos supérieurs puissent guider vos réflexions avec sagesse. S'ils en sont capables. C'est pour ça qu'ils vous font travailler en équipe, non ? Ce n'est pas pour partager les notes de bistrot, mais la matière grise. » Il alluma une cigarette. « Je dis juste que je pourrais peut-être vous aider.

– Et moi, je vous dis juste que si vous espérez découvrir quatre-vingt-quinze thèses épinglées sur votre porte demain matin, vous allez être déçu. Écoutez-moi, Herr Angerstein, je vous tiendrai informé dès que j'aurai quelque chose. D'ici, là, bonne nuit. »

J'entrai dans la pension et je montai l'escalier à pas feutrés. Un rai de lumière filtrait sous la porte de Rankin, mais je m'abstins de frapper. Je ne me couchai pas pour autant, mon esprit en ébullition m'empêchant de trouver le sommeil. Je m'assis à mon bureau, j'attirai vers moi un bloc-notes, sur lequel je me mis à gribouiller, en espérant que cela m'aiderait à me concentrer afin de mettre de l'ordre dans le méli-mélo de mes pensées. J'essayais de me remémorer des faits oubliés, des détails confus, des incohérences tapies dans l'ombre. Bref, j'espérais coucher sur le papier un élément qui sur le coup m'avait paru insignifiant, et dont l'importance revenait me hanter. Je regardai la bouteille de rhum dans mon tiroir, mais repoussai ses avances, comme un homme de caractère, et continuai à griffonner des réflexions à mesure qu'elles me venaient, sans aucune logique. Au bout d'un moment, je me surpris à bâiller et jugeai préférable de laisser ces passionnantes ruminations à la partie souterraine de mon esprit, où rien ne semblait clair, hormis peut-être l'opposition entre sommeil et veille, entre un bon policier et un mauvais. Mais cette opposition existait-elle réellement ? Beaucoup de bons flics, y compris moi, étaient capables de très mal se comporter. Certains toutefois plus que d'autres. Voilà pourquoi mes pensées ne cessaient de me ramener à la réunion du Schrader-Verband, à la Schlossbrauerei de Schöneberg et aux policiers anti-républicains que j'avais vus là-bas. Nombre d'entre eux professaient des opinions que je jugeais rebutantes, et l'un d'eux, Gottfried Nass, avait même tenté de me tuer, mais étaient-ils pour autant capables de commettre des meurtres de psychopathe ? Le seul flic véritablement dérangé que je connaissais était un homme que j'aimais bien : Bruno Gerth. À l'époque où je lui avais rendu visite, je pensais qu'on ne pouvait pas faire pire que Gerth dans le genre mauvais flic. Pourtant, il s'était montré chaleureux et courtois, et plus ou moins sain d'esprit à mes yeux de profane. On se connaissait déjà avant que j'entre à la Kripo, lorsque je portais encore l'uniforme, comme lui. Il m'avait accueilli dans sa chambre de l'asile d'aliénés de Wuhlgarten tel un vieil ami perdu de vue depuis longtemps.

« Bernie Gunther, dit Gerth en me serrant la main. Ça fait combien de temps ?

– Quatre ans. »

Je nous allumai deux cigarettes et lui en tendis une.

« Quatre ans ! Incroyable. J'ai appris que tu avais quitté l'uniforme. Tu es en civil maintenant.

– Comment le sais-tu ?

– Je ne peux pas le dire. Je reçois de la visite parfois. Alors, ça te plaît, le métier d'inspecteur ? Tu es aux Mœurs, je crois ?

– Exact. Je n'ai pas à me plaindre. Sauf que je ne suis jamais de repos. C'est ça qui est chouette quand on porte l'uniforme : dès que tu l'as suspendu dans ton casier, ta journée est terminée.

– Qu'est-ce qui t'amène par ici ? J'imagine qu'il ne s'agit pas d'une visite de courtoisie. »

Bruno Gerth n'était guère plus âgé que moi. Yeux bleus, cheveux blonds, traits réguliers, c'était un héros de la guerre et un policier décoré pour bravoure. Il n'avait pas le profil d'un meurtrier violent, en tout cas pas aux yeux du juge qui avait dirigé son procès. Ses avocats avaient fait valoir qu'il n'aurait jamais tué personne s'il n'avait pas été épileptique. Je n'en étais pas convaincu. Non seulement les inspecteurs chargés d'enquêter sur les meurtres d'Elsie Hoffmann et d'Emma Trautmann avaient décrit une scène d'une brutalité terrifiante, mais par ailleurs ils avaient souligné la fascination qu'exerçait sur Gerth l'ouvrage d'un criminologue réputé nommé Erich Wulffen. Son exemplaire du *Criminel sexuel* était copieusement souligné et annoté, et les deux victimes avaient été éviscérées d'une manière qui semblait imiter celle que décrivait Wulffen dans son livre presque pornographique.

« Je pourrais te répondre que je viens prendre de tes nouvelles, Bruno. Parce qu'on est tous les deux des *Bolle*[1].

1. Terme désignant le copain que l'on se fait en état d'ivresse.

Et voir si je peux faire quelque chose pour toi. Mais je mentirais. En vérité, Ernst Gennat a découvert qu'on avait été collègues et il m'a convaincu de venir te voir. Pas en tant qu'ami, mais en tant que flic.

– Dans l'espoir que je l'aide à améliorer son taux d'affaires élucidées, je parie.

– Oui, quelque chose comme ça.

– Je me suis déjà sacrifié pour ces deux putes, Elsie Hoffman et Emma Trautmann. Je ne vois pas ce que je peux faire de plus.

– Ce serait vrai si c'étaient tes deux seules victimes.

– Qu'est-ce qui te fait croire qu'il y en a d'autres ?

– C'est Gennat qui en est convaincu. Il t'a dans le viseur pour le meurtre d'une autre fille : Frieda Ahrendt.

– Jamais entendu parler.

– Et pour d'autres qu'on ne connaît même pas.

– Il fait fausse route, Bernie. C'est ton vieux pote qui te le dit. Ces deux femmes, ce sont les deux seules que j'ai tuées. Mais je suppose que si on ne m'avait pas arrêté, j'aurais tué de nouveau. En fonction de mon état psychologique du moment.

– Alors, laisse-moi te poser une question, entre vieux potes : Pourquoi tu as fait ça, nom de Dieu ? Et ne me parle pas de pathologie préexistante car je n'y crois pas. Ce bouquin qu'ils ont découvert dans ton appartement était rempli de notes de ta main. D'horribles descriptions de fantasmes de meurtres sexuels.

– Eux-mêmes dus à mon état mental. Mais je vais te dire une chose, Bernie. Et en tant qu'inspecteur des Mœurs, tu vas comprendre. Au moment où j'ai tué ces deux femmes, la logique de mon geste me paraissait irréfutable. Tu ne peux pas nier que Berlin souffre de ce fléau quasi biblique que sont les prostituées. En tuer une ou deux pour inculquer aux autres la crainte de Dieu, et peut-être les détourner de cette profession, me semblait être un moyen de contrôle efficace. Bien plus que l'enregistrement et les examens médicaux.

– Tu ne les as donc pas tuées juste pour le plaisir, comme l'a affirmé le procureur ?

– Franchement, pour qui me prends-tu ?

– Certaines personnes ont suggéré que tu pouvais avoir un complice. Un autre flic, qui partageait tes idées et détournait le regard. Et t'évitait de te faire arrêter. Pendant quelque temps, du moins.

– Un tas de policiers approuvaient ce que j'ai fait. Tu as dû t'en rendre compte maintenant. Après mon arrestation, le président du Schrader-Verband en personne, le colonel Otto Dillenburger, m'a dit qu'il soutenait pleinement mes actions. Voilà ce que j'appelle un syndicat.

– Je m'intéresse davantage au soutien que tu aurais pu recevoir avant ton arrestation, Bruno.

– Ah, ce serait dévoiler un secret. Disons simplement que j'avais des admirateurs. Je reçois énormément de courrier ici, tu sais. De la part de personnes qui me félicitent. Qui pensent qu'il faut faire quelque chose pour repousser cette vague de crasse et d'immoralité qui menace d'engloutir la ville. De la part de femmes attachées à la morale et fortement opposées à la prostitution. J'ai même reçu des demandes en mariage.

– Pas étonnant. Depuis la guerre, les célibataires sont une denrée rare.

– Ne te moque pas. Certaines ont de l'argent. Je pourrais très bien me marier si je sais m'y prendre.

– C'est comme ça que tu as pu t'offrir les services d'Erich Fray pour ta défense ? Ce n'est pas toi qui l'as payé ? »

Gerth ne répondit pas.

« Et il n'y a pas que lui, insistai-je. Le médecin qui a témoigné en ta faveur n'était autre que Magnus Hirschfeld. »

Aucune réponse là non plus.

« Sans ces deux-là, ta tête tremperait dans un seau.

– C'est exact. La justice allemande est une belle chose, hein ? »

Après ma visite, j'étais allé voir le directeur de l'asile, un médecin nommé Karl-Theodor Wagenknechy, qui possédait le monosourcil le plus hirsute que j'aie jamais vu. On aurait dit le nid d'un aigle imposant et désordonné.

« Conservez-vous la liste des visiteurs ? Je m'intéresse aux personnes qui sont venues voir Bruno Gerth.

– Oui.

– J'aimerais la consulter, si c'est possible. »

Il avait disparu plusieurs minutes, me laissant seul dans un bureau étrange, dont la moitié était occupée par une sorte de chaise électrique. J'avais décidé de ne pas interroger le directeur à ce sujet, de crainte qu'il ne me propose de l'essayer. Quand il était enfin revenu, il m'avait tendu une feuille de papier.

« Vous pouvez la garder. »

J'avais jeté un coup d'œil à la liste. Un nom avait aussitôt attiré mon attention. Celui du commissaire Arthur Nebe.

Depuis cette visite à l'asile de Wuhlgarten, je ne cessais de me dire qu'Arthur Nebe cachait bien son jeu, et son discours devant le Schrader-Verband à Schöneberg m'avait convaincu que si quelqu'un, au sein de la police berlinoise, approuvait l'idée d'éliminer les inutiles et les criminels, c'était le commissaire Nebe.

Je fermai les yeux, posai ma tête sur mon avant-bras et dérivai au milieu de nulle part, près d'une maison tout en hauteur de Nollendorfplatz. Pendant un instant, je crus que j'étais de retour à La Palme, dans le bureau du Dr Manfred Ostwald, en compagnie de Stefan Rühle, de Lotte Lenya, d'Arthur Nebe, de Fritz Pabst et d'autres. Des indices sérieux me tendaient les bras dans tous les coins, mais je les ignorais car je m'en méfiais. Si seulement Ernst Gennat pouvait apprendre à suivre ses propres conseils. Lotte sifflotait un air de *L'Opera de quat'sous*. Non, c'était un air de *L'Apprenti sorcier*, de Paul Dukas, celui que sifflotait l'agresseur de Fritz Pabst, dans son souvenir, quand elle était Louise Pabst. Pendant ce temps, Rühle parlait, lui, d'un diable en chaussures blanches, au visage couvert de poils et aux yeux rouges ; Nebe faisait un discours sur la nécessité de nettoyer les rues de Berlin et expliquait que les nazis allaient tout arranger car personne d'autre n'en était capable, surtout pas Bernhard Weiss. Au bout d'un moment, Gottfried Nass entra dans le bureau et parvint à balancer Weiss par la fenêtre. Puis ce fut mon tour. Deux autres officiers intervinrent pour lui prêter main-forte : Albert Decker, qui avait agressé un supérieur parce qu'il était communiste, et Kurt Gildisch, un ivrogne violent qui aimait entonner des chants nazis après quelques verres. Mais Nass était le plus déterminé des trois. Comme Bruno Gerth, lui aussi avait été jugé pour le meurtre d'une prostituée, mais il avait été acquitté. Ils ne réussirent pas à me défenestrer cependant, car je les tins en respect derrière la porte du bureau des brevets d'Alte Jakobstrasse, fraîchement peinte en vert, jusqu'à ce que Kurt Reichenbach vole à mon secours, à point nommé toujours, pour les assommer avec sa canne, avant de repartir en sifflotant et en dansant. Ravie, Brigitte Mölbling ôta une partie de ses vêtements et tenta de s'asseoir sur mes genoux alors que j'étais debout, pour le plus grand plaisir de Robert Rankin, qui pointait un pistolet de petit calibre sur mon front. Simultanément, quelqu'un poussait des hurlements de douleur et Emil le Prussien recevait des coups de baguette devant le public ravi du Cabaret des Sans-Noms. Un spectacle que je pouvais apprécier moi aussi, assis confortablement sur une chaise électrique. Et soudain, je me retrouvai couché sur mon lit, dans ma chambre de Nollendorfplatz, tout habillé.

Ce fut la dernière chose que je remarquai. Ensuite, il n'y eut plus que l'obscurité, le silence, et un sentiment de désastre imminent.

À mon réveil, j'avais la conviction que ce rêve obsédant et précis avait un sens. Les yeux plissés, je jetai un regard noir au réveil, qui m'indiqua qu'il était tard. Je dénichai une feuille de papier et un crayon et, avant même de m'asperger le visage d'eau froide et de me raser, j'entrepris de noter mon rêve pendant qu'il était encore présent dans mon esprit.

J'avais le sentiment, puissant, d'être sur le point de tout comprendre de cette affaire, comme si, tel Van Leeuwenhoek avec son microscope primitif, j'allais découvrir la signification ultime dans l'infiniment petit. Or, au même moment, je fus attiré à la fenêtre par une vive agitation dans la rue : une bagarre rangée entre nazis et communistes qui accapara mon attention pendant presque dix minutes. En regagnant ma table, je découvris, sans étonnement, que si j'avais conservé un vague souvenir de ce qui m'était apparu si clairement dans mon rêve, à l'exception de quelques mots ou phrases éparpillés tout le reste avait disparu derrière d'épais nuages, et j'avais beau scruter le ciel, impossible de le retrouver.

Je me rasai et me lavai en pestant, j'enfilai une chemise propre et me rendis à l'Alex. C'était ma première journée au Präsidium depuis mon aventure avec le chariot de klutz. À peine arrivé, j'assistai à une réunion qui venait de débuter dans le bureau de Weiss. Ernst Gennat était en train d'exposer sa dernière théorie, selon laquelle le Dr Gnadenschuss appartenait au Stahlhelm car on avait retrouvé un insigne des Casques d'acier dans la main de la dernière victime.

J'attendis patiemment qu'il ait terminé avant d'émettre plusieurs objections.

« Je crains que cet insigne ne constitue un indice trompeur.

– Un indice trompeur ? répéta Weiss. Qu'est-ce que ça veut dire ?

– C'est Herr Gennat lui-même qui a suggéré que Winnetou laissait délibérément de faux indices de ce genre afin de nous entraîner sur de fausses pistes. Vous vous souvenez de ce bouton de manchette de franc-maçon retrouvé là où Helen Strauch a été assassinée ? De ce billet de banque britannique découvert près de Louise/Fritz Pabst ? Et du fume-cigare à côté du cadavre d'Eva Angerstein ?

– Oui.

– Cet insigne des Casques d'acier entre dans la même catégorie. C'est un objet destiné à nous faire perdre du temps.

– Certes, mais il correspond à l'idéologie nazie du meurtrier, exprimée dans ses lettres aux journaux.

– Vraiment ? Je n'en suis pas certain. Les membres du Stahlhelm se considèrent comme des nationalistes conservateurs, en effet, mais au-dessus des partis politiques et très éloignés des nazis. Si j'ai bien compris. »

Gennat n'était pas disposé à renoncer à sa théorie sans se battre.

« Je suis sûr que beaucoup de ces salopards admirent Adolf Hitler autant qu'ils haïssent les juifs, dit-il. Vous n'êtes pas de cet avis ? Et à moins que vous n'ayez eu la chance de mettre la main sur Emil le Prussien, c'est notre seule piste pour l'instant. » Il s'interrompit pour allumer un cigare. « Eh bien, l'avez-vous retrouvé ? »

Je secouai la tête. Je n'étais pas encore prêt à partager ce que j'avais appris de la bouche d'Emil, ni à évoquer dans quelles circonstances j'avais obtenu ces informations. Pas tant que je ne disposais pas de preuves concrètes. Je devinais que mes supérieurs – sans parler des journaux – ne seraient pas très heureux d'apprendre que huit Berlinois et Berlinoises avaient été assassinés par un policier de cette ville.

« Non, je m'en doutais, reprit-il. Gunther, je veux que vous passiez la journée aux archives. Recherchez tous les individus qui ont été condamnés pour agression et qui appartiennent au Stahlhelm.

– Je doute que ce genre de détail apparaisse dans les dossiers, fis-je remarquer.

– Lorsqu'on arrête un suspect, il est obligé de vider ses poches, n'est-ce pas ? Une carte de membre du Stahlhelm fait partie des objets personnels. Dans ce cas, ça figurera sur la liste.

– Ce serait sans doute plus rapide, intervint Weiss, de voir quels renseignements le commissaire Stumm peut nous offrir à ce sujet. Et d'effectuer un recoupement avec les archives ensuite. Vous ne pensez pas, Ernst ? »

Le commissaire Stumm travaillait pour la police politique, créée dans le but de déjouer les attentats perpétrés contre la république.

Cette corvée aux archives était la bienvenue, à vrai dire. Je n'avais aucune envie de rester assis à mon bureau et de répondre au téléphone. J'avais besoin d'un endroit tranquille pour réfléchir aux informations fournies par Emil le Prussien, et, à cet égard, les archives n'avaient rien à envier à la bibliothèque municipale.

« Oui, sans doute, reconnut Gennat. Même si, comme vous le savez, je n'ai jamais été très favorable à l'existence d'une police politique en Allemagne. Ça empeste l'espionnage de la vie privée. Toutefois, je pense qu'un peu de travail d'enquête à l'ancienne fera du bien à Gunther. »

Je restai tard aux archives avant de regagner mon bureau, sans rien avoir trouvé d'intéressant. Je m'y attendais, et je n'avais pas vraiment cherché.

À peine m'étais-je assis à ma place que le téléphone sonna. C'était Erich Angerstein.

« Alors, qu'avez-vous trouvé ? demanda-t-il.

– Au sujet d'un flic meurtrier ? Rien pour l'instant.

– Je croyais pourtant qu'on avait sérieusement réduit le champ d'investigation hier soir. De quatre millions de Berlinois à un flic cinglé.

– Vous devriez vous renseigner sur le nombre de policiers à Berlin. Si curieux que cela puisse paraître, même les sains d'esprit sont nombreux. En vérité, il y a quatorze mille agents en uniforme, trois mille inspecteurs, trois cents membres de la police politique et quatre mille fonctionnaires dans les bureaux. Il va me falloir un certain temps pour tous les passer au crible, Erich. Vous allez devoir patienter encore un peu.

– Ce n'est pas mon fort, Gunther. Vous devriez le savoir maintenant.

– Je vous ai dit qu'on ferait ça à ma manière. J'ai passé la journée à éplucher des casiers judiciaires pour chercher ce qu'on appelle des preuves.

– Et vous avez trouvé quelque chose ?

– Écoutez, Erich. Je suis inspecteur à l'Alex…

– Vous dites ça comme si c'était une qualité.

– Et à l'Alex, nous prenons le temps de réfléchir. Nous sommes connus pour ça. La justice, ça ne se résume pas à tirer un nom au hasard dans un chapeau.

– Je ne travaille pas pour l'Alex. Et je suis pressé. Je veux que ce salopard soit puni. Et je me contrefous de la justice. Ce que je réclame, c'est un châtiment. Digne de ce nom. Une punition. Je me suis renseigné sur votre ami enfermé à Wuhlgarten, celui qui a échappé au couperet : Bruno Gerth. Apparemment, pas mal de gens pensent qu'il a bénéficié de protections au sein de la police. Peut-être que je devrais aller lui parler. Il a peut-être un disciple. C'est fréquent chez ces salopards.

– À votre place, j'éviterais d'aller là-bas : ils pourraient ne pas vous laisser ressortir.

– On dit qu'il ne faut pas crier après un somnambule, de peur qu'il ne tombe et ne se brise le cou. Mais là, c'est moi qui vous crie dans les oreilles, Gunther. Trouvez ce type. Trouvez-le vite. Dans votre intérêt. »

Il raccrocha, ce qui était aussi bien car j'étais sur le point de l'envoyer au diable. Dans ma tête. Avec un homme comme Erich Angerstein, il valait mieux parler tout bas. J'avais vu ce dont il était capable si on lui donnait une baguette alors qu'il n'était même pas en colère.

Je pris le bus à impériale pour rentrer. Je montai fumer à l'étage. J'aimais bien voyager en haut : la ville apparaissait sous un autre angle et perdait son aspect familier. C'était l'exact opposé du chariot de klutz. Alors que nous roulions dans Unter den Linden, je jetai un coup d'œil à l'hôtel Adlon et songeai à Thea von Harbou en voyant des hommes aux chaussures blanches y entrer pour dîner. Mais il ne s'agissait pas de chaussures blanches, c'étaient des guêtres. Et soudain, je songeai à un flic qui en portait. Un des rares flics – hormis Weiss lui-même – qui mettaient des guêtres. Des guêtres qu'un homme comme Stefan Rühle pouvait aisément confondre avec des chaussures blanches. C'est alors que je repensai à cet air que ce même flic aimait siffloter : *L'Apprenti sorcier*. Ce même flic qui portait une barbe fournie, de beaux vêtements et une canne épaisse qui pouvait ressembler à un sceptre, je suppose, et qui allait acheter des gouttes à la pharmacie pour son œil rouge. Conformément au signalement fourni par Rühle. Ce même flic qui avait une dent contre Bernhard Weiss. Ce même flic que j'avais toujours pris pour un ami. Kurt Reichenbach.

S'apprêtait-il à assassiner un autre invalide de guerre avant de me reconnaître, malgré mon déguisement de mendiant ? Plus j'y réfléchissais, plus je me demandais si, au lieu d'avoir été sauvé de la bande de voyous par Reichenbach devant Lehrter Bahnhof, ce n'était pas plutôt l'inverse. Le pistolet qu'il m'avait prêté ensuite était toujours dans ma poche. Je le sortis pour l'examiner : un Browning automatique calibre 25. Le même type de pistolet de poche qui avait tué tous ces hommes. De nombreux policiers les utilisaient comme arme de rechange, mais celui-ci avait peut-être servi à tuer pour de bon. Reichenbach était suffisamment arrogant pour me le prêter. Et pourquoi pas ? Qui pourrait le soupçonner d'être le Dr Gnadenschuss ? Sans doute en possédait-il un autre. Ou plusieurs. Reichenbach n'était pas du genre à manquer de quoi que ce soit, surtout pas d'une arme.

La seule chose qui me faisait défaut, c'était un mobile. Pourquoi un homme tel que lui agresserait-il sauvagement neuf personnes ? Pour mettre dans l'embarras la commission criminelle, et plus particulièrement Weiss ? Pour nettoyer les rues comme il l'affirmait dans les lettres adressées au *Berliner Tageblatt* ? Pour rejeter la faute sur les nazis ? Aucune de ces théories ne me semblait convaincante. Toutefois, nombre d'individus avaient été assassinés pour moins que ça.

Tout cela ne tenait pas debout. Reichenbach était un bon flic. Mais un flic qui pouvait s'offrir une Brennabor flambant neuve. Et un coûteux manteau de cuir. D'où provenait cet argent ? Pas de son épouse, assurément. Combien gagnait une infirmière de la Charité ? Non, cet argent était à lui, sans aucun doute. Le billet de dix reichsmarks tout neuf que j'avais découvert dans le portefeuille d'Eva Angerstein sortait-il de sa poche ?

Au mieux, il ne s'agissait que de preuves indirectes. Je n'avais rien de concret. Néanmoins, cette hypothèse semblait plausible, même si je ne pouvais me résoudre à y croire. Tout à coup il fallait que je descende du bus. Je devais retourner à l'Alex.

Quelqu'un travaillait encore au laboratoire de balistique, dans les sous-sols caverneux de l'Alex. Je sus qui c'était avant même d'entrer. Je sentais l'odeur de la cigarette. Paul Mendel était un homme effacé, mais ambitieux. À en juger par l'exemplaire du manuel du commissaire Ernst Van den

Bergh, *Police et nation : leurs liens spirituels*, ouvert sur le bureau. Je savais que Mendel ne l'avait jamais lu, et s'il le laissait posé là, à côté du bouquin de Weiss et de *Histoire de la police* du Pr Kurt Melcher, c'était afin d'impressionner les commissaires, au cas où l'un d'eux lui rendrait visite. Il parlait avec douceur, portait des lunettes et possédait une épaisse chevelure bouclée. Il fumait des cigarettes russes pestilentielles dont il pinçait toujours deux fois le filtre en carton pour contrôler l'afflux de fumée âcre. Il s'aspergeait d'eau de toilette au citron vert (ce n'était pas mon parfum préféré, sauf accompagné d'une bonne dose de gin) et je le soupçonnais d'être homo, mais sans ostentation, ce qui était sans doute judicieux vis-à-vis de ses collègues de la police berlinoise. Il semblait sur le point de rentrer chez lui : les trois boutons de sa veste étaient fermés et il avait noué autour de son cou une écharpe en soie très chic pour se protéger de la chaleur du soir.

« Je m'en veux de vous apporter du travail à cette heure-ci.

– Je sais exactement ce que vous pensez. Rassurez-vous, je m'en vais.

– Allons, Mendel. Ce ne sera pas long. Et puis, qu'avez-vous de mieux à faire ce soir ? Ce n'est pas comme si vous aviez des billets pour l'Opéra. De plus, vous adorez votre travail. Presque autant que j'aime le mien.

– Entendu. Je vous écoute. Qu'est-ce que vous m'apportez ?

– L'occasion de m'aider à élucider l'affaire Gnadenschuss.

– Hmmm. Sacrée promesse. Vous ne dites pas ça uniquement pour me convaincre de rester ?

– Non. Je suis sûr de ce que j'avance.

– Soit. Un automatique calibre 25. Probablement un Browning. On n'a pas retrouvé les douilles. Uniquement les balles. Dernière victime connue : Johann Tetzel. Tué d'une balle dans la tête à bout portant. Le dossier contenant la balle est encore sur ma paillasse. Il y a eu un nouveau meurtre ?

– Non. Mais j'ai mieux : l'arme probable du crime. »

Je posai sur le bureau de Mendel le petit automatique que m'avait donné Reichenbach.

« La sécurité est enclenchée, dis-je. Et il est chargé.

– Intéressant, commenta-t-il en prenant l'arme pour renifler le canon. Le pistolet de poche Browning. Une belle petite arme. J'en possède un moi-même. Il manque de pouvoir d'arrêt, mais il ne déforme pas votre poche. De nos jours, un juif n'est jamais trop prudent. Êtes-vous au courant que quelqu'un a agressé Bernhard Weiss ? Oui, bien sûr. Forcément. Beaucoup de gens pensent que ces armes sont belges, mais en réalité, elles viennent d'Amérique. John Browning était un mormon. Vous le saviez ? Né dans l'Utah, évidemment. Il avait plusieurs épouses. Je ne sais pas s'il en a tué certaines. Lui-même est mort en Belgique.

– Moi aussi j'ai failli mourir là-bas. Comme un grand nombre d'Allemands. »

Mendel ôta sa veste, son foulard, et enfila une blouse en coton beige, faisant tinter ses poches habituellement remplies de balles. Ce que Mendel ignorait sur les armes à feu aurait pu être inscrit au dos d'un timbre-poste. Il éjecta le chargeur du Browning, examina le canon, compta le nombre de balles restantes et reposa le pistolet.

« Il a été nettoyé. Récemment. On sent encore le lubrifiant. S'il appartient au meurtrier, c'est quelqu'un qui sait prendre soin d'une arme.

– Donc vous voulez bien le faire. Le test. »

Mendel sourit.

« Vous avez de la chance, Gunther. Nous venons juste de recevoir du nouveau matériel et je meurs d'envie de l'essayer.

– Sur une cible humaine ? Depuis la dernière réunion du Schrader-Verband, je connais plusieurs personnes ici sur lesquelles j'aimerais tester une arme.

– Moi aussi. Mais il s'agit d'un procédé moins salissant. Ce joujou très coûteux est arrivé aujourd'hui. C'est un double microscope.

– Comment ça marche ?

– Comme vous le savez, lorsqu'un coup de feu est tiré, les imperfections à l'intérieur du canon laissent des traces uniques sur le projectile. Deux balles tirées par la même arme portent donc des traces identiques. Grâce à ce double microscope, nous pouvons examiner une balle témoin en même temps qu'une balle prélevée sur un cadavre, sans toucher à l'une ou à l'autre. Un seul oculaire, deux microscopes. Très utile pour quelqu'un comme moi. Nous l'avons acheté en Amérique. C'est un appareil comme celui-ci qui a permis d'envoyer Sacco et Vanzetti à la chaise électrique.

– Voilà une pensée réconfortante.

– Vous croyez qu'ils étaient innocents ?

– Je ne sais pas. Mais beaucoup de gens le croient. Évidemment, ce genre de procès ne pourrait jamais avoir lieu chez nous. Les tribunaux allemands sont très attentifs à la procédure judiciaire. Surtout quand il s'agit d'un crime passible de la peine de mort.

– Tant mieux si vous le pensez. Personnellement, je n'en suis pas si sûr. »

Mendel alluma une lampe qui éclaira un stand de tir, puis alla chercher un objet cubique et branlant enveloppé de papier brun, qu'il posa sur une table. Il ôta l'emballage, dévoilant ce qui ressemblait à un bloc de gelée.

« Je demande à mon boucher de me fabriquer ces pavés de gélatine. C'est parfait pour examiner le comportement d'un projectile et le récupérer sans trop de mal. Eh bien, à vous l'honneur, Gunther. Quelqu'un m'a volé mon deuxième casque antibruit, alors vous allez devoir faire sans, je le crains. Allez-y, tirez dans le bloc de gélatine. »

Je pris le Browning de Reichenbach et tirai trois balles tests. Je fus surpris par l'ampleur des détonations et mes oreilles bourdonnèrent pendant plusieurs minutes. Mendel découpa la gélatine à l'aide d'un couteau et récupéra deux balles pour les examiner sous son double microscope, à côté de celle qui avait tué Johann Tetzel.

« Vous êtes la première personne, dit-il, à ne pas blaguer en demandant comment un juif peut manipuler de la gélatine de porc. Vous ne pouvez pas imaginer combien il y a d'antisémites dans ce bâtiment.

– C'est une blague ?

– Pas très drôle. Il nous est interdit de manger du porc, pas de tirer dedans.

– Vous savez ce qu'on dit sur l'antisémitisme. Ce n'est pas un gros problème pour les juifs, c'est un gros problème pour les Allemands.

– Espérons que vous ayez raison. Mais dans ce cas, qui va le leur dire ? »

Mendel disposa une des balles que j'avais tirées sous le microscope et actionna la mollette de mise au point. Très vite, je le vis froncer les sourcils. Le test était négatif. La balle extirpée du crâne de Johann Tetzel n'était pas identique à celle qu'il venait de retirer du bloc de gélatine.

« Désolé, dit-il. Ce n'est pas l'arme qui l'a tué.

– Ma théorie tombe à l'eau. Dommage. J'étais pourtant sûr de mon coup.

– Pas nécessairement. Vous oubliez que le meurtrier n'a pas tué qu'un seul homme. Essayons la comparaison avec une des autres balles, plus anciennes, que nous possédons. Victime numéro deux : Oskar Heyde. »

Je retins mon souffle et rongeai mon frein pendant que Mendel collait de nouveau l'œil à son microscope. Un sourire apparut sur son visage.

« Selon moi, ces deux balles coïncident parfaitement. De toute évidence, le meurtrier a utilisé plusieurs armes. Dont celle-ci. Sans le moindre doute. Voyez par vous-même. »

Je regardai à travers l'oculaire. Mes yeux de béotien pouvaient au mieux affirmer que ces deux balles écrasées n'étaient pas dissemblables.

« Vous êtes sûr qu'elles ont été tirées par la même arme ?

– Sûr et certain. »

Le Browning 25 que Reichenbach m'avait prêté si nonchalamment avait servi à tuer.

« Vous ne semblez pas fou de joie, Gunther. Pourtant, vous venez de faire un grand pas vers la résolution de cette affaire. »

Je songeais au scandale qui allait s'abattre sur l'Alex, un scandale qui risquait fort de coûter sa place à Bernhard Weiss. Les journaux d'extrême droite guettaient le moindre prétexte pour s'en prendre à lui, mais, cette fois, même lui ne pourrait pas leur intenter un procès. Que pouvait-il y avoir de plus compromettant pour le chef de la police criminelle, juif, qu'un inspecteur de la Kripo, juif lui aussi, coupable de plusieurs meurtres ? Ils allaient l'épingler au mur. Et d'abord, qui me croirait ? Pas Ernst Gennat. Sans doute continuait-il à penser que j'étais un alcoolique. Si Kurt Reichenbach niait être le propriétaire de cette arme, ce serait sa parole contre la mienne. J'avais besoin d'autres preuves. Mais lesquelles ? Et comment les obtenir ?

« Je vous suis reconnaissant, Mendel. Croyez-moi. Mais si j'ai l'arme du crime, je n'ai pas encore arrêté le meurtrier. C'est pourquoi je vous demande de n'en parler à personne pour le moment.

– Entendu. Pas de problème.

– Ce Browning que vous possédez, vous l'avez sur vous ?

– Évidemment.

– Vous voulez bien me le prêter ?

– Pour quoi faire ?

– Montrez-le-moi. »

Mendel alla chercher le petit automatique noir dans la poche de sa veste et me le tendit. Je l'examinai attentivement. Il paraissait identique à celui que j'avais apporté.

« Je ne peux pas reprendre l'arme du crime. Maintenant que vous l'avez identifiée comme telle. Mais je dois rendre un pistolet Browning à l'homme à qui je l'ai emprunté. Tant pis si ce n'est pas le même.

– Un jeu dangereux.

– Souhaitez-moi bonne chance, alors.

– *Mazel tov.* »

Je montai directement dans le bureau de Reichenbach. Il n'était pas là. Mais un de ses collègues de la Kripo était présent et il m'indiqua qu'il ne l'avait pas vu de la journée.

« Ça arrive souvent.

– Il suit la piste que je lui ai donnée ? Au sujet du règlement de comptes devant la taverne Aschinger ? Il m'a dit qu'il allait vérifier. »

L'inspecteur, un sergent répondant au nom d'Artner, secoua la tête.

« Il ne m'a rien dit. »

Kurt Reichenbach occupait un appartement situé au dernier étage d'un bel immeuble de Halensee, à l'extrémité ouest du Kurfürstendamm, là où Berlin devient très vert. Ses fenêtres étaient éclairées et sa voiture, la Brennabor flambant neuve, était garée dans la rue. Je sonnai à la porte de l'immeuble, prêt à lui débiter mon histoire : je passais dans le coin, j'avais vu sa voiture, et comme il y avait de la lumière chez lui j'avais décidé d'en profiter pour lui rendre son arme. J'enchaînerais en lui disant que j'avais apprécié son offre de surveiller mes arrières et que je voulais savoir s'il était disposé à veiller sur moi lorsque je reprendrais mon rôle de klutz demain. Je ne savais pas trop ce que j'espérais découvrir, peut-être voulais-je juste le regarder droit dans les yeux. Je ne m'attendais pas à recueillir des aveux complets, mais je nourrissais l'espoir qu'en repartant, certains de mes soupçons auraient été dissipés. Après une minute ou deux, une fenêtre s'ouvrit au dernier étage et une femme, l'épouse de Reichenbach sans doute, Traudl, me lança :

« Qui est là ?

– Police. Bernhard Gunther, de l'Alex.

– Il est arrivé quelque chose à Kurt ?

– Non. Pas à ma connaissance. J'espérais le trouver chez lui.

– Il n'est pas là. Attendez. Je vous lance les clés. Dernier étage. Appartement 10. »

Je récupérai les clés et pénétrai dans l'immeuble. Au lieu de prendre l'ascenseur, j'empruntai l'escalier, cela me permit de rectifier mon histoire. Il y avait peut-être un moyen de soutirer des informations à sa femme sans éveiller ses soupçons. Et en même temps, songeai-je, si sa voiture est garée dans la rue et qu'il n'est pas chez lui, où est-il, nom d'un chien ?

Traudl Reichenbach m'ouvrit la porte, vêtue d'un uniforme d'infirmière et le visage creusé par l'inquiétude. Je lui montrai mon insigne pour la rassurer.

« Vous êtes sûr qu'il n'y a rien de grave ? demanda-t-elle en me faisant entrer dans l'appartement. Kurt n'est toujours pas rentré du travail. Cela n'a rien d'extraordinaire, étant donné son métier, mais généralement, il se débrouille toujours pour me prévenir. Ça ne lui ressemble pas. Et sa voiture est garée au même endroit qu'hier.

– Vous en êtes sûre ?

– Il n'y a pas énormément de voitures dans la rue.

– Je regrette de l'avoir loupé. Je passais dans le quartier et j'ai eu envie de lui proposer d'aller boire un verre.

– Vous voulez l'attendre ? Puis-je vous offrir un café, Herr Gunther ? »

Elle sentait légèrement la transpiration, comme si elle venait de rentrer du travail, mais elle n'en était pas moins séduisante pour autant. C'était une grande femme blonde aux yeux noisette, aux hanches larges et aux bras puissants, croisés devant elle dans une posture défensive.

D'après ce que j'en distinguais, l'appartement était décoré dans le style moderne, avec des meubles de prix qu'on voyait seulement dans les magazines. Nous demeurâmes dans le vestibule, qu'arpentait un chat noir et où flottait une vague odeur de cannelle, comme si Traudl Reichenbach avait fait un gâteau. Le chat enroula sa queue autour de ma jambe. Elle le chassa d'un geste agacé.

« Non merci », répondis-je.

Dans la seconde qui suivit, j'avisai une machine à écrire sur la table de la salle à manger et je regrettai d'avoir refusé le café. C'était une Orga Privat Bingwerke. Comment faire pour vérifier si le G majuscule de cette machine présentait un défaut d'alignement horizontal, ce qui aurait prouvé sans le moindre doute que Reichenbach était l'auteur des lettres envoyées à la presse ? De toute évidence, il faudrait remettre à plus tard cet examen. De même que je devrais attendre pour comparer les empreintes digitales de Reichenbach avec celles relevées dans la peinture verte du Bureau des brevets.

« Je suis inquiète, avoua sa femme. Vraiment, ça ne ressemble pas du tout à Kurt. Il sait que je me fais suffisamment de souci pour lui en temps normal.

– Toutes les épouses de policier s'inquiètent, c'est naturel.

– Oui, sans doute. Mais voyez-vous, Kurt est sujet à une profonde mélancolie. Depuis la guerre. Il a parfois un tempérament suicidaire. »

Je haussai les épaules.

« Je suis comme ça moi aussi, Frau Reichenbach. Je ne connais pas un seul homme qui soit ressorti indemne des tranchées. Et souvent, les cicatrices ne sont pas visibles.

– Je comprends. »

Par une autre porte ouverte, j'apercevais une impressionnante cuisine équipée, où un deuxième chat noir m'observait sans faire cligner ses yeux verts, tel un juge sévère qui savait ce que je manigançais.

« Je peux peut-être vous aider, dis-je. Kurt a pu laisser dans sa voiture un indice qui pourrait nous dire où il est. Voulez-vous que j'aille jeter un coup d'œil, Frau Reichenbach ? C'est la Brennabor grise, n'est-ce pas ? »

Elle alla chercher la clé accrochée au mur de la cuisine et me la remit. Je promis de faire vite.

Je redescendis, ressortis dans la rue et déverrouillai la portière de la voiture. Il n'y avait rien sur les sièges, ni devant ni derrière, aussi je la contournai pour ouvrir le gigantesque coffre. J'y trouvai une lampe électrique, que j'allumai, et soulevai une vieille couverture en laine de style militaire. Dessous m'attendait une surprise. Désagréable. J'avais devant les yeux un gros marteau, un couteau tranchant et un chapeau mou auquel était accroché un morceau de perruque jaune, sur un côté. Et un loden à la manche tachée de peinture verte. En voyant ces quatre objets, j'en déduisis immédiatement que Reichenbach était Winnetou. Ne manquait qu'un mobile expliquant pourquoi il avait tué toutes ces femmes. Car pour moi, cela n'avait aucun sens. Frau Reichenbach m'avait fait l'impression d'être une brave femme. Difficile de concevoir qu'un homme marié avec elle avait pu assassiner sauvagement trois prostituées. La douche froide de cette découverte s'accompagnait d'une terrible constatation : j'avais vu juste. Je songeai à tous ces autres policiers que j'aurais voulu voir endosser le rôle du meurtrier, et m'aperçus que je n'avais aucune envie d'arrêter un collègue que j'appréciais et admirais.

Je cachai les pièces à conviction sous la couverture, refermai et verrouillai soigneusement le coffre de la Brennabor, avant de regagner l'appartement d'un pas lourd, en me demandant ce que j'allais faire à présent. J'éprouvais le besoin de parler avec Reichenbach avant toute chose, mais, compte tenu de ce que j'avais découvert dans le coffre, le bon sens aurait voulu que j'appelle l'Alex et fasse venir le fourgon aménagé en laboratoire. J'avais largement de quoi justifier une perquisition du domicile de Reichenbach et un mandat d'arrêt.

« Depuis quand vous ne l'avez pas vu ? demandai-je à son épouse en entrant dans l'appartement.

– Ce matin. Lorsque nous sommes partis travailler. Je suis infirmière à la Charité, et parfois, à cause de nos horaires irréguliers à tous les deux, on ne se voit pas pendant plusieurs jours. Mais on a quand même réussi à prendre le petit déjeuner ensemble. Ce qui n'était pas arrivé depuis longtemps.

– Comment était-il ?

– De bonne humeur. Il était sur le point d'effectuer une arrestation, m'a-t-il dit. Ça le rend toujours joyeux.

– Il vous a donné le nom du suspect ? »

Je songeai à Hugo, l'homme qui avait assassiné Willi Beckmann devant la taverne Aschinger. Reichenbach avait peut-être décidé de l'arrêter en se fiant à mon tuyau. Mais impossible d'imaginer qu'il ait tenté d'appréhender seul un tel individu. C'était un policier expérimenté, et Hugo avait une fâcheuse tendance à faire parler sa mitraillette Bergmann. Il fallait impérativement que j'interroge un membre de son équipe à l'Alex. Toutefois, je n'étais pas loin d'espérer qu'il arrive quelque chose à Reichenbach lors de cette arrestation : ce serait une fin moins ignominieuse pour lui.

« Non, il ne m'a rien dit.

– Je suis certain qu'il y a une explication parfaitement innocente », déclarai-je, en essayant d'en trouver une. L'innocence parfaite était un concept qui me dépassait. Je commençais même à me demander s'il pouvait exister à Berlin. « Un nouveau syndicat de police, le Schrader-Verband, a organisé un meeting ce soir. Kurt y est peut-être allé. Moi-même, j'avais prévu d'y assister, mais j'ai changé d'avis. Ne vous inquiétez pas, je parie qu'il va franchir cette porte d'un instant à l'autre. Et quand il sera rentré, dites-lui que Bernie Gunther est passé.

– Bernie Gunther. Très bien. Je le lui dirai. »

Elle m'ouvrit la porte.

« Je pense à une chose, ajouta-t-elle. Je ne sais pas si ça vaut la peine d'en parler, ça ne veut sans doute rien dire, mais en partant travailler ce matin, j'ai remarqué une Mercedes toute neuve garée juste derrière la voiture de Kurt.

Il m'a semblé apercevoir deux hommes à l'intérieur, comme s'ils attendaient Kurt.

– Oh. Vous avez vu leurs visages ?

– Non. Mais ils étaient bien habillés. J'aurais pu les prendre pour des policiers s'il n'y avait pas eu la voiture. À vrai dire, c'est surtout elle que j'ai regardée. Un roadster couleur crème. »

Je sentis mon cœur s'emballer. Un roadster Mercedes n'était pas une voiture très répandue. Je ne connaissais que deux personnes qui en possédaient une, justement de couleur crème : Thea von Harbou et Erich Angerstein. Et l'idée que ce dernier en savait presque autant que moi sur Kurt Reichenbach me remplit d'angoisse.

« Vous êtes certaine que c'était une Mercedes ?

– Oh, oui. C'est le modèle préféré de Kurt. Quand on allait se promener tous les deux, on s'arrêtait devant le concessionnaire Mercedes du Kurfürstendamm pour admirer celui qui est exposé en vitrine. Un jour, je lui disais, je gagnerais à la loterie et je lui offrirais cette voiture.

– Je vois. Merci pour tout. Je vous le répète : je suis sûr qu'il va bientôt rentrer sain et sauf. »

En prononçant ces paroles, j'eus le pressentiment que cela n'arriverait jamais, que Kurt Reichenbach était probablement mort, ou pire.

J'avais des raisons de me mépriser. Je m'étais comporté comme un imbécile, au minimum. J'avais fait confiance à Erich Angerstein, alors que mon instinct me criait qu'il ne respecterait pas sa parole. Je devinais maintenant ce qui avait dû se passer dans ce sordide appartement de Wedding. Pas étonnant que ce salopard m'ait demandé de quitter la pièce pendant qu'il s'occupait d'Emil le Prussien, et comme un idiot j'avais obéi. Quelques minutes avant qu'Emil me confie que l'homme qu'il avait aperçu à proximité de l'endroit où Eva Angerstein avait été assassinée était un policier anonyme de la Kripo, il avait informé Erich que ce même policier se nommait Kurt Reichenbach. Pendant que j'attendais dans la chambre, Erich avait ordonné à Emil de ne pas me livrer ce nom, ce qui lui laissait largement le temps de trouver Reichenbach et de le conduire dans une planque de son réseau pour se venger à sa manière. Le coup de téléphone d'Erich à mon bureau avait très certainement pour but de lui permettre de jouer les innocents lorsque je découvrirais la disparition de Reichenbach.

Je lui avais facilité la tâche. Mais tout ça, c'était terminé. Erich Angerstein n'était pas le seul à pouvoir débarquer à l'improviste et armé. J'avais un pistolet. J'avais la carte de visite du gangster. J'avais une adresse à Lichterfelde.

Angerstein habitait une maison de stuc blanc, près de l'ancienne école militaire, à l'extrémité sud-est du canal de Teltow. Une construction de style néobaroque de trois étages qu'agrémentait un petit portique corinthien surmonté d'un balcon de la taille d'un panier à linge. C'était la demeure la plus cossue des environs. Le contraire m'aurait déçu. La lanterne suspendue au portique était allumée et le roadster Mercedes couleur crème était garé devant. Je posai la main sur le capot encore chaud. Angerstein venait de rentrer.

Il y avait un petit jardin côté rue, avec un cerisier, et un plus grand derrière, et c'est par là que je débutai mes recherches après avoir escaladé une palissade. Les fenêtres du rez-de-chaussée, obscures, étaient munies de persiennes qui m'empêchaient de voir à l'intérieur. En revanche, les lumières des étages supérieurs étaient toutes allumées. Après avoir vainement tenté d'entrer par la porte de la cuisine, puis par une porte-fenêtre, je retournai sur le devant de la maison et me préparai à sonner. C'est-à-dire que je sortis de ma poche le mini-Browning de Mendel, introduisis une balle dans le canon et le calai sous mon aisselle, prêt à le pointer sur la personne qui viendrait m'ouvrir.

J'étais suffisamment en colère pour aller jusqu'au bout. Angerstein m'avait roulé dans la farine, mais c'était fini. Je n'avais pas le moindre doute. Toutefois, je n'aurais pas craché sur un petit verre pour renforcer ma détermination. Si je ne me sentais pas capable de l'abattre froidement, je savais que je n'hésiterais pas à tirer. Avec un petit calibre 25, je pouvais viser un peu partout sans risquer de le tuer.

Derrière moi, le vapeur qui circulait sur le canal émit un coup de corne de brume moqueur en descendant vers Potsdam. La nuit violette était claire et douce ; des effluves de chèvrefeuille flottaient dans l'air, à moins que ce ne fût du jasmin, quelque chose de plus agréable en tout cas que la nervosité qui m'habitait. Je tirai sur la poignée de la sonnette en cuivre et j'attendis, pendant que la grosse cloche installée dans le vestibule remplissait son office. On aurait dit qu'elle appelait les habitants du coin à la messe. Quelqu'un actionna deux verrous et la porte s'ouvrit, sur Erich Angerstein.

« Où il est ?

– Qui donc ? »

Je le repoussai dans le vestibule haut de plafond, j'entrai et, d'un coup de pied, refermai la porte derrière moi.

« Ne me faites pas perdre mon temps. Vous savez très bien de qui je parle. »

Vêtu d'un peignoir de soie, il semblait sur le point d'aller se coucher, mais je le fouillai malgré tout, au cas où il aurait une arme. Il me souriait comme un instituteur obligé de céder aux caprices d'un élève turbulent, ce qui raviva ma colère.

« Je ne comprends rien à ce que vous racontez, Gunther. J'ai cru que vous veniez m'annoncer quelque chose d'intéressant. Si c'est le cas, détendez-vous, asseyez-vous et buvez un verre.

– Hier, je me suis fait avoir, Erich. Mais pas aujourd'hui. Aujourd'hui, je suis lucide. Aujourd'hui, je sais que vous êtes une ordure et que vous avez enlevé Kurt Reichenbach devant chez lui à Halensee.

– Qui est-ce ? Le type qui a tué ma fille, je suppose. Je vous l'ai dit au téléphone, Gunther. Je m'impatiente. Mais je ne suis pas médium. C'est moi qui suis votre piste, je vous le rappelle.

– Oui, sur le papier. Seulement, vous avez convaincu Emil le Prussien de vous livrer le nom du policier en question, mais pas à moi. Ce qui vous a donné un avantage. Vous avez eu le temps de vous occuper de lui.

– C'est des conneries.

– Non, je ne crois pas.

– Baissez ce flingue, nom de Dieu, et buvons un verre. »

Je secouai la tête.

« Pas ce soir.

– Ça vous ennuie si j'en prends un ? Écoutez… cette personne que vous cherchez n'est pas ici. Allez-y, fouillez la maison si vous ne me croyez pas. Je suis seul. Ma femme est absente. Et vous pouvez vous estimer heureux car elle n'aimerait pas du tout ça. »

Instinctivement, je regardai autour de moi. La majeure partie du vestibule était occupée par un bar situé sous l'escalier en colimaçon. À l'autre extrémité se trouvait un piano à queue blanc, et sur un des murs était accroché un grand tableau représentant un vieillard chauve en train de copuler avec une femme nue généreusement dotée par la nature, qui devait plus au sens de l'humour de l'artiste qu'à ses talents de peintre. Angerstein se dirigea lentement vers le bar, où il prit une bouteille de schnaps et remplit un petit verre à bière.

« Vous ne l'avez certainement pas amené ici, dans votre jolie maison, dis-je. Je suppose que vos amis le retiennent quelque part où personne ne sera gêné par ses hurlements. Et vous allez me dire où. À moins qu'il ne soit déjà mort. Auquel cas, il faudra me fournir une preuve. Un cadavre, par exemple.

– Écoutez-moi, Gunther. Et écoutez-vous. On croirait entendre un savant fou qui défend une théorie stupide. Que la terre est plate. Le phlogistique. Ou bien la planète Vulcain. Vous faites fausse route.

– Si je suis fou, c'est d'avoir cru qu'un salopard de votre espèce respecterait sa parole. Ma mère elle-même me l'aurait dit.

– Les mères peuvent se tromper. Et ça leur arrive souvent. Sinon, elles ne feraient pas de fils. Du moins, c'est ce que disait toujours la mienne.

– Vous refusez de me dire où il est.

– Je l'avoue, j'ai mené des recherches de mon côté. J'ai posé des questions à droite et à gauche. Évidemment. Vous ne pouvez pas me le reprocher. Je pensais pouvoir vous apporter mon aide.

– Vous êtes un homme intéressant, Herr Angerstein. J'ai appris pas mal de choses au cours de notre brève collaboration. Mais pas toujours positives, hélas ! Ainsi, j'ai appris que je vous ressemblais à de nombreux égards.

– Vraiment ? Vous me surprenez, Herr Gunther.

– Vous n'êtes pas le seul à être capable de rouer de coups un autre homme jusqu'à ce qu'il vous dise tout ce que vous voulez savoir. Métaphoriquement parlant. Grâce à vous, j'ai pris conscience que, dans certaines circonstances, j'étais capable de tout, ou presque. Comme vous.

– Par exemple ?

– Ça... »

J'esquissai un sourire et lui tirai une balle dans l'épaule. Il lâcha son verre, et soudain une forte odeur d'alcool et de poudre se répandit dans l'air.

« Nom de Dieu ! » Angerstein porta sa main à son épaule en grimaçant de douleur. « Qu'est-ce qui vous prend, bordel ?

– Je vais vous dire ce qui va se passer, Herr Angerstein. Si vous ne me dites pas où se trouve Kurt Reichenbach, je vais continuer à tirer. Vous n'en mourrez sans doute pas. En revanche, je vous infligerai le maximum de douleur que permet ce petit pistolet. Je n'ai ni le temps ni l'envie de vous poser la question plus poliment. »

Angerstein s'assit sur le tabouret du piano et regarda son épaule d'un air inquiet. Le sang faisait briller son peignoir de soie.

« Vous commettez une grosse erreur. »

Je tirai de nouveau, dans la jambe cette fois, à travers le pyjama.

Angerstein hurla de douleur. J'en déduisis que la deuxième balle lui avait plus fait mal que la première.

« Je ne peux pas croire que vous m'avez tiré dessus.

– Pourtant, ce n'est pas difficile, avec deux balles dans le corps. Et s'il le faut, je tirerai une troisième fois. Vous avez de la chance que j'utilise ce petit pistolet à bouchon, et pas mon flingue habituel.

– Ce pistolet à bouchon, comme vous dites, fait un mal de chien !

– Raison de plus pour que vous me disiez où vous avez caché Kurt Reichenbach. »

Je pointai le Browning sur son autre jambe.

« D'accord, d'accord. Je vais tout vous dire. Reichenbach est mort.

– Qu'est-ce qui me prouve que vous dites la vérité ? Que vos hommes ne sont pas en train de le torturer quelque part, à cet instant même ?

– Il est mort, croyez-moi.

– Racontez-moi exactement ce qui s'est passé. Persuadez-moi qu'il est mort, et peut-être que je ne tirerai pas.

– En quoi est-ce si important ? C'était un meurtrier multi-récidiviste. La ville en est débarrassée. Je ne vois pas à quoi aurait servi un procès public.

– Ce n'est pas à vous d'en décider.

– Pourquoi pas ? Il a tué ma fille.

– C'est moi qui pose les questions, ne l'oubliez pas. »

Je pressai la détente du Browning une troisième fois. La balle frôla le lobe de son oreille droite.

« N'est-ce pas ce que vous avez dit à Emil ?

– Qu'est-ce que vous voulez ? Des aveux ? Vous croyez peut-être que vous tenez ma tête sur le billot, mais je ne l'ai pas tué. Et je n'ai pas donné ordre qu'on le tue. De toute façon, cela n'a aucune importance. Ça ne tiendra pas une seconde devant un tribunal.

– Eva était votre fille. Soit. Je peux comprendre. Et je compatis. Mais c'était mon enquête. Et la loi est encore un menu imposé dans cette ville, Angerstein. Vous ne pouvez pas manger à la carte. » J'allumai une cigarette. « Alors, qu'est-ce que vous choisissez ? Une explication ou une autre balle dans la jambe ?

– C'est ça, le problème avec les flics. Vous pensez que vous êtes les seuls défenseurs de la morale. Supposons que ce type soit jugé. Que se passe-t-il ? Un avocat juif futé invoque le paragraphe cinquante et un ou je ne sais quoi, et, en moins de deux, voilà un autre meurtrier astucieux qui purge sa peine en fabriquant des paniers dans un asile de fous au lieu de subir le châtiment qu'il mérite, comme votre ami Bruno Gerth. Je ne pouvais pas prendre ce risque.

– Racontez-moi tout, Angerstein. Et épargnez-moi ce baratin sur votre rôle de père. Après vous avoir vu à l'œuvre avec une baguette, je sais que votre être corrompu ne possède pas une once de tendresse, sans même parler de la fibre paternelle. Je veux toute l'histoire, depuis le moment où vous l'avez emmené dans votre voiture. Sinon, vous passerez le restant de la semaine à retirer ces petits projectiles de vos dents.

« Bon, d'accord. Vous avez deviné ce qui s'est passé entre Emil le Prussien et moi, je vous l'accorde. Pendant que vous étiez dans la pièce d'à côté, je lui ai filé quelques méchants coups de baguette, et j'ai menacé de le buter s'il ne me disait pas tout ce qu'il savait sur le type qui a tué Eva. C'est à ce moment-là qu'il a lâché cette bombe en me parlant d'un flic nommé Reichenbach. Voilà la véritable raison pour laquelle je ne vous ai rien dit. J'ai pensé que ce Reichenbach pouvait vous persuader de lui faire une fleur, entre flics, comme ça s'est passé avec Bruno Gerth. J'en ai conclu que je ne pouvais prendre ce risque. Alors j'ai remis le mouchoir dans la bouche d'Emil, en lui expliquant qu'il ne devait pas vous donner le nom du flic qui avait tué Eva. Le temps que vous colliez un nom sur ce signalement, je me disais que j'aurais mis le grappin sur Reichenbach. Je ne pouvais pas vous révéler mon plan. Vous vous y seriez opposé.

– Vous avez raison sur ce point.

– Je n'avais pas eu le temps d'analyser la situation sous tous les angles, mais l'idée me semblait bonne. Et je continue de penser qu'il est préférable de ne pas remuer la boue.

– Moi, je ne peux pas. Ce n'est pas dans ma nature. J'ai des principes et j'essaie de m'y conformer. Contrairement à vous qui n'en avez aucun et n'avez donc aucun mal à être à la hauteur. J'aurais dû m'en rendre compte avant. Allez-y, continuez. Je veux connaître toute l'histoire. Je veux savoir ce qui est arrivé à Kurt Reichenbach.

– Si vous insistez. Mais ne tirez plus. »

« Comme la plupart des flics de Berlin, vous n'y connaissez pas grand-chose. Je parle de cette ville. Pour vous, la société allemande est très simple. Il n'existe qu'un seul ordre social, familier, depuis des temps immémoriaux, une hiérarchie dans laquelle chacun connaît sa place. La réalité est très différente. Depuis plus d'un siècle, il existe un autre monde, situé au-delà des limites de cette hiérarchie, un monde de parias, des individus qui n'appartiennent à aucune classe sociale reconnue, que les gens comme vous appellent la pègre. Au centre de ce monde souterrain, on trouve des criminels professionnels, des voleurs, des cambrioleurs et des assassins. Certains d'entre vous, comme Ernst Engelbrecht, pensent connaître ce milieu, mais croyez-moi, ils ne connaissent rien. Pour le connaître, il faut en faire partie.

« Ce monde existe dans les profondeurs de la ville, tel un labyrinthe de mines et de tunnels désaffectés. C'est une société criminelle, certes, mais avec ses propres règles et ses institutions. Une confrérie réservée à ceux qui ont fait de la taule, et qui punit sévèrement les mouchards, mais aussi ceux qui méprisent notre influence ou qui commettent des crimes si odieux qu'ils dépassent le stade de la criminalité ; des crimes qui vont à l'encontre du respect de la nature humaine. Comme les meurtres compulsifs. Autrement dit, c'est le Réseau d'Allemagne centrale qui apporte un peu d'ordre et de stabilité dans le monde de la pègre. »

Je ne pus m'empêcher de rire.

« Si vous êtes en train de me dire qu'il existe un code d'honneur chez les voleurs, je ne vous crois pas.

– Oh, c'est bien plus qu'une question d'honneur, je vous assure. C'est une question d'organisation, pour lutter contre le chaos. Notre réseau impose des lois aux gangs locaux, il contrôle leur activité, il prélève des taxes et punit ceux qui enfreignent ses règles, si contraignantes qu'elles feraient le bonheur d'un juriste allemand. Nous avons même notre propre tribunal, chargé de déterminer les sanctions qui doivent être infligées aux contrevenants.

– Bientôt, vous allez me parler d'Esmeralda, de Quasimodo et de la cour des Miracles.

– Vous m'avez demandé de vous raconter ce qui est arrivé à Reichenbach, je vous le dis. Y croire ou pas, c'est vous que ça regarde.

– Continuez. » Je lui lançai mon mouchoir pour qu'il éponge le sang qui s'échappait de sa cuisse et de son épaule. « Je suis tout ouïe.

– Ce tribunal populaire se réunit une fois par mois, ou lors de sessions extraordinaires, dans les caves d'une ancienne brasserie de Pankow.

– Laquelle ?

– La Deutsches Bauernbrauerei, près du château d'eau d'Ibsenstrasse.

– Je connais. Il y a un trou dans le mur ouest, aussi grand que la porte de Brandebourg, par où ils faisaient passer les cuves de fermentation en cuivre.

– Exact. C'est le genre d'endroit où on peut se réunir sans gêner personne. Les juges de ce tribunal représentent l'échelon le plus élevé de notre organisation, mais le jury est constitué de voleurs, de maquereaux, de prostituées, de trafiquants de drogue, d'escrocs en tout genre... Bref, tous ces gens, hommes et femmes, qui ne peuvent pas réclamer la protection de la police.

– Un sacré club privé que vous avez là.

– Fermez-la et écoutez. Vous apprendrez peut-être quelque chose. Donc, comme vous l'avez deviné, ce matin j'ai enlevé Kurt Reichenbach devant son domicile et je l'ai conduit devant un tribunal réuni à cette intention. Dans votre monde, il n'a aucun statut officiel, évidemment, mais dans le mien, c'est une autorité judiciaire reconnue, aussi importante que la Cour impériale de justice de Leipzig. Une centaine de personnes étaient présentes afin de s'assurer que justice soit rendue. J'ai tenu personnellement le rôle de procureur, tandis qu'Emil le Prussien était mon témoin principal. Reichenbach a eu droit à un avocat, nommé par le tribunal, et il a été autorisé à plaider sa cause. Mais les preuves – plus nombreuses que vous ne l'imaginez, sans doute – étaient irréfutables, pour ne pas dire écrasantes.

« Le témoin principal a raconté devant le tribunal qu'il avait vu l'accusé entrer dans la cour de l'immeuble avec ma fille, et, peu de temps après, qu'il l'avait revu avec du sang sur les mains. Comme si ça ne suffisait pas à convaincre la cour qu'il était Winnetou, un second témoin, une prostituée, est venu dire à la barre que plusieurs mois avant le premier meurtre de Winnetou, elle avait rencontré l'accusé, avec qui elle avait accepté d'avoir des rapports sexuels, mais il avait subitement changé d'avis et s'était mis à la couvrir d'insultes abominables, disant qu'il n'était pas normal que des hommes honnêtes comme lui puissent se laisser tenter de cette façon et qu'il était grand temps que quelqu'un nettoie les rues de cette ville.

« Quelques jours plus tard, a-t-elle raconté, elle avait été attaquée par quelqu'un qui lui avait donné un coup derrière la tête avec une pierre glissée dans une chaussette. Si elle était encore en vie, c'était uniquement parce que son agresseur avait été dérangé. Il s'était enfui en abandonnant la chaussette et la pierre. Elle est persuadée qu'il s'agissait de Reichenbach car elle avait reconnu l'odeur sucrée de ses cigares. De plus, une des femmes qui lui ont sauvé la vie a trouvé un mégot de cigare sur place. Elle l'avait mis dans son sac, avec l'intention de le remettre à la police quand elle irait signaler l'agression, mais elle ne l'a jamais fait. Finalement, elle a décidé qu'elle n'avait pas besoin de l'aide de la police. On la comprend. Bref, elle a expliqué au tribunal qu'elle avait jeté le mégot, mais elle se souvenait parfaitement du nom qui figurait sur la bague car elle le trouvait joli : "La Aurora Dominican". Ce détail a définitivement scellé le sort de Reichenbach car en fouillant rapidement ses effets personnels, on a découvert plusieurs cigares de cette marque dans sa poche de poitrine. Des cigares importés d'Amsterdam, a précisé un des juges.

« Face à cette preuve accablante, l'avocat de Reichenbach a plaidé l'irresponsabilité. Seul un dément pouvait tuer autant de personnes. Le tribunal n'a pas été convaincu. À ce stade, l'accusé, à qui on demandait s'il avait quelque chose à dire avant l'énoncé du verdict, s'est dit scandalisé que la vermine de Berlin – je le cite – ose le juger. C'est alors qu'il a confessé ses crimes, crimes qu'il a justifiés en expliquant qu'il avait l'intention de chasser toutes les putains de cette ville, pour commencer, avant de rendre les rues aux honnêtes citoyens. Apparemment, il était encore plus proche de Bruno Gerth que vous. C'est lorsque Gerth a été arrêté que Reichenbach a décidé de reprendre le flambeau.

– A-t-il expliqué pourquoi il scalpait ses victimes ?

– Non. Mais la réponse me paraît évidente : il voulait semer la terreur parmi les prostituées de la ville. Et il a réussi. Car c'est ce rituel qui a attiré l'attention des journalistes. Voyons la réalité en face : dans cette ville, des prostituées qui se font assassiner, c'est presque banal.

– C'est exactement ce que je craignais. Je me retrouve avec cent questions dont je ne connaîtrai jamais les réponses.

– Du genre ?

– Pourquoi a-t-il attendu d'avoir assassiné Werner Jugo pour envoyer une lettre provocatrice aux journaux ? Pourquoi n'a-t-il pas avoué le meurtre de ces filles dans ses deux lettres ? Il laissait entendre qu'il pourrait s'attaquer aux prostituées, mais ce n'est pas la même chose que de déclarer qu'il en a déjà tué trois. Comme s'il voulait éviter qu'on établisse le lien entre Winnetou et Gnadenschuss. Ce qui, bien évidemment, aurait multiplié par deux nos chances de l'arrêter.

– C'est tout ?

– Oh, que non. Dans sa première lettre, il écrit que les anciens combattants font honte à l'uniforme, et surtout qu'ils rappellent à chacun l'humiliation de la défaite. Mais dans la seconde lettre, il semblerait que sa mission ait changé : il veut nettoyer les rues de Berlin. Ce sont des questions importantes, auxquelles j'aurais voulu apporter des réponses. Je suppose qu'il n'a pas rédigé d'aveux ?

– Vous savez bien que non. Le peuple l'a jugé coupable et l'a condamné à mort. Sur-le-champ. Kurt Reichenbach a été pendu dans la cour de la brasserie. Sa fin n'a pas été glorieuse. La peur a fini par l'emporter et il s'est débattu, il a supplié qu'on lui laisse la vie sauve, ce qui l'a rendu encore plus haïssable aux yeux de tous les témoins. Personne n'aime les lâches. Le corps a été décroché, puis emporté. Je suis quasiment certain qu'il n'a pas été enterré. Par conséquent, je doute fort que vous puissiez le voir. La dernière fois que le tribunal du peuple a prononcé une condamnation à mort, le corps a été brûlé en douce. Mais si vous aviez été présent, vous auriez été convaincu de sa culpabilité, croyez-moi.

– Oh, j'en suis convaincu. À vrai dire, je l'étais déjà avant de venir ici ce soir. Plus tôt dans la soirée, j'ai découvert dans sa voiture suffisamment de preuves pour l'envoyer à la guillotine. Principalement l'arme du crime – un marteau – et le couteau avec lequel il scalpait ses victimes. J'ai même le pistolet avec lequel il a tué les invalides de guerre. C'est comme si le mot "meurtrier" était écrit à la craie dans son dos.

– Dans ce cas, je ne comprends pas. Que faites-vous ici ? Si vous saviez déjà tout ça, pourquoi vous m'avez tiré dessus ?

– Parce que je n'aime pas les lynchages.

– Il a eu le sort qu'il méritait. Voilà une chose que l'on peut rarement dire de nos jours. Croyez-vous sincèrement que le résultat aurait été différent devant vos tribunaux ?

– Vous pouvez habiller ça comme vous voulez, Angerstein, il s'agit purement et simplement d'un lynchage. Ce qu'il méritait, avant tout, c'est un procès équitable.

– Parce que c'était un flic ?

– Parce que c'était un citoyen. Même une crapule dans votre genre mérite un procès équitable.

– Alors que, de votre propre aveu, vous aviez les preuves de sa culpabilité ?

– Parce que j'avais les preuves, justement. Ce n'est pas facile d'être flic, parfois, car la loi dit que les coupables doivent être traités de la même manière que les innocents. Et ça fait mal au cœur de respecter les droits d'un salopard. Mais si on bafoue le processus judiciaire, cette république va partir à vau-l'eau.

– Au contraire. Dans ce cas précis, il y avait de fortes chances que la république s'effondre si on avait respecté la loi. Vous imaginez le scandale ? Un officier de police coupable de multiples meurtres ? Un officier de police juif, par-dessus le marché ? Pour les nationalistes, c'était Noël avant l'heure. Je vois déjà les gros titres de *Der Angriff* et du *Völkischer Beobachter*. Bernhard Weiss aurait été évincé. Et Gennat aussi peut-être. Albert Grzesinski également. Et je doute que le SPD ait pu conserver le pouvoir plus de quelques heures. Il y aurait certainement eu de nouvelles élections fédérales. Sans parler de toutes les incertitudes économiques que cela entraîne.

« Bien entendu, libre à vous d'en informer vos supérieurs, Gunther. Mais si vous suivez mon conseil, vous ne direz rien. C'est le meilleur moyen de tirer un trait sur cette affaire. Dans trois mois, plus personne ne se souviendra de Reichenbach ni de ses victimes. De toute façon, vous ne pourrez jamais vous servir de tout ça contre moi devant un tribunal. Mon avocat fera rejeter tous les motifs d'inculpation en moins de deux.

– Ça aussi, j'en suis convaincu.

– Reste le cas de sa femme. Elle est infirmière, n'est-ce pas ? Que préférerait-elle, à votre avis ? Être l'épouse d'un meurtrier ? Ou bien la pauvre épouse d'un policier qui a disparu héroïquement en accomplissant son devoir ? Vous devriez peut-être lui demander son opinion, avant de vous lancer à corps perdu sur le chemin de la vérité absolue,

Gunther. Pouvez-vous concevoir ce que sera sa vie si tout son entourage sait ce que son mari a fait ? Beaucoup penseraient qu'elle était au courant. Et peut-être l'était-elle. Comment une épouse pourrait-elle ignorer ce genre de choses ? Croyez-moi, elle se retrouverait très vite seule.

« Et pour finir, il y a le grand peuple allemand. Pensez-vous que ces gens se soucient du fait que Kurt Reichenbach ait droit à un procès équitable ? Personne ne raisonne en termes de justice et de lois, alors pourquoi nous ? Demandez donc à un chauffeur de bus ou à un cireur de chaussures s'il estime que c'est une bonne idée de dépenser des milliers de reichsmarks, l'argent du contribuable, pour juger un individu tel que celui-ci. Ou s'il est préférable de l'éliminer discrètement. Je crois connaître leur réponse.

« Vous protégez un coffre-fort vide, mon ami. Tout le monde s'en fiche. Les seuls qui tirent profit d'un procès, ce sont les avocats et les journalistes. Pas vous. Pas moi. Pas l'homme de la rue.

« Voilà ce qui s'est passé. Pas besoin d'aller chercher plus loin. C'est à prendre ou à laisser. »

Erich Angerstein se leva et marcha vers le téléphone en grimaçant de douleur.

« Maintenant, si vous le permettez, je vais appeler un médecin. » Il m'interrogea du regard. « À moins que vous n'ayez l'intention de me tirer dessus encore une fois ? Oui ? Non ? » Il m'adressa un sourire cynique ; apparemment il n'en avait pas d'autre en magasin. « C'est bien ce que je pensais. »

C'est ça le problème quand on écoute le diable : il s'avère que son subterfuge le plus impressionnant, c'est de vous dire exactement ce que vous voulez entendre.

Angerstein décrocha le téléphone et composa un numéro ; c'est à ce moment-là que je me dirigeai vers la sortie.

« Hé, ne partez pas, Gunther. Je vais me faire pardonner. Vous aurez besoin d'une autre arrestation pour détourner les critiques qui vont s'abattre sur la Kripo qui n'a pas su résoudre l'affaire Gnadenschuss. Je vous ai promis que si vous m'aidiez à retrouver le meurtrier d'Eva, je vous dévoilerais la vérité au sujet de l'incendie de l'usine Wolfmium. Et je vais tenir parole. Ça vous aidera à devenir commissaire. »

Je secouai la tête.

« Quel est le problème, Gunther ? Vous ne voulez pas être nommé commissaire ? Vous ne voulez pas savoir ce qui s'est réellement passé là-bas ?

– Je ne veux rien qui vienne de vous, Angerstein. Surtout s'il s'agit d'une chose aussi précieuse que la vérité. Même la vérité ressemble à un sale mensonge quand elle sort de votre bouche. Je ne voudrais pas être obligé de m'en servir, d'une manière ou d'une autre, pour prendre du galon. Et si je deviens commissaire un jour, ce dont je doute, je ne le devrai qu'à moi-même.

– Libre à vous. Vous êtes le type le plus têtu que j'aie jamais rencontré. Je ne suis pas loin de vous admirer. Apparemment, c'est vrai ce qu'on dit : il n'y a pas d'idiot plus idiot qu'un idiot honnête. Mais posez-vous cette question : un jour, bientôt, si je ne m'abuse, lorsque vous serez le dernier homme honnête en Allemagne, qui le saura ? »

Le lendemain, de retour à l'Alex, je marchai sur des œufs en faisant semblant d'enquêter sur des meurtres que j'avais déjà résolus, pour donner le change. Je ne doutais pas une seule seconde de la véracité de ce que m'avait raconté Erich Angerstein alors qu'il avait deux balles dans le corps ; ni du bien-fondé de ma décision, froide et pragmatique, de ne pas parler à Weiss ni à Gennat de ce que j'avais découvert au sujet de Kurt Reichenbach. Le raisonnement d'Angerstein était aussi juste en plein jour qu'il l'était la nuit précédente : révéler que Reichenbach était à la fois Winnetou et le Dr Gnadenschuss était le meilleur moyen de porter un coup fatal à la Kripo, mais aussi à la fragile coalition gouvernementale. De nouvelles élections fédérales, si peu de temps après les dernières, seraient une aubaine pour le Parti populaire national allemand, les communistes, le Parti des travailleurs et même les nazis. Aussi, je passai un après-midi tranquille et ennuyeux aux archives, comme on me l'avait ordonné, afin d'établir une liste de cinq suspects appartenant au Stahlhelm, pour Ernst Gennat. C'était une perte de temps, évidemment, mais je devinais qu'une bonne partie de mon travail à la commission criminelle au cours des prochaines semaines serait une perte de temps. Et plus je donnais le change, plus je comprenais que cette supercherie prendrait fin seulement lorsqu'une nouvelle affaire, sans aucun lien, se présenterait. Après quarante-huit heures de calme plat, cependant, je songeai que le moyen le plus efficace de détourner l'attention du Dr Gnadenschuss était de résoudre une autre affaire de meurtre, si je le pouvais. Coup de chance, j'avais une petite idée en tête.

Très vite, il devint évident que Reichenbach n'avait rien fait pour arrêter Hugo « Mustermann », l'homme que j'avais vu au Sing Sing, ce même homme qui avait abattu Willi Beckmann. L'envoyer derrière les barreaux était devenu ma priorité secrète. J'appelai le Bureau des transports de Charlottenburg pour leur demander de se renseigner sur le propriétaire de la BMW Dixi jaune immatriculée IA 17938. Ils m'apprirent qu'elle était enregistrée au nom d'un certain Hugo Gediehn. À première vue, difficile d'imaginer un travail d'enquêteur plus simple. J'avais été témoin du meurtre. Néanmoins, il y avait quelque chose dans cette affaire, un menu détail, que je voulais vérifier auprès de Brigitte Mölbling avant d'interpeller Hugo Gediehn.

Je lui donnai rendez-vous à la taverne Aschinger, à l'heure du déjeuner. Pas uniquement parce que j'aimais la bière qu'on y servait. Je voulais l'interroger au sujet du meurtre, et je supposais que le fait de se retrouver sur les lieux l'aiderait à se remémorer tout ce qu'elle avait vu dans la rue.

« Mais tu m'as raconté que tu avais tout vu, dit-elle.

– En effet. Et je viens de découvrir le nom et l'adresse du meurtrier. Il habite dans un appartement de Kreuzberg.

– Tu vas l'arrêter ?

– Oui. Dès que tu m'auras aidé à éclaircir un point qui me tracasse.

– Moi ? Je ne vois pas comment je peux t'aider. Puisque tu sais comment il s'appelle et où il habite, qu'est-ce que tu attends de moi ?

– En vérité, je n'ai pas fait très attention à la victime. Or tu m'as dit que tu étais venue jusqu'ici pour t'assurer que ce n'était pas moi qui gisais sur le trottoir. Exact ?

– Oui. Tu imagines ? Je me suis inquiétée pour toi.

– J'essaie, quand je suis seul et nu. Mais ce n'est pas facile à concevoir.

– Pourtant, ça ne devrait pas être trop difficile si tu penses à toutes les images de moi que tu dois avoir dans ta tête maintenant. Celles que je n'aimerais pas montrer à d'autres personnes. »

Je déposai un baiser sur sa main.

« Tu dis avoir vu un tatouage sur la main du mort. Un prénom de femme. À la base du pouce. Un détail qui m'a échappé.

– C'est juste.

– Tu te souviens de ce prénom ?
– Non. À vrai dire, je ne me souviens pas de grand-chose.
– Était-ce Helga ?
– Je ne pense pas. Il y avait trop de sang, je ne voulais pas regarder. Depuis, je n'arrête pas d'y repenser.
– Conclusion, je vais devoir aller à la morgue pour regarder par moi-même.
– Près du zoo ? Dans Hannoversche Strasse ?
– Oui. Peut-être que tu pourrais m'y conduire.
– Maintenant ?
– Mieux vaut tard que jamais. Avant que quelqu'un réclame le corps de Beckmann.
– D'accord. »
Nous montâmes dans sa voiture, une BMW Dixi également, et prîmes la direction de la morgue. Elle s'arrêta devant et j'embrassai sa main de nouveau.
« Tu m'attends ? Je n'en ai pas pour longtemps.
– Si tu veux. Mais c'est ouvert au public, non ?
– Oui. Néanmoins, je te déconseille d'entrer. Le spectacle ne te plaira pas.
– Pourtant, il y a du monde qui vient ici, non ? Je vois des gens entrer.
– Près d'un million de personnes ont voté pour les nazis, ça ne veut pas dire que tu dois en faire autant.
– Ça ne peut pas être si terrible que ça. Sinon, ils ne laisseraient pas entrer le public.
– Les autorités prussiennes laissent entrer la population pour l'effrayer et la rendre plus docile. Généralement, le spectacle de la mort violente suffit à calmer les esprits les plus rebelles. Même à Berlin.
– Au cas où tu ne l'aurais pas remarqué, Gunther, je suis plutôt rebelle moi aussi. Du moins, c'est ce que dit

mon père. Peut-être que je ne suis pas la petite fleur fragile que tu crois.

– Si tu estimais que le crime paie, je t'aurais peut-être conseillé d'entrer pour voir la lumière. Mais uniquement dans ce cas-là. Écoute, mon ange, je n'ai pas pensé un seul instant que tu aurais envie d'entrer. Sinon, j'aurais pris le bus. Ou le métro.

– Tu commences à ressembler à un héros.

– Possible. Et quel genre de chevalier à l'armure étincelante serais-je si je n'essayais pas de dissuader la princesse de pénétrer dans le château de l'ogre ?

– Je comprends. Et je t'en remercie. Mais j'aime croire que je suis assez grande pour veiller sur moi. Depuis que mon ancien mari a troqué son armure étincelante contre mes sous-vêtements, j'ai appris à être beaucoup plus coriace que ne l'imaginent les gens. Toi y compris, apparemment.

– C'est ça le problème avec les vrais hommes, trésor. Ils s'attendent à ce que les femmes se comportent comme de vraies femmes. »

Elle commençait déjà à descendre de la Dixi.

« Ce n'est pas pour ça qu'il faut les traiter comme si elles étaient en verre de Murano. À moins que tu ne veuilles m'envelopper dans du papier ?

– Non. Mais je suis opposé à l'existence de cet endroit, par principe. Il y a déjà trop d'hommes qui ne peuvent oublier l'horreur des tranchées. Je ne vois pas l'intérêt d'offrir le même spectacle aux femmes et aux enfants.

– Il est peut-être bon que les femmes connaissent elles aussi cet aspect de la vie.

– Très bien. Mais n'oublie pas une chose : face à un grand nombre de morts, ton cerveau est comme un appareil photo dont l'obturateur reste ouvert. Tout s'imprime sur la pellicule. J'étais écolier la première fois que je suis venu ici. Je suis entré en douce. Je n'ai jamais oublié ce que j'ai vu. Et bizarrement, ça me paraît plus affreux que tout ce que j'ai pu voir depuis. Alors, s'il te plaît, ne viens pas te plaindre si tu n'arrives plus à détruire les négatifs. »

Brigitte me suivit à l'intérieur, et, tandis que j'allais demander à voir le corps de Willi Beckmann, je la laissai déambuler seule dans la morgue. Elle avait peut-être raison. Grâce à des personnages tels que George Grosz et ses amis, on pouvait sans doute voir des choses tout aussi déplaisantes dans les galeries d'art moderne de cette ville.

Le cadavre de Willi Beckmann contenait plus de plomb que les canalisations d'eau de cette ville. Heureusement pour moi, sa main droite était une des rares parties de son corps qui avaient été épargnées par les balles de mitraillette et quelques minutes me suffirent pour satisfaire ma curiosité. Celle de Brigitte, en revanche, fut plus longue à assouvir. Je ressortis de la morgue et m'appuyai contre sa voiture pour fumer une cigarette. Lorsqu'elle émergea à son tour, elle était un peu pâle. Comme on pouvait s'y attendre.

« Affreux, dit-elle.

– C'est un euphémisme.

– C'est tout ce que tu trouves à dire ?

– Tu as vu quelqu'un que tu connaissais ?

– Très drôle.

– Cet endroit sert à ça. À aider la police à identifier les corps non indentifiables.

– Et toi, tu as trouvé ce que tu cherchais ? demanda-t-elle en faisant démarrer sa BMW.

– Oui.

– Il avait bien un prénom féminin tatoué sur la main ?

– Oui.

– Tant mieux. C'était Helga ?

– Mieux que ça : Frieda.

– Où on va ?

– Je dois retourner à l'Alex. »

Elle effectua un demi-tour et prit la direction de l'est, dans Lützowstrasse.

« Tu veux bien me parler de cette Frieda ? »

Après ce qu'elle venait de voir, je décidai qu'elle pouvait sans doute supporter cette histoire. Là encore, j'avais tort.

« Il y a un an environ, un homme qui promenait son chien dans le Grünewald a découvert des morceaux de corps de femme enveloppés dans du papier de boucherie et enterrés, peu profondément. Il manquait la tête. Il y avait juste un torse, un pied et les deux mains. Une gentille attention du meurtrier qui nous a permis d'identifier Frieda Ahrendt, qui possédait un casier judiciaire en raison de menus larcins. De plus, le prénom Willi était tatoué à la base de son pouce. Malgré toutes ces informations, nous n'avons jamais réussi à retrouver ses proches, son travail ni même son dernier domicile. Et encore moins son meurtrier, évidemment.

– Et tu penses que Willi Beckmann, le type de la morgue, pourrait être cet homme.

– Je refuse de croire que Beckmann était suffisamment idiot pour découper cette femme en morceaux et enterrer la main qui portait son prénom. Mais il aurait sans doute pu nous en apprendre plus sur elle. Si on ne l'avait pas abattu. Peut-être assez pour qu'on retrouve son meurtrier, que les journaux avaient surnommé le Boucher du Grünewald, à l'époque. »

J'avais déjà décidé d'inspecter l'appartement de Willi à Tegel, dans l'espoir de relever quelques preuves avant de partir à la recherche de Hugo.

« Qui sait ? ajoutai-je. Peut-être qu'il peut encore nous aider. »

Après m'avoir écouté en silence, Brigitte déclara :

« Bon sang, quand je pense à toutes ces images que tu dois avoir dans la tête. Tu traques des choses que personne ne devrait voir, sans savoir quel effet elles auront sur toi. Et tout ça pour un salaire de misère. D'ailleurs, je parie que tu ne sais même pas pourquoi tu fais ça, hein ?

– Bien sûr que si. C'est parce que je n'avais plus rien à dire en tant que peintre. Et que je n'ai pas réussi à achever ma symphonie. Le métier de flic est fait pour les gens honnêtes, et comme nous ne sommes plus très nombreux de nos jours, ils engagent tous ceux qu'ils trouvent.

– Je crois que tu es fou. Et si tu ne l'es pas encore, ça ne va pas tarder. Mais j'imagine que c'est le boulot d'inspecteur qui veut ça. »

Willi Beckmann avait vécu à Tegel, dans le secteur de Reinickendorf, non loin de la gigantesque usine de locomotives Borsig. Tout le quartier était dominé par une ziggurat moderne en brique rouge, qui avait servi de modèle à la Nouvelle Tour de Babel dans le *Metropolis* de Fritz Lang. Maintenant que les films parlants arrivaient, ce film muet ressemblait déjà à un vestige du passé. Quant à l'usine Borsig, elle n'avait rien de futuriste : bruyante et sale, elle vous projetait en arrière, dans un Berlin industriel qui disparaissait à toute allure. L'appartement de Willi était situé au dernier étage d'un bâtiment plus traditionnel avec ses murs couleur moutarde, son toit de tuiles rouges mansardé et un balcon incurvé qui accueillait une spectaculaire jardinière débordante d'œillets roses. Ce qui expliquait peut-être la fleur que le pauvre Willi portait à la boutonnière au moment de sa mort. Le concierge m'ouvrit la porte de l'appartement. C'était un homme qui parlait peu, mais les quelques mots qu'il prononça exprimaient une sorte de fierté émerveillée devant la taille et l'agencement de ce logement.

« J'avais oublié que c'était aussi grand et aussi beau, commenta-t-il. Toutes ces pièces. Et la hauteur sous plafond. On pourrait jouer au tennis ici. »

Il ne semblait pas intéressé par le motif de ma visite, ni même par le décès de Beckmann, et, à mon grand soulagement, il s'empressa de me laisser seul.

Les meubles étaient peu nombreux, mais de bonne qualité – des copies de Biedermeier essentiellement – et sur les murs étaient accrochées des reproductions de scènes de chasse dans les jardins de Schloss Tegel. Évidemment, la police avait déjà fouillé les lieux pour tenter d'identifier le meurtrier ; d'après une note officielle scotchée sur la porte de l'appartement, ils avaient emporté des photos et des documents.

Ne sachant pas ce qu'ils cherchaient, ils avaient pris très peu de choses.

J'eus plus de chance. Dans un bureau à cylindre, je découvris deux albums de photos, et dans ces albums, des photos représentant un quatuor de bons amis. Plusieurs avaient été prises dans un restaurant situé non loin d'ici, sur les bords du lac Tegel. Le quatuor se composait de Willi Beckmann, Hugo Gediehn, Helga « Mustermann » (je ne connaissais pas encore son nom de famille) et Frieda Ahrendt. Il apparaissait clairement, sur ces photos, que Hugo et Frieda avaient été en couple à une époque. Peu de temps après qu'elles avaient été prises, Frieda et Willi étaient devenus amants, d'où leurs tatouages respectifs. Aucune de ces photos n'apportait une explication claire au meurtre de Frieda, mais elles m'offraient le prétexte dont j'avais besoin pour arrêter Hugo et Helga. Ces quatre bons amis n'étaient pas les premiers à s'être fâchés violemment.

Rien de tel qu'une vieille amitié pour former le socle solide d'une inimité durable.

Ayant tout loisir de fouiller l'appartement, je passai encore une heure à inspecter les tiroirs et les placards, et c'est ainsi que je découvris plusieurs lettres adressées à Frieda par sa sœur aimante, Leni, de Hambourg. Leni savait-elle seulement que sa sœur était morte ? Il me manquait toujours un mobile à toute épreuve pour expliquer les meurtres de deux des personnes présentes sur ces photos, mais tous les éléments semblaient s'assembler.

Dans la dernière lettre de Leni figurait un numéro de téléphone ; comme la ligne n'avait pas été coupée dans l'appartement de Willi, je l'appelai.

« Pardonnez cet appel inopiné, dis-je. Mon nom est Bernhard Gunther et je suis inspecteur à la Kripo de Berlin. » Choisissant mes mots avec soin, j'ajoutai : « J'enquête sur la disparition de votre sœur. »

Au bout du fil, Leni soupira.

« Inutile, Herr Gunther. Je sais qu'elle est morte. Si elle était toujours vivante, elle m'aurait contactée. Cela fait presque un an. J'ai renoncé à tout espoir de la revoir il y a plusieurs mois déjà. Nous étions très proches, voyez-vous, toujours en contact. De plus, l'homme avec qui elle habitait à Berlin, Willi Beckmann, est venu me voir, ici à Hambourg, pour m'avouer qu'il la croyait morte lui aussi.

– Pourquoi ne pas avoir contacté la police ?

– Willi m'a expliqué que dans son intérêt, et le mien, il était préférable de ne rien dire à la police car l'homme qui lui avait annoncé que Frieda était morte appartenait à un gang criminel et était très dangereux.

– Vous a-t-il donné le nom de cet homme ?

– Oui. Mais je ne vous le répéterai pas, même après tout ce temps.

– Willi Beckmann est mort lui aussi. Vous le saviez ?

– Non.

– L'homme qui l'a assassiné se nomme Hugo Gediehn. Je vais l'arrêter aujourd'hui même ou demain. C'est le nom que vous a donné Willi ?

– Oui.

– Je le ferai condamner pour le meurtre de Willi.

– Puis-je vous demander comment vous savez que c'est lui ?

– J'ai un témoin.

– Qui acceptera de témoigner devant un tribunal ?

– Oui.

– Vous en êtes sûr ?

– Oui. Le témoin, c'est moi. Je l'ai vu mitrailler Willi. Mais il est également mon seul suspect pour le meurtre de votre sœur. Sincèrement, je pensais que vous pourriez m'apporter votre aide. » Je m'interrompis. Comme elle restait muette, j'ajoutai : « Vous n'avez rien à craindre, je vous l'assure. Personne n'a besoin de savoir que je vous ai parlé.

– En quoi puis-je vous aider ?

– Je crois deviner pour quelle raison Hugo a tué votre sœur, mais je n'ai pas de véritable preuve. Une preuve serait une aide suffisante, je crois.

– La raison est très simple. Hugo et Frieda étaient amants. Puis Willi l'a séduite et arrachée à Hugo – Willi était un homme très séduisant – et Hugo a décidé de se venger. Il l'a tuée. Et il l'a enterrée quelque part. Il l'a raconté à Willi. Pour le torturer. Bien entendu, Hugo savait que Willi faisait partie d'un gang et que jamais il n'irait trouver la police. Mais je ne comprends pas, Herr Gunther. Pourquoi Hugo a-t-il tué Willi, après tout ce temps ?

– Je n'en suis pas certain, mais je pense que c'est parce que Willi lui avait volé sa nouvelle petite amie, Helga.

– Oui, logique. Si vous le cherchez, Hugo possède un appartement à Kreuzberg. Mais je suppose que vous le savez déjà.

– Oui.

– Vous me tiendrez informée ?

– Bien sûr.

– Merci. Et bonne chance. Connaissant Hugo, vous en aurez sans doute besoin. »

De retour à l'Alex, je convainquis Weiss et Gennat de la nécessité d'arrêter Hugo Gediehn ; après quoi, accompagné de plusieurs agents en uniforme solidement armés, je me rendis à son domicile de Kreuzberg pour l'interpeller. À mon grand étonnement, il nous suivit sans protester, se contentant de déclarer que nous nous trompions de coupable. Affirmation à laquelle nous aurions peut-être prêté attention si la Bergman MP-18 n'était pas restée dans sa voiture, et si je n'avais pas découvert dans un tiroir de son bureau une photo souvenir de la main tranchée de Frieda, celle sur laquelle était tatoué le prénom de Willi. C'était ce que les avocats appelaient une preuve *prima facie*. Une façon chic de dire que l'expression de Gediehn changea lorsqu'il vit que j'avais la photo : son visage devint livide comme si on venait de lui présenter une meute de loups affamés.

Je passai le restant de la journée et la moitié de la nuit à l'interroger, et il finit par avouer les deux meurtres, sans une once de remords. Si j'avais su que, par la suite, le tribunal le condamnerait à quinze ans de prison seulement, peut-être que je ne me serais pas donné tout ce mal. Mais bien évidemment, ce n'était pas seulement pour élucider deux meurtres que je m'étais lancé à ses trousses. Rien de tel que la résolution d'une vieille affaire pour détourner l'attention de plusieurs affaires brûlantes.

Pendant plusieurs jours, personne ne mentionna le Dr Gnadenschuss. Bernhard Weiss put fanfaronner en donnant une conférence de presse. Au cours de laquelle il m'adressa même des louanges, qui ne parvinrent pas à atténuer mon sentiment de culpabilité car j'avais couvert un crime plus odieux encore.

Gennat lui-même me félicita, mais je sentais qu'il était convaincu que ma ténacité d'enquêteur cachait quelque chose. Ce qui semblait le tracasser, c'était surtout le délai qui s'était écoulé entre le moment où j'avais été témoin du meurtre de Willi Beckmann et l'arrestation de Hugo Gediehn.

« Vous aviez le numéro d'immatriculation de la voiture, le signalement du meurtrier et son prénom – il ne manquait que sa pointure – et pourtant vous n'êtes pas intervenu, me dit-il. Je ne comprends pas. Supposons que Hugo Gediehn ait fichu le camp ? Il aurait pu franchir la frontière polonaise sans qu'on le sache.

– C'est un risque que j'étais prêt à courir.

– Ce n'était pas à vous d'en décider. Ce n'est pas ainsi que fonctionne cette commission. Vous devriez le savoir depuis le temps. Vous pouviez me téléphoner ou contacter quelqu'un d'autre du département pour dicter le numéro d'immatriculation du véhicule, sans pour autant dévoiler votre couverture.

– Quand j'ai vu le prénom Frieda tatoué sur la main de Beckmann, j'ai eu envie de savoir si je pouvais lui coller ce meurtre sur le dos. Mais je ne pouvais rien faire tant que je continuais à jouer au klutz.

– Willi Beckmann ne risquait pas de s'enfuir, objecta Gennat. Il était mort. J'ai plutôt l'impression que vous avez voulu vous transformer en héros. À première vue, on pourrait croire que vous cherchiez la gloire.

– Oui, vous avez peut-être raison. Je me suis peut-être dit que la police avait besoin d'un peu de gloire.

– Mais à première vue seulement. Vous ne cherchez pas la gloire. Nous le savons bien, vous et moi. Ce n'est pas votre genre. Je pense vous connaître suffisamment bien pour l'affirmer.

– J'ignore où vous voulez en venir, monsieur. La commission criminelle vient de résoudre deux meurtres non élucidés. Où est le mal ?

– Nulle part, nulle part.

– J'ai fait mon travail, rien de plus.

– Allons, Gunther. Vous me cachez quelque chose. Mais je n'arrive pas à savoir quoi. Et ça m'énerve car je suis censé être intelligent. On ne me surnomme pas le Gros Bouddha sans raison.

– Je ne sais pas de quoi vous parlez, Ernst.

– Alors je vais éclairer votre lanterne. Ce qui ne me plaît pas, c'est la manière dont la commission s'est sortie de ce mauvais pas. La presse nous reproche de ne pas faire notre travail et voilà que vous réglez le problème du jour au lendemain en élucidant deux affaires pour le prix d'une. Ils vont vous nommer inspecteur pour ça. Peut-être même qu'ils vous donneront une médaille. Bernhard Weiss est aux anges. Le ministre aussi.

– Mais pas vous.

– J'ai un ulcère. Et quand il ne rouspète pas, je suis heureux. Vous êtes un bon inspecteur, Gunther. Un jour, vous ferez un excellent commissaire. Mais vous êtes un homme qui a des secrets. Voilà ce que je pense. Avec vous, il ne faut pas se fier aux apparences. Je ne peux m'empêcher de penser que ce n'est pas un hasard si vous avez résolu ces deux affaires à ce moment-là. Bien emballées, avec un joli ruban rose. Il y a une raison.

– Une raison ?

– Oui. Je ne l'ai pas encore découverte. Mais ça viendra. Et ce jour-là, je vous promets que nous reprendrons cette conversation. D'ici là, essayez de vous souvenir d'une chose : dans notre métier, on ne peut pas brûler les étapes. Et on ne peut pas s'arranger avec la vérité. C'est un bon conseil, de la part de quelqu'un qui sait de quoi il parle. Car sinon, un jour, vous essaierez de faire les choses bien, et vous vous apercevrez que vous manquez de pratique. »

Bien évidemment, la disparition de Kurt Reichenbach, un inspecteur en exercice, ne passa pas inaperçue. Mais une intense activité régnait au Präsidium de la police, et bientôt le bruit provoqué par son absence se réduisit à un murmure. Certaines personnes à l'Alex mettaient sa disparition soudaine sur le compte d'une sale affaire foncière qui avait mal tourné et l'avait obligé à prendre la clé des champs avant d'être arrêté par ses propres collègues. Une ou deux autres mentionnèrent une riche maîtresse à Charlottenburg et se dirent persuadées qu'il s'était enfui avec elle. Quelqu'un affirmait même qu'il l'avait vu prendre les eaux à Marienbad. D'autres suggéraient qu'il avait été assassiné par les services de renseignements polonais, en raison de ses relations supposées avec le ministre des Affaires étrangères de Weimar, Gustav Stresemann, qui espérait annexer le « corridor de Dantzig », comme on l'appelait, et une grande partie de la Haute-Silésie. (Il apparut que Reichenbach avait été le garde du corps de Stresemann à l'occasion, et qu'à la demande du ministre il avait rencontré des agents de la

Gépéou soviétique, qui collaborait avec Stresemann dans sa lutte contre l'État polonais.)

Mais la majorité des hommes de la Kripo, parmi lesquels Bernhard Weiss, étaient convaincus que Reichenbach avait été assassiné par des nationalistes d'extrême droite, uniquement parce qu'il était juif. Ce « privilège » n'était pas réservé aux politiciens allemands, Weiss lui-même était bien placé pour le savoir. Plusieurs banquiers et hommes d'affaires avaient été agressés eux aussi, mortellement parfois. Une chose était sûre : si Reichenbach n'avait pas été juif, peut-être que certains de ses collègues de la Kripo se seraient donné plus de mal pour essayer de le retrouver. En l'absence de corps et de témoin, cette affaire sombra rapidement dans l'oubli.

Traudl Reichenbach elle-même semblait peu encline à exiger des réponses concernant la disparition brutale de son mari, et j'en vins à me demander si elle n'en savait pas davantage qu'on n'aurait pu le croire sur les meurtres de Winnetou. Je ne cessais de repenser à la Brennabor et au contenu du coffre : le marteau, le couteau tranchant et le chapeau auquel était fixé un morceau de perruque. Ces accessoires pouvaient-ils paraître innocents ? Une personne qui n'était pas inspecteur de police pouvait-elle établir un lien avec une série de crimes violents ? Il y avait forcément eu un moment où Traudl avait soupçonné son mari, en découvrant du sang sur une manche de chemise, par exemple, en sentant un parfum de femme sur son col, en trouvant un cheveu. Une épouse devinait ces choses-là, non ? Et les scalps humains ? Qu'en avait-il fait ? Je ne le saurai jamais, je suppose. Mais Traudl Reichenbach, le savait-elle ? Si quelqu'un était capable de garder ce secret, c'était elle. Infirmière de son état, sans doute était-elle faite d'une étoffe solide, plus résistante que la plupart des autres femmes, et même que Brigitte Mölbling.

« Robert m'a invitée chez lui en Angleterre, m'annonça Rosa. Pour me présenter ses parents.

– C'est du sérieux, on dirait, répondis-je.

– Oh, il ne s'agit pas de ça.

– N'en soyez pas si sûre. À l'instant même où vous commencez à parler aux parents, vous avez des témoins innocents.

– Non. Il veut juste me les présenter parce qu'ils sont très vieux.

– Le sabre de Charlemagne aussi, mais je n'emmène pas toutes les filles à Vienne pour le voir.

– Ce n'est pas ce que vous croyez. »

Bien sûr que si. Comme toujours. Et, quatre semaines plus tard, je reçus un faire-part gaufré d'or annonçant leur mariage à Oxford. Je ne les ai jamais revus. Plus tard, Frau Weitendorf m'annonça qu'ils partaient vivre au Caire, Rankin s'étant vu offrir un poste de professeur d'anglais à l'université. Je me réjouissais pour eux deux, surtout pour Rosa. D'autant que j'avais toujours Brigitte dans ma vie. Du moins le croyais-je.

Car un jour, alors que tel Orphée je regardais autour de moi, m'attendant à voir Eurydice, je m'aperçus qu'elle avait disparu. Brigitte m'avait écrit une lettre qui tentait d'expliquer pourquoi elle mettait fin à notre relation. Elle proposait même qu'on se retrouve quelque part pour en parler, mais je n'en voyais pas l'utilité. Difficile de ne pas se sentir vexé par ce genre de lettre.

Mon Bernie adoré,

Ce n'est pas une lettre facile à écrire, mon trésor, mais il faut que j'arrête de te voir, dans l'intérêt de ma santé mentale. Cela va te paraître exagéré, pourtant je peux t'assurer que non. Au début, c'était très excitant d'être avec toi car tu es un homme extraordinaire (tu le sais, hein ?), et pas uniquement en raison de ton métier. Depuis que je suis allée à la morgue et que j'ai rencontré la réalité de ce que tu fais, jour et nuit, je songe à toi et à ce que tu es, à la manière dont tu gagnes ta vie. Tu m'as déconseillé d'entrer dans cet endroit, évidemment, et je regrette de ne pas t'avoir écouté. Il faudrait toujours écouter les policiers. Je crains que mon indépendance d'esprit n'ait pris le dessus.

En vérité, on te paie pour descendre en enfer et revenir, n'est-ce pas ? Mais l'enfer n'est qu'un simple mot. Pour la plupart des gens, la morgue de la police dans Hannoversche Strasse est une porte ouverte sur un endroit qu'ils ne pourraient jamais, qu'ils devraient ne jamais pouvoir imaginer. Un autre monde infernal. Mais pour toi, l'enfer est bien plus qu'un simple mot. Et l'effet qu'il produit sur toi, sur ton esprit, me fait frémir.

Je ne crois pas que tu puisses côtoyer toutes ces horreurs sans que leur odeur s'accroche à toi comme un fantôme, ou un ange de la mort. Ce qui m'effraie le plus, c'est que tu n'en as pas conscience, mon amour. Quand tu bois trop, tu penses sans doute que c'est un héritage de la guerre, mais pour moi, c'est tout simplement la conséquence de ton métier d'inspecteur.

Si je te disais tout ça de vive voix, tu me ferais ton joli sourire et certainement une plaisanterie. Tu dirais que je dramatise. La politesse t'empêcherait de me traiter d'hystérique. Mais si tu peux feindre un sourire, tu ne peux pas cacher ce qu'il y a dans ces yeux bleus, Bernie. Les yeux disent des choses que le corps d'une personne ne dévoile pas forcément. Les tiens sont comme les vitres d'une voiture : une transition entre deux mondes. D'un côté, il y a toi qui contemples un monde ; et de l'autre, il y a moi, qui regarde à l'intérieur et qui a de plus en plus peur de ce que je vois sur la banquette arrière. Quand je te regarde, Bernie, je vois des yeux qui, une demi-heure plus tôt, ont peut-être vu une femme égorgée, ou un homme au crâne écrasé comme un pamplemousse, une chose affreuse en tout cas. Pire encore, j'ai l'impression que j'étais là moi aussi, pour voir ça. Des yeux si habitués à la mort violente qui me regardent, ça me met mal à l'aise.

Et tes plaisanteries. Je comprends maintenant d'où elles viennent. Si tu ne blaguais pas, je suis sûre que tu hurlerais. Peut-être n'en as-tu pas conscience. Je pourrais te demander de quitter la police, maintenant, pendant que tu as encore une chance de mener une vie normale, mais nous savons bien l'un et l'autre que je gâcherais de l'encre pour rien. Tu fais bien ton métier, je le devine. Et les gens restent tels qu'ils sont, même quand leurs visages se désagrègent. C'est ce que dit Brecht. Pourquoi renoncerais-tu à ce que tu sais faire, uniquement parce que tu as rencontré une femme hypersensible qui s'est attachée à toi et qui pense que les choses ne peuvent que s'aggraver ? Car c'est ce qui va se passer. Je suis sincèrement désolée.

Si tu veux, on peut se voir pour en parler, mais sache que j'ai longuement réfléchi avant d'écrire cette lettre, et ma décision est irrévocable.

Ta Brigitte qui t'aime.

« Tu devrais écrire un bouquin sur le métier d'inspecteur, mon ange, dis-je à voix haute en m'adressant au fantôme d'Eurydice. Tu arrives presque à le rendre intéressant. D'un point de vue métaphysique. »

Je brûlai sa lettre. Ce n'était pas la première que je recevais, et je devinais qu'avant de tirer ma révérence j'en recevrais d'autres. Ne jamais oublier, toujours remplacer.

C'est la règle numéro un des relations humaines. Aller de l'avant, c'est le plus important. Voilà pourquoi, un peu plus tard, je téléphonai à l'épouse de Fritz Lang.

« Thea ? Bernie Gunther à l'appareil. Que diriez-vous de dîner avec moi ? J'ai quelques excellentes idées pour votre scénario. »

NOTES DE L'AUTEUR

Bernhard Weiss a fui Berlin avec sa famille quelques jours seulement avant que Hitler soit nommé chancelier en 1933. Il s'est installé à Londres, où il a ouvert une imprimerie-papeterie. Il est mort en 1951. Les parvis de la gare de Friedrichstrasse et de l'Alexanderplatzstrasse portent son nom.

Tous les membres du Schrader-Verband décrits dans la première partie de ce livre ont accédé à des postes importants sous le régime nazi, notamment **Arthur Nebe,** qui a commandé un Einsatzgruppe SS en Ukraine, responsable du massacre d'environ 40 000 juifs. Son sort après la guerre demeure un mystère.

Ernst Gennat est resté à la Kripo jusqu'à sa mort en août 1939.

La mort de **Frieda Ahrendt** n'a jamais été officiellement résolue par la police berlinoise.

Albert Grzesinski s'est enfui en Suisse en 1933. L'auteur ignore si **Daisy Torrens** l'a accompagné. Il est mort à New York en 1948. Le sort de sa maîtresse est inconnu lui aussi.

Bruno Gerth, le double meurtrier, a fini sa vie dans un hôpital psychiatrique de Berlin.

La morgue de Berlin a été construite sur l'emplacement du vieux cimetière de l'hôpital de la Charité, destiné aux victimes du choléra. La salle d'exposition principale mesurait vingt-cinq mètres de long. Les cadavres y étaient exposés pendant trois semaines, puis enterrés par la municipalité dans un cercueil que les Berlinois appelaient un *Nasequetscher* (« écrase-nez »). Elle a été fermée au public par la suite. Les nazis étant devenus responsables de la plupart des meurtres commis à Berlin, sans doute préféraient-ils cacher leurs crimes.

George Grosz a été un des principaux artistes du mouvement dada à Weimar. C'est peu de dire que ses œuvres, comme son apparence (il se promenait réellement habillé en cow-boy), constituaient une provocation pour l'esprit conservateur des Berlinois. Voici ce qu'il disait (et qui explique pourquoi les nazis ont interdit son travail, qualifié de dégénéré) : « Mes dessins expriment ma haine et mon désespoir. J'ai représenté des ivrognes, des hommes en train de vomir ou de brandir le poing face à la lune. J'ai dessiné un homme au visage horrifié, qui lave ses mains rouges de sang… J'ai dessiné un immeuble en coupe transversale : à travers une fenêtre, on voit un homme frapper sa femme ; plus loin, deux personnes font l'amour ; derrière une troisième fenêtre, on voit un pendu, le corps couvert de mouches. J'ai dessiné des soldats sans nez, des infirmes aux bras métalliques semblables à des crabes. J'ai dessiné un squelette portant un uniforme de recrue, subissant un examen médical avant d'être incorporé. J'ai aussi écrit des poèmes. » Il a émigré aux États-Unis en 1933 et est revenu à Berlin en 1956, où il est mort trois ans plus tard.

Thea von Harbou était une scénariste allemande mariée à Fritz Lang, le réalisateur. Parmi ses scénarios, citons la série des *Dr Mabuse*, *Metropolis* et *M le Maudit*. Lang et von Harbou ont divorcé en avril 1933, peu de temps après l'accession de Hitler au pouvoir. Sans doute parce qu'elle était restée fidèle au nouveau régime. Emprisonnée par les Britanniques après la guerre et soumise au processus de dénazification, elle est morte en 1954. *M le Maudit* est sorti en mai 1931. Le personnage de l'inspecteur Karl Lohmann est inspiré d'Ernst Gennat.

Theo Wolf est resté rédacteur en chef du *Berliner Tageblatt* jusqu'en 1933, lorsque les nazis ont pris le contrôle du journal. Avant de l'interdire en 1939.

Walter Gempp était le chef des pompiers de Berlin au moment de l'incendie du Reichstag en février 1933. Un mois plus tard, il a été renvoyé pour avoir laissé entendre que les nazis étaient responsables de ce sinistre. En 1937, il a été arrêté et accusé de malversations. Incarcéré, il a été étranglé dans sa cellule.

Les plus importants réseaux criminels d'Allemagne étaient le Grosser Ring, le Freier Bund et la Freie Vereinigung. Tous faisaient partie d'une organisation plus vaste baptisée **Réseau d'Allemagne centrale.**

Le **Sing Sing Club** possédait véritablement une chaise électrique. Il a été fermé par les nazis en 1933.

La première de *L'Opéra de quat'sous* a eu lieu au Theater am Schiffbauerdamm le 31 août 1928. Malgré un accueil défavorable, c'est vite devenu un succès, joué plus de quatre cents fois au cours des deux années suivantes. Malgré cela, Brecht et Weill ont été contraints de quitter l'Allemagne en 1933. **Lotte Lenya** les a imités. Weill et elle ont divorcé peu de temps après, pour finalement se remarier à New York en 1935. Leur union a duré jusqu'à la mort de Weill en 1950. Lotte Lenya est morte à Manhattan en 1981.

Otto Dix était l'ami et le contemporain de George Grosz. Son œuvre est peut-être plus viscérale encore. Certains de ses tableaux évoquent Goya dans sa période la plus sombre. Qualifié lui aussi d'artiste dégénéré, il a dû quitter l'Allemagne en 1933. Il n'y est revenu qu'après la guerre et il est mort dans le Bade-Wurtemberg en juillet 1969.

Le Cabaret des Sans-Noms, qui me rappelle l'émission « Pop Idol » et toutes celles où apparaît Simon Cowell, a été fermé en 1932.

RÉALISATION : NORD COMPO À VILLENEUVE-D'ASCQ
ACHEVÉ D'IMPRIMER SUR ROTO-PAGE
PAR L'IMPRIMERIE FLOCH À MAYENNE
DÉPÔT LÉGAL : NOVEMBRE 2020. N° 143967 (96956)
IMPRIMÉ EN FRANCE